KB115664

동트는 아침

동트는 아침

발행일 2023년 12월 27일

지은이 김봉석
펴낸이 손형국
펴낸곳 (주)북랩
편집인 선일영 편집 김은수, 배진용, 김다빈, 김부경
디자인 이현수, 김민하, 임진형, 안유경, 신혜림 제작 박기성, 구성우, 이창영, 배상진
마케팅 김회란, 박진관
출판등록 2004. 12. 1(제2012-000051호)
주소 서울특별시 금천구 가산디지털 1로 168, 우림라이온스밸리 B동 B113~114호, C동 B101호
홈페이지 www.book.co.kr
전화번호 (02)2026-5777 팩스 (02)3159-9637

ISBN 979-11-93499-98-6 03810(종이책) 979-11-93499-99-3 05810 (전자책)

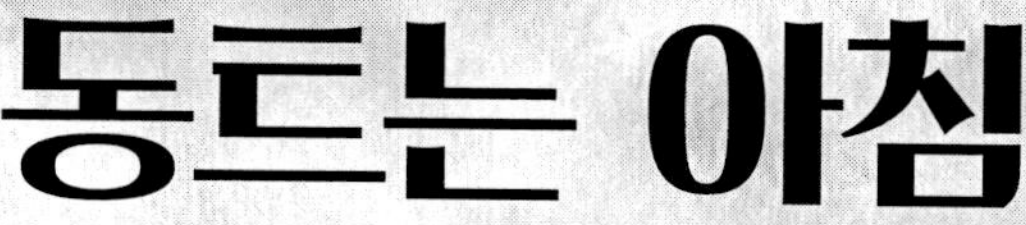

김봉석 영화 각본 창작 시나리오 모음집

동트는 아침

김봉석 지음

일제의 탄압과 좌우익 갈등으로 혼돈의 한가운데 있던
한반도를 다룬 시대극 「동트는 아침」과
가혹한 운명을 딛고 악착같이 복수에 성공하는 사람들의 드라마
「거친 날건달」, 「디엔에이」, 「달리는 놈」까지

개성 넘치는 4편의 영화 시나리오!

목차

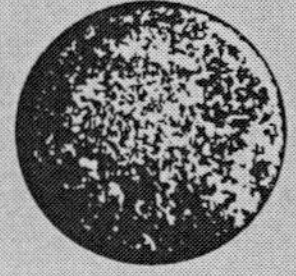

동트는 아침

등장인물

도영: 주인공, 광복군 정위

윤정: 상대역

형가: 적대역, 공산당원으로 인민의용군 부관

진오: 광복군 윤정의 남편

건학: 동경의학부생, 박탐의 아들

삼수: 건학의 집 머슴, 인민의용군

상군: 인민의용군 상사

박탐: 갑부, 건학의 부친

강산: 인민의용군 대장

용준: 인민의용군 소대장

허수: 인민의용군, 윤정의 오빠

김구: 임시정부 주석

가나야마: 일본 헌병대 대장

흑구: 절도 전문가, 가나야마의 직속 졸개

박점: 정보 판매원 조선인으로 일본 헌병

군조: 일본 헌병

강태: 불량배

순사: 일본 순사

오장: 헌병

순사

허수의 모와 부

발동기어선 선장

불량배1, 2, 3, 4, 5, 6

헌병 70명, 의용군 30여 명, 정신대 60명, 입영 장병 60여 명, 노무 장정 60여 명

기타 엑스트라 마을 사람들

본 시대극은 허구임

1. 선착장이 보이는 언덕 실외 - 아침 몽타주

1

(자막) 1945년 5월 법성포구

말을 탄 다무라 순사가 언덕에서 선착장을 바라본다.

어선 한 척이 선착장의 계선주에 매달려 있다.

그 옆으로 목선 한 척이 선착장으로 도착한다. 방금 도착한 목선에서 대나무 가구에 가득한 새끼 조기를 내리는 어부들.

다무라 순사는 고개를 돌려 먼바다를 바라보더니 눈이 점점 커진다.

순사 시점 -

'商船'이라는 표시를 한 기범선(機帆船)으로 정크형(junk type: 중국에서 발달한 종범선)으로 마스트가 두 개인데 돛이 모두 내려져 있다.

상선은 포구로 들어오지 않고 포구에서 좌측으로 좀 떨어진 백사장 앞으로 점점 가까이 다가오더니 물이 얕아 더 이상 진행하지 못하고 멈춘다.

도영이 조타실 안에서 앵커체인의 버튼을 눌러 닻을 내린다.

기관실에서 올라온 진오는 손바닥을 펴 이마에 대고 육지의 여기저기를 둘러보다가 언덕 위에서 상선을 바라보고 있는 다무라 순사에게 시선이 멈춘다.

진오 저기 말 타고 있는 기 순사 아인교? 예감이 좋지 않심니더….

도영 한 놈뿐이다. 겁낼 거 없다.

다무라 순사 中国商船が何のことで来たのだろうか。(중국 상선이 무슨 일로 왔을까?)

다무라 순사는 말을 몰아 백사장을 향하여 달려오기 시작한다.

2. 상선 갑판 / 백사장 - 실외 - 낮 몽타주 2

상선 갑판에서 륙색을 멘 진오가 감개무량한 듯 산천을 둘러본다.

진오 여가 내 각시 고향인 법성포라요… 억수로 반갑다카이….

진오와 도영은 전마선을 내린다. 바다에 떨어지는 전마선.
밧줄 사다리를 타고 차례로 전마선으로 뛰어내리는, 륙색을 멘 도영과 진오.

선창의 언덕 쪽에서 먼지를 일으키며 말을 타고 달려오는 다무라 순사.

전마선에서 삿대질로 뱃머리를 백사장으로 향하여 오는 진오와 도영.

백사장을 바라보던 도영이 말을 타고 달려오는 다무라 순사를 본다. 전마선이 백사장에 도착하고 도영과 진오는 백사장으로 뛰어내린다.

말을 달려 가까이 다가오는 다무라 순사.

다무라 순사 어디서노 오는 자들이노까?

진오 저승에서 온 저승사자들인 기라!

다무라 순사 너 얼굴이노… 익다. 중국 난창 1370부대에서 탈영이노 한 최진오 시키? 너, 잘이노 만나노 했다?

진오 니, 누고? 철천지원수 개자슥 아이가? 오늘 니를 초상 치르지 몬한다쿠먼 나가 너 애비 맞는 기라.

다무라 순사가 대검을 뽑아 든다.

진오와 도영은 긴 삿대를 각각 거머쥐고 좌우로 나뉘어서 동시에 순사를 공격한다.

순사가 휘두르는 대검의 날이 예리하여 예사 솜씨가 아닌 듯 날렵하다.

진오의 삿대가 순사의 무릎을 내려친다.

순간 도영의 삿대가 순사의 명치를 찌른다.

도영의 삿대를 대검으로 잘라버리는 순사.

진오의 삿대가 순사의 옆구리를 찌른다.

말에서 떨어지는 다무라 순사. 백사장에 쓰러져 대검을 짚고 일어나려고 안간힘을 쓰는 다무라 순사.

진오, 원한에 사무친 감정을 억제하지 못하고 무리하게 삿대를 쥐고 공격해 들어간다.

다무라 순사의 대검이 바람을 일으키며 삿대와 진오를 동시에 갈라버린다.

피를 뿌리며 쓰러지는 진오.

도영의 부러진 삿대가 순사의 팔을 내리친다.

대검을 떨어트리는 순사의 팔뼈가 부러진다.

도영의 부러진 삿대가 순사의 목을 올려 친다.

입으로 피를 뿌리며 처참하게 쓰러지는 다무라 순사.

도영은 순사의 검을 집어 다무라 순사를 백사장에 깊숙이 꽂아버린다.

버둥거리다가 축 늘어지는 다무라 순사.

도영은 진오를 안아 일으킨다.

도영 최 부사….

진오 내는 이자 틀릿심더…. 내 아내를… 꼭 찾아 이 돈 전해주시이소.

진오의 힘없이 감기려는 눈꺼풀이 슬며시 다시 떠진다.

(flashback)

진오는 손목이 포승줄에 묶여 다무라 순사에게 끌려간다. 그 뒤로 헌팅캡을 쓴 흑구가 무라타22식 소총을 들고 따른다.

만삭의 윤정이 쫓아와 다무라 순사의 바짓가랑이를 붙잡고 울부짖는다.

윤정 지 서방 놔주어라우. 병으로 누워 기신 시부모 모시고 나 혼자 어찌케 살라고라. 흐흐흑 엉, 엉, 엉, 지발이라 우리 서방 놔주씨요이잉….

다무라 순사 천황폐하 황군이노 되는 거 신성이노 하다. 이것이노 놔라!

다무라 순사는 발로 윤정을 걷어차버리고 진오를 끌고 간다.
뒤를 돌아보며 끌려가는 진오.

윤정이 땅바닥에 쓰러진다.

다무라 순사의 뒤를 따르는 흑구의 다리를 윤정이 붙잡고 필사적으로 매달린다.

윤정 징용으로 끌려간 봉삼이 아부지는 삼 년이 지났어도 안 돌아왔다니께요. 지발 지 서방 좀 살려주씨요이….

흑구 이거 놓지 못해! 이년이!

흑구는 군홧발로 윤정의 배를 차버린다. 그리고 개머리판으로 윤정의 배를 사정없이 내려친다.

윤정 으아악!

진오가 뒤를 돌아보자 다무라 순사가 진오의 포승줄을 잡아채어 끌고 간다. 진오는 돌아보며 안타까워 애간장이 타들어간다.

쓰러져 기절한 윤정의 몽당치마 밑으로 검붉은 피가 낭자하게 흐른다.

숨어서 이 광경을 보고 있던 허수가 뛰어나와 윤정을 끌어안는다.

허수 워메이 불쌍한 것, 어짤라고… 으, 으, 으으 내가, 내가… 오라비가 돼 갖고 보고만 있었다니…. 으아… 아…! 하늘이여! 일본 놈들에게 벼락을 내려주시오이. 땅이여! 쩍 갈라져 일본 놈들을 한입에 삼켜주시어라우…!

장면으로 돌아온다.

진오는 허공을 바라보며 한마디 던지고 숨을 거둔다.

진오 이자… 겨우, 겨우… 고국으로 돌아온 긴데….

3. 새 무덤 앞 - 실외 - 낮 3

간단히 조성된 모래 무덤 앞에 도영이 머리 숙이고 있다.

도영 최 부사! 내가 일본 놈들을 이 땅에서 싹 쓸어 원수를 꼭 갚고야 말겠다. 부디… 평안히 쉬어라.

4. 금은방 앞 / 골목길 - 실외 - 낮 몽타주 4

카이저수염의 순사가 말고삐를 잡고 큰 나무 뒤에 서서 금은방의 동정을 엿보고 있다.

도영이 륙색을 지고 성큼성큼 걸어오고 있다.

갑자기 금은방 안에서 주인의 머리가 출입문에 무섭게 부딪치며 유리가 산산이 부서진다. 포대 자루를 둘러멘 복면이 권총의 손잡이로 주인의 머리를 내리치고 금은방을 나와 큰길을 가로질러 골목길로 달아난다.

이를 목격한 도영은 복면이 달아난 골목길을 가늠하고 지름길이 될 옆 골목길로 나는 듯이 달려간다. 카이저수염의 순사는 말에 올라타 도영이 들어간 골목길로 쫓아간다.

도영이 복면의 앞을 가로막는다.

도영 너, 누구냐? 복면을 벗어라.

흑구는 침착하게 복면을 벗으며 권총을 뽑으려 한다.

도영이 권총과 흑구의 명치를 발로 차버린다. 흑구가 쓰러진다.

말을 타고 달려온 카이저수염이 대검을 뽑아 도영을 내려친다.

도영은 대검을 피하지만 카이저수염의 순사는 맹렬한 기세로 대검을 마구 휘두르며 달려든다.

슬며시 일어난 흑구, 포대 자루를 둘러매고 재빨리 도주한다.

도영 오라, 너희들 한통속이라 이 말이지?

카이저수염의 순사가 대검을 높이 들고 도영을 향하여 내리친다. 도영은 권총을 뽑아 카이저수염을 쏘아버린다.

이마에 총을 맞고 말에서 떨어지는 카이저수염의 순사.

골목길로 도주하던 흑구, 돌아보고 골목길로 사라진다.

도영은 죽은 순사의 주머니를 뒤져 돈을 챙긴다.

큰길에서 순사 둘이 호각을 불면서 뛰어오고 있다.

도영은 카이저수염의 말을 잡아타고 흑구가 사라진 쪽으로 달려간다. 도영이 말을 타고 추격하나 흑구는 이미 보이지 않는다.

(F. O.)

5. 지리산 계곡 - 실외 - 아침 5

도영은 륙색에서 분해된 소총(러시아제 베르당)을 꺼내 결합한 다음 실탄을 장전하고, 가늠구멍에 눈을 대고 주위를 겨냥한다.

가늠구멍 시점 -

토끼 한 마리가 밤을 까먹고 있다.

도영은 총을 내리고 돌멩이를 집자마자 던진다.

토끼의 머리에 돌멩이가 명중하여 토끼가 나가동그라지며 기절한다.

토끼의 귀를 잡자 발버둥치는 토끼를 높이 치켜드는, 장난기 가득한 도영.

6. 지리산 언덕 - 실외 - 낮 몽타주 6

잉걸불에 잘 구워진 토끼 고기를 집어내는, 손가락 나오는 장갑을 낀 오른손. 삭정이에 끼워진 토끼 알몸을 잉걸불에 올리는 왼손.

주위에 토끼 머리가 붙은 껍질 두 개가 보인다.

도영은 먹음직스럽게 잘 구워진 토끼를 쥐고 뜯어 먹는다.

산에서 오래 산 듯, 야성이 완연한 윤정과 허수가 쫓기는 듯 구릉 위로 올라온다.

도영은 옆에 세워 둔 소총을 재빨리 집어 윤정과 허수에게 겨눈다. 두 사람이 총도 지니지 않고 위험이 없음을 인식하고 총을 내린다.

도영 너희는 누구?

허수 우리는 인민의용군인디 일본 헌병에게 쫓기고 있구만요.

윤정 쩌기요.

윤정의 손가락이 가리키는 시점 -

헌병4, 2, 3이 소총을 쥐고 추격하여 올라오고 있다.

도영은 윤정의 얼굴을 자세히 살핀다.

도영의 눈길을 의식한 야성미 넘치는 윤정은 부끄러운 미소를 짓는다.

도영은 소총을 들어 쫓아 올라오는 헌병들을 조준하여 방아쇠를 당긴다.

헌병4가 총에 맞아 아래로 뒹군다.

헌병2, 3은 오던 길로 되돌아 도주하다가 헌병2도 고꾸라진다.

헌병3은 숲으로 도주하다가 도영이 쏜 총탄을 맞고 쓰러진다.

윤정과 허수는 비로소 안도하며 토끼 고기를 보며 군침을 삼킨다.

허수 도와줘서 살았구만요이.

윤정 독립군이요? 의용군이요? 소속이 어디라요?

윤정은 토끼 고기와 도영을 번갈아 보며 먹고 싶어 입맛을 다신다.

도영은 윤정을 빤히 쳐다보더니 진오의 돈주머니를 꺼내고 사진을 꺼내서 펴본다.

도영 혹시, 남편 성함이?

윤정이 번개같이 사진을 낚아채 본다.

윤정 오메이(눈물이 글썽) 이 사람 어디 있다요? 같이 왔어라? 설마… 죽었어라…? 아니지라…? 아니라고… 말하랑게요…? 나, 나, 진오 각시, 진오 각시 윤정이여라… 그 사람한테 각시 여깄다고 어서 일러주랑게요이…. 흐흑흑… 으앙… 어… 엉엉… 으… 엉엉엉.

7. 지리산 언덕 - 실외 - 낮 몽타주 7

윤정의 허기진 입은 토끼 고기를 물어뜯어 씹고, 눈에는 눈물이 하염없이 흘러내리고, 진오의 돈주머니 끈을 쥔 왼손으로 눈물을 쉴 새 없이 닦아낸다.

허수도 토끼 고기를 허겁지겁 뜯어 씹는다.

그 모습을 보고 있는 도영.

윤정은 도영을 의식하고 고기를 조금씩 얌전히 씹으며 도영을 흘깃 본다.

도영과 눈길이 마주치자 볼이 붉어지며 화사한 미소를 짓는 윤정.

도영은 윤정의 야성미에 눈을 떼지 못하고 수통의 물을 윤정에게 건넨다.

윤정은 수통을 잡으려다 헛잡으면서도 도영의 눈길을 잡고 정염에 불타오른다.

도영도 윤정의 손을 잡아 수통을 쥐여주면서 마주친 눈은 정염으로 이글거린다.

윤정 그 양반이 어떻게 광복군이 되었다요?

도영 최 부사, 아니 최진오는 중국 난창 일본군 부대에서 탈영했습니다.

(cut to)

일본군 일등병 진오가 보초를 서다가 주위를 살피더니 조심스럽게 철조망을 빠져나간다.

산언덕 위에서 아래로 내달리면서 총과 모자를 차례로 내던지는 진오.

산언덕 기찻길 옆에 쪼그리고 있다가 언덕을 올라오는, 속도가 느린 여객열차에 올라타는 진오.

거리에서 구워 파는 빵을 사 먹는 꾀죄죄한 진오의 초라한 몰골. 식당 안에서 치파오를 입은 도영이 음식을 다 먹고 젓가락을 놓고 있다.

식당 종업원인 진오가 술병을 가지고 와 도영에게 따라준다.

진오 한잔 드이소. 지는예, 한인 애국단에 드가고 싶은데에 쪼매 안 되겠심꺼?

도영 그래요? 그렇잖아도 우리 애국단에 입단하라고 권유할 참이었는데 아주 잘됐군요. 하하하.

장면으로 돌아온다.

도영 최진오는 한인 애국단 단원이 되어 조국을 위해 활동하다가 광복군이 창설되면서 광복군이 되었지요. 그런데, 두 분은 왜 인민의용군이 되셨지요?

윤정 그것은… 그러니께 그 사람이 끌려가던 날이지라. 시부모님들은 상심이 너무 커서 그 이틀날 모두 돌아가셨지라. 지 배 속에 있던 애기는 그날 일본 헌병에게 맞아 죽었고라.

도영 그랬군요.

허수 그 후로, 윤정이는 얼굴이 반반하다고 정신대로 끌어 갔지라. 그런디, 용케도 도망쳐 왔는디, 일본 헌병들이 친정집으로 피한 줄 알고 잡으러 왔지라.

(flashback)

대장간에서 풀무질을 하다가 이마의 땀을 닦는 허수.

화로에 불린 단검 쇠를 집게로 뽑아 모루에 올리고 망치질하는 윤정 부.

걸어 잠긴 삽짝문과 울타리가 통째로 무너지면서 흑구와 가나야마, 소총을 든 헌병들이 들이닥친다.

부엌 아궁이에 불을 지피다가 어수선한 소리에 마당을 내다보는 윤정 모. 헌병과 흑구는 윤정 모를 붙잡아 마당 가운데로 끌어다 앉힌다.

헌병에게 끌려오는 윤정 부.
마당의 윤정 모 옆에 윤정 부를 나란히 앉히는 헌병.

뒷문으로 도주하려던 윤정과 허수가 몸을 감추고 마당을 주시한다.

윤정과 허수의 시점 -

윤정 부모 앞에 둘러선 흑구, 헌병들과 가나야마.

흑구 징용을 기피한 너희 아들 허수 놈, 그리고 정신대에서 도주한 너희 딸 윤정이 년, 다 어디 있나? 그리고 너희들은 놋쇠 공출도 거부했다. 더구나 인민의용군에게 식량과 도검을 은밀히 제공했다. 이것은 명백한 대일본제국에 대한 반역이다. 이 연놈들을 묶어라. 끌고 가자.

헌병이 윤정 모와 부를 묶는다.

허수가 단검을 던진다.
윤정 부모를 묶던 헌병의 가슴에 단검이 박히며 쓰러진다.

윤정 부가 쓰러진 헌병의 총을 집는다.
흑구가 대검을 뽑아 단칼에 윤정 부와 모를 갈라버린다.

윤정 아부지!

이때 총탄이 날아와 흑구의 어깨를 뚫고 지나간다.
계속 날아오는 총탄에 헌병들이 맞아 고꾸라진다.
흑구는 피 흐르는 어깨를 잡고 가나야마와 순식간에 도주해버린다.

강산과 형가, 용준과 인민의용군들이 총을 들고 우르르 나타난다.

강산 한발 늦었다. 조금만 빨랐더라도 너희 부모님을 구할 수 있었는데… 애석하다.

허수 오늘이 식량 보급하는 날이지라? 뒤란에 있어라.

강산 그래. 자, 어서 식량을 가지고 돌아가자. 가나야마가 곧 부하들을 이끌고 몰려올 것이다.

장면으로 돌아온다.

윤정 일본 놈들의 모가지를 작두로 싹둑 짤라 원수를 갚을 것이요이.

허수 우리는 원수, 일본 놈들을 갈가리 찢어 죽일 거그만요.

도영 공산당에는 입당했습니까?

허수 이름 석 자만 쓰면 칸즈메 하나씩 준다고 혀서 썼지라. 그런디, 왜요?

(자막) 칸즈메: 통조림

도영 공산당들은 자기네 세상을 만들 음모를 꾸미고 있습니다.

허수 누구라도 우리 조선을 광복시키면 되는 것이 아니것써라?

도영 남과 북이 나뉘면 광복은 어렵게 됩니다. 하나로 뭉쳐 일본 놈들과 맞서야 합니다. 그리고 광복이 되어도 공산국가로 전락하면 암울하고 참담한 세상이 되고 맙니다.

허수 그러면 어쩐다고라?

도영 첫째, 인민의용군 부대는 광복군에 편제되어야 하고, 둘째, 만반의 전투 장비를 갖추어야 합니다. 셋째, 미국이 일본 놈들을 모조리 무찌르기 전에 우리가 먼저 일본 놈들을 이 땅에서 쓸어버려야 합니다.

허수 어려울 텐디요?

윤정 이 근방의 인민의용군을 형가가 장악하고 있지라.

도영 그럼, 두 분도 형가와 같이 공산당 편에 설 것인가요?

윤정 아니지라, 우리가 일본 놈들과 싸워 이길 승산이 없다 혀도, 목숨이 끊어지는 날까지 광복군 편에 서서 일본 열도를 바닷속으로 가라앉혀 버려야지라.

도영 우리가 군사 장비를 갖추려면 군자금이 필요한데 조달 방법이 없겠습니까?

윤정 일본 놈들이 우리 조선에서 약탈한 재물을 우리가 다시 빼사불면 안 되까라?

허수 빼앗을 수만 있으면 솔찬하니께 군자금 문제는 해결될 것이오이.

도영 그 재물이 어디에 있지요?

허수 헌병대장이 흑구를 비호하고 있으니께. 틀림없이 헌병대 안에 있을 것이구먼요.

도영 헌병대 안에 재물이 확실히 있다는 확인이 되면 헌병대를 습격해야겠군요.

허수 헌병대를이라? 별난 재주라도 있으신가라?

8. 의용군 동굴 안 - 실내 - 낮 8

(자막) 남경군 인민의용군 지부

벽에 남경군 지도가 걸려 있다.

강산, 형가, 용준, 상군이 앉아 지도를 보며 작전 회의를 하고 있다.

형가 입영 열차를 습격하면 장정들은 구할 수 있갔수다, 허디만 이곳 수락폭포까지 데려오는 동안 아새끼덜 다 둑일 기야요. 쪽발이 넘덜 전투력 무섭습네다.

상군 장정들을 구해 온다 해도 기거할 막사를 만들 아무런 준비는 고사하고 식량도 현재 바닥입니다.

강산 지금 우리가 장정들을 구해 오지 않으면 모두가 일본군이 되어 우리에게 총부리를 들이댈 것이 아닌가?

형가 대장 말씀이 옳습네다. 좀 희생이 따르더라도 이번 열차 습격 작전은 실행되어야 합네다.

강산 여기, 매복 지점에서 요천을 건너 장국리로 들어오면 돌산이 있다. 그 돌산을 요충지로 삼아 그 뒤로 돌아 인민의용군 임시주둔지가 있는 지리산으로 들어가면 장정들을 보호할 수 있을 것이다.

상군 그런데 남경역은 일본 헌병대가 주둔한 지역인데 불과 4킬로미터 근접한 지점에서 열차를 습격하기 위해 매복을 하게 되면 위험하지 않을까요?

용준 그래, 맞수다. 일본 헌병대 감시초소에서 망원경으로 보면 우리 의용군 매복지가 정면인데 그 시선을 어떤 수로 피합니까? 이러한 치명적인 약점은 반드시 보완되어야 합니다.

강산 놈들의 시선을 다른 방향으로 돌릴 수는 없을까?

형가 쪽발이 간나 새끼덜 관심을 딴 방향으로 돌리는 거이 용준이라면 가능하지 않갔습네까?

용준 난 방법이 생각나지 않아야. 네가 똑똑하고 유능하니까 네가 하는 것이 좋겠다.

도영이 들어오고 이어서 허수와 윤정이 들어온다.

도영 내가 남경역 헌병대의 눈을 딴 방향으로 돌려볼까요?

강산 자네는 누군가?

도영 신고합니다. 국내 탈환 작전 선봉대 광복군 정위 장도영입니다.

도영은 명령서를 강산에게 내민다.

강산 왜 혼자인가?

도영 중국 충칭에서 이곳 지리산까지 오는 동안 우여곡절이 많았습니다. 전우들은 장렬하게 전사했고 저만 이렇게 겨우 살아 왔습니다.

강산은 명령서를 읽어보고 주위를 둘러본다.

강산 그래, 고생 많았다. 자, 소개하지. 여기 형가 중위는 내 부관이다. 그리고 여기 상군은 중대 본부중사. 그리고 여기 용준은 선임소대장인데 형가와 입대 동기라 두 사람은 허물없이 지낸다. 광복군 정위면 우리 계급으로 상위로군. 맞나?

도영 네.

용준과 형가는 도영이 매우 못마땅하여 악수를 하는 둥 마는 둥 딴 곳을 본다.

강산은 허수와 윤정에게 말한다.

강산 너희들 임무는 어찌되었나?

허수 넷, 보고합니다. 입영 열차 차량은 모두 넷. 1번 차량은 헌병 보조가 되겠다고 자원입대한 죽일 놈들이 타고 있고라, 2번 차량은 정신대 처녀 60명 승차,

그라고 3번 차량은 입영 장정 61명. 4번 차량은 강제 징용자 59명. 이상입니다.

강산 도착지는?

윤정 대구 훈련손디요. 정신대와 징용된 노무자들은 부산으로 혀서 중국으로 갈 거라요.

강산 그래. 수고했다.

9. 남경역 일본 헌병대 앞 - 실내 / 실외 - 낮 9

얼굴에 점이 있는 헌병 박점, 보초를 서고 있다.

도영이 주머니에 손을 넣고 박점에게 다가간다.
박점이 재빨리 소총을 들이댄다.

박점 웬 놈이냐, 손 들어!

도영은 주머니에서 돈을 꺼내 점에게 내민다.
점은 주위를 살핀다.
윤정, 허수, 상군이 엄폐물 뒤에서 박점을 보며 손을 들어 보인다.
점은 돈을 받아 집어넣고 도영에게 소총을 겨눈다.

박점 용건이 뭐냐?

도영 헌병대장 가나야마를 만나러 왔다.

박점 넌, 누구냐?

도영 나는, 인민의용군 상위다. 안내해라.

도영은 양손을 들어올린다.

박점은 총구로 도영의 등을 민다.

도영은 앞장서서 헌병대 입구로 들어간다.

10. 동 헌병대 안 - 실내 - 낮 10

양손을 든 도영을 앞세운 점이가 소총을 겨누며 들어온다. 책상 앞에 앉아 있던 헌병5, 6, 7의 시선이 도영에게 집중된다.

헌병대장 가나야마가 안쪽에서 문을 열고 나오다가 걸음을 멈춘다.

가나야마 어짠, 개놈이라냐?

박점 인민의용군 정보장교라는데 대장님과 거래를 하겠답니다.

가나야마 뒈지고 싶어서 온 거냐? 말이노 해 보더라고?

도영 인민의용군을 일망타진할 수 있는 정보가 담긴 지도가 있다.

가나야마 그래야? 어디노 보더라고?

도영 홍정을 먼저 하자.

가나야마 조건이노 뭐시노 원하냐?

도영 우리나라에서 수집한 보물을 모두 넘겨주기 바란다.

가나야마 먼 개소리라냐? 그렇지만… (음흉한 미소) 인민의용군들을 생포할 수노 있다면 가능이노 해다.

도영은 머리를 끄덕이며 지도를 꺼내 준다.

가나야마는 지도를 살펴본다.

이때 헌병들이 허수, 윤정, 상군을 끌고 들어온다.

가나야마 어짠 개놈들이라냐?

헌병6 あいつのような仲間です。(저놈과 같은 패거리들입니다.)

가나야마 怪しい。こいつらを皆引きずって詮革せよ。(수상하다. 이놈들을 모두 끌어 가 문초하라.)

11. 동 문초실 - 실내 - 낮 11

도영이 손이 묶여 천장에 매달려 있고, 발은 바닥에 겨우 닿아 있다.

구타 흔적이 역력한 허수와 윤정과 상군도 도영과 같은 자세로 묶여 있다.

채찍으로 도영을 내리치는 헌병6.

의자에 앉아 도영을 보는 가나야마.

가나야마 속셈이노 실토노 해보라니께?

도영 나는 네가 가진 보물이 필요할 뿐이다.

가나야마 너는 여가 헌병댄 줄이노 모르는 것이라냐?

도영 보물을 내놓지 않으면 넌 사망할 것이다.

가나야마 무시기 방법이노 나를 사망할 것이라냐?

도영 이 헌병대를 초토화시킬 것이다.

가나야마 지랄이노 하냐.

이때 헌병12가 도영이 가나야마에게 준 지도를 들고 들어와 가나야마에게 속삭인다.

가나야마는 지도를 들고 보면서 헌병12와 같이 나간다.

12. 험준한 계곡 - 실외 - 저녁 몽타주 12

완전군장의 헌병 70여 명이 적진을 살피며 조심스럽게 험준한 지리산 계곡을 오르고 있다.

가나야마는 같이 올라가던 중위에게 말한다.

가나야마 敵たちが私たちの作戦を知っているだろうか?(적들이 우리의 작전을 알고 있을까?)

중위는 도영이 준 지도를 꺼내 보면서 말한다.

중위 或いは我々が敵の計略に陥るかもしれません。(어쩌면 우리가 적의 계략에 빠졌는지도 모릅니다.)

가나야마와 중위가 대화를 나누면서 올라가다가 칡넝쿨에 발이 걸린다.

(cut to)

칡넝쿨 줄에 매달린 깡통(돌이 든)이 흔들거리며 소리가 난다.
조금 경사진 땅에 사각형 창문이 빠끔히 열리고 총부리가 나와 이쪽저쪽을 바쁘게 겨냥한다.
개인 참호 안에서 인민의용군이 소총으로 아래를 이리저리 겨누고 있다.
은폐된 개인 참호가 여기저기 열리며 총부리가 나와 좌우를 살핀다.

인민의용군 시점 -

일본 헌병들이 각개전투로 올라오고 있다.
이쪽에도 올라오는 헌병들.
저쪽에도 올라오는 헌병들.

인민의용군이 소총의 가늠자를 보며 이쪽저쪽을 겨냥하여 발포하기 시작한다.

고꾸라지는 일본 헌병들과 일제히 엎드려 반격을 시작하는 일본 헌병들의 시야에는 아무것도 보이는 것이 없다. 땅에 엎드려 움직이는 물체만 열심히 찾아 살피는 일본 헌병들.

해가 서산으로 넘어가고 어둠이 깔리기 시작한다.

13. 플랫폼 - 실외 - 밝은 달밤 13

증기기관차가 객차 4량을 달고 하얀 증기를 날리며 정차해 있다.

신호수가 등불(홍색과 녹색의 유리를 각각 양면에 끼웠다)을 손에 들고 손목시계를 달빛에 비춰보며 조바심을 낸다. 신호수의 목에는 호각이 걸려 있다.

14. 객차1 안 - 실내 - 밤 14

단꼬바지에 대검을 찬 군조가 자원병들에게 일장 연설을 한다.

군조의 뒤에 헌병7, 8이 소총을 메고 서 있다.

군조 나도 너희와 같은 조센징이다. 너희가 대일본제국의 헌병 보조가 될 수 있도록 배려한 것은 이완용이 헌병 보조 제도를 제의하였고 하세가와 장군께서 이를 받아들여 너희 조선인이 헌병 보조로 출세할 수 있게 한 것이다. 그러므로 너희들은 대일본제국의 천황폐하께 감사해야 하며 목숨을 바쳐 충성해야 한다. 알겠나?

자원병들 하이!

군조는 객차2로 간다.

헌병7, 8도 군조를 따라 객차2로 간다.

15. 동 객차2 안 - 실내 - 밤 15

객차2 안에 'ていしんたい'라 쓴 머리띠를 두른 소녀들이 가득 앉아 겁에 질려 있다.

(자막) ていしんたい: 정신대

헌병 4명이 소녀들을 향하여 총을 들고 위압감을 주고 있다.

군조와 헌병7, 8이 소녀들을 살피며 지나 객차3의 열린 문으로 들어간다.

객차3의 열린 문으로 'にゅうえい'이라는 머리띠를 두른 장정들이 가득 앉아 있고 헌병들이 총을 들고 장정들의 일거수일투족을 예리하게 주시하고 있다.

(자막) にゅうえい: 입영(入營)

16. 동 플랫폼 - 실외 - 이른 새벽 16

시계를 보던 신호수가 기관차 쪽을 향하여 호각을 길게 불고 기관사에게 녹색 불빛이 보이도록 등불을 좌우로 길게 흔든다.

기관차가 기적 소리 길게 한 번 울리고 칙칙폭폭 플랫폼을 천천히 빠져나간다.

(F. O.)

17. 험준한 계곡 - 실외 - 새벽 몽타주 17

땅에 엎드린 일본 헌병, 나무 뒤에서 졸고 있는 헌병들. 바위 뒤에 있던 가나야마와 중위는 날이 밝아오자 고개를 들고 전방을 두리번거린다.

전방에는 개미새끼 한 마리 움직임이 없다.

헌병들이 하나둘 일어서기 시작하여 기지개를 켠다.

헌병들이 진을 치고 있는 전방의 산등성이에는 곳곳에 개인 참호가 빠끔히 열려 있고 총부리가 나와 있다.

헌병들이 활기를 찾아 소변을 보는 놈, 아침 체조를 하는 놈, 똥 누는 놈, 수건으로 얼굴이나 목을 닦는 놈, 담뱃불을 빌리러 다니는 놈 등등.

갑자기 총알이 연속으로 날아오면서 일어서 움직이던 헌병들은 다 고꾸라진다.

가나야마를 비롯한 헌병들이 엄폐물을 찾아 몸을 감춘 다음에야 총소리가 멈춘다.

가나야마가 망원경으로 전방을 세밀히 본다.

망원경 시점 -

개인 참호의 빠끔히 열렸던 문은 다 닫혀버린다.

가나야마 これらが塹壕の中で私たちを待ったのだ。(이것들이 참호 속에서 우리를 기다렸던 것이다.)

중위 一応退却したら大砲を持ってきて、再び攻撃するのはどうでしょうか?(일단 후퇴했다가 대포를 가지고 와서 다시 공격하는 것이 어떻겠습니까?)

가나야마 そうしよう。(그렇게 하자.)

18. 철길2 - 실외 - 아침 18

강산과 형가와 용준이 지켜보는 가운데 50여 명의 인민의용군들이 크고 작은 돌들을 가져와 철길에 쌓는다.

저 멀리 산등성이를 돌아 터널로 들어가는 입영 열차가 기적을 울린다.

기적 소리 - 한 번은 길게 두 번은 짧게

강산, 형가, 용준을 위시한 인민의용군들이 기관차를 바라본다.

강산 위치로.

형가 날래 위치로!

상군 위치로!

인민의용군들은 일제히 흩어져 매복에 들어가 거총한다.

기관차가 맹렬한 속도로 다가오고 있다.

곳곳에 매복한 인민의용군들이 입영 열차가 다가오는 것을 숨죽이며 본다.

19. 의용군 매복지 - 실외 - 아침 19

기관차가 다가오다가 철로에 쌓인 돌무덤 앞에서 급정지한다.

인민의용군들이 일제히 객차로 달려간다.

객차 안에서 창문으로 총을 쏘기 시작하는 일본 헌병들.

총에 맞아 쓰러지는 인민의용군들.

인민의용군도 총을 쏘며 객차의 승강구로 들어간다.

총을 맞아 쓰러지는 창문의 헌병들.

20. 객차3 안 / 동 출입구 - 실내/외 - 낮 몽타주 20

일본 헌병들이 거총하여 입영 장정들을 겨누며 위협하고 있다.

헌병8 손 들고 눈 감아! 움직이는 놈은 쏘아버리겠다!

장정들이 모두 두 손을 머리 위로 올리고 실눈을 뜨고 사태를 주시하고 있다.

좌측 편에 앉은 삼수와 우측 편에 앉은 건학이 서로 손짓으로 의사를 교환한다.

헌병이 수상하게 여겨 살벌한 얼굴로 건학에게 다가온다.

건학 아따, 오줌이 마려워 환장하것는디 쉬 좀 허먼 안 되까라?

헌병 이 새끼가 죽고 싶어? 좆 대가리 꽉 쥐고 있어!

입구에 나타난 형가와 인민7이 헌병들을 쏘아버린다.

고꾸라지는 헌병들. 형가는 장정들을 향하여 외친다.

형가 이보라! 동무덜, 날 따르라우.

형가의 외침에 우르르 출입구로 나가기 시작하는 장정들.

형가는 쓰러진 헌병의 총을 집어 삼수에게 준다.

형가 (건학이 들리지 않게) 신분은 노출하지 말라 알디?

총을 받으며 고개를 끄덕이는 삼수.
객차2에서 헌병이 나온다.

건학은 죽은 헌병의 소총을 재빨리 집어 들고 헌병을 쏘아버린다.
쓰러지는 헌병.

인민7은 'ていしんたい'라는 머리띠를 두른 소녀들에게 외친다.

인민7 자, 빨리빨리 이쪽으로!

삼수와 건학은 정신대 소녀들과 장정들이 출구로 나갈 수 있도록 배려한다.
열차에서 내린 형가의 뒤를 장정들과 정신대들이 줄줄이 따라간다.

일본 헌병들 둘이 창문으로 총을 쏜다.
달아나던 정신대와 장정들이 헌병의 총을 맞고 쓰러진다.

건학과 삼수가 창문으로 총을 쏘고 있는 헌병 둘을 쏘아버린다.
장정들과 정신대들이 서둘러 내린다.

건학과 삼수는 열차에서 뛰어내려 다른 쪽 숲으로 달아난다.
건학과 삼수가 숲으로 들어가는 뒷모습을 본 일본 헌병들이 총을 쏜다.

쓰러지는 정신대 소녀들을 뒤로하고 달아나는 정신대 소녀들과 장정들.

21. 객차4 안 - 실내 / 외 - 낮 몽타주 21

텅 빈 객차 안의 군조가 창문으로 강산과 인민의용군들의 동태를 살핀다.

군조의 시점 -

강산과 인민의용군들이 장정들과 정신대들을 인도하여 바위 뒤로 줄줄이 들어가고 있다.

강산 (뒤이어 급하게 오는 장정들에게) 퇴로는 이쪽이다! 서둘러라!

군조가 소총의 가늠자에 눈을 대고 정조준한다.

가늠자 시점 -

가늠쇠 위에 강산의 심장이 잡힌다.
방아쇠를 당기는 손가락.
강산은 총을 맞고 쓰러진다.

미소를 짓는 군조.
군조는 다시 가늠자에 눈을 댄다.
용준이 강산을 부축하여 퇴로로 나간다.

용준 이쪽으로 후퇴하라!

강산을 부축한 용준은 요천으로 내려가고 인민의용군들도 용준을 따라 간다.

22. 돌산 입구 - 실외 - 낮 몽타주 22

총탄이 빗발처럼 쏟아지는 와중에 용준은 강산을 부축하여 요천을 건너 바위를 돌아 돌산으로 들어간다.

형가가 나타나 돌산 뒤쪽으로 강산을 안내한다.

인민의용군들의 안내를 받으며 장정들과 정신대들도 요천을 건너 바위를 돌아 돌산으로 들어간다.

군조와 헌병들과 달아나는 의용군과 장정들과 정신대 소녀들에게 무차별 사격을 가한다.

쓰러지는 의용군, 장정들, 정신대 소녀들.

바위를 방패 삼은 인민의용군들이 쫓아오는 군조와 헌병들에게 사격을 가한다.

고꾸라지는 군조와 헌병들.

23. 울창한 숲길 - 실외 - 낮 23

위독한 강산을 용준이 부축하여 올라오고 있다.

형가는 소총을 들고 뒷걸음치며 사주경계를 한다.

줄줄이 따라 올라오는 인민의용군들과 장정들, 정신대들의 행렬.

24. 헌병대 유치장 - 실내 - 낮 몽타주 24

도영은 피투성이로 유치장 안쪽에 누워 신음하고 있다.

옆 유치장에 윤정, 허수, 상군이 처참한 몰골로 누워 있거나 벽에 기대어 앉아 있다.

박점은 알루미늄 도시락의 밥을 먹으며 모략을 궁리한다.

헌병1 소총을 어깨에 메고 왔다 갔다 하며 번을 서고 있다.

도영 물, 물 좀 다오.

헌병1 물은 우물에 가면 있다.

도영 돈을 주겠다.

도영은 돈을 한 줌 쥐고 흔들다가 바닥에 던진다.

헌병1 탐욕스러운 눈이 빛난다.

헌병1 정말이냐?

헌병1 박점을 쳐다본다.

박점은 고개를 끄덕인다.

도영 물… 물 좀 다오.

헌병1, 주전자의 물을 사발에 따라 유치장 앞에 선다.

헌병1 자, 물 여기 있다. 돈을 가지고 와라.

도영 몸이 아파 움직일 수 없다. 물을 좀 먹여다오.

헌병1 정말, 돈을 다 가져도 되냐?

도영 물만 주면 다 가져도 된다.

헌병1, 유치장 자물쇠를 열고 성큼 들어와 돈을 먼저 집는다.

도영의 발길이 헌병1의 머리에 작렬한다.

나가떨어지는 헌병1.

박점은 일어나 옆 유치장 문도 재빨리 열어준다.

윤정과 허수, 상군이 유치장에서 나온다.

박점은 세 사람에게 각각 소총을 준다.

허수, 상군, 윤정이 문 입구를 지킨다.

몰려오는 헌병들의 발자국 소리.

도영은 헌병 박점에게 돈을 준다.

헌병 박점은 손가락으로 문을 가리키며 말한다.

박점 저 문으로 나가 안쪽으로 세 번째가 대장 방이다. 다다미를 들추어보라.

(자막) 다다미(たたみ): 일본식 돗자리

도영 알았다. 아파도 좀 참아라.

박점은 머리를 끄덕인다.

도영은 점의 허벅지에 총을 쏘아버린다.

박점은 비명을 지르며 쓰러진다.

도영은 윤정과 허수와 상군에게 입구를 가리키고 혼자서 안쪽 문으로 들어간다.

상군, 허수, 윤정은 입구로 나간다.

유치장 안에서 꿈틀거리며 일어나는 헌병1.

박점은 헌병1을 소총으로 쏘아버린다.

총을 맞은 헌병1은 분하여 손가락으로 박점을 지적하다가 고꾸라진다.

박점은 얼른 엎드려 죽은 척한다.

25. 헌병대가 보이는 거리 - 실외 - 낮 25

오장을 선두로 헌병들이 열을 지어 시내로 들어오고 있다.

뒤를 따라오는 가나야마와 중위.

헌병대가 점점 가까이 보인다.

26. 동 가나야마 숙소 안 - 실내 - 낮 26

문이 열리며 도영이 들어온다.

도영은 다다미를 들추고 상자가 나타나자 뚜껑을 열어본다.

보물 상자 안에는 땅문서, 금괴, 귀금속, 패물, 금붙이, 금거북, 엽전, 지폐 뭉치 등이 가득하여 찬란한 빛을 발한다.

도영이 보물 상자를 들려고 하나 꿈쩍도 안 한다.

헌병들의 발소리가 가까이 들리고 총소리가 여기저기서 들려온다.

도영은 아쉬운 듯 보물 상자를 개방해둔 채 밖으로 나간다.

27. 동 헌병대 앞 - 실외 - 낮 27

상군과 함께 밖으로 나온 윤정과 허수는 헌병대로 들어오는 헌병들을 쏘아버린다.

도영이 사이드카를 타고 나타나면 윤정, 허수, 상군이 함께 타고 쏜살같이 사라진다.

헌병들이 우르르 달려와 사이드카를 향하여 총질을 하지만 이미 사라진 뒤다.

이때 헌병들과 다가온 가나야마가 헌병대 안으로 들어간다.

28. 동 가나야마 숙소 안 - 실내 - 낮 28

다급히 들어온 가나야마는 보물 상자를 본다.

가나야마는 허둥지둥 뚜껑을 닫고 다다미를 덮는다.

그리고 심각하게 깊은 생각에 빠진다.

가나야마 宝物の場所がばれたのでどうする?(보물의 장소가 탄로가 났으니 어찌한다?)

29. 의용군 동굴 - 실내 - 낮 29

벽에 기대어 앉은 강산의 상처에 속옷을 찢어 지혈하고 있는 용준.
도영을 선두로 윤정, 허수, 상군이 들어온다.

도영 대장님!
상군, 윤정, 허수 대장님!
상군 이게 어찌 된 겁니까?

강산은 감았던 눈을 뜨고 반가운 미소를 지으려는데 총상의 고통에 머리를 떨군다.
형가가 들어온다.

도영 치료할 방법은 없나?

형가는 냉정하게 머리를 흔든다.

강산 물, 물 좀 다오.

윤정이 물을 가지러 간다.

강산 으… 음, 이 부대를 장 정위가 지휘하라.

도영 네. 알겠습니다.

강산 상군과 형가와 용준은 장 정위를 보좌하여 거점을 확보하는 데 차질이 없도록 하라!

도영, 상군 네!

형가의 표정이 일그러지더니 몸을 홱 돌려 밖으로 나간다.
용준도 불만이 가득하여 형가를 따라 나간다.
이를 바라보는 상군의 시선.

30. 동 동굴 앞 - 실외 - 낮 30

동굴에서 형가를 따라 나온 용준.

용준 이렇게 되면 우리 계획은 물 건너간 거야?

형가 장 정위 아새끼를 쏘아버리는 거이 좋겠디?

용준 그래. 그놈만 없애면 해결돼.

형가 기러티? 너, 엄호하라우?

용준 그럼, 염려하지 말아.

형가는 권총을 뽑아 실탄을 장전한다,

용준은 근처에서 경계를 서고 있는 인민의용군을 손짓으로 부른다.

의용군A, B가 온다.

용준과 인민의용군A, B는 소총을 들고, 권총을 든 형가를 따라 굴 안으로 들어간다.

31. 동 동굴 안 / 밖 - 실내 - 낮 **31**

윤정이 물이 든 탄약 상자의 뚜껑을 열고, 반합 뚜껑으로 물을 떠서 강산에게 가지고 온다.

권총을 겨누며 들어오는 형가와 용준, 인민의용군A, B.

윤정이 놀라 반합 뚜껑을 떨어뜨리며 옆으로 피한다.

도영은 몸을 굴려 사물함 뒤로 몸을 숨기며 권총을 뽑는다.

형가가 도영이 사물함 뒤로 몸을 숨기는 것을 발견하고 그를 향하여 권총을 발사한다.

강산이 권총을 뽑아 형가를 쏘고 힘을 잃고 옆으로 쓰러진다.

형가는 권총을 떨어뜨리고 쓰러지면서 몸을 굴려 굴 밖으로 피한다.

도영이 권총을 발사한다.

인민의용군A, 총 맞고 쓰러진다.

용준이 재빠르게 굴 밖으로 도주한다.

상군의 총에 인민의용군B가 맞고 쓰러진다.

형가 이보라, 수류탄 까 던지라우.

용준 수류탄이 없는데….

형가 수류탄 가진 넘을 빨리 불러오라.

형가와 용준이 아래로 내려간다.

도영 어서 여길 빠져나가자.

윤정과 허수가 굴 입구로 나가 경계를 선다.

도영과 상군이 강산을 부축하여 굴 밖으로 나가려 한다.

강산 난, 두고 어서 피해라…. (숨을 거둔다)

도영과 상군이 강산을 부축하여 굴 밖으로 나간다.

아래에서 용준을 선두로 하여 소총을 든 인민의용군들이 떼거리로 몰려오고 있다. 형가가 인민의용군들에게 손짓으로 동굴을 가리키며 재촉한다.

의용군 하나가 수류탄을 던진다.

도영과 상군이 강산을 부축하여 윤정과 허수의 경계를 받으며 뒷길로 빠진다.

굴 입구에서 수류탄이 터진다.

(F. O.)

32. 무덤 앞 - 실외 - 낮 32

새로 만들어진 무덤 앞에 비목이 있고 그 밑에 들꽃이 한 아름 놓였다.

비문 - '대한민국 광복군 참령 이강산 지묘'

도영, 상군, 허수, 윤정이 무덤 앞에 머리 숙여 묵념한다.

도영 이제 인민의용군 부대는 우리와 상관이 없게 된 건가?

상군 그렇다고 봐야 합니다.

도영 광복군을 새로 징모하면 어떤가?

상군 충칭에서 가지고 온 돈으론 소총 몇 자루밖에 구입 못 합니다.

도영	그럼, 다른 방법은?
상군	헌병대를 습격하는 방법이 있지 않습니까?
도영	좋아. 헌병대를 습격하도록 하자.
상군	현재 우리의 상황에선 그것이 최선입니다.
윤정	이참에 일본 놈들에게 본때를 보여주자니께요.
허수	헌병대 하나 못 털어서야 어찌 나라를 되찾을 수 있것어라?
도영	맞아, 우리의 저력을 보여주자!

도영과 상군, 허수, 윤정의 얼굴에 죽음을 각오한 굳은 결심이 서린다.

33. 박탐의 집 마당 - 실외 / 내 - 낮 33

넓은 마당의 부유한 기와집. 마루가 번들거리고, 기둥과 벽이 화려하다. 그림과 세로 글이 걸려 있고, 도자기와 커다란 벽시계의 톱니바퀴 돌아가는 소리가 재깍거린다.

마름은 광에서 나무 술통을 굴려 마당을 지나 부엌으로 가고 있다.

부엌어멈은 배추, 시금치, 쪽파를 담은 바구니를 들고 부엌으로 간다.

찬모는 광에서 천장에 걸린 돼지 다리 한 짝을 바구니에 담아 마당을 지나 부엌으로 간다.

삽살개가 찬모를 졸졸 따라다닌다.

갑자기 대문 빗장이 깨지며 대문이 활짝 열린다.

소총(일본 아리사카 44식)에 단검을 꽂은 헌병10, 11이 앞에총을 하고 들어온다.

그 뒤를 따라 흑구와 순사가 들어서고 있다.

삽살개가 요란하게 짖다가 꼬리를 내리고 슬그머니 꽁무니를 빼버린다.

마름, 부엌어멈, 찬모가 아연실색한다.

뒤꼍에서 쌀가마를 매고 나오던 삼수, 새파랗게 질리면서 뒷걸음친다.

방문이 열리며 박탐이 내다본다.

흑구 입영 열차에서 도주한 너 아들 건학이 새끼와 함께 도주한 네 집 머슴, 삼수 새끼 어디 있나?

박탐 뭐라고야? 우리 집에 새끼라고는 강아지밖에 없는디 어쩐디야?

흑구 저놈을 끌고 가라!

박탐 뭐시라고야? 군수가 내 깨복장이 친구여? 느그들 오늘 초상 치고 잡프면 어디 혀봐.

흑구 뭣들 하는 거야? 끌어다가 유치장에 처넣지 않고?

헌병10, 11 하이!

헌병10, 11이 마루로 뛰어올라 박탐을 끌어내린다.

박탐 이 잡열의 자슥들이 죽을라고 용을 쓰는 겨? 느그들 말여, 오늘 후회허들 말그라이 알겄제? 이 상열의 자슥덜이 어른을 몰라본다니께….

박탐은 헌병들에게 쥐어박히면서 마당에 꿇려 앉혀진다.
흑구가 성큼 마루로 올라가 방문을 열고 안으로 들어간다.

34. 동 응접실 안 / 안방 - 실내 - 낮 몽타주 34

흑구가 응접실로 들어와 응접실 안을 둘러본다.
커다란 유화, 도자기, 고급 응접세트, 피아노가 놓여 있다.
유성기에서 이난영의 '목포의 눈물'이 흘러나온다.
흑구는 열린 안방 문으로 들어간다.
안방에는 머리에 수건을 싸매고 누워 있던 부인이 벌떡 일어나 구석으로 쪼그린다.
흑구는 화장대 서랍을 연다.
서랍 안에 든 장신구 상자를 들어내 뚜껑을 열어보는 흑구.
장신구 상자 안에는 보석 머리핀, 금비녀, 노리개, 보석 반지, 진주 목걸

이, 홍옥 브로치, 금 단추, 금 두꺼비, 100원권 접은 묶음 등이 보인다.

흑구의 탐욕스러운 눈이 번뜩인다.
아쉬운 듯 상자를 제자리에 놓고 서랍을 닫는 흑구.

35. 동 뒤껼 - 실외 - 낮 35

건학과 삼수가 사다리를 타고 산으로 올라가 사다리를 끌어당기고 있다.

이때 좌, 우측에서 헌병10, 11이 각각 나타나 사다리를 올리는 건학과 삼수를 발견하고 소총을 겨냥하여 발사한다.

건학과 삼수는 사다리를 내던지고 달아나버린다.

36. 헌병대 고문실 - 실내 - 낮 36

박탐은 다리가 거꾸로 묶여 천장에 매달려 있다.
흑구는 주전자의 물을 박탐의 코에 붓는다.

흑구 고춧가루 탄 물맛이 어떠냐? 네 아들놈 새끼 어디로 도망갔는지 토설해라.

박탐 정말 모른다니께.

흑구 헌병대장 가나야마는 내일 본국으로 들어간다. 그러면 내가 너를 죽여도 아무런 탈이 없다. 그러나 네 놈이 나에게 뭘 줄 수 있다면 살려줄 수도 있다.

박탐 그러니께 뭐가 갖고 잡냐? 말로 해라 말로….

흑구 너의 집 땅문서를 내놓겠느냐? 목숨이 끊어지면 그까짓 땅문서가 무슨 소용이냐?

박탐 그라먼, 건학이와 삼수가 잡혀도 책임지고 살려서 풀어 주것다고 약속할 수 있겄냐?

흑구 물론이다.

37. 박탐의 집 안방 / 대문 - 실내 / 외 - 밤 몽타주 37

방 안엔 백열등이 켜져 있다.

제사상 위 목기에 과일과 유밀과와 명태와 냉수 사발을 올리고 있는 박탐 부인의 이마에 흰색 대님이 동여 있다.

방으로 들어온 복면이 방으로 들어오자마자 부인의 입을 손으로 막고 비수를 코앞에 들이댄다.

복면 소리치면 이 칼이 네 목에 파고들 것이다. 소리칠래?

부인은 새파랗게 질려 머리를 좌우로 흔든다.

복면은 부인의 입에 재갈을 물리고 손을 결박하여 옆으로 자빠뜨린다.

복면은 경대 서랍을 열고 장신구 상자를 꺼내 열어 검은 자루에 쏟아붓는다.

안방의 여기저기 서랍을 열어 뒤집어엎는 복면.

벽장의 문을 열면 소형 금고가 나타난다.

금고에 귀를 대고 심각하게 다이얼을 좌우로 돌리는 복면.

복면은 금고의 문이 찰칵 열리자 귀금속과 현금과 문서를 자루에 쓸어 담는다.

빈 금고에 오줌을 깔기는 복면.

외면하는 부인.

복면이 방을 나간다.

조금 열린 방문으로 복면이 마당을 지나 대문으로 가는 것을 보는 부인.

복면은 나가면서 복면을 벗는다. 흑구다.

38. 헌병대 안 / 대장실 - 실내 - 밤 38

입구에서 안으로 들어오는 흑구.

의자에 앉아 있던 박점이 벌떡 일어나 경례를 붙인다.

흑구는 대장실 안으로 들어간다.

흑구는 자루를 대장의 책상 위에 올린다.

박점은 대장실 문틈으로 안을 엿본다.

앉아 있던 가나야마는 일어나 자루를 열어 귀금속들을 살핀다.

가나야마 감춘 거노 있으면 꺼내노 해라.

흑구 감춘 거노 읍따.

가나야마 즈봉이노 벗어보까 감춘거노 꺼내보냐?

주저하던 흑구가 바지 속에 손을 넣어 금 두꺼비를 꺼내 바닥에 떨어트린다.

가나야마 훈도시노 양심이노 있는 것이여?

흑구는 마지못해 신경질적으로 바지 속에 손을 넣는다. 돌돌 만 100원권 묶음이 바닥에 떨어지면서 바지가 내려간다. 훈도시 앞이 너무나 불룩하다.

가나야마 벗어보라니께이?

흑구는 훈도시 속에서 금 거북이를 바닥에 떨어트린다.

가나야마는 권총을 뽑아 흑구 머리에 대고 노리쇠를 당긴다.

가나야마 군자금이노 빼돌려 살고노 싶으냐?

흑구 대장 혼자 보물상자노 가지고 본국이노 들어가면 난, 닭이노 쫓던 개 지붕이노 쳐다보냐?

가나야마 본국이노 들어가는 거노 어찌노 알았스무니까?

흑구 이 흑구노 개털이노 보지 마라. 알 건노 다 안다.

가나야마 흑구 상이노 개털 아니여. 나와 같이 본국이노 들어 가노 사업이노 동업이노 한다니께이.

흑구 그 말이노 믿어도 되무니까?

가나야마 뙤놈이여? 의심이노 많아여.

흑구 그러면, 나도 본국이노 들어갈 준비노 해야 하니 이거노 가져간다.

흑구는 재빨리 거북이와 두꺼비와 지폐를 주워 들고 나가버린다.

점은 재빨리 두 걸음 물러나 서류를 들고 다가오는 척한다.

흑구는 대장실에서 나와 반대편으로 나간다.

39. 동 가나야마 숙소 - 실내 - 밤 39

문을 열고 들어온 가나야마는 문을 잠근 다음 다다미를 들어내고 보물 상자 뚜껑을 연다.

보물 상자 안에는 땅문서, 금괴, 귀금속, 패물, 금붙이, 엽전, 지폐 뭉치 등이 가득하여 찬란한 빛을 발한다.

가나야마는 흑구가 가지고 온 귀금속을 상자에 쏟아붓는다.

좀 불안한 가나야마.

가나야마는 폭약 상자를 가지고 와 뚜껑을 열면 수류탄 2개와 다이너마이트 한 묶음(4개)이 들어 있다.

가나야마는 폭약 상자를 보물 상자에 넣고 뚜껑을 닫는다.

(F. O.)

40. 조선인민의용군 남경 지부 - 실내 - 낮 40

(자막) 1945년 8월 14일

지도위원실에 형가가 앉아 있다.

사복한 박점 들어온다.

형가 너, 또 돈벌이 왔네?

박점 아주 값나가는 거 가져왔다.

형가 기래, 무어가?

박점 가나야마와 흑구가… 본국으로 들어간다.

형가 언제? 보물은 가지고 가네?

박점은 입을 다물고 형가를 멀뚱히 쳐다본다.

형가는 서랍을 열고 지폐를 몇 장 꺼내 책상 위에 놓는다.

점이는 돈 액수를 가늠해보고 돈을 형가에게 민다.

형가는 지폐를 더 꺼내 밀어 준다.

점이는 돈을 집어 주머니에 넣고 형가의 귀에 속닥인다.

형가의 얼굴에 미소가 피며 고개를 끄덕인다.

형가 도영이도 아네?

박점 어떻게 할까?

형가 도영에게도 일러주라.

박점 도영에게 넘겨주려고?

형가 넌 알 거 없다. 난 모르는 걸로 하라. 내 말 어기면 알디? (돈을 더 준다)

박점 물론이다.

41. 흑구의 집 방 안 - 실외 / 내 - 달밤 41

여행복 차림의 흑구, 륙색을 꾸려 어깨에 둘러멘다.
벽에는 호야 등불이 켜져 있다.

문이 열리며 형가와 용준이 총을 겨누며 들어온다.

흑구 감히 여기가 어디라고….

펑! 소리와 함께 연막탄이 터진다.
놀란 형가와 용준은 흑구를 향하여 방아쇠를 당긴다.
연막이 서서히 걷히면서 흑구는 없고 바닥이 뻥 뚫려 있다.

(F. O.)

42. 지리산 비탈길 - 실외 - 아침 42

(자막) 1945년 8월 15일 아침

동트는 아침 태양이 온 대지를 찬란하게 비춘다.
형가와 용준과 인민1, 2, 3, 4, 5가 길가의 언덕 옆에 숨어서 전방의 길을

주시하고 있고, 소총은 전방을 향하여 걸쳐져 있다.

용준 보물이 여수항으로 가는데 왜 우린 지리산 입구를 지키는 거야?

형가 하수는 하수답게 잠자코 있는 거이 부하들 눈에 상수로 보이디 않캈네?

용준 아무래도 헛다리짚는 거 맞지 싶다.

형가 아새끼터럼 안달하디 말라.

용준 조까고 있네….

43. 샛길 - 실외 - 낮 43

도영과 윤정이 길 옆 언덕 바위에 소총을 걸쳐놓고 전방을 바라본다.

조그마한 나무 상자 둘이 놓였고, 도영과 윤정은 그 상자 위에 각각 걸터앉는다.

44. 삼거리 - 실외 - 낮 44

삼거리는 도영이 있는 후방 1km 지점이다. 삼거리는 허수와 상군의 뒤쪽에

있고 이정표가 있다.

이정표 - 남쪽 화살표 [여수], 서쪽 화살표 [지리산]

허수와 상군이 나무에 총을 걸치고 도영이 있는 쪽을 초조하게 주시하고 있다.

45. 샛길 옆 바위 뒤 - 실외 - 낮 45

헌병 20명이 완전군장으로 오장의 호각 소리에 발 맞춰 구보로 오고 있다.

도영과 윤정은 소총을 내리고 몸을 낮춘다.

헌병들이 도영과 윤정의 앞을 통과하면서 주위를 세심히 관찰한다.
헌병들은 허수와 상군이 있는 삼거리를 향하여 간다.

46. 삼거리 - 실외 - 낮 46

허수와 상군은 전방에서 구보로 오는 헌병들을 본다.
허수와 상군은 몸을 굴려 바위 뒤로 몸을 숨긴다.

헌병 20명은 오장의 호각 소리에 맞춰 허수 상군을 통과하여 여수 쪽으로 언덕을 넘어간다.

상군 훈련을 빙자한 헌병 놈들이 가나야마를 간접 호위하려는 수작이다.

허수 맞아라이….

47. 남경 외곽 도로 / 마차 안 - 실외 - 낮 몽타주 47

거리를 빠져나오는 쌍두마차.

헌병10이 소총을 등에 메고 마차를 몰고 있다.

헌병11은 소총을 손에 쥐고 마차의 뒤에 앉아 경계하고 있다.

'여수항→'이라는 이정표를 지나 달리는 쌍두마차.

마차 안에는 보물 상자를 중앙에 두고 가나야마와 흑구가 마주 앉아 있다.

마차의 커튼을 젖히며 밖을 살피는 가나야마.

마차 뒤의 1km 후방에서 완전군장 헌병 15명이 2열 종대의 행군으로 따라오고 있다.

48. 샛길 - 실외 - 낮 48

도영과 윤정이 나무 상자에 앉아 전방을 주시하고 있다.

도영과 윤정의 시점 -

헌병10이 모는 쌍두마차가 오고 있다.

쌍두마차 그 1㎞ 후방에 15명의 헌병들이 호각 소리에 발을 맞추어 오고 있다.

도영 역시 우리가 예상한 대로 경계가 철저하군. 잘할 수 있지?

윤정 이 윤정이가 이래 봬도 의용군 4년차여라.

윤정이 마차를 향하여 거총하려는 것을 손으로 저지하는 도영. 마차가 도영과 윤정 앞을 통과한다.

마차의 뒤를 향하여 사격을 시작하는 도영과 윤정.

헌병11이 윤정의 총에 맞아 마차에서 떨어진다.

말고삐를 쥐고 채찍을 가하며 속력을 재촉하는 헌병10.

후방 15명의 헌병들이 소리를 지르면서 달려오고 있다.

(cut to)

구보로 가던 전방 헌병 20명과 오장 모두 총소리를 듣고 제자리에 멈춘다.

오장 부대 뒤로 돌앗! 휴대한 소총에 실탄을 장전한다. 실시!

헌병들은 소총에 실탄을 장전한다.

49. 삼거리 - 실외 - 낮 몽타주 49

허수와 상군이 달려오는 마차를 향하여 방아쇠를 당긴다.

마차를 몰던 헌병10, 상군의 총을 맞아 마차에서 떨어진다.
흑구가 마차 안에서 나와 말고삐를 잡아 왼손에 모아 쥐고 권총을 발사한다.
흑구의 권총에 맞아 쓰러지는 상군.
허수가 흑구를 향하여 총을 쏜다.

흑구는 이마에 총을 맞고서 마차에서 떨어진다.
가나야마가 권총을 뽑아 허수를 향하여 쏜다.
허수가 총을 맞고 쓰러진다.

(cut to)

오장 적들의 출몰 지점까지 전속력으로 뛴다! 출발!

20명의 헌병들이 앞다투어 뛰어간다.

마차에 뛰어오른 도영이 말고삐를 잡아 마차를 세운다.

가나야마가 도영에게 총을 쏜다.

어깨에 총을 맞는 도영.

가나야마의 이마에 총구멍이 뚫린다.

총을 쏜 윤정은 총을 던지고 나무 상자를 열고 다이너마이트에 불을 붙인다.

뛰어오는 15명의 헌병들 앞길로 다이너마이트에 불을 붙인 상자를 굴린다.

윤정은 또 하나의 나무 상자에서 수류탄을 꺼내 양손에 든다.

후방의 헌병들이 뛰어오다가 다이너마이트가 터지면서 아수라장이 된다.

아수라장 속에서도 상처를 입어 도주하는 헌병들을 향하여 윤정은 수류탄을 던지고 또 던진다.

도주하는 헌병들이 수류탄을 맞고 죽어간다.

윤정은 마차에 뛰어올라 죽은 가나야마를 마차에서 밀어뜨린다.

총상 입은 허수와 죽은 상군을 마차에 싣는 도영과 윤정.

부상을 입은 헌병이 총을 겨누려는 것을 본 윤정이 수류탄을 던진다.

산산이 폭파되는 헌병들의 시체.

윤정은 허수의 머리를 자신의 무릎에 눕히고 마차의 커튼을 찢어 지혈한다.

눈을 뜬 허수는 갑자기 도영의 손을 잡는다.

허수 내 누이를… 부탁하요이….

허수는 윤정의 손을 잡아 도영의 손에 쥐여준다.

도영, 윤정을 본다.

긴장한 윤정도 도영을 본다.

도영 그래. 내가 책임지겠다.

안도하는 윤정.

허수 고맙소. (꼴까닥)

윤정 오라버니…! 흐흐흑….

윤정은 울면서도 가만히 눈을 들어 도영을 흘깃거리며 흐뭇한 미소.

도영은 마차를 몰아 서쪽 지리산 가는 길로 들어간다.

도영이 채찍질을 하여 마차가 전속력으로 달려간다.

50. 언덕길 - 실외 - 낮 50

오장을 따라 20명의 헌병들이 헐떡이며 언덕을 올라와 숲이 있는 삼거리를 내려다본다.

오장의 시점 -

가나야마, 흑구, 헌병10이 11의 시체를 본다. 마차가 서쪽 길로 들어가는 꽁무니가 보인다.

오장 저기까지 전속력으로 달린다. 출발!

오장의 뒤를 따라 헌병들이 우르르 뛰어 내려간다.

51. 지리산 비탈길 - 실외 - 낮 51

총을 쥐고 엎드려 졸고 있는 인민1, 2, 3, 4. 5.

용준 허어… 참, 헛다리 짚은 거 맞대니까….
형가 아가리 닫으라.

용준 딴 길로 갈 수도 있잖아?

형가 아가리 닫디 못하간? (작게) 간나 새끼.

용준 방금 뭐라 했어?

형가 아가리 닫으라 했디. (작게) 종간나 새끼.

용준 너, 나에게 욕한 거야?

형가 귀에도 기름칠 했네? (더 작게) 바다 간나 새끼.

용준 개새끼! 너, 말 크게 안 해?

형가 머래 크게 하네? 내 욕 소리 듣고 싶네? (크게) 호르몬 간나 새끼!

52. 지리산 입구 - 실외 - 낮 52

도영은 마차를 몰아 '지리산 입구'라는 표지판을 지나간다.

윤정은 허수의 시체 옆에서 보물 상자를 열고 도영의 눈치를 보아가며, 반지를 끼고, 진주 목걸이를 목에 걸고, 금 팔찌를 차고 홍옥 브로치를 앞섶에 끼운다.

53. 삼거리 - 실외 - 낮 53

오장은 마차 바퀴 자국을 따라 지리산 가는 길로 죽어라고 달려가고 헌병들은 오장을 따라 지친 몸으로 겨우 따라간다.

오장과 헌병들은 평지를 빠르게 달려가다가 언덕이 나타나자 절망한다.

속도가 느려지기 시작하더니 모두가 지쳐서 헐떡거리며 뛰는 속도가 점점 걷는 속도보다 더 느려진다.

54. 지리산 비탈길 / 마차 안 - 실외 - 낮 54

엎드려 총을 안고 졸고 있는 인민의용군1, 2, 3, 4, 5.

풀밭 돌에 앉은 용준은 작은 돌을 계속 던져 들꽃을 만신창으로 만들고 있다.

마차를 몰고 고갯길을 넘어오는 도영.

마차를 보며 입이 벌어지는 형가.

어깨의 총상을 커튼 천으로 동여매어 피가 밴 도영은 몹시 고통스러워하며 마차를 몰고 온다.

도영의 뒤 마차 안에 있는 윤정은 보물 상자를 안고 있다.

마차를 몰아오는 도영의 고통스러운 얼굴.

형가는 도영을 향하여 방아쇠를 당긴다.

옆구리에 총을 맞고 말고삐를 놓치는 도영은 간신히 다시 말고삐를 잡는다.

55. 마차가 지나간 길 - 실외 - 낮 55

지친 헌병들을 인솔하여 오던 오장은 뒤를 돌아보고 난감해한다. 자신도 지쳐서 곧 쓰러질 것만 같다.

오장 일어나라… 일어나… 빨리 좇아가지 않는 놈은 명령 불복종으로… 총살… 이다….

헌병들은 모두가 땅바닥에 누워버린다.

오장도 주저앉으며 가쁜 숨을 몰아쉬며 눕는다.

56. 지리산 비탈길 옆 언덕 - 실외 - 낮

쌍두마차를 본 용준과 인민1, 2, 3, 4, 5는 일제히 사격을 가한다. 빗발치는 총탄을 뚫고 달리는 쌍두마차.

다시 총탄을 맞고 마차에서 떨어지던 도영, 간신히 마차의 발판을 잡고 질질 끌려간다.

형가가 마차로 뛰어올라 말고삐를 잡는 순간 뒤에서 나타난 도영.
도영은 형가의 목을 한 팔로 조이며 마차를 몰아간다.
숨이 막혀 바동거리는, 몸집이 왜소한 형가.
윤정이 판자로 형가의 머리를 내려친다.

인민의용군들과 용준은 형가를 방패 삼은 도영에게 총질도 못하고 바라만 본다.

마차는 유유히 언덕을 넘어 멀어져 간다.

도영은 기진맥진하여 형가를 마차에서 밀어버린다.

마차에서 떨어져 땅바닥에 뒹굴다 뻗어버리는 형가.

57. 내리막길 - 실외 - 저녁 57

도영은 기진맥진하여 쓰러지며 말고삐를 놓고 정신을 잃는다.

윤정이 달려들어 말고삐를 잘못 잡아당겨 엉뚱한 방향으로 달리는 마차.

마차 바퀴가 바위에 부딪치면서 마차는 산산이 부서져버린다.

윤정은 보물 상자에 머리를 얻고 피를 흘리며 쓰러져 있다.

도영은 부서진 바퀴에 덮여 피투성이로 의식을 잃고 있다.

말은 어디론지 가버린다.

산에서 내려오던 건학과 삼수, 도영과 윤정을 발견하고 다가온다.

건학이 도영과 윤정의 맥을 짚어본다.

윤정은 꿈틀거리며 눈을 뜬다.

58. 건학의 동굴 안 - 실내 - 밤 58

건학은 도영을 업고 들어와 눕힌다.

윤정은 삼수와 함께 들어온다.

건학이 도영의 상처 부위를 살핀다.

삼수가 수건과 대야에 물을 가지고 온다.

건학 삼수야. 거시기 어디 있냐?

삼수 아따, 그거시 그랑께 도련님 거시기에 있지라.

건학은 안주머니를 손으로 짚어보고 확인한다.

건학 아따, 너 귀신이다이. 거시기에 있어부러야.

삼수 거시기가 거시기서 어디 간다요?

휴대용 수술 도구 상자를 안주머니에서 꺼낸 건학은 상자를 열고 가위로 총상 부위의 옷을 잘라낸다.

윤정은 신기한 듯 도영을 수술하는 건학을 바라본다.

윤정 그란디, 의사 선상님이셔라?

삼수 아직은 의사 아니어라, 동경대학 의학부에 댕겼는디 학도병으로 잡아가니께 튀어부렀지라.

윤정은 수술에 열중하고 있는 건학의 얼굴을 황홀한 듯 바라보며 얼굴이 붉어진다.

도영은 한쪽 눈을 뜨고 건학에게 정신을 빼앗긴 윤정의 모습을 보며 웃는다.

건학은 도영의 상처에 박힌 총알을 핀셋으로 집어내 판자에 네 개째 놓는다.

건학 아따, 총알이 혈관을 피해부렀어야.

삼수 아따, 어떻게 총알이 혈관을 피해분다요?

건학 아따, 나가 콩으로 말하면 너는 메주로 알아묵어야? 히히히.

59. 건학의 동굴 안 - 실내 - 아침 59

구석에 윤정이 앉아 보물 상자를 안고 잠들어 있다.
건학과 삼수가 윤정을 보고 있다.
삼수가 보물 상자를 조금 끌어당긴다.

윤정은 잠들어 있는 모습 그대로 보물 상자가 옮겨 간 만큼 따라간다.
삼수가 다시 보물 상자를 끌어당긴다.
윤정 역시 보물 상자를 놓지 않고 따라가 끌어안고 얼굴을 묻는다.
삼수는 조심스럽게 윤정의 왼손을 보물 상자에서 떼어낸다.
그리고 윤정의 오른손을 보물 상자에서 떼어낸다.

윤정의 왼손이 보물 상자를 잡고 얼굴을 묻는다.

웃는 건학과 삼수.

건학, 삼수 하하, 하하하.

깨어나는 윤정.

상처 부위를 붕대로 칭칭 감은 도영, 잠에서 깨어나 건학을 본다.

건학도 도영을 본다.

도영 여기가?

건학 여그가 우리 아지트였는디, 해방이 되었승게 이 아지트 필요 없어졌지라.

도영 아니, 해방이라니?

건학 그러니께 어제 전쟁범죄자 히로히토가 항복 선언문을 낭독했지라.

도영 그렇다면 전쟁에서 승리한 미, 소 양국이 우리나라를 어떻게 요리해 먹어야 맛있게 먹을까 골똘하겠군.

건학 미국과 소련 놈들도 일본과의 전쟁에서 막대한 피해를 입었으니께, 전리품을 모아 팬에 올려놓고 스테이크로 하까 로스트로 하까 허기진 배를 채울라고 하겄지라.

60. 군청 앞 - 실외 / 내 - 낮 **60**

50여 명의 군민들이 지켜보는 가운데 '남경군청'이라는 간판을 떼어내고 '남경인민위원회'라는 간판을 '인민위원'이라는 완장을 두른 인민1, 2, 3이 부착하고 있다.

인민들은 모두 소총을 메고 있다.

형가는 오른팔에 부목을 하여 붕대로 묶어 목에 걸었고, '인민위원장'이라는 어깨띠를 두르고 간판의 비뚤어짐을 왼손 손짓으로 교정한다.

'치안위원장'이라는 어깨띠를 두른 용준과 인민4, 5, 6, 7, 8이 강태와 불량1을 끌고 와 군민들 앞에 꿇린다.

용준은 강태와 불량1을 가리키며 형가에게 속닥인다.

형가는 머리를 끄덕이더니 섬돌 위로 올라가 소리친다.

형가 이보라우, 어제 해방이 되었지비. 근데 말이디, 관공서에서 인민의 피를 빨아먹던 일본 앞잡이 아새끼덜은 쥐구멍으로 다 숨어버렸지비. 이 틈을 노린 저 두 날강도 아새끼덜은 내 세상이다 하고 에미나이덜을 줄 세워놓고 차례로 강간했디, 그뿐이가써? 돈과 식량과 황소 한 마리꺼정 강탈해게지고 우마차를 타고 날랐디, 근데 말이디 재수 옴 붙어 게지고 우리 인민치안위원들에게 붙잡히지 않았갔어? 우리 인민 치안위원 동지들에게 날래 박수 함 주라우.

모인 군민들이 박수를 친다.

용준이 박수 치는 군민들에게 손을 흔들어준다.

형가 해서 말이디 우리 공산당 남경인민위원회가 인민의 안전과 질서를 위해서 말이디, 이 날강도 아새끼덜을 인민 여러분의 의견에 따라 처분을 결정하려는 것이니까네 인민 여러분이 결정하시라요.

인민1, 2 처단합시다!

군민들 옳소! 처단합시다.

인민4 멍석말이로 벌합시다!

인민7, 8이 군민들 사이를 다니면서 소리친다.

인민7 입 다물고 있는 놈들은 저 날강도와 한패다!

인민8 날강도와 한패도 멍석말이합시다!

군민들은 겁에 질려 모두가 손을 들고 '옳소'를 외친다.

강태와 불량1은 입속에 감춘 면도날을 이로 물고 손목에 묶인 포승줄을 잘라내고 있다.

형가 좋소! 기럼, 이 강도를 둑이는 거이 좋갔소? 아님 살리는 거이 좋갔소?

인민1 죽입시다!

인민2, 3, 4 죽입시다!

인민5, 6, 7, 8 옳소!

옆 사람들의 눈치를 보던 군민들이 하나둘씩 손을 들어 외치기 시작하여 전체가 '옳소'를 외친다.

군민들 옳소!

잔인한 미소를 머금는 형가.

만족한 미소를 품는 용준.

형가 기럼 강도 아새끼덜을 인민 여러분덜이 이 죽창으로 한 번씩 찌르라요. 만약, 찌르지 않는 인민은 저 강도와 한 패거리로 간주하갔수다! 분명히 말하디만 한 패거리는 인정사정 두지 않고 처단하갔습네다?

강태와 불량1이 후다닥 튀어 집 모퉁이를 쏜살같이 돌아 도망간다.

인민들이 어깨에서 총을 내려 쏘는 총에 불량1이 맞고 고꾸라진다.

인민4, 5, 6, 7, 8이 강태를 쫓아 줄줄이 뛰어간다.

용준 이제부터 보물은 내가 찾아올 터이니 너는 인민위원장 노릇이나 잘 해먹어라.

형가 무시기 소리하니? 개수작 말라?

얼굴에 탐욕스러운 웃음이 감도는 형가.

(F. O.)

61. 산길 - 실외 - 낮 61

마차 바퀴 둘에 소나무 가지로 어설프게 엮어 만든 손수레 위에 보물 상자를 싣고 도영과 윤정이 손수레를 밀며 높은 길을 올라간다.

윤정 아고… 다리 아프구만. 좀 쉬어 가면 안 되까라?

도영 그러지….

윤정 대장님 고향은 어디라요?

도영 나는 중국에서 출생하였지만 우리 부모님은 대한 독

럽을 위해 몸을 바치신 독립투사셨소. 부모님의 뜻에 따라 내 나라 대한민국은 내 조국이며, 목숨이 끊어지는 순간까지 있는 힘을 다하여 나는 내 조국을 지킬 것이요!

윤정 내 말은, 이 보물 갖고 중국으로 내뺄 것은 아니지라?

도영 아니오. 이번 전쟁에서 이긴 강대국 놈들의 손아귀에서 우리나라를 지킬 강력한 국방군을 양성할 것이요!

윤정 지가 옆에서 밥이랑 빨래랑 해디리면 안 되까라? 딴 맘은 읎어라.

도영 내 아이도 낳아주면 좋겠소.

윤정 정말이라?

도영 네.

윤정 오매이 그래라이? 그라면 몇 명이나 낳까라?

도영 많을수록 좋지만, 최소 1개 분대 정도면 안 되겠어요?

윤정 아이고 오메이, 일개 분대면 열 명이 넘는디 죽을 때까지 애기만 열나게 만들믄 나야 얼매나 좋까라? 너무 좋고 행복하지라이.

도영 강대국 놈들과 맞장 뜰 놈들이니까 힘센 놈으로 낳아주시오.

윤정 내가 대장을 찬찬히 봤는디오이… 씨가 좋아서 힘 좋은 놈만 나올 것 같은디요이. 호호호.

도영 법성포에 도착하면 아이도 만들고 국방군도 징모합시다.

윤정 오메이, 그래라우. 그라먼 여그서 언능 한 놈 만들고 나서 싸게 갑시다.

윤정은 일어서서 서두르며 도영의 손을 잡아끌어 일으켜 세우다가 도영이가 끌어당기자 도영의 품에 안긴다.

도영과 윤정은 마주 바라보다가 미친 듯이 서로를 끌어안고 입술을 빤다.

윤정 오매, 좋은 거… 고쟁이 지금 여그서 벗길라고 그라요?

윤정은 도영을 끌어안으면서 도영의 입술에 혀를 넣는다.

숲속에서 강태가 도영과 윤정을 훔쳐보고 있다.

강태 아니, 저 새끼는 광복군 그 새끼…. 그런데, 아이고 배고파라. 아버지도 못 찾고 배고파 뒈지겠다. (꼬르륵 소리)

62. 산언덕 - 실외 - 낮

62

형가와 용준, 인민 10명은 산언덕에 도착한다.

용준은 망원경으로 언덕 아래를 살핀다.

형가가 다가와 망원경을 빼앗아 살핀다.

망원경 시점 -

멀리 보이는 숲에서 연기가 피어오른다.

형가 이 보라, 치안위원장. 저기 연기 나오는 데 보이디? 아마 거가 도영이와 윤정 에미나이가 있는 걸 기야. 지금 빨리 가 앞을 차단하라우. 여차하면 총알을 맥이는 거이 좋디만 보물은 게져오라.

63. 큰 바위 밑 - 실외 - 낮 몽타주

63

윤정은 모닥불 주위에 앉아 토끼 고기를 통째로 쥐고 뜯어먹는다.

잉걸불 위에 삭정이에 꽂힌 토끼가 지글지글 맛있게 구워지고 있다.

도영은 또 한 마리 껍질을 벗긴 토끼를 불에 올린다.

윤정은 토끼 다리를 쭉 찢어 도영의 입에 물려준다.

윤정은 수통의 물을 꿀꺽꿀꺽 마시고 고기를 아귀아귀 먹다가 도영이 쳐다보자 얌전히 아주 조금씩 뜯어 먹는다.

도영이 웃는다.

윤정은 마음이 놓이는지 크게 한입 깨물어 용감히 씹는다.

윤정 애기를 많이 만들라면 많이 묵어서 힘을 비축혀야지라. 호호호. 쩝쩝 냠냠.

도영 그래, 많이 먹어둬요. 하하하.

윤정 대장님도 많이 드셔라. 쌍둥이를 만들라면 남자가 거칠어야 생기는 것이라고 그러든디… 호호 히히.

강태는 나무 사이로 엿보며 배고파 안달이다.

윤정은 도영과 함께 내려간다.

도영이 내려간 것을 확인한 강태는 먹고 버린 뼈다귀에 붙은 살을 뜯어 먹는다.

강태 하아… 쓰발 연놈들 뼈에 살점을 좀 붙여놓지….

사람들의 움직이는 소리에 아래를 내려다보는 강태.

강태의 시점 -

용준, 인민1, 2, 3, 4, 5와 함께 신속하게 산길을 내려가는 것이 보인다. 우측의 개울을 건너 숲으로 들어가는 형가와 인민6, 7, 8, 9, 10이 보인다.

64. 산 속(멀리 계곡이 보이는 곳) - 실외 - 낮 64

도영과 윤정은 보물 상자를 끌고 골짜기로 내려간다.

윤정 어째서 법성포로 안 가고 깊은 산속으로만 들어간다요? 애기 만들라면 깊이 들어갈 필요가 있다요?

도영 이건 작전이야,

윤정 작전은 무슨? 쪼까 쉬었다 갑시다. 여그 자리 평평하고 좋은디?

어이없어 윤정을 쳐다보는 도영.

65. 탄약고 동굴 앞 / 바위 뒤 - 실외 - 낮 65

도영은 윤정과 보물 상자를 가지고 동굴 입구로 다가간다.

윤정 워메! 여가 인민의용군 탄약곤디? 뱀이 많아서 옷은 못 벗어라.

도영 보물을 숨기기 좋은 장소지.

도영이 동굴로 들어간다.

윤정이 도영을 붙잡는다.

윤정 독사가 우글거리는디 어디로 들어갈라 그라요? 여그는 사람도 없는께 그냥 여그 서서 해봅시다.

윤정은 나무를 잡고 궁둥이를 내민다.

이때 여러 사람이 내려오는 발자국 소리가 들린다.

윤정은 굴 입구의 벽의 돌을 밀어 작은 깡통을 꺼내는 순간, 도영의 손에 이끌리어 깡통을 들고 바위 뒤로 몸을 감춘다.

숲에서 몸을 숨기고 이쪽을 살피는 눈, 강태다.

형가 모두 포위하라우.

숲에서 내려온 형가와 인민6, 7, 8, 9, 10은 굴 입구를 포위한다. 형가는 굴 입구로 사람이 들어간 흔적을 찾아 살핀다.

형가 내가 신호하기 전엔 사격하지 말라.

바위 뒤에 몸을 숨긴 도영과 윤정은 형가의 행동을 주시한다.
강태는 모든 상황을 한눈에 보게 된다.
형가는 굴 안을 살핀다.

형가의 시점 -

굴 안에는 뱀이 한가롭게 똬리를 틀고 있거나, 여기저기 기어 다닌다.

형가 탄약고에는 아무도 없다. 가자우!

인민6, 7, 8, 9, 10은 형가를 따라 아래로 내려간다.
윤정과 도영은 보물을 끌고 굴 안으로 들어간다.
윤정은 통에서 백반 가루 한 줌 집어 굴 안으로 뿌린다.
윤정과 도영이 보물을 끌고 굴 깊숙이 들어간다.
숲에서 바위 뒤로 한걸음에 다가온 강태.

강태 저것들이 끌고 들어가는 것이 뭘까?

66. 큰 바위 밑 - 실외 - 낮 66

용준, 인민1, 2, 3, 4, 5는 토끼를 구워 먹은 흔적을 발견하고 멈춘다.

토끼 머리가 붙은 껍질 세 개를 발견한 인민들, 구워 먹은 자리를 살핀다.

용준	하이고 배고파라.
인민1	토끼 대가리가 아직 싱싱하고 불씨도 남았는데 굽을까요?
용준	너 된장 있냐?
인민1	된장 찍어 먹게요?
용준	된장 발라 구워야 누린내가 안 난다.
인민1	된장 없는데요.
용준	그럼 그냥 가자.
인민2, 3, 4, 5	키킥, 히 히 히 히 히히….

67. 탄약고 동굴 안 / 입구 - 실외 - 낮 67

구덩이를 판 곳에 보물 상자를 넣고 흙으로 덮는 도영.

윤정은 거적과 빈 상자를 끌고 와 흔적을 덮는다.

도영도 탄약상자를 가져와 겹쳐 올려놓고 윤정과 마주 보며 웃는다.

윤정이 앞서 나가다 뱀을 발견하고 소스라치게 놀라면서 돌에 걸려 넘어진다.

뒤따라 나오던 도영이 윤정을 부축한다.

도영 왜 그래?

윤정 뱀, 뱀이 저그….

윤정은 도영의 부축을 받으며 뱀에 대한 두려움에 떤다.

뱀은 도망가버린다.

윤정이 일어서려다가 비명을 지르며 주저앉는다.

윤정 오메이, 내 발목, 접질렸어라.

도영은 얼른 등을 내민다.

도영 어서 업혀요.

윤정은 좋아하며 도영의 등에 업힌다.

도영은 윤정을 업고 입구로 나와 아래로 내려간다.

강태가 바위 뒤에서 보고 있다.

도영이 윤정을 업고 계곡을 향하여 숲으로 들어가고 있다.

강태는 동굴 안으로 들어간다.

68. 산등성이 - 실외 - 낮

68

인민1, 2, 3, 4, 5와 용준은 아래를 본다.

용준의 시점 -

바삐 윤정을 업고 내려가는 도영의 뒷모습.

용준 저기 간다. 놓치지 마라.

인민들과 용준이 도영을 쫓아 아래로 내려간다.

69. 두 갈래 오솔길 - 실외 - 낮

69

도영은 윤정을 업고 좌측 길로 올라가다 돌을 밟아 넘어지려다 중심을 잡아 좌측 길로 올라간다.

돌은 우측 길 아래로 굴러 내려간다.

돌이 구르다 풀에 걸려 멈춘다.

도영을 추적하던 용준과 인민들이 두 갈래 길 앞에 멈춘다.

우측 길에 멈추었던 돌이 풀을 쓰러트리면서 다시 굴러 나무에 부딪치면 '쿵' 하는 소리가 나며 나무가 흔들린다.

용준과 인민들의 시선이 소리가 나는 우측으로 쏠린다.

용준 우측이다!

용준을 따라 돌이 굴러가는 아래로 내려가는 인민들.

70. 평탄한 바위 앞 - 실외 - 낮 70

도영은 잠든 윤정을 업고 가다가 평탄한 바위에 살며시 눕힌다. 세상모르고 자고 있는 윤정의 얼굴에 붙은 토끼 고기 살점을 떼어 윤정의 입에 넣어주는 도영. 오물거리는 윤정.

윤정의 옆에 다리를 쭉 뻗고 드러누워 하늘을 보는 도영.

맑고 높은 하늘에 구름이 흘러가고 있다.

(flashback)

상해의 어느 골목길을 동호가 어린 도영을 안고, 부인의 손을 잡고 도주하고 있다.

일본군 중위가 허리에 찬 권총에 손을 올리고 쫓아오고 있다.

중위가 권총을 뽑아 방아쇠를 당긴다.

부인이 총을 맞고 쓰러진다.

동호가 부인을 부축하는 순간 중위가 다시 총을 쏜다.

동호는 총을 맞고서도 권총을 뽑아 중위를 쏜다.

중위는 고꾸라진다.

동호는 피를 흘리면서도 죽어가는 부인 옆에서 안타까워한다.

쓰러진 중위의 뒤로 일본군 병사 3명이 소총을 들고 뛰어오고 있다.

동호는 일본군 병사에게 권총을 발사한다.

일본군 병사가 고꾸라진다.

이때 두루마기를 입은 김구가 나타난다.

김구 아이를 나에게 주게, 어서.

동호 주석님, 도영이는 이제 주석님의 아들입니다.

김구 그래. 내 아들이다.

동호는 품에서 권총(독일제 마우저 M1896)을 꺼내 강보에 싼 도영과 함께 김구에게 건넨다.

김구는 권총과 강보를 안고 날렵하게 골목길을 돌아간다.

일본군 병사의 총에 맞는 동호.

김구에게 안긴 도영은 김구의 어깨 너머로 쓰러지는 부모를 본다.

숨을 거둔 부인을 안은 피 흘리는 동호.

쫓아오는 일본군 병사들.

도영은 그 모습을 보면서 김구에게 안겨 골목길로 사라진다.

동호는 안간힘을 다하여 권총을 발사한다.

죽은 부인의 시체를 안고 일본군 병사들의 총탄에 만신창이가 되는 동호.

다시 장면으로 돌아온다.

윤정은 자신의 발목을 주무르고 있다.

도영은 윤정에게 등을 다시 내민다.

도영의 등에 업히는 윤정은 도영의 목을 끌어안고 등에 얼굴을 비비며 행복해한다.

71. 두 갈래 오솔길 - 실외 - 낮 71

용준은 인민들과 힘들게 다시 올라오고 있다.

두 갈래 길에서 잠시 멈춘 용준은 도영이가 지나갔던 좌측 길로 간다.

용준을 따라 올라가는 인민들.

72. 가파른 내리막길 - 실외 - 낮

72

도영은 윤정을 업고 조심스럽게 내려간다.

윤정은 그저 흐뭇하기만 하다.

도영이 가는 앞길에 감나무에 감이 주렁주렁하다.

윤정이 감나무를 발견하고 손을 내밀어 가지를 재빠르게 잡아 꺾는다.

도영은 윤정의 갑작스런 움직임에 의하여 중심을 잃고 넘어져버린다.

언덕길을 굴러서 내려가는 도영은 나무에 머리를 찧고 실신해버린다.

꺾은 감나무 가지를 움켜쥐고 뒹구는 윤정은 나무에 걸려 멈춘다.

73. 평탄한 바위 앞 - 실외 - 낮

73

용준과 인민6, 7, 8, 9, 10은 평탄한 바위 앞을 지나가다가 멈춘다.

용준은 바위 위에서 긴 머리카락을 하나를 집어 든다.

용준 머리카락이 따뜻한 걸 보니 얼마 가지 못했을 것이다.

인민들이 어이가 없어 앙천대소한다.

74. 가파른 내리막길 - 실외 - 낮 74

위에서 내려오던 용준과 인민들.

도영이 쓰러져 있고 근처에 윤정이 감 2개 달린 가지를 안고 쓰러져 있다.

아래쪽에서 올라오던 형가 일행이 다가온다.

쓰러진 도영과 윤정의 주위에 둘러선 용준과 형가는 마주 보며 웃는다.

75. 인민위원회 취조실 - 실내 - 낮 75

도영의 벗긴 상체에 채찍 자국과 머리에서 흘러내리는 피가 얼굴에 흐른다.
도영의 양손이 묶여 줄이 천장 대들보에 걸려 있고, 발이 땅에 닿아 있다.

윤정도 처참한 몰골로 양손이 묶여 대들보에 매달려 있다.

형가는 의자에 앉아 책상 위에 놓인 윤정이 끼었던 반지와 목걸이, 팔찌 등을 살피다가 자신의 손가락에 끼워본다.

용준은 왼손에 든 채찍으로 도영을 내려치려다 멈춘다.

용준 보물을 어디에 숨겼는지 장소만 대면 살려준다.

도영은 입을 꽉 다물고 있을 뿐이다.

용준 어서 대란 말이야! 이 새끼야!

용준은 채찍을 도영에게 내리친다.

형가 그래게지구 불갔니? 에미나이 빨가벳기구 뜨겁게 데친 오이 게져 오라.

용준 알았어. 흐흐, 히히히….

용준이 윤정의 옷을 벗긴다.

윤정의 다리를 벌린다.

인민9가 아주 뜨거운 오이를 이 손 저 손으로 바꿔가면서 가져온다.

장갑을 낀 용준이 오이를 받아 윤정의 다리 사이로 가져간다.

도영 그만해라!

형가 말하겠음 하라, 어디네?

도영 탄약고에 있다.

용준과 형가는 모든 것을 내던지고 재빨리 밖으로 튀어 나간다.

76. 박탐의 응접실 - 실내 - 밤

76

박탐이 소파에 앉아 있다.

건학과 삼수가 들어온다.

박탐 너그들 들었냐?

건학 무슨 말인디라?

박탐 광복군 도영이가 형가에게 잡혔는디, 도영이가 갖고 있는 보물 상자에는 흑구가 빼앗아 간 우리 집 땅문서, 증권, 현금이랑 전 재산이 다 들어 있어야.

건학 형가 손에 넘어가기 전에 손을 써야 하것지라.

박탐 도영이를 구해주면, 도영이가 우리 집 재산을 돌려주겄냐?

건학 아마 돌려줄 거그만요.

박탐 정말이냐?

건학 그 사람은 우리나라의 주권을 찾고자 하는 일념뿐이어라. 돈에는 별 관심이 없어라.

박탐 그놈이 대장분가 벼?

건학 의지가 굳건한 사내지라.

박탐 그라먼, 이라고 있으면 안 되지 않겄냐?

건학 서둘러야것지라?

박탐 젊은 너그덜이 언능 앞장서야.

삼수와 건학이 일어서고 박탐도 일어난다.

77. 인민위원회 현관 앞 - 실외 - 달밤 77

달빛 아래 인민4, 5가 보초를 서고 있다.

달빛의 그늘을 이용하여 신속하게 접근해 온 삼수와 건학.

삼수, 건학이 인민4, 5의 뒤에서 나타나 인민4, 5를 가격하여 쓰러트리고 총을 빼앗는다.

박탐과 건학은 총을 들고 현관 안으로 들어간다.
쓰러진 인민4, 5는 살며시 고개를 들고 삼수를 본다.

삼수 우리가 나갈 때까지 쓰러져 있어라이.

삼수는 쪽지를 인민4 앞에 던진다.
인민4는 얼른 쪽지를 감추고 삼수에게 거수경례를 한다.
삼수는 현관 안으로 들어간다.

78. 동 취조실 안 - 실내 - 밤

78

피투성이의 도영이 양손이 묶여 대들보에 매달려 있다.

윤정도 같은 자세로 묶여, 죽은 듯이 눈을 감고 있다.

박탐과 건학이 살며시 들어와 도영과 윤정의 묶인 밧줄을 칼로 잘라버린다.

도영 또 신세를 지는군요?

건학 얼른 여그를 빠져나갑시다.

박탐 언능 서둘러야.

박탐이 앞장서서 나간다.

윤정과 도영이 박탐의 뒤를 따른다.

건학은 총을 쥐고 사주경계를 하면서 뒤를 따라 나간다.

삼수가 들어오다가 함께 현관으로 나간다.

쓰러진 인민4, 5는 나가는 그들의 뒷모습을 본다.

벌떡 일어난 인민4, 5는 어디론지 급히 달려간다.

79. 탄약고 동굴 앞 / 안 - 실외 - 낮 79

형가와 용준을 선두로 인민들이 위에서 내려와 굴 안으로 들어간다.

보물 상자가 묻혔던 구덩이가 텅 비어 있다.
형가와 용준과 인민들이 다가와 본다.

용준 속았다.

동굴 앞 바위 뒤에서 뱀에 물린 허벅지를 내놓고 고통스러워하는 강태는 형가 일행들의 동정을 살핀다. 그 옆에 보물 상자.

굴에서 나온 형가와 용준 인민들은 왔던 길로 다시 올라간다.

강태, 뱀에 물린 다리의 허벅지를 잡아당겨 피를 빨려고 하지만 입에 닿지 않는다. 강태는 몇 번을 반복하다가 지쳐서 쓰러져버린다.
뱀에 물린 다리의 부위가 퍼렇게 변색되기 시작한다.

80. 박탐 집 마당 - 실외 - 달밤 80

인민4가 조심스럽게 담을 넘어 들어와 대문을 연다.

이때 개가 나타나 요란하게 짖는다.

열린 대문으로 인민5와 형가와 함께 들어오던 용준이 총으로 개를 쏘아버린다. 개가 총을 맞고 죽는다.

닫힌 방문에 그림자가 어른거리는 것을 본 인민5가 총을 쏜다. 방 안에서 밖을 엿보던 박탐이 총을 맞고 쓰러진다.

뒤란에서 삼수와 같이 나오던 건학이 인민5를 총으로 쏘아버린다. 인민5가 총을 맞아 고꾸라진다.

삼수 도련니임, 어서 도망가야 한다니께요.

삼수가 건학의 손을 잡아 끌어당긴다.

건학 이거 놔야!

건학은 삼수를 뿌리치고 총을 쏘며 엄폐물에 의지하여 형가와 대치한다.
도영과 윤정이 총을 들고 다가와 건학과 합세한다.
형가가 건학을 향하여 총을 쏜다.
건학이 총을 맞고 쓰러진다.

윤정이 건학을 도와 부축한다.
삼수가 다가와 건학을 업고 방으로 피한다.

81. 동 방 안 - 실내 - 밤 81

건학을 업고 들어온 삼수는 방에 눕힌다.

방 안에는 박탐이 총상으로 피를 흘리며 고통스러워하고 있다.

삼수는 박탐과 건학이 죽은 것으로 확인하고 비통한 얼굴로 방에서 나간다.

82. 동 뒤란 - 실외 - 밤 82

방에서 나온 삼수는 박탐의 집 뒤란으로 가 쌓여있는 짚에 불을 지르고 나무 창고에도 불을 지른다.

83. 동 박탐의 집 마당 - 실외 - 밤 83

도영과 윤정은 형가와 인민들을 향하여 사격을 가한다.

삼수가 도영과 윤정의 뒤로 나타난다.

용준이 방금 나타난 삼수를 향하여 총을 겨눈다.

형가 멈추라.

용준은 방아쇠를 당긴다. 그리고 형가를 본다.

삼수는 어깨에 총을 맞고 쓰러진다.

형가 넌 눈도 없네? 삼수를 왜 쏘는 거네?

용준 저 새끼가 누군데? 우리 편이냐?

형가 넌 우리 공산당 지도위원도 모르네?

도영이 총을 쏜다.

인민4가 맞아 쓰러진다.

윤정이 총을 쏜다.

용준이 팔을 움켜쥐고 쓰러진다.

형가가 사태의 불리함을 판단하고 대문으로 재빨리 달아난다.

도영은 삼수를 부축하여 일으킨다.

삼수 이 집 주인은 이 집과 함께 화장될 것이니께, 형가는 여그서 아무런 소득도 얻지 못할 것이그만이라. 여그를 얼른 떠나는 거시 상책이어라우.

도영과 삼수와 윤정은 서둘러 자리를 뜬다.

형가를 선두로 인민들이 우르르 몰려와 집을 수색하려다가 불타는 집을 보고 접근하지 못한다.

84. 동 방 안 - 실내 - 밤 84

방 안의 건학은 정신을 차리고 일어난다. 창문으로 불길이 환하게 타오르는 것이 보인다.

건학은 쓰러져 있는 박탐을 발견하고 다가가 일으킨다.

박탐은 의식을 회복하여 건학의 부축을 받아 함께 불타는 집에서 나간다.

85. 인민위원회 마당 - 실외 - 낮 85

형가가 서 있는 앞으로 인민들이 열을 지어 집합하고 있다.

용준이 어깨에 붕대를 감았고 뛰어오는 인민들에게 빨리 오라고 손짓한다.

형가 탄약고 알디? 날래 출발하라!

뒤늦게 안에서 나와 대열에 합류하는 인민7, 8.

바지 허리띠를 매면서 뛰어오는 인민9는 바지가 내려가 알궁둥이가 노출된다.

용준 갔다 온 델 왜 또 가는지 난 이해가 안 가?

형가 기럼, 넌 빠지라.

용준 내가 빠지면 되냐?

86. 탄약고 앞의 바위 뒤 - 실내 - 낮 86

도영과 윤정은 보물 상자를 열고 보물들을 룩색에 옮겨 담는다. 그 옆에 뱀에 물려 죽은 강태의 시체가 쓰러져 있다.

강태의 시체가 퍼렇게 변색되어 널브러져 있다.

도영은 폭약 상자를 조심스럽게 열어본다.

수류탄 2개와 다이너마이트 한 묶음이 있다.

도영은 장난기 가득한 미소를 머금는다.

도영은 보물로 가득 채운 룩색 2개 안에 수류탄 1개와 다이너마이트 2개씩을 각각 배분한다.

수류탄의 몸체에 다이너마이트의 도화선을 감는다.

수류탄 안전핀 고리에 륙색의 아가리 묶는 줄을 끼운다.

다이너마이트와 수류탄을 륙색 안에 각각 넣는다.

아가리 묶는 줄을 넉넉히 륙색 안에 주고 륙색의 아가리를 묶는다.

윤정 매우 위험한 거 같은디요?

도영 우리 아닌 사람이 이 륙색을 풀게 되면 폭발하는 거야.

동굴 앞에 앉아 망을 보던 삼수가 상처의 붕대를 다시 푼다.

윤정 인자, 법성포로 갈 거지라?

도영 응.

도영과 윤정은 륙색을 걸머지고 일어선다.

대화를 엿듣던 삼수가 상처의 피를 손가락으로 찍어 붕대에 '법성포'라 쓰고 떨어트린다.

륙색을 멘 도영과 윤정이 바위 뒤에서 나온다.

삼수가 윤정에게 다가간다.

삼수 무거울 턴디, 내가 질라요.

윤정 걱정허들 말고 다친 데나 조심허시요이.

도영과 윤정과 삼수는 아래로 내려가 숲속으로 사라진다.

87. 동 탄약고 동굴 앞 / 안 - 실내 / 외 - 낮 87

형가와 인민들이 위에서 내려와 용준만 굴 앞에 남고, 모두 동굴로 들어간다.

횃불을 든 인민이 동굴의 구석구석을 샅샅이 살핀다.

보물을 묻었던 자리는 역시 텅 비어 있다.

용준 (큰 소리) 여기 뭔가 있다!

형가와 인민들이 우르르 굴 밖으로 몰려 나간다.

용준은 바위 옆으로 나온 강태의 다리를 발견하고 권총을 뽑아 들고 다가간다.
죽은 강태와 텅 빈 보물 상자를 보는 용준.
용준 뒤로 다가서는 형가, 인민들.

용준은 피 묻은 삼수의 붕대를 형가에게 준다.
붕대의 글씨를 보는 형가.

형가 삼수 그 아아 새끼 둑디 안왔구나야. 가자우!

형가가 앞장서서 나가면 모두 따라 나선다.

88. 경찰서 안 / 마당 - 실외 - 낮

88

경찰서 안에서 유리창으로 밖을 내다보고 있던 소사가 당황한다. 륙색을 진 도영과 윤정은 소총을 들고, 삼수와 함께 경찰서 안으로 들어온다.

소사는 황급히 문을 열고 마당으로 도망한다.

들어온 도영과 삼수, 윤정은 창문으로 경찰서 마당에 세워진 닛산 1톤 트럭을 본다. 트럭이 세워진 마당을 가로질러 도주하는 소사의 모습도 보인다.

도영은 벽에 걸려 있는 자동차 열쇠를 찾아들고 마당으로 나간다. 뒤따르는 윤정과 삼수.

숨어서 마당을 내려다보고 있는 소사.

트럭에 올라타는 도영과 윤정.

삼수는 짐칸으로 올라탄다.

트럭은 경찰서를 유유히 빠져나간다.

소사는 경찰서 안으로 다시 들어와 다리를 책상에 올리고 태평스럽게 잠을 청한다.

89. 경찰서 현관 - 실외 - 낮 89

경찰서 안으로 들어가는 용준과 인민들과 형가.

소사가 늘어지게 자면서 잠꼬대를 한다.

소사 나가… 잘 말혀서 자네 서방… 풀어줄 테니께… 함 버만… 딱 함 버만… 섬진강 배 지나가기라니께… 응?

용준 얌마!

소사 예? 지는 아즉 안, 안 박았어라.

용준 뭐하는 놈야?

소사 지는 여그… 소산디. 갈 디가 없어 걍 여그 있어라.

형가 추럭은 어데 있네?

소사 독립군들이 와서 타고 갔지라.

용준 그놈들 어떻게 생겼나? 어디로 갔나?

소사 남자 둘, 여자 하난디요. 여자는 겁나 이뻤어라….

90. 백사장 / 진오의 묘지 - 실외 - 낮 몽타주 90

트럭이 먼지를 일으키며 백사장 앞에 멈추고 륙색을 맨 윤정과 도영, 삼수가 내린다.

백사장 앞에는 전마선이 매여 있고 바다 위에 상선(商船)이 떠 있다.

좀 멀리 떨어진 곳에 선착장이 보인다. 선착장에 매달린 8톤 목선과 18톤 발동기어선이 보인다.
도영은 숲이 있는 쪽으로 걸어간다.
윤정과 삼수가 도영을 따라간다.
진오의 무덤 앞에 멈춘 도영은 윤정을 돌아본다.

도영 최진오가 여기 잠들었소.

윤정은 무덤 앞에 엎어지듯이 무릎을 꿇고 오열하면서도 곁눈으로 도영을 흘깃거린다.

윤정은 도영을 따라 전마선에 올라탄다.
삼수가 전마선을 힘껏 밀어 올라타 노를 젓는다.

전마선이 상선(商船)에 도착하여 윤정과 삼수, 도영이 상선으로 올라간다.

91. 商船 갑판 - 실내 / 외 - 낮 91

도영은 기관실에서 올라온다.

윤정은 바람에 저절로 풀어진 돛 줄을 보고 딴에는 거추장스럽지 않게 다시 묶는다. 그러나 돛 줄 묶는 법을 몰라 잘못 묶어버린다.

삼수는 선착장 쪽을 바라본다.

92. 동 선실 안 - 실내 - 달밤 92

삼수가 륙색을 풀려고 아가리 줄을 만지다가 발자국 소리에 얼른 바닥에 눕는다.

도영이 들어와 서랍 속에서 망원경을 꺼내 들고 나간다.

93. 商船 갑판 - 실외 - 달밤 93

도영이 망원경으로 선착장을 바라보고 있다.

망원경 시점 -

2대의 사이드카가 선착장에 도착하고 형가, 용준, 인민4, 5는 내린다.

선착장에 매여 있는 8톤의 목선과 18톤의 발동기어선.

닛산 트럭이 백사장 앞에 그대로 서 있다.

용준이 사이드카를 몰고 닛산 트럭을 향하여 달려간다.

도영은 망원경을 눈에서 내린다.

94. 商船 선실 안 - 실내 - 달밤 94

도영과 윤정이 나란히 잠들어 있다.

좌측과 우측에 달린 창으로 달빛이 들어온다.

좀 떨어진 곳에서 자던 삼수가 살며시 일어나 륙색 하나를 지고 일어나다가 무거워 무릎을 꿇는다. 삼수가 당황하여 윤정과 도영을 본다.

윤정과 도영은 여전히 자고 있다.

윤정의 손이 도영의 손을 꼭 쥔다.

삼수는 도영과 윤정의 얼굴을 살펴보고 안심하고 일어난다.

삼수는 또 하나의 륙색을 안으려다 너무 무거워 포기하고 입구로 나간다.

95. 商船 고물 - 실외 - 달밤 95

륙색을 지고 선실에서 나온 삼수는 고물로 가 밧줄을 잡아당겨 전마선을 끌어당긴다.

삼수는 줄을 잡고 전마선으로 내려가려 하나 몸이 움직이지 않는다.

삼수의 몸이 들리어 상의 단추가 툭툭 떨어지며 상의와 함께 륙색이 벗겨지고 삼수는 바다로 첨벙 떨어진다.

도영과 윤정이 삼수에게서 벗긴 륙색을 잡고 있었다.

물속에서 허우적거리는 삼수.

도영이 전마선의 밧줄을 풀어버린다.

삼수는 떠내려가는 전마선을 간신히 붙잡고 올라탄다.

삼수는 전마선의 노를 저어 선착장으로 간다.

도영 빨리 여길 떠야 한다.

윤정 어디로 가요?

도영 가까운 섬이 좋겠다.

도영이 조타실로 들어가 앵커체인의 작동 버튼을 누르면 이물의 앵커체인이 돌아가며 닻을 끌어올린다.

도영 돛 줄을 풀어!

윤정이 묶인 돛 줄을 풀면 돛이 올라간다.

돛이 올라가다가 중간에서 더 이상 올라가지 않는다.

도영이 조타실에서 나와 돛대를 타고 올라가 엉킨 줄을 풀기 위해 몰두한다.

96. 선착장 / 상선 갑판 - 실외 - 달밤 96

목선에 올라타는 형가와 삼수와 인민4, 5와 용준.
삼수가 목선의 노를 저어 상선으로 다가온다.

목선이 상선의 고물에 붙는다.
형가와 삼수와 인민4, 5와 용준이 상선으로 올라온다.

윤정은 돛대의 중간에서 작업을 하고 있는 도영을 쳐다보느라고 정신이 팔려 있다.

형가가 윤정의 옆구리에 권총을 대면서 손으로 윤정의 입을 막는다.

도영이 돛대에 매달려 풀린 돛을 손으로 받치고 아래를 내려 보다가 형가를 본다.

형가는 도영에게 권총을 겨누며 소리친다.

형가 종간나 새끼, 손들라?

도영은 돛을 놓아버린다.

돛이 맹렬한 속도로 형가의 머리 위로 떨어진다.

형가는 엉겁결에 윤정을 안고 바다로 몸을 던진다.

인민4, 돛을 피하여 바다로 뛰어내린다.

용준은 배 바닥에 납작 엎드린다.

도영은 돛대에서 내려와 돛대를 방패 삼아 권총을 쏜다.

용준이 뛰어내리려다 도영의 총을 맞고 바다로 떨어져버린다.

삼수와 인민5는 바다로 뛰어내린다.

목선에 윤정을 태운 형가는 사정거리를 벗어나고자 황급히 노를 저어 간다.

헤엄쳐서 따라오는 삼수와 인민4와 5.

삼수와 인민4, 5를 태워주지 않고 도망하기에 바쁜 형가.
상선의 뱃전으로 나온 도영이 권총을 쏘려다가 그만둔다.

목선에서 윤정을 방패 삼아 몸을 사리는 형가.
삼수와 인민4, 5가 목선에 올라타고 삼수가 노를 젓는다.

멀어져 가는 목선을 바라만 보고 있는 도영.

(flashback)

진오 내는 마 틀릿심더… 내 아내를… 꼭 찾아 이 돈 전해주시이소.

허수 부탁이요이, 내 누이를… 꼭.

허수는 윤정의 손을 잡아 도영의 손에 쥐여준다.

도영 그래. 내가 책임지겠다.

허수 고맙소이. (운명한다)

장면으로 돌아온다.

도영은 권총을 꺼내 실탄을 장전한다.
도영은 기관실로 내려간다.

97. 동 기관실 안 - 실내 - 낮 97

도영은 사다리를 타고 내려와 오일 통을 열어 엔진 오일을 주입하고 전원 버튼을 눌러 엔진을 가동시킨다.

발동기 움직이는 소리가 요란하다.

도영은 사다리를 타고 올라간다.

98. 동 갑판 - 실외 - 낮 98

도영은 조타실로 들어가 타륜을 잡고 가속 손잡이를 올린다.

상선이 움직이기 시작한다.

99. 선창 - 실외 - 낮 99

형가와 삼수는 18톤 발동기어선에 올라타고 인민5도 윤정을 앞세워 오른다.

형가는 조타실 앞에서 선장에게 손짓으로 상선을 가리킨다.

선장은 고개를 끄덕이며 상선을 향하여 나아간다.

100. 달리는 상선 / 발동기어선 - 실외 - 낮 몽타주 100

도영이 소총에 탄환을 장전한다.

도영은 타륜을 마구 돌린다.

상선이 반원을 그리면서 방향을 돌려, 발동기어선의 좌현을 향하여 무섭게 돌진한다.

발동기어선의 형가와 인민들은 다가오는 상선을 보며 두려워 총을 쏘아대기 시작한다.

형가 저, 호랑말코 간나 새끼 석두 아니네?

발동기어선의 선장도 놀라 타륜을 급하게 돌려 방향을 바꾼다. 달아나는 발동기어선과 접근하는 상선.

갑자기 돌개바람이 일어 갑판의 가벼운 어구들이 날아간다.

형가가 조타실로 들어가려다 하늘을 본다.

하늘에 먹장구름이 까맣게 몰려오고 있다.

상선이 속력을 줄이며 발동기어선의 뱃전에 배를 붙인다.

발동기어선이 도주한다.
도영이 갈고리를 던져 발동기어선에 건다.

비바람이 몰아친다.

발동기어선과 상선이 같은 방향으로 달린다.
도영이 발동기어선을 향하여 소리 지른다.

도영 보물과 윤정이를 바꾸자!

윤정이 긴장하여 형가를 본다.
형가도 긴장하여 상선의 도영을 본다.
삼수와 인민5도 긴장하여 형가와 도영을 번갈아 본다.
상선에서 도영이 버튼을 눌러 엔진을 멈춘다.

형가 기집을 납치한 약발이 있군 기래. 거래 진행 방법이 뭐가? 읊어보라?
도영 윤정을 데리고 건너와 보물을 가져가라!
형가 개수작 부리디 안캈디? 그런 기야?

도영 그렇다.

발동기어선이 상선의 뱃전에 배를 아주 붙인다.

롤링이 심하여 발동기어선과 상선이 부딪쳐 뱃전이 삐거덕거리다가 발동기어선의 뱃전이 뿌지직 하며 부서진다.

도영 풍랑이 더 심해지기 전에 서둘러라!

형가는 권총을 겨눈다.
도영도 소총을 겨눈다.

삼수가 앞장서 넘어오고 윤정이 그 뒤를 따라온다. 윤정의 뒤로 인민5가 상선으로 넘어온다.
윤정은 감동하여 도영의 품에 안긴다.
도영도 윤정을 끌어안는다.

형가 호르몬 간나 새끼! 돈보다 기집이 낫네? 흐흐흐흐.

인민5와 삼수가 륙색을 하나씩 메고 발동기어선으로 넘어가려는 순간, 거센 풍랑이 덮치면서 윤정과 도영이 열린 조타실로 밀려든다.
삼수가 륙색을 메고 발동기어선으로 나가동그라진다.

룩색을 멘 인민5가 바다로 떨어진다.

도영이 타륜을 잡고 엔진 가동 버튼을 누른다.

엔진 소리가 시작되면서 상선이 앞으로 나아간다.

발동기어선의 갑판에서 형가와 삼수와 룩색이 롤링과 피칭으로 룩색 따로 사람 따로 이리저리 쓸려 다닌다.

롤링에 쓸려 다니던 룩색의 멜빵이, 부서진 뱃전의 뾰족하게 부서진 나무 뱃전에 단단히 걸려버린다.

상선의 조타실 벽장의 문짝이 떨어지며 구명조끼가 쏟아진다.

도영과 윤정은 구명조끼를 착용하기에 바쁘다.

커다란 풍랑이 다시 밀려와 발동기어선을 덮쳐버린다.

밀려 쓸리던 삼수가 조타실 모서리 기둥에 머리를 부딪쳐 널브러진다.

바닥에 쓰러진 선장은 타륜을 한 손으로 잡고 간신히 몸을 지탱한다.

상선의 도영이 타륜을 마구 돌린다.

풍랑이 치는 바다 위에서 상선이 둥글게 돌다가 발동기어선을 향하여 돌진한다.

상선이 전속력으로 발동기어선의 좌현을 향하여 풍랑을 뚫고 돌진한다.

당황한 발동기어선 선장이 타륜을 돌려 방향을 바꾼다.

엄청난 롤링에 시달리던 발동기어선에 파도가 밀려와 덮친다.

상선이 발동기어선을 들이박는다. 상선이 부서지고 발동기어선이 두 동강으로 쪼개지기 시작한다.

형가는 겨우 조타실 문짝을 붙잡고 있다.

상선이 뱃머리를 돌려 멀어지더니 다시 발동기어선을 향하여 맹렬한 속도로 달려든다.

발동기어선 선장이 타륜을 마구 돌린다.

윤정이 소총을 들어서 선장을 쏘아버린다.

형가가 질겁하여 몸을 감춘다.

총 맞은 선장은 그대로 고꾸라진다.

상선이 발동기어선의 우현을 들이받는 순간 엄청난 풍랑이 덮쳐 상선과 발동기어선을 삼켜버린다.

발동기어선과 상선의 잔해는 풍랑에 떠다니고 나뭇조각을 잡은 형가가 보였다가 파도 속으로 사라진다.

윤정이 나뭇조각을 잡고 파도에 휩쓸려 떠다닌다.

나뭇조각도 없이 파도에 밀려다니는 도영이 보였다가 물속으로 잠겼다 한다.

101. 바다 위 - 실외 - 흐린 낮 101

바다는 잔잔하고 구름 사이로 해가 내리비친다.
윤정은 부서진 배 조각에 몸을 의지하여 두리번거리며 도영을 찾는다.

멀지 않은 곳에 섬이 보인다.

지친 도영이 하늘을 보며 죽은 듯 지쳐서 떠 있다.
윤정이 배 조각을 배에 붙이고 물살을 두 손으로 가르며 다가가 도영의 손을 끌어당겨 배 조각에 왼손을 올리게 한다.

배 조각 한쪽 끝에는 윤정이 오른손을 올리고 왼손으로 헤엄을 치며 도영을 보며 웃는다.
도영도 오른손으로 헤엄을 치며 바라보이는 섬을 향하여 발로 물장구치기 시작한다.

102. 섬 바닷가 - 실외 - 낮 102

떠밀려 온 온갖 잡동사니 속에 섞여 바닷가에 누운 도영과 윤정. 하늘을 쳐다본다.

도영과 윤정은 마주 보며 웃다가 일어나 구명조끼를 벗는다.

갯바위 틈의 배 조각 위에 엎어진 형가는 죽은 듯 움직임이 없다.

103. 섬 갯가 - 실외 - 낮 103

물이 빠지며 개펄이 들어난 갯가에서 도영과 윤정은 돌들을 뒤집어 게와 망둥이를 잡아 입에 넣고 우적우적 깨물어 먹는다.

얼굴에 개흙이 묻은 서로의 얼굴을 보며 깔깔거리던 도영의 눈이 커진다.

부서진 배 조각의 뾰족 튀어나온 나무에 륙색이 매달려 개펄에 절반이나 묻혀 있다.

도영은 가까이 다가간다.

좀 떨어진 갯바위 사이에 형가가 몸을 숨기고 도영과 윤정의 행동을 살핀다.

형가의 시점 -

커다란 배 조각을 끌어당기는 도영.

끌려오는 배 조각에 매달려 있는 륙색.

도영은 있는 힘을 다하여 배 조각을 끌어당긴다.

조금씩 끌려오던 륙색이 개펄에 박힌 바위에 걸린다.

도영 윤정아, 이리 와.

윤정이 망둥이 한 마리 입에 넣고 깨물면서 다가와 본다.

윤정 워메, 저것이 그러니께 거시기다요?

도영 폭발 위험이 있는데….

윤정 아따, 간단한 것을 갖고 그라요?

윤정은 개펄로 들어가 못에 걸린 륙색의 멜빵을 풀고 달랑 들어서 안고 온다.

바위 뒤에 숨어서 이 광경을 보고 있는 형가.

104. 초막집터 - 실외 - 낮 104

도영이 륙색을 안고 윤정과 같이 올라가는데 집터가 나타난다. 윤정이 집터를 보고 좋아하여 소리친다.

윤정 세상에나, 여그에 사람이 살았었그만이.

벽도 지붕도 없고, 기둥만 3개 남은 오래된 집터에 먼저 다가간 윤정은 집터를 한 바퀴 빙 돌아본다.

윤정 옹달샘도 있고 아궁이랑 굴뚝도 있는디 손만 쪼까 보면 신접살이 시작할 수 있것어라.

집이 무너져 썩어 빠진 나무토막을 보던 도영이 서까래 하나를 주워 들고 외친다.

도영 좋다. 시작하자!

윤정은 집터의 뒤란으로 보이는 곳 바위에 15㎏들이 녹슨 기름통을 발견한다.
윤정은 기름통의 뚜껑을 열려고 하나 녹슬어 열리지 않는다.

윤정 이것이 뭐신디 안 열리까라?

도영은 륙색을 바위에 기대어 놓는다.
도영은 집터에서 녹슬고 손잡이도 없는 부엌칼을 주워 들고 다가와 깡통을 찍는다.
도영은 깡통에 코를 대고 냄새로 식별해본다.

윤정 뭐 같아요?

도영 석유야. 밤에 등잔불을 켤 수 있겠다.

도영은 기름통을 바위 원래 자리에 올려놓는다. 그 아래는 륙색이 있다.

(F. O.)

105. 초막집 앞 - 실외 - 저녁 105

갈댓잎으로 지붕을 이고, 벽도 갈댓잎으로 이엉을 만들어 둘러친 임시 초막집.

집 앞 바윗돌 위에 깨져서 절반밖에 남지 않은 쪽박에 감이 5개 담겨 있다.

형가가 나타나 초막집을 살펴보다 바윗돌 위의 감을 발견하고 양손으로 하나씩 집어 허겁지겁 먹는다.

초막집 갈댓잎을 헤치고 안으로 얼굴을 디밀어 살펴보는 형가의 번뜩이는 눈.

형가 종간나 새끼 보물은 어드매 감췄누?

윤정과 도영은 풀줄기에 꿴 5마리의 망둥이와 대나무 낚싯대를 들고 올라오고 있다.

형가는 얼른 몸을 숨긴다.

106. 초막집 부엌 - 실외 - 달밤 106

도영과 윤정은 아궁이 불 앞에 마주 앉아 망둥이를 꼬챙이에 꿰어 굽고 있다.

윤정 갓김치 좋아허요? 갈대밭에 갓이 있던디, 모종하까라?

도영 갓김치 하니까 밥 생각난다. 쩝, 감은 아직 남았소?

윤정 내가 갖고 오께, 기다리시오이.

윤정은 일어나 초막집 마당으로 나간다.

윤정이 바위 위에 빈 쪽박을 본다.

도영이 윤정의 뒤로 다가와 본다.

윤정 오메, 이 섬에 누가 있다니께요.

윤정과 도영은 불안한 눈으로 주위를 둘러본다.
나뭇잎 사이로 이쪽을 보고 있는 형가의 눈.

(F. O.)

107. 초막집 마당 - 실외 - 낮 107

해장죽 뿌리와 해장죽을 한 아름 안고 오는 도영과 윤정.

잉걸불에 해장죽의 뿌리를 구워 활의 형태로 구부린 다음 물에 담가 식히고 다시 다른 부분의 해장죽 뿌리를 잉걸불에 굽는 도영.

활에 줄을 묶는 도영을 보는 윤정의 눈은 흐뭇하기만 하다.

108. 자갈 바닷가 - 실외 - 낮 108

형가는 산에서 고목나무를 끌고 내려와 이미 있는 고목나무들 옆에 놓는다.

칡넝쿨로 뗏목을 엮는 형가.

109. 초막집 뒤란 - 실외 - 달밤 몽타주 109

형가는 조용히 다가와 여기저기를 헤쳐 보다가 갈댓잎으로 가려서 숨겨진 륙색을 찾아낸다.

륙색을 조금 끌어당겨보는 형가. 륙색이 조금 끌린다.

형가는 륙색에 매달린 줄이 있어 더 이상 끌려오지 않자 줄을 잡아챈다.

쌓아놓은 돌에 줄이 걸리면서 돌이 무너져 소리가 난다.

초막집 안에서 자던 도영과 윤정은 벌떡 일어난다.

도영은 살며시 갈댓잎 사이로 밖을 내다본다.

형가는 달빛 그늘이 진 륙색 옆으로 몸을 움츠린다.

도영과 윤정이 활을 집어 들고 살을 먹인다.

형가의 몸이 륙색에 가려 보이지 않고 어깨만 보인다.

형가의 어깨에 한 개의 화살이 날아와 박힌다.

형가는 낭패하여 륙색을 두고 순식간에 숲속으로 사라진다.

110. 자갈 바닷가 - 실외 - 낮 110

형가는 뗏목을 타고 삿대질로 바다로 나간다.

숲속에서 나온 도영과 윤정은 뗏목을 타고 멀어지는 형가를 본다.

111. 초막집 지붕 위 - 실외 - 낮 111

도영은 초막집 지붕 위로 뻗은 나무에 올라가 석유통을 줄로 묶고 있다.

윤정은 도영을 보며 웃고 있다.

윤정 형가가 부하들을 이끌고 보물을 찾으러 오것지라?

도영 아마도… 오늘쯤은….

112. 자갈 바닷가 - 실외 - 밤 112

목선이 조용히 도착하고 권총을 찬 형가를 따라 소총을 든 박점과 인민 5명이 배에서 내린다.

형가는 어깨를 붕대로 감았다.

박점과 인민 5명은 형가의 뒤를 따라 숲으로 들어간다.

박탐과 건학이 전마선을 타고 도착하여 형가가 사라진 숲으로 조심스럽게 따라간다.

숲속에서 이를 바라보고 있는 도영과 윤정.

113. 초막집 앞 / 안 - 실내 - 밤 113

박점과 인민들이 숲에서 나와 초막집에 총부리를 들이밀며 들어간다. 초막집 사방을 뚫고 총구를 들이밀며 안으로 들어오는 인민들.

초막집 안 중앙에 륙색이 놓였다.

형가가 들어온다. 형가는 륙색을 의심스럽게 보다가 아가리를 잡고 이리저리 굴려보다가 아가리 줄을 풀기 시작한다.

인민들이 흥미를 가지고 바라본다.

숲속에서 초막집을 바라보고 있던 박탐과 건학이 초막집으로 가까이 가려 한다.

도영과 윤정이 뒤에서 나타나 박탐과 건학을 붙잡아 말린다.

초막집에서 수류탄이 터지고 이어서 다이너마이트가 터진다.

초막집에 불이 붙어 타오르기 시작한다.

초막집 위의 나무 위에 매달린 석유통의 가는 줄이 불에 타버리자 석유통이 뒤집어지면서 석유가 쏟아지고 불길이 더욱 거세게 타오른다.

석유통을 매달고 있던 나무도 타버리고 석유통이 불타는 초막집으로 떨어진다.

114. 자갈 바닷가 / 배 위 - 실외 - 동트는 아침 114

동녘 하늘에서 해가 얼굴을 내밀기 시작한다.

도영과 윤정이 륙색을 들고 목선에 올라 돛대에 륙색을 세워둔다.

건학과 박탐이 배에 오른다.

도영이 새 륙색의 아가리 줄을 풀면 박탐이 집문서와 증권과 패물을 찾아내어 두 손을 높이 들어 건학과 환호성을 지른다.

박탐 우리 집 재산이 고스란히 여그 다 있어야!

윤정이 삿대로 목선을 띄운다.
동녘의 태양이 솟아올라 찬란하게 온 세상을 비춘다.
네 사람을 태운 목선은 찬란하게 떠오르는, 동트는 아침 해를 향하여 점점 멀어진다.

— The End —

Drama Action

+

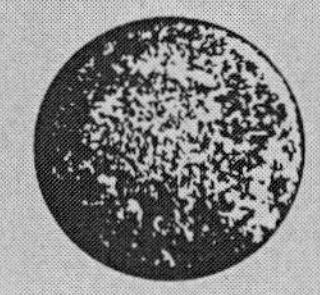

거친 날건달

(A Rough Idler)

Log Line

언 놈이
내 인생에 태클을 거는 거야?
양심에 잔디를 깔았어?
그런 거야?

作意

사람은 태어나 삶이라는 강을 건너기 위해, 통나무로 된 둥글고 긴 외나무다리를 건너게 된다. 그 외나무다리 밑에는, 사악한 흉계를 품은 인간들이 다리를 건너는 사람들을 삼키려고 굶주린 악어처럼 입을 한껏 벌리고 으르렁거리며 지키고 있다. 허약해 보이는 사람이 외나무다리 위에서 허정거리며 다리를 건널 때, 이기적이며 양면성을 지닌 인간들이 탐욕스럽고 음흉한 눈초리를 번뜩이며 암암리에 통나무로 된 외나무다리를 흔들어 약육강식의 수작을 획책한다.

외나무다리를 건너는 사람들도 혈기가 왕성했을 때는 굶주린 악어처럼 입을 한껏 벌리고 다리를 건너는 사람을 찢으려고 포효했던 시절도 있었다. 사람은 동물적 본태로, 성장하면서 변화되어간다는 사실은 모두가 알고 있는 생태적 현상이다. 이러한 이기적 성정의 삶일지라도 조기에 용서로, 화해로 교화를 시도한다면 겨자씨 한 알의 효과로써 삶이 조금은 더 조화로워질 수 있으리라는 발로에서 본 작품이 구성되었다.

시놉시스

땅 부자이면서 소소하게 양심적 사채놀이를 하는, 알뜰하기 그지없는 아버지와 단둘이 가정부의 도움을 받으며 사는 담돈은 아버지의 재산만 믿고 날건달로 지낸다. 그러던 어느 날 아버지 땅이 관광특구로 지정된다.

추악한 범죄단체의 두목 오동이 형기를 마치고 출감한다. 근근이 숨어 지내며 두목이 출감하기를 기다려온, 전과자이며 지명 수배자들 그룹인 오동의 부하들은 두목인 오동이 출감하자 담돈의 아버지가 갖고 있는 관광특구의 땅을 빼앗을 음모를 계획하게 된다. 범죄자들은 땅문서를 훔치고 담돈과 아버지를 죽여 완전범죄를 하려 하였으나 아버지와 가정부는 화염 속에서 기적적으로 살아나고 담돈은 현장에 없었으므로 화를 면하게 된다. 범죄자들은 담돈을 찾아 살해하려 시도하나 출중한 무예를 지닌 담돈을 당해내지 못하고 실패하며 담돈의 아버지와 가정부도 온몸에 석유를 뿌리고 집에 불을 지르고 도주하였으나 담돈의 아버지와 가정부는 간신히 살아난다.

막 형사는 아버지의 재산을 노린 담돈의 청부 살해 가능성에 초점을 맞추고 담돈을 체포한다. 하루아침에 아버지를 살해하려 했다는 존속살해미수범으로 갇힌 담돈은 절망하지 않고 묘수를 발휘하여 경찰서를 탈출하여 아버지를 살해하려는 범인을 찾아 복수하고 땅문서를 찾기 위해 맨주먹으로 나선다. 막 형사는 담돈이 무고하다는 사실을 확인하고 우선 유치장에 재우고 이튿날 석방하려 하였으나 담돈이 딴에는 탈출을 시도하자 내버려두었던 것이다.

등장인물

구담돈(具湛吨): 29세, 주인공

채리: 30세, 약사

순구: 40세, 오동의 부하, 지명수배자, 먹튀 전문

종복: 41세, 오동의 부하, 지명수배자

오동: 50세, 조직의 보스

도끼: 오동의 부하, 지명수배자, 도끼를 잘 씀

꼬창: 오동의 부하, 지명수배자, 꼬챙이를 잘 씀

마빡: 오동의 부하, 지명수배자, 이마를 잘 씀

구두쇠(具頭釗): 65세, 담돈의 아버지

아낙네: 민박집 주인

장물업자: 장물아비

가정부

경진(여, 12세)

경진 부

카운터

어민

영심이

농부

음식 배달하는 여자

동생(남, 10세)

비서

검은 양복 사내 3명

간병사

중개사

개구쟁이(7세)

기타 엑스트라 다수

1. 대방리 부동산 - 실내 - 낮 montage

1

대방리 부동산에서 내려다보이는 대방리항(港)의 선착장에는 크기가 비슷한 그만그만한 어선들이 태풍 경보로 줄줄이 묶여 정박해 있다.

부동산 안에 있는 중개사(35)가 신문을 얼굴에 덮고 졸고 있다. 부동산 앞 평상에서는 순구(40)와 종복(41)이 장기를 두고 있다.

순구 상장 받그라고마! 딱 외통수로 걸린 기라. 퍼떡 상장 안 받고 뭐하노?

종복 (외통수로 난감하다. 순구의 어깨너머를 보며) 오메이, 쩌… 기 똥 성님이 와야!

순구가 뒤돌아보는 사이에 종복이 장기판을 섞어버린다. 순구는 무서운 눈초리로 장기판 섞는 것을 본다.

순구 이기, 무슨 짓이고? 비겁하구로! 그카고 오동 행님의 출소하는 날은 오늘이 아니고 내일인 기라. 니는 날짜 가는 줄도 모리나? 그카고 오동 행님을 똥이라고 부르면 넌 바로 골로 간데이, 마빡 그놈아가 똥이라고 말했다가 직사하게 터졌다 아니가?

종복 어저께도 화투칠 때, 나가 똥 싸분 거 너가 쳐묵으면서 머시라고 혔냐? 똥 먹었따! 안 그랬냐?

순구 배짱이 있다쿠면 오동 행님 면전에서 똥이라고 씨브리보그라. 니는 뼈다구도 못 추릴 기라.

종복 지금은 엄는께 괜찮해야. (다른 데 쳐다보며) 존만한 새끼가 겁은 많아가지고… 크흐흐.

(F. O.)

2. 대방리 부동산 - 실내 - 낮 2

순구, 마빡, 종복, 도끼, 꼬창이 아무렇게나 앉아 있는데 오동이 중개사와 같이 들어오더니 의자에 앉으며 말한다.

오동 나가 학교에 가 있는 동안 느그들은 어떻게 해먹고 살았냐?

종복 아따, 성님이 안 기시니까 굶기를 밥 먹듯이 했지라.

순구 마, 면회 한 번도 몬 간기 다 지들 무능력한 탓이 아입니꺼. 마음은 있었지만서도 형편이 어려웠심더. 다 용서해 주이소고마.

오동 알았다. 느그들이 흩어지지 않고 버티고 기다려준 것만으로도 고맙다. 그란디 무슨 껀수가 될 만한 거 없겄냐?

종복 성님이 나오시면 해 묵을라고 조사해논 것이 있지라.

오동 시시한 것 같으면 말하지도 마러라이?

순구 일생일대의 대박 건이라요. 담돈이 그노마 아버지가 알고 보니까네 땅 부자로 이곳 대방리 일대의 땅을 사그리 가진기라요.

종복 이곳 대방리 일대가 관광특구로 지정되부렀는디 땅 문서만 빼앗어뿔먼 대박은 우리가 누릴 수도 있지라.

오동 이곳이 관광특구로 지정된 게 맞나?

중개사 작년 10월 20부로 관광특구로 지정된 게 맞습니다. 그래서 이곳 땅을 사려고 외지인들이 하루에도 수없이 우리 부동산을 찾아와 매물을 찾지만 담돈이 아버지 구두쇠(具頭釗)가 꽉 틀어쥐고 도무지 풀지를 않아요. 하루가 다르게 땅값이 치솟고 있으니 저라도 쥐고 있는 게 상책이지요.

3. 대방리 부동산 사무실 - 실내 - 밤

대방리 지도를 책상 위에 펴놓고 오동, 중개사, 순구, 종복이 서서 지도를 들여다보며 범죄 모의를 한창 진행 중이다. 마빡과 꼬창은 장기를 두고 도끼는 장기판을 관전한다.

오동 구두쇠가 대방리 땅을 어떻게 그렇게나 많이 입수했으까?

중개사 구두쇠는 이 대방리에서 4대째 살며 대대로 돈놀이를 업으로 했어요. 농어민들 중 이 대방리를 떠나 타지로 나가려는 사람들의 땅을 구입하고, 생활이 어려워 땅을 파는 사람들의 땅까지 매입할 뿐만 아니라, 구두쇠에게 돈을 빌려 쓰고 갚지 못하는 사람들의 땅들도 사들인 것으로 압니다.

오동 고리대금으로 농어민들을 착취한 것이 분명하그만이.

중개사 그렇지는 않는 것 같습니다. 이자도 비싸지 않고 원금을 못 갚아도 다그치지 않고, 이삼 년은 유예를 주면서 스스로 땅을 내놓은 경우에만 땅을 매입하여 그 땅을 판 사람에게 도로 소작으로 주었다고 합니다. 구두쇠가 구두쇠인 것은 사실이기는 해도 절대 인심을 잃을 행위는 하지 않아 평판이 나쁘지 않아요.

오동 구두쇠가 그렇게 몹쓸 놈은 아니라는 말이그만이.

중개사 도시가 코앞이어서 그런지 3대 이상 이 마을에서 산 사람이 없어요.

오동 구두쇠의 식구가 이 대방리에서 제일로 오래 살았고 제일로 부잔께 털어먹어도 된다는 이야기 아니여?

중개사 근디, 삼춘, 나는 이 껀에서 빼주시요. 나는 굶어죽어도 양심이 허락하지 않는 일은 못하니까요.

오동 그러냐? 그라먼 너는 빠져라이. 그란디 나랑 야들이랑 여그서 떠나라는 말은 하지 말어라이? 야들이 갈 데가 없슨께 이 년 동안이나 네가 물심양면으로 보살펴준 것은 나가 다 들었다. 그라고 이번 일만 잘 성사되면 머더러 이런 깡촌에서 살것냐? 조만간 떠날 테니께, 알아들었지야?

중개사 알았어라. 이번 껀만 잘해서 끝내고 여길 떠나버리시오. 나도 여기서 자리를 잡고 장가도 들라고 합니다. 그쯤만 알아주셨으면 좋겠어요.

오동 오냐 알았다. 하나밖에 없는 조카 신세 조질 일은 없도록 삼갈 텐께 우리가 떠날 때까정만 기다려주면 너한테도 한 밑천 떼주고 갈란다.

순구 땅문서를 우이 입수할 낍니꺼?

종복 너가 금고 털이 전문인께 맡아불먼 되것다야. 안 그냐?

순구 그카먼 너가 내 조수할 끼가?

오동 느그 둘이 맡으면 되것다이? 성공만 하면 내 일억씩

안겨준다. 됐제?

4. 구두쇠 집 이층 베란다 - 실내 - 낮 montage 4

담돈의 부친인 구두쇠(65)는 베란다의 테이블 앞 흔들의자에 앉아 있다.

깔끔한 앞치마를 두른 가정부(60)가 차를 가지고 와서 테이블 위에 놓고 구두쇠와 마주 앉아, 차를 구두쇠 앞으로 놓아주고 차 뚜껑을 열어준다.

구두쇠는 다정한 눈으로 가정부를 보며, 차의 향기를 맡고, 한 모금 마신다. 가정부도 구두쇠에게 정다운 미소를 지어 보인다.

구두쇠 여사님은 백 원을 내셔야 해요.

가정부 왜요?

구두쇠 차를 끓이시면서 차 냄새를 혼자 다 맡으셨잖아요?

가정부 그래서요?

구두쇠 냄새 맡은 값이 백 원이면 싸지요.

가정부 싸긴 쥐뿔이나, 뭐가 싸요? 내 돈 백 원을 빼앗으려는 수작이잖아요?

구두쇠 심심하고 무료할 때, 백 원씩이라도 버는 게 어딘데요….

가정부 많이 버세요. 그렇잖아도 은행에서 백 원짜리로 백 개 바꿔 왔어요.

가정부는 백 원짜리 한 움큼을 앞치마 주머니에서 꺼내, 그 중 하나를 구두쇠 앞으로 밀어 준다.

구두쇠는 자신의 낡은 양복 안주머니에서 빵빵한 동전 주머니를 꺼낸다.

구두쇠는 동전 주머니 지퍼를 열어 가정부가 준 백 원을 집어넣고 지퍼를 닫은 다음 안주머니 깊숙이 간직한다.

가정부는 일상인 듯 아무렇지도 않다는 얼굴로 아래를 내려다본다.

가정부 시점 -

담돈이 고물상 리어카를 끌고 오더니 현관 앞에 놓고, 현관문을 열고 들어온다.

구두쇠도 아래를 내려다보며 중얼거린다.

구두쇠 저 녀석 맥이 없는 걸 보니, 오늘도 빈털터리구만…. 외상으로는 절대, 밥 주지 말아요.

가정부 외상으로 밥 줘도 언젠가는 다 받을 수 있지 않아요?

구두쇠 밥값을 못 받으면 여사님 월급에서 깔 거니까 그렇게 아세요.

가정부 (도망갈 준비하고) 까는 거 좋아하시면, 사장님 불알도 아주 까시지 그래요.

5. 동 담돈의 방 - 실내외 - 낮 montage 5

자신의 방으로 들어온 담돈은 상의를 벗어서 옷걸이에 건다.

담돈은 옷장에서 잠바를 꺼내 입는다.

담돈은 보던 TV 코드를 뽑고, TV를 번쩍 들고 나간다.

복도를 지나 계단을 내려가는 담돈의 뒤로 TV의 코드가 질질 끌려간다.

현관을 열고 나온 담돈은 TV를 리어카에 싣는다.

담돈은 다시 장난기 가득한 얼굴로 현관 안으로 들어간다.

담돈은 계단을 올라온다.

담돈이 아버지의 방문을 열고 들어간다.

담돈은 구두쇠의 확대한 스냅사진이 걸린 벽 옆의 큼직한 풍경화를 잠시 응시하더니, TV의 코드를 뽑은 다음 TV를 번쩍 들고 문으로 나간다.

담돈은 TV를 들고 계단으로 내려간다.

담돈은 TV를 들고 현관에서 나와 리어카에 싣는다.

담돈이 리어카를 끌고 가려는 순간, 구두쇠가 부리나케 현관으로 내려오며 소리친다.

구두쇠 야! 테레비는 왜 가져가니?

담돈 팔아먹으려고요.

구두쇠 내 걸 왜, 네가 팔아먹어?

담돈 아버지, 이건, 제가 알바 뛰어서 산 것이라고요.

구두쇠 그랬어? 그럼, 이 애비한테 다시 팔면 되겠네?

담돈 얼마 주실 건데요?

구두쇠 이 녀석아, 팔아먹을 놈이 말을 해야지?

담돈 에… 또… 아버지한테 비싸게 받을 수 있나요? 싸게 드릴게요. 오십만 원만 주세요.

구두쇠 난, 한 개만 있으면 돼.

담돈 그럼, 삼십만 원만 주세요. 싸게 드리는 거라고요.

구두쇠 떽! 고물상 가면 십만 원도 못 받아 인석아!

담돈 그러면 십만 원 주세요.

구두쇠 내 밥, 외상 먹는 거하고 나한테 꿔 간 돈에서 까부시면 되겠다.

담돈 고물상에 가면 현찰 주거든요. (리어카를 끌고 가려 한다)

구두쇠 알았다, 알았어. 밥값 이만오천 원하고, 나한테 꿔간

돈 중에서 이만오천 원 제하고, 나머지 사만 원만 받아.

담돈 왜 사만 원이에요, 오만 원이지?

구두쇠 세금 떼니까 사만 원 맞지 인석아.

담돈 무슨 세금을 만 원씩이나 떼요?

구두쇠 슈퍼에서 물건 살 때, 세금 안 떼냐?

담돈 지금은 슈퍼 안 하시잖아요? 아버지.

구두쇠 돈은 귀중하지만, 돈에 목숨은 걸지 마라. 돈은 다시 벌 수 있지만, 목숨은 재생할 수 없지 않겠니?

담돈 무슨 말씀이세요. 아버지? 돈이나 빨리 줘요.

구두쇠 테레비 원위치해놓고 오너라.

(F. O.)

6. 복도 - 실내 - 낮 6

베란다에서 구두쇠와 가정부가 백 원 동전을 테이블에 놓고 삼치기를 하고 있다.

담돈이 계단으로 올라와 베란다에 앉아 있는 구두쇠와 가정부를 본다. 담돈은 자기 방에 들어갔다가 다시 나와, 유리문으로 베란다를 본다.

구두쇠가 베란다에 앉아 차를 마시며, 마주 앉아 있는 가정부에게 백 원을 따서 동전 주머니에 넣고, 양복 안주머니 깊숙이 동전 주머니를 넣고 있다.

담돈은 잽싸게 구두쇠의 방으로 들어간다.

7. 동 구두쇠의 방 - 실내 - 낮 7

벽에 구두쇠의 스냅사진이 걸려 있고, 그 옆에 큼직한 풍경화가 걸려 있다.
담돈은 재빨리 풍경화를 떼어내고, 벽장문을 열면 금고가 나타난다.

담돈은 다이얼을 이리저리 돌려 금고를 연다.
금고 안에는 땅문서밖에 없다.
담돈은 땅문서(전, 답, 임야, 대지 권리증 여러 권 중 한 권)를 집어낸다.

담돈은 점퍼 지퍼를 열고 땅문서를 안으로 넣어 감추려 한다.

구두쇠가 담돈의 뒤에 서서, 미소 띤 얼굴로 담돈을 빤히 내려다보고 서 있다.

구두쇠 땅문서는 왜?

담돈은 깜짝 놀라 한 걸음 뒤로 물러난다.

담돈 아버지는! 인기척이라도 하시지 않고요!

구두쇠 인석아, 너는 네 방에 들어가면서도 인기척 하니?

담돈 아버지, 우리가 이곳에서 땅 파먹고 살 건 아니잖아요?

구두쇠 그래서 그 땅문서 팔아 잡수시려고?

담돈 네, 돈이 필요하니까요. 그렇지만 돈 좀 주시면 돌려드릴게요.

구두쇠 떽, 이놈! 너 돈은 네가 벌어서 써, 인석아! (땅문서 낚아챈다)

담돈 뭐 하러 돈을 벌어요? 그 땅만 팔면, 자자손손 일꾼 부리며 넉넉하게 살고도 남을 텐데요.

구두쇠 이런, 철딱서니하고는…. 장가는 안 가? 색시 좀 데리고 와봐, 인석아!

담돈 싫어요.

구두쇠 뭐가 싫어?

담돈 내 밥값 내기에도 버거운데, 장가들면 어떻게 줄줄이 먹여 살려요?

구두쇠 세상 사내들이 다 처자식 건사하는데 왜, 너만 못한다는 게야?

담돈 아버지가 돈 많은데 뭐 하러 그래요? 아버지 돈이 다 내 돈인데. 히히히.

구두쇠 너 돈은 하나도 없어. 인석아!

담돈 재산 상속해주시면… 안 돼요?

구두쇠 순 날건달한테 재산 넘겨주고 내가 하루아침에 알거지 될 일 있니?

담돈 왜 여사님과 재혼은 안 하세요? 날마다 백 원씩 빼앗은 그 돈 모아서 혼례 비용 쓰시게요?

구두쇠 티끌 모아 태산도 모르니? 너는 이 애비한테 손자 안 겨줄 궁리나 해 인석아!

담돈 싫어요.

구두쇠 이런, 불효막심한 놈….

담돈 그럼, 아버지 카드 좀 빌려 줘요.

구두쇠 왜? 카드 긁어서 신부라도 사 오게?

담돈 그건 아니지만 혹시, 손자 볼 가능성을 배제할 수는 없잖아요?

구두쇠 내가 신용불량자 말을 믿을 거 같으니?

담돈 아버지, 오륜에도 부자유친이 있고, 성경에도 성부와 성자는 일체라고 했는데, 아버지가 아들에게 그까짓 카드 못 빌려준다는 게 말이나 돼요?

구두쇠 요즘 세상에, 어떤 아비가 아들을 믿냐?

담돈 그럼, 아버지를 호적에서 확, 파버린다?

구두쇠 파라, 파! 이 못 돼먹은 사마귀 같은 녀석아!

담돈 그니까, 아버지… 이.

구두쇠 아버지라고 부르지도 마라. 난, 너 같은 아들은 별로다. 그렇지만, 한 번 부르는 데 천 원씩만 준다면 아버지라고 불러도 좋다. 할래?

담돈 나, 밥 먹으러 갈 거야.

구두쇠 밥값은 있고?

담돈 나중에 드릴게요.

구두쇠 밥값은 선불이야 인석아.

담돈 나중에 이 집 저당 잡혀, 밥값 선불로 다 드릴게요.

구두쇠 꿈 깨라, 꿈 깨. 이 집은 내 집이야.

(F. O.)

8. 은행 안 / 앞 - 실외 - 낮 montage 8

채리(30)는 은행 인출기에서 돈 삼백만 원을 꺼내 가방에 넣고, 소중하게 감싸 안고 나온다.

은행 앞에서 채리를 눈여겨보던 날치가 채리에게 다가가더니 가방을 확, 낚아채자마자 달아난다.

채리 안 돼! 우리 아버지 수술비란 말이야!

채리는 소리치면서 발을 동동 구른다.

야구공을 손바닥에 탁탁 치며 은행 앞을 지나던 담돈이 채리를 본다.

담돈은 채리를 보는 순간, 채리가 너무 맘에 들어 사랑에 빠져버린다. 담돈은 채리의 모습에 혼이 나가, 정신없이 채리를 이 모양 저 모양 훑어본다.

담돈의 눈에서 하트가 연속으로 나와 채리의 가슴에 박히고 또 박힌다.

채리 저, 도둑놈 잡아줘요! 우리 아빠 수술비, 어쩌면 좋아요….

담돈은 비로소 정신이 번쩍 들어온다.

날치는 세워진 오토바이에 올라타고 달아난다.

담돈은 손에 들고 있던 야구공을 날치를 향하여 폼 나게 힘껏 던진다. 오토바이를 타고 달아나던 날치가 야구공을 맞고 고꾸라진다.

채리는 쓰러진 날치를 향하여 뛰어간다.

날치는 다시 일어나, 오토바이를 세워 시동을 거나 시동이 걸리지 않는다.

보고 있던 담돈이 채리의 뒤를 따라 날치를 추격한다.

담돈은 앞에 달려가는 채리를 앞질러 엄청난 속도로 날치를 향하여 달려간다.

날치는 오토바이 시동이 안 걸리자, 오토바이를 놓고 가방을 쥐고 냅다 뛰어 달아난다.

담돈의 달리기 속도가 번개처럼 빠르다.

9. 다른 길 - 실외 - 낮 montage

9

날치가 가방을 들고, 사람들 사이를 비집고 도망간다.

담돈이 날치보다 더 빠른 속력으로 날치를 쫓아간다.

담돈과 날치의 간격이 좁혀지며 날치가 잡힐 것처럼 아슬아슬하다.

날치의 패거리들이 갑자기 나타나, 차례로 담돈의 몸에 힘껏 부딪쳐 온다.

담돈은 몸을 이리저리 피해버린다.

담돈에게 몸을 부딪쳐 왔던 패거리들은, 제 힘에 겨워 순차적으로 픽픽 나가쓰러진다.

날치가 골목길로 빠져 날렵하게 도주한다.

담돈은 번개같이 뒤따라간다.

10. 막다른 골목길 - 실외 - 낮 10

담돈에게 쫓겨 막다른 골목길에 선 날치는 싸울 태세를 취한다. 담돈의 뒤로 에워싸는 날치의 패거리들.

헐레벌떡 뛰어오던 채리는 멈춰 서서, 담돈과 날치 패거리들의 대치 상황을 관망한다.

채리의 시점 -

담돈 가방만 주고, 그냥 가지 그러냐?

패거리들 중, 왕초가 코웃음 치며 말한다.

왕초 니, 오늘 재수 옴 붙었데이…. 내가 시간은 쪼매 줄 기니까네, 니 어무니한테 '내 지금 세상을 하직합니데이'라꼬 문짜 날리그레이.

담돈 괜히 똥폼 잡다가 코 깨지 말고, 가방이나 주고 가라.

왕초 니가 우리 생업에 끼어드는 오지랖이 불찰인 기라.

담돈 내가 불찰이면 넌 대찰이냐?

왕초 무신 말이고? 자고로, 뜨거운 맛은 안 있나, 청국장이 대낄이데이.

담돈 너희 중에 쎈 놈이 너냐?

왕초가 나선다.

왕초 와? 엥엥이 타고, 한강 다리 건너고 싶나?

왕초가 돌려차기로 담돈에게 공격을 한다.

담돈은 오른발만 뒤의 좌측으로 한 발짝 물러나며, 왼손을 내밀어 왕초의 발을 잡아 높이 들어올린다.

뒤로 나자빠지며 담벼락에 처박히는 왕초.

날치들이 칼을 뽑아 들고 담돈을 에워싼다.

담돈은 날치들에게 높이 뛰어 두발차기로 공격한다.

날치 2명이 담돈의 발에 맞고 고꾸라진다.

날치와 왕초가 일어서는 것을 담돈이 발길로 걷어찬다.

왕초와 날치는 처박혔던 곳에 다시 고꾸라진다.

왕초와 날치들이 채리의 가방을 내던지고 냅다 튄다.

담돈은 아무 일도 없었던 듯, 채리의 가방을 집어 들고 온다.

11. 동 채리가 있는 곳 - 실외 - 낮

담돈은 가방을 채리에게 넘겨준다.

담돈 어서 가서 아버님을 치료하세요.

채리 너무 고마워서 어떻게 하지요? 차라도 한잔하시겠어요?

담돈 차보다는 키스를… 한 번 하면 안 될까요?

담돈은 말해놓고 쑥스러워한다.

채리도 얼굴이 빨개진다. 그렇지만 채리는 담돈이 맘에 든다. 잘생기고 키도 크고, 용감하고 의젓하게 말하는 것이 대범하고 무식하지도 않다.

담돈이 돌아서는 것을 본 채리는 마음이 조급해진다.
채리는 주저하며 망설이다가, 용기 내어 말한다.

채리 하… 세… 요….

담돈 (확 돌아서며) 정말, 키스해도 돼요?

채리 키스만이에요. 다른 곳은 안 돼요.

담돈이 채리를 와락 끌어안고, 딱따구리 뽀뽀를 다섯 번 한 다음, 채리의 입에 입을 맞추고 혀를 채리의 입에 넣는다.

채리도 담돈의 혀를 물면서 자신의 혀를 담돈에게 넣어준다.

담돈은 채리와 키스하면서 채리의 젖가슴을 움켜쥐고 주무른다. 채리가 담돈의 옆구리를 아프게 꼬집는다.

담돈 아야!

담돈이 비명을 지르며 떨어진다.

채리는 담돈이 볼 수 없도록 몸을 살짝 틀고 미소 지으며 흐뭇해 하다가, 속마음 들킬까 보아 얼른 표정을 감춘다.

담돈 씨이, 기왕 하는 거, 만진다고 닳아지냐?

채리 다른 곳은 안 된다고 했지?

담돈 그런 건 다 덤으로 따라오는 거잖아?

채리 덤은 재래시장에 가면 많아.

담돈 그럼, 키스만 다시 할게.

채리 또 해?

담돈 맛도 못 봤어, 이리 와봐.

담돈이 채리를 와락 끌어안고 키스한다.

채리는 바동거리며 반항하다가 담돈을 살며시 끌어안는다.

담돈이 키스를 하면서 채리의 엉덩이를 마구 주무른다.

채리가 담돈의 발을 밟아버린다.

순간, 담돈은 채리의 발을 피해버린다.

채리가 계속 담돈의 발을 밟으려고 한다.
담돈은 키스를 하면서도 채리의 엉덩이를 주무르고, 채리의 발 공격도 이리저리 잘도 피한다.

채리가 집요하게 담돈의 발을 밟으려고 시도한다.
담돈은 일부러 채리의 발밑으로 발을 대준다.
채리는 담돈의 발을 힘껏 밟는다.
담돈은 크게 엄살을 부린다.

담돈 아이쿠, 아파! 나, 발 아파 장가 못 가면 네가 책임져.
채리 억지는 안 통하거든.

채리는 돌아서 가버린다.

담돈은 무척이나 아쉬운 듯 채리의 뒷모습을 보며 입맛만 다신다.

12. 구두쇠의 집 거실 / 방 안 - 실내 - 낮 montage

코브라, 해골, 쌍칼, 좀비, 십자가, 똥의 그림을 얼굴에 그려 넣은 순구(40)와 종복(41)이 복도에 스며들듯 은밀히 들어와 벽에 등을 붙이고 집안의 동정을 살핀다.

베란다에서는 구두쇠와 가정부가 가위바위보 하여, 백 원을 딴 구두쇠가 동전 주머니에 백 원을 넣고 있다.

구두쇠의 목에 예리한 단도를 들이대는 순구.
가정부의 코앞에 단도를 들이미는 종복.

종복과 순구가 단도로 구두쇠와 가정부를 위협하여 안으로 끌고 들어간다.

거실에 가정부와 구두쇠가 묶여 있다.
종복이 구두쇠의 얼굴을 주먹으로 친다.
구두쇠의 입이 깨져 피가 흐른다.

종복 땅문서만 내노면 되 것인디, 머 할라 똥고집 부리고 지랄이까 이….

순구가 바짓자락의 발목 칼집에 단도를 꽂아 넣는다.

순구 땅문서카 목숨카 바꿀라 카먼, 그리하소. 우리사 누깔은 누깔대로 팔고, 콩팥은 콩팥대로 팔아치운다 쿠먼, 땅 팔아 묵기보다는 훨씬 수월타 아님꺼?

종복 열 셀 때까징 땅문서 안 내놓으면 명줄을 끊을 텐께, 그리 알드라고이? 한나요….

종복은 수를 셀 때마다 손을 쳐들고 손가락을 하나씩 꼽는다.

구두쇠는 묵묵부답 요지부동이다.

순구는 구두쇠의 방으로 들어가 뒤지고 살피며 땅문서를 찾는다.

종복 두나요… 시게여이? 인자… 너인께로….

순구는 큼직한 풍경화를 들추어본다.

순구는 풍경화가 수상하다고 여겨 그림을 이리저리 들춰보는데, 그림이 벽에서 툭 떨어진다.

종복 다섯이여이, 여서… 일고옵… 여덜인께로….

순구는 벽장의 문을 열고 금고를 발견한다.

순구는 금고의 다이얼을 심각하게 세밀히 돌리며, 금고에 귀를 대고 다이얼을 맞춰나간다.

종복 아홉, 열이여 열, 열! 땡!

종복이 발목에 차고 있던 단도를 뽑아 든다.

금고의 문이 열리며 금고 안에서 땅문서를 찾아내는 순구.

순구는 묵직한 서류철을 꺼내서 열어 펴본다.
30여 장의 땅문서(권리증)가 철하여 잘 정리되어 있다.
순구는 가방에 서류를 넣으며 종복의 동정을 살펴본다.

종복이 칼로 구두쇠와 가정부를 위협하고 있다.
가정부는 겁에 질려 정신을 잃고 바닥에 쓰러진다.

종복 이쯤 해서 조동아리 열고 목숨을 건지는 것이 워띠어?

이때 순구가 가방을 들고 들어온다.
구두쇠는 가방을 들고 들어온 순구를 보자 절망하여 쓰러져버린다.

종복 챙겼냐?
순구 되았다. 고마 퍼떡 튀자.

종복과 순구는 금방 나갔다가 기름통을 들고 다시 들어와 쓰러져 있는

구두쇠와 가정부, 그리고 거실과 방에 기름을 뿌리고 나간다.

종복은 나머지 기름을 복도에도 마저 쏟아버리고 통을 던지고 나간다.

순구 아들 놈이도 담궈야 뒤탈이 없을 기 아니가?

종복 물어보나 마나지 새꺄! 그란디 담돈이 그 새끼가 안 보인께 함 찾아보자.

순구 이 집에는 엄따! 우리가 이 난리를 치는데 와 얼굴짝을 안 보이 것노? 다른 데 있는 기라. 하니까네 우리 흔적을 지울라 카면 불을 놓고 튀는 거이 상순기라.

종복 그려. 너 불이 있냐?

순구는 주머니에서 라이터를 꺼내 불을 켜 바닥에 던지고, 종복과 함께 나가버린다.

복도와 방은 삽시간에 불바다가 된다.

불길이 거세어짐에 정신이 든 구두쇠는 가정부를 본다.

가정부는 킁킁거리며 석유 냄새에 반응하여 옷에서 석유 냄새를 맡는다.

구두쇠는 주전자의 물을 자신과 가정부의 몸에 뿌린 다음 가정부의 손을 잡고 나간다.

13. 담돈의 집 앞길 - 실외 - 낮 13

창문으로 불길과 연기가 솟아나온다.

순구와 종복은 현관문으로 나와 골목길로 빠져 달아난다.

사람들이 모여들며 불구경하는 사람도 있고, 핸드폰으로 전화 거는 사람도 있다.

구경꾼들은 창문으로 불길이 치솟아 나오자 비명을 지르며 피하기에 바쁘다.

소방차 사이렌 소리가 멀리서 점점 가까이 들린다.

소방차가, 사이렌 소리가 점점 가까이 다가와서 멈춘다.

14. 오락실 입구 - 실내 - 낮 montage 14

담돈은 오락실에서 나와, 입에 물고 있던 손잡이가 달린 사탕의 손잡이를 입에서 뽑아버린다.

한쪽에 서성거리고 있던 종복은 담돈이 나타나자, 허리 쪽 점퍼 안으로 오른손을 넣고 나온다.

종복과 같이 있던 순구는 땅문서 가방을 한쪽 어깨에 메고 손을 양복 소매에 찌르고 담돈을 향하여 걸어온다.

담돈은 흠칫, 살기를 느끼며 수상쩍은 눈으로 종복과 순구를 본다. 순구와 종복도 긴장하며 담돈에게 다가간다.

담돈이 종복과 순구를 날카롭게 주시하며 다가간다.

담돈과의 거리가 가까워진 순구와 종복은 단도를 뽑아 들고 담돈에게 달려든다.

담돈도 빠른 걸음으로 순구와 종복에게 달려든다.

종복과 순구는 칼을 뽑아 들고 담돈을 찌르려고 달려든다.

담돈은 종복과 순구의 두 발짝 앞에서 점프하여 두발차기로 순구와 종복을 차버린다.

종복과 순구는 손에 쥔 단도를 떨어뜨리고 나자빠진다.

담돈이 다시 공격하려고 홱 돌아선다.

순구와 종복은 떨어진 단도를 집어 들고 줄행랑을 쳐버린다.

15. 골목길 - 실외 - 낮 15

종복이 빠른 걸음으로 앞서 도주하면서 말한다.

순구는 종복의 뒤를 따라가면서 대꾸한다.

종복 무쟈게 쎈 놈이다야.

순구 저놈아를 마저 담가야 뒤탈이 없을 낀데 우야제?

종복 정면공격은 우리가 불리헝께, 측면공격을 시도혀야 쓰것다. 안 그냐?

순구 놈이 쫓아올지 모르니까네, 우선 찢어지는 기라.

순구가 옆 골목길로 홱 빠져 달아난다.

종복은 순구가 들어간 골목길을 돌아본다.

순구는 어느 새 사라지고 없다.

종복 씨벌눔이 땅문서 들고 튄 것이 맞제? 이 싸가지 읎는 시키가…?

종복은 순구가 사라진 골목을 보며, 부아가 치밀어 올라 순구가 사라진 쪽으로 달려간다.

16. 담돈의 집 앞 - 실외 - 낮 montage 16

소방관들이 구두쇠와 가정부를 들것에 각각 싣고 나와 구급차에 각각 밀

어 넣으려고 하고 있다.

불구경했던 사람들이 살아서 실려 나온 구두쇠와 가정부를 보더니 다 같이 안도의 말을 한마디씩 한다.

구경꾼1 사람은 죽지 않아서 정말 다행이야.

구경꾼2 소방차가 빨리 도착하지 않았음 위험했을 거야, 아마도….

이때, 담돈이 허겁지겁 나타나 구급차로 달려가지만 구급차는 떠나버린다. 다른 구급차도 가정부를 싣고 떠나버린다.

담돈은 아버지를 잃었다고 생각하며 낙담하여 하늘을 본다.
담돈의 망막이 흐려지며 절망이 되어 하늘의 색이 노랗게 보인다.
담돈은 눈에 눈물이 맺히고, 극도의 슬픔으로 인하여 정신이 혼미해져 비틀거리며, 정신을 차리고자 하나 몸의 중심을 가눌 수 없어 머리를 흔들어본다.
구경꾼1과 2가 담돈을 부축한다.

구경꾼2 괜찮으세요?

담돈은 손등으로 눈물을 훔치고 정신을 가다듬는다.

이때, 형사 막억지가 다가와 담돈에게 말한다.

억지 최담돈 씨가 맞습니까?

담돈 그, 그런데요?

억지 저는 막 형사라고 합니다. 협조를 부탁드리겠습니다. 참고 진술이 필요해서요.

담돈 그러지요. 뭐…. 그런데 먼저 아버지한테 가봐야 하는데요.

억지 경찰서에 가시면 다 알게 됩니다.

억지는 담돈을 경찰차에 태우고 자신도 옆에 탄다.

17. 골목 옆길 - 실외 - 낮 17

순구는 옆길의 골목길로 달아나다가 다른 골목길이 보이자 쏜살같이 그 골목길로 들어간다.

순구는 뒤를 돌아다본다.

순구의 뒤에는 아무도 따라오는 자가 없다.

순구는 콧노래를 흥얼거리며 간다.

순구는 어깨에 멘 가방을 손으로 쓰다듬으며 외친다.

순구 내는 이제, 쓰바, 존나 부자가 된 기라! 언 놈 나와보라 그래, 내보다 더 부자가 있으믄….

18. 취조실 - 실내 - 낮 18

담돈과 억지가 단독으로 테이블을 사이에 두고 마주 앉아 있다.

억지 솔직히 까는 것이 피차 좋지 않겠어?

담돈 뭘 까요? 조슬 까요?

억지 네가 청부살해한 거 다 알아 새끼야! 기만 떨어도 소용없어.

담돈 함부로 넘겨짚는 근거가 뭔데요?

억지 네 아버지 재산 빼돌리려는 수작 누가 모를 줄 알아?

담돈 기상천외한 추리를 하시는 걸 보니, 대가리가 깡통 맞네요. 똥이나 안 들었으면 다행이고요.

억지 뭐야? 이 새끼가!

억지가 테이블을 확 밀어버린다.

담돈은 테이블을 가슴에 맞고 뒤로 발라당 넘어진다.

억지는 담돈을 발로 차고 짓이긴다.

억지가 구타하는 것을 멈추자, 담돈이 일어나면서 억지의 턱을 발길로 차버린다.

억지가 벽에다 이마를 처박고 나가자빠진다.

19. 다른 골목길 - 실외 - 낮 19

순구는 낯선 골목길로 서둘러 도주하면서 어깨에 멘 가방에서 땅문서를 꺼내 펴보고, 가방에 깊숙이 다시 넣고, 좁은 골목길을 바삐 간다.

순구 종복이 새꺄, 니는 원래 꾸정물만 처묵는 돼지 종내기 새낀기라. 내 따라올라쿠먼 한창 멀었데이… 흐흐흐.

순구는 기쁜 듯이 웃으며 바삐 간다.

대로가 보이는 곳을 향하여 순구는 싱글벙글거리며 부지런히 나가다가 담벼락에 붙은 전단지를 멈춰서 본다.

(insert) '살인범 지명수배자' 명단과 사진이 함께 붙어 있다. 명단에는 순구, 종복, 꼬창, 마빡, 도끼 5명이다.

순구는 두리번거리며 주위를 살피더니 전단지를 확 찢어버린다.

20. 똥 유치장 안 - 실내 - 낮 20

담돈이 유치장 안의 벽에 등을 기대고 혼자 앉아 있다.

구타당한 흔적으로 얼굴이 엉망으로 피투성이다.

담돈은 두 다리를 두 손으로 끌어안고 얼굴을 무릎에 묻으려다 비로소 똥 냄새를 느낀다.

담돈 으으, 똥 냄새, 프… 푸….

담돈은 손으로 자신의 엉덩이를 만져보고, 손을 코로 가져가 냄새를 맡아보고, 손바닥으로 코에 바람을 날리며 얼굴을 들어 천장을 보며 숨을 푸우 내쉰다.

담돈은 천장의 형광등을 물끄러미 본다.

우수에 찬 담돈의 얼굴에서 깊은 사념이 겹겹이 서린다.

유치장 밖에는 당직이 컴퓨터로 포커 놀이를 하다가, 코를 킁킁거리며 여기저기 똥 냄새의 근거지를 찾는다.

21. 좁은 골목길 입구 - 실외 - 낮 21

순구가 좁은 골목길에서 대로로 막 나온다.

종복이 소매에 손을 넣어 단도를 빼어 들고 순구의 앞을 막아선다.

종복 아야, 순구 새끼야, 비행기 타고 내빼지 그랬냐? 걸어간께 나한테 잽히제. 이 썩을 놈아.

순구 어? 이상타, 여가 순대 파는 골목이 아닌갑제…? 골목 시장이 없어진 기가? 오데로 갔노?

종복 시장은 저쪽이여 쓰벌노마! 어디서 수작 부리고 있어!

순구 그카먼, 나가 잘못 온 기라. 쪼매만 있거래이. 퍼뜩 가가, 순대 쪼매 사가 올 기다.

종복 그라믄, 이 칼을 배때기에 박고 가는 것이 조커따이?

종복은 순구를 향하어 단도를 휘두른다.

순구의 목에 칼이 슬쩍 스쳐지나간 자국으로 가로로 길게 피가 맺힌다.

순구 와, 이카는 긴데?

종복 앞장 안 서면, 목줄을 아주 끊어분다이?

순구는 앞장서서 걸어간다.

종복은 순구의 뒤를 천천히 따라간다.

담돈은 형광등을 쳐다보다가 불현듯 묘안이 떠오른다.

담돈의 얼굴에 장난기가 가득 서리며, 희망찬 미소가 피어오른다.

담돈은 유치장 밖의 상황을 유심히 살피며 계략을 완성한다.

담돈이 슬며시 일어나 철창 앞으로 와 철창을 잡고 당직에게 말한다.

담돈 나, 목욕 좀 했으면 좋겠는데요?

당직 여기가 너희 집 안방인 줄 알아? 으잉? 이 냄새는… 너한테서 나는 냄새였어?

담돈 매를 맞으면서 옷에다 쌩 똥을 지렸나봐요.

당직은 두루마리 화장지를 손으로 감아서 철창 안으로 넣어준다.

담돈 이걸로는 어림도 없어요. 목욕 좀 하게 해주세요.

당직 안 돼, 새끼야!

담돈 (오만 원권 열 장을 철창 밖으로 흔든다) 이거 받으시고 세숫대야에 물 좀 주세요.

당직 그게, 무슨 돈이야?

담돈 이거 가지시고, 타월도 한 장 주시면 좋겠어요.

당직 정말이야?

담돈 그럼요.

당직이 대야에 물을 담아 가지고 다가온다.
담돈은 돈을 철창 안으로 쑥 잡아당긴다.

당직 장난하는 거야?
담돈 타월과 물을 주셔야지요.

당직이 돌아선다.

당직은 수건을 목에 걸고, 물이 담긴 세숫대야를 들고 와 철창문 앞에 놓고 철창 자물쇠를 연다.

세숫대야를 내미는 당직.
담돈은 세숫대야를 받는 척하며, 당직의 손을 잡아 안으로 끌어당긴다.

담돈은 당직의 급소를 쳐서 기절시킨다.
담돈은 당직의 춤에서 수갑을 꺼내, 당직을 철창에 수갑으로 채워버린다.
당직의 입에 수건으로 재갈을 물리고, 유치장 문을 잠그고 나가는 담돈.

23. 동 현관 앞 - 실외 - 밤 23

담돈은 현관으로 나오면서, 정문 보초가 보이도록 두 손을 높이 들어 흔

들며 크게 외친다.

담돈 와, 해방이다! 두부 먹으러 가자!

보초 미친놈, 무혐의니까 날 새면 가도 될 텐데 한밤중에 난리야….

담돈은 손을 올렸다 내렸다 "으쌰! 으쌰!" 하며, 빠른 걸음으로 정문을 나간다.

담돈 으쌰! 으쌰! 근무지 이탈하지 맙시다! 으쌰 으쌰 으이쌰!

정문 보초를 서던 전경이 담돈을 유심히 쳐다보더니 손으로 코를 잡는다. 담돈은 정문을 벗어나자, 있는 힘을 다하여 번개처럼 달려 줄행랑쳐버린다.

24. 2인 입원 병원 - 실내 - 낮 24

구두쇠와 가정부가 화상을 입어 머리부터 발끝까지 붕대로 칭칭 감겨 각각 병상에 누워 눈만 말똥거리며 링거주사액을 맞고 있다.

이때 담돈이 들어온다.

담돈 아버지…! 흑흑 엉엉 얼마나 아프세요. 정말 죄송해요. 제가 집에서 우리 아버지를 지켜드려야 했는데, 오락실에서 밥값 따 가지고 가려고 하다가…. 흐흐헝 엉엉.

구두쇠와 가정부는 입까지 붕대로 가려져 그냥 멀뚱히 담돈을 내려다보고 있다.

25. 승용차 안 - 실내 - 낮 25

종복은 순구를 운전석에 밀어 넣고 자신은 조수석에 탄다.
순구가 머뭇거리더니 입을 연다.

순구 마, 먹을 거라도 쪼매 사오는 기 어떤노?

종복 그라먼, 그 가방 놓고 갔다 오던지 쌔캬!

순구 눈치챈 기가? 그믄 그러타꼬 진작에 말했으믄… 문디, 종내기 새끼.

종복 배신 때리는 놈을 우떠케 처벌하는지 너가 함 씨부

려볼래?

순구 아이라, 나가 와, 배신 때리겠노? 배신은 아닌 기라.

순구는 가방을 재빨리 어깨에서 내려놓는다.

종복 이, 개시키! (단도를 번개같이 뽑아 휘두른다)

순구의 귀에서 피가 뚝뚝 떨어지고, 순구는 공포에 질린다.

종복은 단도로 순구의 복부를 찌르려다 멈춘다.

순구 아고, 할배요, 잘못했심더. 한 번만 용서해주이소. (싹싹 빈다)

종복 한 번만 더 배신 때리면, 담가불랑께. 그라고 앞으로 맞먹지 마라이?

순구 니가 한 살 더 묵었다 케도 객지 벗은 십 년 벗 아니가? 케서 트고 지내는 기 맞는 기라.

종복 머시라고야? 이 쓰벌 놈이 허벌창 나게 맞고, 백 대 더 맞을래? 나이가 한 살이면 나가 묵은 밥이 몇 그릇인 줄 아냐? 천 그릇이 넘는 밥을 나가 더 묵었는디 니가 맞먹을라고야?

순구 그칸데, 이 땅문서 안 있나, 우리 둘이 묵으면 어떠

켔노? 육백억을 받을 수 있다 아이가?

종복 뭐, 육백억?

순구 하모. 너캉 내캉 나누면 삼백억짜리 부자가 되는 기라.

종복 육백억 땅을 살 사람이 있것냐?

26. 장물업자의 사무실 - 실내 - 낮 **26**

업자는 책상 앞에 앉아 있다.

검은 양복을 입은 사내 셋이 응접 소파에 앉아 잡지 등을 보고 있다.
문이 열리며 비서를 따라 종복과 순구가 들어온다.

업자 어서 오시오.

검은 양복의 사내 셋이 일어나 한쪽으로 간다.
업자가 일어나 순구와 종복을 응접 테이블 앞 소파로 안내하고 같이 마주 앉는다.

순구 관광특구 삼천삼백만 제곱미터임더.

종복 왕대방리 관광특구 땅덩이를 거진 다 들고 왔그만이라이.

종복이 들고 온 가방을 테이블 위에 놓고 땅문서를 꺼내 밀어놓는다.

업자는 땅문서를 살펴본다. 업자는 30장이 넘는 땅문서를 낱낱이 들추어 살펴보면서 말한다.

업자 아니, 달랑 이거뿐입니까?

종복 왜요? 땅이 모자르다요?

순구 보충할 서류가 있다쿠먼 차후로 보충하겠심더.

업자 양도증이나 매매증명서나 인감 등 서류는 완벽하게 준비해 오셔야 합니다.

업자는 땅문서를 되밀어 준다.
종복과 순구는 난감하다.

이때, 문이 열리며 오동이 들어오고 뒤이어 도끼, 꼬창, 마빡이 들어오며 오동은 테이블 위의 땅문서를 집는다.

오동 이 쌍노무 시키들!

순구와 종복이 얼른 바닥에 무릎을 꿇는다.
오동이 순구를 발로 차고 종복을 주먹으로 갈긴다.
순구와 종복이 쓰러지며 나가 뒹군다.

검은 양복의 사내 셋이 긴장하며 쳐다본다.

27. 왕대박 부동산 안채 마당 - 실외 - 낮 27

종복과 순구가 땅바닥에 무릎을 꿇고 있다.

그 앞에 의자에 앉은 오동과, 그 뒤에 버티고 서 있는 도끼, 꼬창, 마빡.

오동 (뒤를 돌아보며) 아야, 조직을 배신하면 어떻게 처리하냐?

마빡 담급니다!

순구 아이고, 행님, 한 번만 살려주이소!

종복 성님, 다시는 안 그럴 텐께 한 번만 살려주셔라….

오동 땅문서를 가꼬 오먼, 나가 너그들헌티 얼매씩 준다고 했지야?

종복 일억은 안 받을 텐께, 살려만 주시면 조컸는디요이.

순구 마, 일억은 없던 일로 하겠심더. 살려만 주이소.

오동 느그들이 어벌쩡하게 넘긴다고 해서 용서가 되것냐?

종복 그 땅문서 구할라고 둘이나 담궜그마이라….

오동 뭐시라고야? 이런, 잡열의 샤끼들이…. 워매, 또, 사고를 쳐불먼… 오매이… 어쩌면 좋다냐? 이, 호로상놈의 새끼들 땜시로… 나가 출감한지 열흘도 안 되어부렀는디 어허이… 살인 혐의로 수배를 받게 생게 부렀네… 어짜면 좋다냐?

오동은 똥 씹은 얼굴이 되어 기막혀 절망한다.

순구는 종복을 보며, 그럴 줄 알았다며 은근한 미소.

종복은 순구에게 인상을 쓰며, 너 때문에 이렇게 되었으니 죽인다는 표정으로 주먹을 쥐어 보인다.

28. 선착장과 왕대방리 - 실외 - 낮 montage 28

축제 - 선착장의 풍경. 꽹과리와 피리, 장고, 북, 징, 나발, 태평소 소리가 어우러져 축제 분위기를 돋우고 있다. 버스 정류소 앞 거치대에 리조트 조감도가 걸려 있다.

현수막 - '경축. 천혜의 아름다운 동산 왕대방리 관광특구 승격. 경축'

대형 간판 - 해수욕장 그림과, 여러 가지 놀이 기구들로 구성된 바닷가 놀이동산의 그림이 걸려 있다.

주차장 입구 현수막 - '경축 왕대방리 관광특구 지정 경축'

만국기 - 국기 게양대에서부터 만국기를 매단 줄이 내려와 펄럭이고 있다.

주차장과 상점 앞 공터 - 농악대 놀이꾼들의 장단에 상모돌리기가 한창이다.

주변 - 여러 가지 전이나 잡채, 생선찜, 돼지머리 고기, 순대, 막걸리, 소주나 맥주를 마시는 어촌 사람들.

왕대박 부동산 앞, 현수막이 걸려 있다. - '관광특구의 땅 분할 매입할 분 예약 신청 받습니다.'

의자를 가지고 나온 도끼가 오동 앞에 의자를 놓고 꾸벅 절을 하며 의자를 내민다.

오동이 의자를 끌어당겨 앉으며, 먼발치에서 신나게 노는 상모돌리기를 본다.

도끼, 꼬창, 마빡이 오동의 뒤에 서서 상모돌리기를 구경한다.

마을 사람들 틈에 섞인 종복과 순구가 상모돌리기를 구경하고 있다.

버스가 도착하고, 남녀노소가 농악놀이 구경하려고 줄줄이 내린다.

어민(40)은 버스에서 개구쟁이(7)를 번쩍 들고 내린다.

뒤따라 영심(40)이 스카이 콩콩을 들고 내린다.

개구쟁이는 영심의 손에서 스카이 콩콩을 빼앗아 든다.

어민은 얼핏 보이는 상모돌리기를 보려고 저만치 가다가 뒤를 돌아보며 말한다.

어민 영심어, 빨리 좀 와야, 느즈먼 귀경 노친단 말이여.

영심 아따, 깨복쟁이가 오줌 눈닥 한께, 뉘어야지라이.

개구쟁이는 쭈글쭈글한 헌 어린이 모자를 썼고, 소매 없는 런닝셔츠를 입고, 아래는 시커먼 개구쟁이 알몸으로 신발은 삑삑이, 손에는 스카이 콩콩을 들고 번데기를 내놓고 오줌을 깔기고 있다.

영심이는 개구쟁이가 오줌을 다 누기를 기다리며, 어민에게 어색한 웃음을 웃어 보인다.

버스에서 내린 농어민들은 놀이판으로 빨리 가서 구경하려고 발걸음이 분주하다.

담돈이 버스에서 맨 나중에 내려와 주위를 둘러본다.

담돈은 천천히 왕대박 부동산 앞으로 걸어간다.

축제를 구경 오는 사람들의 발걸음이 들떠서 조바심치며 모여든다.

29. 왕대박 부동산 앞 / 안 - 실내 / 외 - 낮 montage 29

왕대박 부동산 문은 활짝 열려 있고, 간판 위로 현수막이 걸려 있다.
'관광특구의 땅 분할 매입 예약 신청 받습니다.'

중개사가 책상 앞에 앉아 분할 예약 신청자 접수를 받고 있다. 근처에 앉은 순구는 옆 의자에 앉은 꼬창과 귓속말을 주고받고 있다.

예약을 하러 온 투기꾼 5명이 줄을 서서 차례를 기다리고 있다. 투기꾼들을 살피며 서 있는 도끼.

이때 담돈이 들어와 실내를 둘러본다.
도끼가 담돈의 앞을 막아선다.

도끼 줄을 서요, 줄을….
담돈 왜 줄을 서라는 거요?
도끼 서라면 서 새꺄! 뒈질라고.
담돈 뭐요?
도끼 존만아, 예약하러 왔으면 줄을 서야지, 새치기하려고?
담돈 난, 예약하러 온 거 아닌데.

모든 시선이 담돈에게 쏠린다.

종복과 순구는 담돈을 알아본다.

(flashback - S#14에서)

종복과 순구는 단도를 뽑아 들고 담돈에게 달려든다.
담돈은 종복과 순구의 두 발짝 앞에서 점프하여 두발차기로 순구와 종복을 차버린다.
종복과 순구는 손에 쥔 단도를 떨어뜨리고 나자빠진다.
담돈이 다시 공격하려고 홱 돌아선다.
순구와 종복은 떨어진 단도를 집어 들고 줄행랑을 쳐버린다.

(flashback out)

종복과 순구는 재빨리 자리를 피하여 몸을 감추고 얼굴만 내놓고 담돈을 살펴본다.
마빡이 험상궂은 얼굴로 담돈 앞으로 다가오며 말한다.

마빡 너, 뭐야?

마빡이 이마로 담돈의 이마를 받아버린다.
마빡은 오히려 이마에 손을 얹고 비틀거린다.

담돈이 마빡에게 다가들어 마빡의 이마를 받아버린다.

마빡이 정신이 몽롱해져서 비틀거린다.

담돈은 마빡의 다리를 걷어차버린다.

중심을 잃고 옆으로 나자빠지는 마빡.

꼬창과 도끼가 손에 회칼을 들고 양쪽에서 담돈을 찔러온다.

담돈은 꼬창을 올려 차고, 몸을 돌리면서 도끼를 돌려 차버린다. 도끼와 꼬창이 쓰러지며 마빡 옆으로 굴러 쓰러진다.

오동	넌, 여그 머더러 왔냐?
담돈	아저씨가 울 아버지 땅문서, 아니, 내 땅문서 훔쳐간 놈이어요?
오동	먼, 귀신 씨나락 까먹는 소리여 시방?
담돈	솔직히 까면 때리진 않겠어요.
오동	뭐야? 이 존만한 시키가….

오동이 주먹과 발로 담돈을 함부로 공격한다.

담돈은 오동의 공격을 살살 잘도 피한다.

오동이 다시 담돈에게 매섭고 예리하게 주먹과 발길질을 한다. 담돈은 정신없이 들어오는 오동의 공격을 막아내기가 버거워 한 대 맞고 쓰러진다.

오동의 공격이 먹혀드는 것을 본 순구와 종복이 담돈에게 달려들어 측면

공격을 시도한다.

담돈은 불리하여 뒤로 물러선다.

오동의 공격이 정교하게 담돈에게 파고든다.

순구와 종복이 단도를 들고 측면에서 담돈을 사정없이 찌르며 들어온다.

담돈은 감당이 어려워 몸을 돌려 입구로 물러난다.

이때 꼬창이 갑자기 나타나 꼬챙이로 담돈의 옆구리를 찌른다. 옆구리를 고챙이에 찔린 담돈은 돌아서면서 꼬창을 주먹으로 갈긴다.

꼬창이 넘어진다.

넘어지는 꼬창을 담돈은 무릎으로 올려쳐 안면을 타격한다.

꼬창이 얼굴을 감싸 쥐고 뒤로 넘어진다.

담돈은 옆구리에 꼬챙이가 박힌 채 정신없이 도주한다.

순구와 종복, 마빡, 도끼가 담돈을 쫓아간다.

30. 동 버스 정류소 - 실외 - 저녁 30

담돈이 도주하고 있다.

마빡이 쫓아와 회칼로 담돈을 찌른다.
담돈은 마빡의 칼을 피하고, 일격을 뻗어 마빡을 때려눕힌다.

도끼가 도끼를 들고 담돈에게 달려든다.
담돈은 도끼를 피하면서 도끼의 손을 잡아 업어치기로 던져버린다.

단도를 쥐고 공격하려고 접근하던 순구와 종복이 질려서 주춤주춤 뒷걸음질을 친다. 담돈이 버스길로 비틀비틀 피를 흘리며 멀리 시야에서 사라진다.

31. 빈집 - 실외 / 내 - 저녁 31

담돈은 등에 꼬챙이가 꽂인 채, 빈집을 발견하고 안으로 들어간다. 담돈은 볏짚이 흐트러진 빈 집에 들어오자 그대로 쓰러져버린다.
사위는 어둠이 깔린다.

어디선가 맹꽁이 울음소리가 차츰 들리기 시작한다.

32. 동 빈집 - 실내 - 밤 32

달빛이 들어오는 빈집에 담돈이 죽은 듯 엎어져 누워 있다.

담돈의 옆구리에는 꼬챙이가 꽂혀 있다.

이윽고 담돈이 꿈틀꿈틀 움직이더니 조금씩 힘들게 일어난다.

담돈은 주위를 둘러보면서 일어나는가 싶더니 다시 쓰러진다.

담돈은 기를 쓰고 간신히, 힘들게 일어난다.

담돈은 작대기를 주워, 몸을 의지하여 엉거주춤 일어난다.

담돈은 겨우겨우 달빛이 내리는 길을 힘겹게 걸어 나간다.

길 저쪽에서 경운기가 털털거리며 다가오는 것을 담돈은 걸음을 멈추고 본다.

33. 2층 병원과 1층 약국 앞 - 실외 - 밤 montage 33

담돈은 경운기의 짐칸에 타고 온다.

경운기는 병원과 약국 앞에 도착한다.

농부 여그가, 젤 가까운 병원인께, 언능 들어가 치료를 받어이?

담돈 정말 고맙습니다.

담돈이 경운기에서 내린다.

농부는 경운기를 몰고 간다.

담돈은 몸을 잘 가누지도 못하고 주춤거리면서 2층의 병원과 아래층의 약국을 번갈아 쳐다보고 망설이며 생각한다.

담돈은 가까스로 걸음을 옮겨 약국으로 간다.

눈이 가물가물 곧 쓰러질 것 같은 담돈.

약국 안에서 가운을 입은 채리가 차를 마시며 잡지를 보고 있다. 담돈은 간신히 약국 문을 열고, 들어서자마자 바닥에 쓰러져버린다.

채리는 벌떡 일어나 담돈에게 간다.

채리 누구신데….

옆구리에 꼬챙이가 꽂혀 피떡이 된 것을 보고 경악하는 채리.

채리는 주머니에서 핸드폰을 꺼내더니 119 버튼을 누른다.

채리 거기 일일구지요. 여기 칼 맞은 중태의 환자가 있어요. 빨리 좀 와주세요.

담돈이 채리의 가운 자락을 잡아당긴다.

담돈 벼, 병원은 아, 안 돼요….

채리는 담돈의 얼굴을 보고 놀란다.

(flashback - S#11에서)

담돈은 가방을 채리에게 넘겨준다.

담돈 어서 가서 아버님을 치료하세요.

채리 너무 고마워서 어떡해요. 차라도 한잔하시겠어요?

담돈 차보다는 키스를… 한 번 하면 안 될까요?

담돈은 말해놓고 쑥스러워한다.

채리도 얼굴이 빨개진다. 그렇지만 채리는 담돈이 맘에 든다. 잘생기고 키도 크고, 용감하고 의젓하게 말하는 것이 대범하고 무식하지도 않다.

담돈이 돌아서는 것을 본 채리는 마음이 조급해진다.
채리는 주저하며 망설이다가, 용기 내어 말한다.

채리 하… 세… 요….

담돈 (홱 돌아서며) 정말, 키스해도 돼요?

채리 키스만이에요. 다른 곳은 안 돼요.

담돈이 채리를 와락 끌어안고, 딱따구리 뽀뽀를 다섯 번 한 다음, 채리의 입에 입을 맞추고 혀를 채리의 입에 넣는다.

채리도 담돈의 혀를 물면서 자신의 혀를 담돈에게 넣어준다.

담돈은 채리와 키스하면서 채리의 젖가슴을 움켜쥐고 주무른다. 채리가 담돈의 옆구리를 아프게 꼬집는다.

담돈 아야!

담돈이 비명을 지르며 떨어진다.

채리는 담돈이 볼 수 없도록 몸을 살짝 틀고 미소 지으며 흐뭇해 하다가, 속마음 들킬까 보아 얼른 표정을 감춘다.

담돈 씨이, 기왕 하는 거, 만진다고 닳아지냐?

채리는 새침하여 돌아선다.

채리 다른 곳은 안 된다고 했지?

담돈 그런 건 다 덤으로 따라오는 거잖아?

채리 덤은 재래시장에 가면 많아.

담돈 그럼, 키스만 다시 할게.

채리 또 해?

담돈 맛도 못 봤어, 이리 와봐.

(flashback out)

멀리서 구급차 사이렌 소리가 점점 가까이 들린다.

약국의 셔터가 내려지고 형광등이 꺼진다.

조금 취하여 비틀거리며 걸어오던 경진 아버지가 약국을 쳐다보며 한마디 한다.

경진 부 이런, 씨브랄, 연병… 먼 지랄할라고 벌써 문을 닫아 부렀다냐? 염색약을 사야 하는디….

구급차가 도착하고 구급대원이 차에서 내려 두리번거리다가 핸드폰을 꺼내 전화를 건다.

구급대원 어? 안 받네… 언 넘이여, 장난 전화질 한 넘이…. 청단에 고도리까지 했쓴께 싹쓸이하는 판인디, 썅놈의 장난 전화 땜시로….

34. 약국 안방 - 실내 - 밤

침대 위에 담돈이 엎어져 누워 있다.

책상 위의 스텐 용기에는 옆구리에서 뽑아낸 피 묻은 꼬챙이가 놓여 있다.

채리는 마스크를 했으며, 담돈의 상처 난 옆구리를 꿰맨 실을 가위로 자르고 있다.

채리 자칫했으면 큰일 치를 뻔했어요. 왜 싸우신 거예요?

담돈 모른 척해주세요.

채리 혼자서 감당할 수 있겠어요?

담돈 감당해야지요.

채리 도와드리고 싶은데….

담돈 지금 도와주고 있잖아요. 키스를 해드릴까요?

채리 피, 누가 키스해달래요? 내 이름은 나채리라고 해요.

담돈 난, 구담돈.

채리 완쾌될 때까지는 보중해야 돼요.

담돈 네.

채리 은신할 곳은 있어요?

35. 왕대박 부동산 상담실 - 실내 - 낮 35

오동은 의자에 앉아 분노하고 있다.

도끼, 꼬창, 마빡, 종복, 순구가 오동 앞에 서 있다.

오동 그놈 새끼 못 담구면 뒤탈이 난께, 깨깟이 정리혀라이?

꼬창 알것습다, 형님….

오동 먼, 목소리가 씨레기 죽도 못 처머근 것맹크로 히말테기가 없냐!

종복 솔직히 까놓고 야그해서 우덜 손으로는 어렵습다, 성님.

오동 그렁께, 너그들 대그빡은 폼으로 달고 다닌다 그 말이여 시방?

순구 정면 승부만 피한다쿠먼 승산이 없는 것도 아임더, 행님.

마빡 머리를 쓰것습다! 형님!

오동 느그들은 잽혔다 하믄 사형 아니먼 평생 깜빵살이로 나오기 힘들어야. 그렁께 힘 쪼까 써라이?

꼬창 알겠습다. 형님!

36. 왕대박 부동산 사무실 - 실내 - 밤 36

순구와 종복이 조심스럽게 부동산 사무실 문을 열고 들어온다. 안에는 아무도 없다.

순구와 종복은 사무실 문을 열고 들어간다.

순구가 금고 앞에서 청진기를 귀에 꽂고 금고의 다이얼을 천천히 정밀하게 돌린다.

순구는 금고의 다이얼을 좌우로 돌려가며 맞추어나간다.

종복은 부동산 사무실에 누가 들어오나 문을 빠끔 열고 망을 본다.

순구는 다이얼을 맞추고, 금고 문을 연다.

순구는 금고에서 가방을 꺼내들고 튀려고 종복을 힐끗 본다.

순구가 가방을 들고 튀려는 순간 종복이 순구의 손에서 가방을 낚아채 문을 밀고 먼저 나간다.

37. 장물업자 빌딩 현관 - 실외 - 낮 37

순구가 차에서 내려 빌딩 입구로 다가오더니 뒤에 따라오는 종복에게 말한다.

순구 행이요. 차에서 망을 봐주이소. 혹시 모리니까네 똥이 나타나면 직시 전화 때리이소.

종복 앞으로도, 지금맹크로 말 올려서 성이라고 불러라이? (들고 있던 가방을 내밀며) 또, 배신 때리면 담가불랑께.

순구 걱정 마이소. 나가 의리 빼믄 시체 아임꺼.

순구는 가방을 받아들고 현관으로 들어간다.

종복은 승용차로 들어가 빌딩 현관을 주시한다.

38. 장물업자의 사무실 - 실내 - 낮 38

업자가 책상 앞에 앉아 있다. 검은 양복의 사내 셋이 응접 소파에 앉아 잡지를 뒤적이고 있다.

노크 소리가 들린다.

업자 네.

비서의 뒤를 따라 순구가 들어온다.

업자는 일어서며 반갑게 맞으며 자리를 권한다.

검은 양복의 사내 셋은 응접 소파에서 일어나 한쪽으로 간다.

업자 어서 오시오, 이쪽으로.

비서는 나간다.
순구는 땅문서 등 서류를 업자에게 준다.
업자는 서류를 살핀다.

업자 보충서류가 빠졌군요. (실망한다)
순구 인감증명 같은 것은 해올 낌더. 하니까네 우선 십억만 먼저 주이소.
업자 급전이 필요하시나 본데… 일억까지는 드릴 수 있습니다만.
순구 육백억짜리 아임꺼?
업자 서류가 구비되지 않으면 이건 휴지나 마찬가집니다. 그냥 도로 가져가세요.
순구 뭐… 우선 급하니까네 일억이라도 먼첨 주이소.

업자는 땅문서를 들고 일어나 다른 방으로 들어가더니, 돈 가방을 들고 나와 순구 앞으로 밀어 준다.

39. 동 현관 - 실외 - 낮 39

돈 가방을 들고 엘리베이터에서 나온 순구는 유리창을 통하여 차에 있는 종복을 살핀다.

순구의 시점 -

차 문이 열리며 종복이 차에서 나와, 건물 이쪽을 뚫어지게 바라보며 순구를 기다리고 있다.

순구는 종복을 확인하고, 되돌아 엘리베이터 뒤 후문 쪽으로 나간다.

40. 동 후문 - 실외 - 낮 montage 40

돈 가방을 든 순구는 건물의 후문으로 나온다.

건물 뒤는 펜스로 둘러친 울타리가 있어 나갈 문이 없다.
난감해 하던 순구는 결심을 하고 펜스로 다가간다.

순구는 펜스를 넘어가려고 누가 보는지 둘러본다.

저쪽에서 경비가 등을 보이며, 쓰레받기에 담은 낙엽을 포대에 쏟고 있다.

순구가 펜스를 넘으려고 한 발을 펜스에 걸친다.

경비가 하던 일을 멈추고 호각을 불며 안 된다고 손을 흔든다.

순구는 펜스를 넘어가려는데 가랑이가 못에 걸려 애를 먹는다.

경비가 호각을 불며 쫓아온다.

순구는 다급히 펜스를 넘다가 바지의 가랑이가 쭉 찢어져버린다. 순구는 찢어진 바지를 휘날리며 골목길로 달아난다.

41. 식당 안 / 앞 - 실내 / 외 - 낮 41

순구는 식사를 마치고 일어서는데, 바지의 가랑이가 찢어져 너덜거린다.

순구는 컵의 물을 마시고 돈 가방으로 엉덩이를 가린다.
순구는 식탁 위에 밥값을 놓고 가방으로 앞을 가렸다가 뒤를 가렸다가 하며 식당 문을 열고 나간다.

식당 종업원이 순구를 보고 킥킥 웃는다.

식당 안에서 보는 -

순구는 버스 정류장으로 가더니 버스를 기다리는 사람들 맨 뒤에 선다.

42. 버스 정류소 앞 - 실외 - 낮 42

순구가 사람들과 섞여 버스를 기다리고 있다.
버스가 온다.
순구가 줄을 서서 차례로 버스로 다가간다.

버스에 막 오르려는 순구의 뒷덜미를 종복이 움켜쥐고 웃는다.

종복 쓰발로마, 니가 토껴 봤짜, 메뚜기 새끼는 논뚜렁 안이어야.

순구 그기 아니라, 지금 권총 한 자루 살라꼬 그칸다 아이가?

종복 권총을 사야? 니 조슬 사라 쓰발로마!

순구 진짠 기라. 쑥고개 피엑스에 가가 넌지시 웃돈만 넉넉히 찔러주면 구할 수 있다 아이가?

종복 너, 여그서 뒤질래? 갈래?

종복이 단도를 꺼낸다.

순구 나가 언제, 안 갔닥 카드나?

43. 승용차 안 - 실내 - 낮 43

순구를 운전석에 밀어 넣고 종복은 조수석에 탄다.

종복은 순구의 목에 칼을 들이댄다.

종복 메뚜기가 벼 줄기 뒤에 숨는다고 안 보인다냐? 이, 메뚜기 똥구멍만도 못한 쉬키야.

종복의 칼끝이 순구의 목에 흠집을 내면 피가 비친다.

순구 가방에 있는 돈 다, 니 해라. 내는 마, 괘안타…. 물론, 반은 내 모가치이지만서도….

종복 시끄러 쌔꺄! 싸가지 없는 쉬키, 오늘 아주, 담가부러야 쓰것어.

순구 내를 담근다쿠먼, 잔금 오백구십구억은 물 건너간데이.

종복 뭐, 얼마?

순구 귓궁기에 말뚝 박았나….

종복은 단도를 거두고, 순구의 가방을 연다.

종복은 오만 원권 묶음 10개 중 다섯 묶음을 자신의 배낭으로 옮겨 담는다.

종복은 가방을 순구에게 준다.

순구는 돈 가방을 받아 안을 들여다보며, 안도하는 미소를 짓는다.

순구 잔금을 챙길라쿠먼, 퍼떡 담돈을 잡아야 한데이….

종복 그 쉬키를 어디 가서 잡냐?

(F. O.)

44. 약국의 안방 - 실내 - 아침 44

침대 위에 누워 있는 담돈의 상처 부위를 채리가 붕대로 칭칭 감고 있다.

담돈은 채리가 잘하는지 보려고 고개를 든다.

채리 나, 잘하고 있으니까 안심해도 돼요.

담돈 아버지가 외과의사셨다고요?

채리 네. 그런데요, 병원의 멍멍이도 삼 년이면 청진기를 목에 걸고 다니거든요.

(flashback)

개인 병원 진찰실 안.

의사 가운을 입은 아버지가 남동생(10)의 찢어진 팔뚝을 꿰매고 있다.
채리가 동생을 붙잡고 있다.

동생 아이고, 아파! 아빠, 살살, 살살 해. 아, 아 아이고… 아파 아빠.

채리 국소마취 주사 놨는데 뭐가 아프니, 이 엄살꾸러기야!

동생 아프다고 엄살을 피워야 아빠가 용돈을 주신단 말이야. 그지 아빠?

(flashback out)

이때 방문이 벌컥 열리고, 경진(12)이 문고리를 쥔 채 방 안을 들여다본다.

채리 경진아, 무슨 일이니?

경진 울 아부지가 염색약 꼭 사갖고 오락 했는디라….

채리 약국은 오늘 쉬니까 다른 데 가서 사도록 해라.

경진 울 아부지가 염색약 안 폴면 가랭이 찢어분다고 했어라. 그랑께 얻능 포시요.

채리 누구 가랑이를 찢는다고 하시든?

경진 약방 선상님 가랭이것지라. 딸 가랑이를 찢것어라?

채리 호호, 요 앞 슈퍼에 가도 염색약 있어. 거기로 가봐.

경진 네….

경진은 문을 닫으며 돌아선다.

채리는 담돈의 상처 붕대 감기를 마무리한다.

45. 왕대박 부동산 사무실 안 - 실내 - 낮 45

오동이 소파에 앉아 신문을 보고 있다.

중개사는 벽에 붙은 지도를 보기 위해 의자를 돌려 앉아 지도를 보다가, 일어서서 지도를 자세히 들여다본다.

앞문이 열리며 도끼, 꼬창, 마빡이 들어온다.

중개사는 책상 위의 서류를 들고 나가며 오동에게 말한다.

중개사 외삼촌, 매물로 나온 당골래 마을 임야 좀 살펴보고 올게요.

오동 응, 그러든지…. (부하들에게) 종복이 놈하고, 순구 새끼는 찾았냐?

마빡 보이지 않습다.

오동 찾아보기나 했냐?

마빡 꼭꼭 숨어서 머리카락도 안 보입다.

오동 이 답답한 샤끼들아! 대가리 박아!

도끼 잘못했습다!

마빡은 대가리를 박는다.

오동 느그들은 안 박냐 샤끼들아!

도끼와 꼬창도 대가리를 박는다.

46. 읍 소재지 모텔 안 - 실내 - 낮

46

순구가 깡통맥주를 마시고 있다.

문을 열고 들어오던 종복이 소리를 지른다.

종복 야, 이 습새야! 담돈을 잡아야 잔금을 받을 거 아녀!

순구 똥한테 잡히가 칼 쌔리 박힐라꼬 환장했능교?

종복 그랑께이, 시팔로마, 누가 일억에 팔라고 했냐? 십억이라면 또 모르까….

순구 마, 입가심으로 일억 받은 기고…. 그카고 담돈을 잡아가 잔금 챙긴다쿠먼, 외국으로 뜨기 수월타 아이가.

종복 조또, 영어도 할 줄 모르는 시키가, 외국은 조뺄라고 가냐….

순구 I am not ignorant people like you(난 너처럼 무식한 사람이 아니야).

종복 뭐라고 씨부리냐?

순구 담돈이나 잡으러 가자.

47. 약국이 보이는 곳 - 실외 - 낮 47

도끼, 꼬창, 마빡이 두리번거리며 약국이 있는 곳으로 걸어간다.

도끼 무슨 단서를 가지고 찾아야지 원….

마빡 시끄러, 존만아! 조또 모르는 것들이 꼭, 말이 많아요.

꼬창 여기가 어딘데?

마빡 꼬챙이에 찔린 놈이 죽지 않았다면 어디로 갔겠냐?

도끼 아, 저기 병원이 보이네. 약국도 있고….

마빡 이제야, 해골이 조금 돌아가냐?

48. 슈퍼 안 - 실내 - 낮 montage 48

상품 진열대에서 경진이 염색약을 집어 들고 카운터로 온다.

마빡이 아이스박스에서 아이스캔디 한 줌을 쥐고 카운터로 온다. 꼬창과 도끼가 어슬렁거리며 슈퍼로 들어온다.

경진이 카운터에서 염색약 값을 치르고 거스름돈을 받는다.
마빡이 아이스캔디 값을 낸다.

마빡　　　약방 문 언제부터 닫았어요?

카운터　　글쎄요. 저는 안에만 있어서 잘 몰라요.

경진　　　약방 말인가라? 어제께 밤에 일찍 닫았다고 울 아부지가 그라든디요.

마빡　　　그래. 너 이거 하나 먹어라. (아이스캔디를 하나 준다)

경진　　　(받는다) 고맙습니다. (까서 먹는다)

마빡　　　너 혹시 말이야. 피 흘리는 사람이 저 병원이나 약국으로 들어가는 거 못 봤니?

경진　　　피를 흘려라? 그런 것은 못 봤는디… 라….

마빡　　　다친 사람을 못 봤어?

카운터, 꼬창, 도끼도 관심을 가지고 경진을 주시한다.

경진　　　배딱지를 붕대로 감는 사람은 봤그마이라.

마빡　　　어디서?

경진　　　약방 안집에서라.

마빡은 아이스캔디를 경진에게 다 주고 쏜살같이 밖으로 나간다.

경진　　　울 아부지 갔다 디래야지….

경진은 아이 캔디를 챙겨 슈퍼를 나간다.

이때 슈퍼로 종복과 순구가 들어온다.

순구 보소, 혹시 피 흘리가 빙원으로 드가는 사람 못 봤심꺼?

카운터 오늘은, 피 흘리는 사람 찾는 사람이 많아….

순구 어디서 봤십니꺼?

카운터 뭘요, 저는 모르는 일인데요.

종복 이 쓰벌년이 뒈질라고…. 방금 그랬자나, 피 흘리는 사람을 찾는 사람들이 많다매?

종복이 단도를 뽑아 찌를 듯이 카운터의 코앞에 들이댄다.

카운터 마, 말할게요. 카, 칼 저리 치워요.

종복 언능 씨불여봐!

카운터 약국 안방에….

경진이 입구로 들어오며 염색약을 내민다.

경진 울 아부지가 자연갈색으로 바까 오라는디요?

종복과 순구가 서둘러 나간다.

49. 약국집 안 - 실내 - 낮 montage

49

집을 나서기 위해 집단속을 하려고 창문을 닫고 커튼을 치던 채리. 담돈은 침대에 앉아 상의를 입고 있다.

도끼, 꼬창, 마빡이 마당으로 들어오는 것을 창문으로 보는 채리. 채리가 담돈에게 손가락으로 마당을 가리킨다.

채리 저 사람들은 누구예요?

담돈이 일어나 마당을 보고, 뒷문으로 나가려 한다.

채리는 책상 위에서 승용차 열쇠와 손가방을 집어 들고 담돈을 따라 나간다.

마빡이 잠긴 현관을 두드린다.

도끼, 꼬창이 유리창의 커튼 사이로 방 안을 들여다본다.

방 안에는 아무도 없다.

꼬창 방 안엔 아무도 없어.

마당 한쪽으로, 앞뒤로만 터진 천막 주차장에 빨간 승용차가 있다. 담돈은 채리의 손에서 자동차 열쇠를 받아 운전석에 올라탄다.

담돈 차가 쓸 만한데….

채리 보는 눈은 있네.

작은 손가방 하나 들고 조수석에 올라타는 채리.
마빡과 꼬창과 도끼가 유리창으로 방 안의 여기저기를 둘러본다.

마빡 이거, 아무도 없잖아?

마빡과 꼬창, 도끼가 마당으로 나간다.

이때 종복과 순구가 마당으로 들어오다가 도끼, 마빡, 꼬창과 딱 마주친다.

종복 어? 느그들 여그서 뭐하냐?
마빡 담가!

도끼, 꼬창이 도끼와 꼬챙이를 뽑아 들고 종복에게 달려든다.
회칼을 든 마빡이 순구에게 달려든다.

종복 음마? 느그들이 시방, 선배한테 한번 해보자고야?
순구 문디들, 겁대가리 삶아 쳐 무운나? 주글라꼬 나래비 서는 기가?
마빡 배신자는 용서할 수 없다! 에잇!

마빡이 순구에게 칼을 휘두르며 달려든다.

꼬창, 도끼도 꼬챙이와 도끼를 들고 종복에게 덤빈다.

종복과 순구도 소매에서 단도를 뽑아 들고 휘두른다.

이때 차 시동 걸리는 소리가 들리고, 빨간 승용차가 천막 주차장에서 나와 빠르게 마당 앞길로 나간다.

마당을 나가는 빨간 승용차에는 담돈이 운전을 하고, 채리가 옆에 앉아 있는 게 보인다.

도끼, 꼬창, 마빡과 종복과 순구는 싸움을 그만두고 빨간 승용차를 쫓아 우르르 나간다.

50. 도로를 달리는 빨간 승용차 안 - 실내외 - 낮 montage 50

담돈이 운전하는 빨간 승용차가 도로를 달린다.

조수석에 앉은 채리가 뒤를 살피며 말한다.

채리 따라오네요.

담돈은 백미러를 본다.

순구의 차가 따라오고, 그 뒤로 마빡이 차를 몰고 따라오는 것이 보인다.

마빡이 운전하는 승용차에는 도끼가 뒷좌석, 꼬창이 조수석에 타고 있다.
순구가 운전하는 승용차에는 종복이 조수석에 앉아 빨간 승용차를 손으로 가리킨다.

마빡이 운전하는 차가 순구가 운전하는 차를 추월하여, 담돈이 운전하는 빨간 승용차마저 추월하려고 시도한다.

담돈은 나란히 따라오며 추월하려는 마빡의 차를 본다.
백미러에 나타난 순구의 차는 담돈의 차를 바짝 따라오고 있다.

담돈은 가속페달을 지그시 밟는다.
담돈의 차는 좌측 추월선으로 차선을 바꿔 마빡의 차를 떼어버린다.

51. 달리는 순구의 차 안 / 밖 - 실내 / 외 - 낮 montage 51

순구가 운전을 하고 종복이 조수석에 앉아 있다.
순구의 차 바로 앞에, 마빡이 운전하는 차가 꼬창과 도끼를 태우고 있다.
마빡의 차 앞에, 담돈이 운전하는 빨간 승용차가 가끔 꼬리를 보여주며 점점 멀어지고 있다.

종복 순구여, 우리가 먼저 저 시키를 잡아야 쓴디 어짜냐?

순구 알고 있시니까네, 아가리 닫고 있그라 고마.

종복 (순구의 머리를 손바닥으로 깐다) 막 먹어라 시불놈아! 이 샤끼는 운전대만 잡았다 하면 기고만장해 갖고 개지랄 떨어. 그것도 병야, 샤끼야!

순구 쓰벌, 또 때리면, 차 세워놓고 오줌 누러 가서 안 올끼다?

종복 가라 가, 이 시불 놈아! (순구 이마를 손바닥으로 깐다)

순구 (E - 이 종내기 새끼를 술 존나게 먹이가, 골목길로 끌고 가가, 코피 터지게 죽사발 맹글 날이 꼭 있을 끼라…)

순구는 속력을 높여 마빡이 운전하는 차를 추월한다.

순구는 담돈이 운전하는 차의 꼬리가 조금 보이자, 속도를 더욱 높여 달린다.

담돈은 사이드미러에 순구의 차가 추월하려고 다가오는 것을 본다. 담돈은 가속페달을 밟아, 멀리멀리 달아나버린다.

52. 도로 위 - 실외 - 낮 montage

52

담돈이 운전하는 빨간 승용차가 채리를 조수석에 싣고 달리고 있다.

담돈 휘발유가 만땅이여서 다행이야.

채리 가스 겸용이고, 다 가득해. 또, 위치추적 센서가 있어서 어디 있는지 다 알 수도 있어.

담돈 도난당할 염려도 없겠군.

채리 그뿐이 아니냐.

담돈 자동주행 장치라도 되어 있어?

채리 물론이지, 대리운전도 필요가 없으니까.

담돈 그럼, 이 차가 집에도 데려다준다는 거야?

채리 물론, 어디서든 핸드폰으로 제어도 가능해.

순구가 운전하는 차가 담돈의 차를 뒤따르며 끈질기게 따라붙고 있다.

순구 차의 뒤로, 마빡이 운전하는 차가 다른 차들의 추월에 의해 점점 뒤로 밀리고 있다.

마빡은 심신이 피로하고 나른해서 운전에 싫증을 내며 권태로워한다.

꼬창은 뒤에 앉은 도끼를 돌아보며, 얼굴 표정으로만 마빡이 심통 부린다고 흉본다.

도끼도, 마빡이 심술이 났다는 뜻을 표정과 손짓을 한다.

꼬창과 도끼는 눈을 맞추며 서로 웃는다.

마빡이 곁눈질로 도끼와 꼬창의 행태를 보며 못마땅하여 인상을 쓴다.

53. 달리는 마빡의 차 안 - 실내 - 낮 53

마빡이 운전하는 차는 순구가 운전하는 차를 놓치지 않으려고 갑자기 속력을 높여 달린다.

도끼 안전 운전하자 좀…. 잡아도 그만, 못 잡아도 그만 아냐?

마빡 그럼, 넌, 갓길에 내리는 것이 더 안전하겠다. 내려줄게 존만아.

도끼 뭔 소리야?

마빡 갓길에서 손들고 서 있으면, 안전 운전하는 사람이 태워줄 거다.

꼬창이 도끼에게 입 다물라고 손가락을 입에 댄다.

도끼 (꼬창에게) 알았어. 존만아.

마빡 뭐야? 이 시키가 꼭 매를 벌어요.

도끼 너한테 그런 거 아냐. (E - 괜히 지랄이야 시발 놈)

마빡 너 방금, 뭐라고 아가리 놀렸어?

도끼 아가리가 뭐냐 무식하게, 주둥이지.

꼬창 주둥이가 또 뭐냐? 주둥아리지.

마빡 잘났다. 씁새들아.

도끼는 마빡이 성질내지나 않을까 긴장한다.

54. 달리는 빨간 승용차 안 - 실내 - 낮 54

담돈이 운전하고 채리가 옆에 타고 있다.

앞차를 추월하여 달리며 백미러로 뒤를 보는 담돈.

담돈 지금은 내가 쫓기는 형편이지만 내 몸만 회복되면 너희들은 다 죽었어.

채리 땅문서는 당연히 찾아와야지?

담돈 그럼, 그럼. 그런데 아버님 병환은 어떠셔?

채리 병원에서 하는 말이 아버님을 집으로 모시고 가서, 먹고 싶은 거 다 해드리래….

담돈 지금은 누가 돌봐드리고 있는데?

채리 간병사.

담돈 다행이군. 난 우리 집 불 지른 놈을 잡아 꼭, 그대로 해줄 거야.

채리 눈은 눈으로….

담돈 이는 이로….

담돈은 운전하면서 사이드미러를 본다.

사이드미러에 순구의 차가 따라붙고 있다.

담돈은 가속페달을 지그시 밟아 순구의 차를 따돌리며 멀리 달아난다.

55. 달리는 순구의 차 안 - 실내 - 낮 55

담돈의 빨간 승용차가 속력을 더 내어 앞차들을 추월하면서 멀어지자 종복은 탄식한다.

종복 쓰발 놈, 뒤지고 싶어 용을 씀시로 달리고 있구마이 … 어쩌까?

순구 내라꼬 몬 밟을 줄 아나?

종복 운전에 목숨 거는 넘은, 빨리 뒈지고 싶어 용쓰는

넘이어야. 아따, 열불 나네. (창문을 내린다)

순구 창문은 와 여노?

종복 엄매? 깜빡해부렀다. 올리께. 올리께.

종복은 창문을 올린다.

순구가 다른 차들을 추월하여 달려가지만, 빨간 승용차는 보이지 않는다.

순구는 졸린 듯이 하품을 하며, 눈 붙일 곳을 두리번거리며 찾는다.

56. 민박집 앞 - 실외 - 저녁 56

담돈이 운전하는 빨간 승용차가 민박집 앞으로 와서 멈춘다.

민박집 문이 열리고 빨랫거리를 담아 들고 나오던 아낙네.

채리는 차에서 내려 아낙 앞으로 다가선다.

채리 방 있어요?

아낙 방이사 천지 삐깔이지라.

채리 혹시… 저기 저, 마을에도 빈방이 하나 있을까요?

아낙 원룸이 하나 있는디, 달세로 쓸라요? 냉장고, 테레비, 침대, 세탁기, 콤푸터 다 있고라.

채리 좋아요.

57. 졸음 쉼터 - 실외 - 저녁 montage

57

졸음 쉼터로 차를 몰고 들어온 순구는 멈춘다.

순구 졸음이 오는데 우얄 끼고… 쪼매 눈 좀 부치따 가자.

순구는 차 문을 열고 의자를 눕히고 눕는다.

종복 워메이 쓰벌, 그거 쪼까 운전해따고 퍼져불그마이…
낼 당장, 운전을 배우든지 해부러야지….

종복은 못마땅해 하며 자신도 의자를 눕히고 눕는다.

마빡이 차를 몰고 졸음 쉼터로 들어온다.
마빡은 종복의 차를 발견하고 멈춘다.

마빡 저것들… 왜, 저기 있는 거야?

마빡이 앞을 보며 말한다.

마빡 저것들 둘을 아주 (속으론 쫄면서) 담가버릴까?
꼬창 (두렵다) 글쎄…?

도끼	우리는 어림없어야.
마빡	그래, 우리가 뭐 목숨 걸 일 있냐? 담돈이나 잡으러 가자.
도끼	맞아. 담돈이 새끼를 잡아야 한다니까….

마빡은 차를 후진한 다음, 좌측 깜빡이 넣고 도로로 들어가 멀리멀리 달려가버린다.

58. 원룸 - 실내 - 저녁 58

담돈이 침대 위에 누워 있다.

채리가 담돈의 상처에 거즈를 갈고 붕대로 동인다.

방문을 노크하는 소리.

채리	네.

방문이 열리고 아낙이 얼굴을 내민다.

아낙	식사 말인디라, 지금 가져다 디리까라?
채리	네. 그러세요.
아낙	그라먼, 지금 가꼬 오요이?

채리 네. 그런데, 우리가 여기 있는 거, 누구에게도 발설하면 안 돼요. 아셨죠?

아낙 야아, 알었어라.

59. 민박집 앞 - 실외 - 저녁 59

순구가 운전하는 차가 민박집 앞에 멈춘다.

아낙은 현관문 앞에 차가 멈추는 것을 확인하고 문을 열고 나온다.

아낙 어서 오시게라.

종복 방 있어요?

아낙 있지라. 하나 디라까라?

종복 깨끗한 방으로 줘보씨요.

순구 혹시, 여기… 젊은 청춘 남녀가 투숙하지 않았능교?

아낙 아따, 먼 말이다요? 손님이라고는 씨알머리도 없는디.

순구 차 몰고 지나가는 거는 못 봤심꺼?

아낙 나가 얼매나 바쁜 사람인디, 지나가는 차나 쳐다보고 있다요?

종복 방으로, 술이랑 맛난 안주 있시면 가따줄라요?

아낙 안주 이름도 있고, 술 이름도 있는께, 이름을 불러보셔라?

종복 아따, 술은 비싼 술로 하고, 안주도 비싼 안주로 가꼬 오씨요.

아낙 돈은 많은 갑이요이?

순구 돈 걱정은 마이소. 양주 두어 병하고에, 젤 맛인는 안주 두어 개 가와보소.

아낙 그람은, 차 박아놓고, 목간하고 있으시오. 한 상 떡 벌어지게 채래 가꼬 올 틴께.

60. 민박집 주차장 - 실외 - 저녁 60

마빡이 운전하는 차가 민박집 주차장으로 들어와 멈춘다.

마빡 저녁은 때렸으니까, 여기서 오늘 밤 꿀리고 가자.

차에서 먼저 내린 도끼는 종복의 차를 발견하고 뒤를 돌아보며 꼬창과 마빡에게 말한다.

도끼 저거 종복이 형 차 아니야?

꼬창 형은 무슨, 니미랄….

마빡 야, 너희들 생각도 내 생각과 같지?

도끼 그래 쓰바, 다른 데로 가!

마빡 우리는 절대 무서워 피하는 거 아냐.

꼬창 더러워서 피한다. 니미랄.

꼬창이 먼저 차에 오른다.

마빡과 도끼도 얼른 차에 올라타고 차는 떠나간다.

61. 민박집 108호 - 실내 - 저녁 61

종복과 순구는 맥주 컵에다 양주를 서로 가득 따라주고, 잔을 부딪치고 마신다.

방 안에는 굵은 양초 세 개가 불을 밝히고 있다.

순구 정전도 아닌데 무신 촛불이고? 양주 마신다꼬 분위기 띠우는 기가?

종복 오래된 민박이라 곰팡냄새 없어지라고 촛불 켜논갑지.

순구 촛불 켜면 곰팡냄새가 중화되는 기 맞나?

종복 그라고 너, 이 시키! 앞으로 또 배신하면 담가불틴께 그리 알아라이?

순구 무신 소리고? 나가 언제 배신해따꼬?

종복 한 번만 더 걸리면, 그때는 알지? 해골 뽀사불텐께.

순구 (얼굴 돌리고) (E - 나가, 돈만 챙긴다쿠면, 종내기 새끼 쌍통 안 보이는 곳으로, 훌훌 뜬다. 떠!)

종복 너가 지 아무리 날고 뛰어도야, 내 사정거리 안에 있는께. 명심혀라이?

순구 (얼굴 돌리고) (E - 조 까는 소리 고마 치아라, 문디 쌔꺄!)

(F. O.)

62. 왕대박 부동산 안 - 실내 - 낮 62

오동이 혼자 앉아 신문을 보고 있다.

문이 열리며 마빡, 꼬창, 도끼가 들어온다.

마빡 형님 나와 계셨슴까?

오동 그 새끼덜은, 어찌께 됐냐?

마빡 못 잡았슴다.

오동 그래야. 그라면 지끔부터 나하고 잡으러 가자이?

마빡 어디 있는지 아시미까?

오동 몰라도 너그덜 같진 않을 것인께. 어서 앞장서야.

63. 달리는 승용차 안 - 실내 - 낮 63

마빡이 운전을 하는 승용차가 달리고 있다. 조수석에는 꼬창이 타고, 뒷좌석에는 오동과 도끼가 타고 있다.

오동 이 길이, 그 새끼가 도망가던 길이 맞냐?

마빡 네. 이 길이, 그 길 맞씀다.

64. 원룸 - 실내 - 낮 64

담돈이 침대 위에 누워 있다.

채리가 침대에 걸터앉아 담돈의 상처에 드레싱을 한다.

담돈이 채리를 본다.

채리 상처가 아물고 있어요.

담돈 채리 씨가 날 살렸어.

담돈이 손을 들어 채리의 무릎을 쓰다듬는다.
채리가 드레싱을 마무리한다.

담돈 내가 이러고 있을 때가 아니야, 땅문서를 찾아야 해!

채리 조금만 더 기다리면 새살이 돋는데….

채리가 뜨거운 눈길로 담돈을 바라본다.
담돈이 한 팔로 채리를 끌어당긴다.

채리가 담돈의 한 팔을 안고 담돈 옆에 눕는다.
담돈이 채리의 몸에 상체를 올리고 채리를 빤히 본다.

담돈 오늘까지만 이렇게 있을까?

채리는 벌떡 일어나 담돈을 본다.

채리 속옷이 다 말랐을 거야.

채리가 일어서 문을 열고 나간다.

65. 원룸 - 실내 - 낮 65

담돈은 가스레인지 위에 물이 든 팬을 올리고 가스 불을 켠다. 옆 작업대에 라면 봉지와 떡볶이 봉지가 놓여 있다.

채리가 걷어 온 속옷을 들고 들어온다.

담돈이 팬에 라면을 넣는다.

채리 뭐 해?
담돈 일품요리.
채리 요리도 할 줄 알아?
담돈 모르는 건 빼고, 다 알아.
채리 무슨 요린데?
담돈 알아맞히면 백 원 주지.
채리 겨우 백 원?
담돈 겨우 백 원이라니? 무한소가 없으면 무한대가 없는 것처럼.

(flashback)

구두쇠 무한소가 없으면 무한대가 없는 것처럼, 백 원이 없으면 천 원이 존립할 수 없다. 티끌을 모으지 않고 태산을 얻으면 그 수명이 길어야 십 년이다. 그러나 진합태산이면 백 년을 넘는다고 했으니, 동전 하나부터 귀중하게 여겨야 하는 게야.

(flashback out)

담돈은 아버지 생각이 나, 그리움에 눈물을 글썽거린다.

채리는 손수건으로 담돈의 눈에 맺힌 눈물을 찍어내면서, 자신도(vision - 병석에 계신 아버지)가 떠오르면서 눈에 눈물이 어리어 주룩 흘러내린다.

채리 아버지 생각났구나….

담돈 채리도, 아버지 생각났어?

채리는 머리를 끄덕이며, 담돈을 안고 등을 다독거린다.

66. 동 원룸 - 실내 - 낮 66

채리가 침대 위에 담요를 덮고 누워, 눈을 말똥말똥 뜨고 담돈을 본다.
담돈은 침대에 걸터앉아 TV를 보고 있다.
TV 화면에서 야구 경기가 한창 진행되고 있다.

채리		야구 좋아해?

담돈		지금은… 그저….

채리		내 옆에 눕고 싶지 않아?

담돈		담요 들어봐.

채리		호호호.

채리가 담요를 들면, 채리의 몸은 팬티와 브래지어만 입은 모습이다. 담돈은 한 바퀴 굴러 채리가 들고 있는 담요 속으로 들어간다.

채리는 담요 속에서 얼른 빠져나와, 담요로 담돈을 감싸며 담돈의 위에 올라타, 구르며 장난질 친다.

담돈이 담요에서 얼굴을 내민다.

담돈		너, 주글래?

채리		그래. 주글란다. 크흐… 깔깔. 깔깔.

67. 민박집 앞 - 실내 - 낮 67

마빡이 운전하는 차가 민박집 앞에 도착하여 멈춘다.

꼬창, 마빡, 도끼가 내려 민박집 안으로 들어간다.

오동은 차 안에서 민박집을 보며, 자신의 손목시계를 본다.

민박집 문이 열리며, 아낙이 보자기를 덮은 쟁반을 들고 나와 사방을 살피더니 쟁반을 머리에 이고, 원룸이 있는 마을을 향하여 종종걸음으로 간다.

오동의 눈이 아낙의 뒤를 주시한다.
아낙은 마을로 향하는 길을 바쁜 걸음으로 간다.

오동은 운전석으로 자리를 옮겨, 차를 몰고 천천히 아낙의 뒤를 따른다.

68. 민박집 108호 안 - 실내 - 낮 montage 68

종복과 순구가 술에 취하여 옷 입은 채 한밤중인 양 쿨쿨 자고 있다. 촛대에 양초가 조금 남아 타고 있다.

테이블 위에 있는 쟁반 안에는 빈 양주병 4개와 유리컵 2개, 빈 그릇, 먹다 남은 안주접시 3개.

108호 문 앞에 앞치마를 두른 배달 여자가 아주 얌전하게 노크를 한다.

노크 소리에 잠이 깬 종복이 머리를 들고 문을 바라본다.
노크 소리 - 똑, 똑, 똑

노크 소리가 작게 들린다.

종복 언 년이 새벽부터 문짝 뚜들기고 지랄이여!
배달 (E - 아따, 먼 새벽이다요? 광명천지 대나시그만)

종복은 아직 술이 깨지 않았다. 종복이 일어나 눈을 비비며 문을 연다.
문 앞에 배달 여자 서 있고, 그 뒤로 꼬창, 마빡, 도끼가 서 있다.
배달 여자는 얼른 그릇이 담긴 쟁반을 들고 나가버린다.

종복 아니, 느덜이 어떻게 여그를 알고 왔냐?

도끼가 재빨리 포승으로 종복을 묶어버린다.

도끼 오동 형님 명령이라 어쩔 수 없습니다.

꼬창과 마빡이 순구를 묶어 종복이 옆에 앉힌다. 순구도 아직 술이 깨지 않았다.

마빡 배신자들의 종말이 원래 이렇습니다. 흐흐.
순구 하늘같은 선배한테 이카면 너들 후회막급할 끼다!

마빡 오동 형님 밖에 계심다.

순구 그카먼, 똥 행님이 니들에게 천만 원 준 적이 있나? 없지? 내는 니들에게 지금 당장 이천만 원씩 줄 수 있다 아이가.

마빡 허튼 수작은 통하지 않슴다.

순구 우릴 풀어준다쿠먼 현찰로 줄 끼다.

도끼가 가방을 보더니, 집어서 열어본다.

오천만 원이 들어 있다.

꼬창은 종복의 배낭을 집어서 열어본다.

오천만 원이 들어 있다.

꼬창과 도끼는 마빡에게 고개를 끄덕인다.

마빡이 다가가 가방과 배낭의 돈을 확인한다.

도끼는 음흉하게 가방을 끌어당기며 뒷문으로 도망가려는 몸짓을 한다.

꼬창도 배낭을 잡아끌며 뒷문으로 도망가려고 한다.

마빡이 가방과 배낭을 잡아당긴다.

마빡 야, 이 새끼들아, 내 몫은 내놔!

종복은 뒤 허리춤에서 단도를 꺼내 뒤로 묶인 포승줄을 자르기 시작한다.

순구도 뒤 허리춤에서 단도를 꺼내 포승줄을 자르랴 바쁘다.

순구 야야, 싸우지 말고 이천만 원씩만 갖고, 남은 거는 냉겨놓거래이.

꼬창, 도끼는 배낭과 가방을 가지고 뒷문으로 나가려 한다.

마빡은 배낭과 가방을 잡아당기며 놓치지 않으려고 뒷문으로 끌려가다시피 한다.

포승줄을 자른 순구와 종복이 단도를 던진다.

단도가 날아가 꼬창의 등에 박힌다.

꼬창이 쓰러지면서 촛대를 쓰러트린다.

촛대가 배낭 위로 떨어지고 배낭이 촛불에 인화된다.

마빡의 등에도 단도가 날아와 박히고 마빡은 쓰러진다.

도끼의 등에 단도가 날아와 박힌다.

도끼가 쓰러지면서 촛불을 쓰러트린다.

쓰러진 촛불이 방바닥에 깔린 이불자락에 떨어지면서 인화된다.

종복이 번개같이 점프하여 쓰러져 있는 도끼의 가슴을 단도로 찍는다.

도끼는 종복의 단도를 피하면서 자신의 품에서 도끼를 뽑아 종복에게 휘두른다.

종복은 도끼를 피하면서 자신의 단도로 도끼의 배를 찌른다.

도끼는 종복의 단도를 피하여 앞문을 열고 나간다.

꼬창이 정신을 차리고 일어나 불에 타는 돈 가방을 들자 돈이 쏟아진다.

순구가 단도로 꼬창을 찌른다.

꼬창이 순구의 단도를 피하면서 순구를 발로 찬다.

순구는 꼬창의 발길에 채여 쓰러진다.

방 안은 불바다가 되어가고 있다.

마빡이 일어나 불붙은 배낭을 드는 순간, 돈이 쏟아진다.

순구가 일어나면서 단도로 꼬창을 찌른다.

69. 원룸 가는 길 - 실외 - 낮 69

아낙이 쟁반을 이고 원룸이 있는 마을로 들어가고 있다.

오동은 차를 몰고 천천히 아낙을 따라간다.

아낙이 쟁반을 이고 원룸 집 대문으로 들어간다.

오동은 차에서 내려 아낙이 들어간 원룸 집의 마당으로 조심스럽게 들어간다.

70. 민박집의 뒷문 - 실외 - 낮 70

꼬창, 마빡이 불을 피하여 민박집 뒷문으로 나온다.

꼬창은 왼손에 쥐고 나온 가방을 들어본다.
가방은 불에 타버린 빈 가방 손잡이뿐이다.
마빡도 손에 쥐고 나온 배낭을 들어본다.
배낭은 절반이나 타 없어진 빈 배낭이다.

종복과 순구가 단도를 손에 쥐고 쫓아 나온다.
종복과 순구는 꼬창과 마빡에게 단도를 마구 휘두른다.

꼬창, 마빡은 순구와 종복의 공격을 피하며 회칼을 꼬나든다.
꼬창과 마빡은 손에 쥔 회칼로 종복과 순구를 찌르며 죽기 살기로 대항한다.
이때, 지폐 몇 장을 쥐고 나온 도끼가 지폐를 흔들며 외친다.

도끼 야! 돈이 다 타버렸는데 뭐 하냐?

순구가 종복을 본다.

종복 이 잡열의 시키덜! 느그들 땜시 돈만 다 타부렀잖아, 이 시벌 놈들아!

꼬창 돈은… 미, 미안해 형….

종복 조까는 소리 때려치우고, 언능 불이나 꺼야.

순구와 꼬창이 긴 빗자루와 대걸레와 물통을 들고 안으로 들어간다.

71. 원룸의 집 - 실내 / 외 - 낮 71

아낙이 쟁반을 이고 원룸 앞에서 노크를 한다.

오동은 마당 뒤꼍으로 돌아간다.

채리가 문을 조금 열고 아낙을 확인하고는 문을 크게 연다.

아낙이 쟁반을 이고 원룸 안으로 들어간다.

72. 동 뒤꼍 - 실내 / 외 - 낮 72

오동이 뒤꼍에서 창문으로 원룸을 엿본다.

오동의 시점 -

아낙이 쟁반을 들고 들어와 테이블 위에 놓고 보자기를 걷는다.

아낙 식사들 하시씨요이.

담돈과 채리가 다가와 테이블을 마주하고 앉는다.

채리 아, 맛있겠다.

오동은 창문으로 담돈을 확인하고 돌아서 나간다.

73. 원룸 집 앞 - 실외 - 낮 73

오동이 원룸에서 나와 자신의 차가 세워진 곳으로 간다.

오동은 차를 타고, 민박집을 향하여 돌아간다.

74. 민박집 앞 - 실외 - 낮

74

오동이 운전하는 차가 마을길에서 민박집 앞으로 와 멈춘다.

오동은 손목시계를 본다.

오동은 차 문을 열고 나온다.

오동은 천천히 민박집 문을 열고 안으로 들어간다.

75. 동 108호 안 - 실내 - 낮

75

순구가 방 안의 연기를 빼내기 위해 창문을 활짝 연다.

꼬창이 부채로 방 안의 연기를 창문으로 몰아내기 위해 부채질을 한다.

도끼가 선풍기를 들고 와 바람으로 연기를 창문으로 날린다.

종복 순구야, 우리 술 먹을 돈은 냉겨났냐?

순구 잔돈밖에 엄따.

종복 그라면 거시기를 후딱 잡아서, 언능 머시기 해사 쓰것다이?

순구 하모. 퍼떡 나서그라, 고마 뜨자.

마빡, 꼬창, 도끼는 서로 얼굴을 쳐다보며 어떻게 해야 할지 묻는 눈짓이다.

이때 열린 문으로 오동이 나타난다.

꼬창과 마빡, 도끼와 종복과 순구는 놀라 멍하니 오동을 쳐다본다.

오동 이런, 잡열의 샤끼들… 여적지 무슨 수작들을 하고 있었냐?

76. 원룸 안 - 실내 - 낮 76

담돈이 침대에 걸터앉아 있고, 채리가 담돈의 발아래에서 세숫대야에 담돈의 발을 억지로 담그려 하고 있다.

채리 발 씻고 나서 양말을 신어야 한단 말이야.

담돈은 발을 빼며 말한다.

담돈 지금 이러고 있을 때가 아니야.

채리 알아, 하지만 발 씻어 양말 신고, 속옷 입어야잖아?

채리의 핸드폰 벨이 울린다.

채리가 핸드폰을 받는다.

채리 네. 간병사님, 무슨 일이? 네? 수술실에요? 네. 빨리 갈게요.

담돈 병원?

채리 아버지가 수술실에 들어가셨다네.

담돈 같이 가.

77. 민박집 앞 주차장 - 실외 - 낮 77

민박집에서 오동과 종복과 순구, 꼬창, 마빡, 도끼가 나온다.

순구가 승용차의 운전석에 탄다.

종복이 조수석에 탄다.

오동이 뒷좌석에 탄다.

오동 쩌기, 저 동네로 언능 들어가자.

순구가 운전하는 차는 원룸의 집이 있는 마을을 향하여 간다.

마빡이 운전하는 차도 꼬창과 도끼를 싣고 오동의 차를 따라간다.

78. 원룸의 집 앞 - 실외 - 낮 78

채리의 빨간 승용차가 세워져 있다.

순구가 운전하는 차와 마빡이 운전하는 차가 다가와 원룸의 집 앞에 멈춘다.

순구와 종복, 마빡, 도끼, 꼬창이 내려 원룸의 집 현관으로 들어간다.
오동은 차에 앉아 있다.

79. 동 원룸 안 - 실내 - 낮 79

담돈과 채리가 병원에 가려고 원룸에서 복도로 나온다.
채리는 울먹이며 담돈을 따른다.

담돈 수술이 잘되어 나오실 거야.
채리 그랬음 얼마나 좋아…. 흐으, 아, 버, 지… 흑, 흑.

이때 들어오던 순구, 종복, 마빡, 꼬창, 도끼와 나오던 담돈과 채리가 딱 마주친다.

종복 그럼 좋고… 어디를 가냐?

담돈 우린 지금 바쁘거든. 비켜줄래요?

담돈이 순구와 종복을 동시에 차버린다.

순구와 종복이 고꾸라지자 마빡과 꼬창, 도끼가 겁에 질려 뒷걸음치며 물러난다.

담돈이 앞장서서 위협적으로 밀고 나가면, 채리가 뒤따라 나간다.

마빡, 꼬창, 도끼가 슬금슬금 뒷걸음으로 밖으로 물러난다.

80. 원룸의 집 대문 앞 - 실외 - 낮 montage 80

오동이 승용차 뒷좌석에 앉아서 원룸의 집 현관을 보고 있다.

현관문이 열리며 꼬창, 마빡, 도끼가 뒷걸음으로 나오고 담돈이 채리의 손을 잡고 나온다.

뒤따라 나온 종복과 순구가 담돈과 채리를 에워싼다.

담돈은 뒷걸음으로 빨간 승용차 운전석의 문을 연다.
채리가 운전석에 올라 시동을 건다.

순구와 종복은 손에 단도를 쥐고 있지만, 섣불리 담돈에게 접근을 못 한다.

이때 꼬창이 꼬챙이를 찌르며 담돈에게 달려든다.
담돈의 발이 꼬창의 명치와 턱을 걷어차버린다.
꼬창이 나가동그라진다.

담돈이 빨간 승용차의 열린 문에 얼른 오른다.
빨간 승용차가 급출발을 한다.

채리가 운전하는 빨간 승용차는 마을을 벗어나 민박집 앞을 지나 도로로 나간다.

순구는 운전석에 타고 종복은 조수석에 타고 오동은 그대로 앉아 있고, 담돈을 추격한다.

마빡도 꼬창과 도끼를 태우고 순구의 차를 따른다.

81. 병실 안 - 실내 - 낮 81

채리의 아버지가 침상에 누워 있고, 시트로 머리까지 씌워져 있다. 채리의 동생과 간병사가 침통하게 앉아서 문을 바라보고 있다.

이때 문이 열리며 담돈과 채리가 들어온다.

동생 누나!

동생이 채리에게 다가오며 울먹거린다.
간병사가 채리에게 다가서며 눈물을 흘린다.

채리는 아버지가 누워 있는 침상의 시트를 걷어본다.

채리 아버지… 흐흐흑 흑흑….
동생 아빠! 아앙 앙, 앙 앙앙….

채리는 동생을 끌어안고 흐느낀다.

82. 묘지 - 실외 - 낮 montage 82

담돈과 채리와 동생이 새로 만든 봉분 앞에서 헌화하고 있다.

채리 아버지… 임종을… 못… 죄송해요, 아버지… 흐흐 흐흑 흑흑….

이때 주위의 여기저기에서 순구, 종복, 마빡, 꼬창, 도끼가 나타나 담돈에게 달려든다.

담돈은 불의의 습격에 자세를 가다듬고 반격을 시작한다.

채리는 동생을 데리고 한쪽으로 피한다.

채리 여기서 집 찾아갈 수 있지?

동생 응, 찾아갈 수 있지만, 누나는 어쩌려고?

채리 저 아래로 뛰어가면 큰길 나와. 거기서 택시 타. 어서 가!

이때 꼬창이 온다.

꼬창은 채리의 등덜미를 잡는다.

동생은 아래로 뛰어 내려간다.

담돈은 순구와 종복과 마빡에게 둘러싸여 공격을 받는다.

담돈이 순구와 마빡을 발과 주먹으로 때려눕힌다.

꼬창이 채리를 잡아서 끌고 간다.

담돈은 채리가 끌려가는 것을 보고 구하러 가려고 하나, 순구와 종복과 마빡이 번갈아 가며 공격을 해오니 방어하기에도 벅차다.

담돈이 순구와 종복의 공격을 피하며 채리에게 간다.
도끼와 오동이 담돈의 앞을 막아선다.

오동은 담돈에게 무자비한 발 기술로 공격해 들어온다.
도끼도 담돈의 후면을 노리며 도끼로 담돈을 찍으려고 마구 휘두른다.
담돈이 오동의 공격을 피한다.
순간 도끼가 휘두르는 도끼에 발이 걸리며 앞으로 넘어진다.

도끼와 꼬창이 담돈을 덮쳐 제압해버린다.

마빡이 동생을 잡아서 끌고 온다.
손이 묶여 있던 채리가 동생을 보더니 경악한다.

83. 지하 밀실 - 실내 - 낮 montage 83

채리도 동생도 손이 밧줄에 묶여 공포에 떨고 있다.

담돈의 손목이 밧줄로 묶여 있고, 발목도 밧줄로 묶여 있다.

담돈의 벗겨진 상체에는 수없이 칼에 찔린 흔적으로 피가 흐르고 있다.

종복은 책상 앞에 앉아 소주병을 입에 물고 훌짝거리고 있다.

순구는 담돈 앞에서 핏물이 뚝뚝 떨어지는 단도를 쥐고 씨근덕거리고 서 있다.

순구 쓰발, 문디 자슥아, 땅이 니 목숨보다 더 중하다 이기가?

순구는 단도를 담돈에게 휘두른다.

담돈의 가슴에 가로로 칼이 지나간 자국에 피가 흐른다.

담돈은 눈을 부릅뜨고 순구를 노려본다.

종복 사정 두지 마야. 저런 놈은 인정사정없이 조져부러야 한단께.

이때, 오동이 계단을 내려오더니 책상 위의 위임장에 사인이 없는 것을 보고 일갈한다.

오동 아즉도 싸인을 안했냐? 지독한 놈이구마이. 에라이 시발로마, 너가 뒤져도 싸인을 안 하는가 어디 보자!

오동은 순구의 칼을 받아 담돈의 허벅지를 찌른다.

담돈 으, 으윽!

오동 살고 싶지야? 그라면 여그다 싸인을 해야. 쓰발로마, 에잇!

오동은 담돈의 어깨에 칼을 꽂는다.

담돈 으윽! 네놈이 우리 아버지를 이렇게 찌르고 집에 불을 질렀냐?

오동 그래. 이 쓰바, 내가 시켰다.

담돈 누구에게 시켰냐?

오동 그걸 알아서 뭐 하려고…?

담돈 자신의 몸이 갈가리 찢기는 고통을 맛보아야 하겠지?

오동 곧 뒤질 시키가 나불대기는…. 에잇!

오동이 담돈의 어깨를 단도로 다시 내리찍는다.
채리는 안타까워 볼 수가 없다.

채리 그까짓 사인 해줘버려요. 제발.

담돈이 채리를 본다.

채리가 애절한 눈으로 담돈을 보면서 간절히 애원하는 눈빛을 보낸다.

눈치를 보던 순구가 다가와 위임장과 펜을 담돈에게 내민다.

종복 진작에 싸인했으면 시키야, 칼 안 맞었지 씨불노마…. 몸에 상처 없이 뒈지는 것도 얼매나 복인디 시불 놈….

오동 이 시키덜은, 수장시켜버릴 것이여. 그래야 증거가 안 남은께. 흐흐흐.

담돈이 위임장에 사인을 해준다.

84. 장물업자 사무실 문 앞 - 실내 - 낮 84

비서는 책상 앞에 앉아 있다. 검은 양복의 사내 셋은 만화책을 보며 시시덕거리며 놀고 있다.

이때 오동과 순구와 종복이 들어온다.

비서 사장님 찾아오셨지요?

순구 네. 좀 만나게 해주이소.

비서 어쩌지요? 오늘이 사장님의 모친 생신이라, 출근 안 하십니다.

순구 급해서 그카는데에 통화라도 할 수 없겠심꺼?

비서 저희 사장님은, 쉬는 날 핸드폰을 사무실에 두고 가시기 때문에 통화도 불가합니다. 좀 불편하시더라도 내일 편하게 만나시는 것이 좋을 거 같습니다.

85. 왕대박 부동산 상담실 - 실내 - 밤 85

순구, 종복, 오동, 마빡, 도끼, 꼬창이 책상 둘을 붙여놓고 술판을 벌여 마시고 있다.

종복 업자 고 새끼 모친 생신 덕분에 우덜이 술 먹게 돼야부렀다.

오동 지금은 오색진미로 술판 벌일 처지가 못 된께, 그냥 저냥 하자이?

종복 땅값만 받으면 거나하게 마셔야지라.

순구 지하실 문디들 마, 퍼뜩 치아뿔고 마시면 안 되겠심꺼?

오동 업자가 낼 출근해서 다른 서류를 요구할지 모른께, 이후에 처리하는 것이 좋지 않겄냐?

순구 카먼 마, 술 한잔 푸고, 일찍 뒤비지입시더.

마빡 술판에는 여자 쁘라쓰 노래가 있어야 하는디, 형편상 여자는 없으니까 빼버렸다 치고, 젓가락 장단에 노래나 부릅시다.

오동 노래도 빼버렸다 치고 술만 묵자이?

종복 아따, 이 시골구석에서 노래 쪼까 부른다고 누라 뭐라 할랍디어?

오동 우덜이 조카한테 신세 지고 이쓴께, 조카 입장도 생각해줘야 돼 껏이 아니겄냐?

순구 하모요, 맞십니더. 하니까네 코가 삐틀어지도록 목운동이나 부지런히 하입시더.

86. 지하 밀실 - 실내 - 밤 86

피투성이의 담돈과 동생과 채리가 묶여 있다.

종복이 마시던 소주병이 책상 위에 놓여 있다.

담돈은 몸을 굴려 책상 앞으로 가 소주병을 머리로 건드린다.

소주병이 바닥으로 떨어지면서 폭삭 깨진다.

담돈은 몸을 돌려 깨진 소주병의 주둥이를 쥐고 밧줄을 자르기 시작한다,

손이 풀린 담돈이 채리의 묶인 줄을 자른다.

채리는 동생의 묶인 줄을 풀어준다.

결박이 풀린 담돈과 채리와 동생은 계단을 올라가 문을 열어보지만 열리지 않는다.

문이 밖에서 자물쇠로 잠겨 있다.

(F. O.)

87. 오동의 침소 - 실내 - 아침 87

오동이 침상에 누워 자고 있다.

문을 두드리는 소리가 들린다.

오동이 잠에서 깬다.

오동 무슨 일인디 그냐!

문이 열리며 마빡이 들어온다.

마빡 종복과 순구가 사라졌습니다.

오동 뭐야? 고 색끼들이 또 배신을 해? 담돈이는?

마빡 보고드리려고 여기 먼저 왔습니다.

오동 빨리 가서 확인해! 나는, 업자 사무실로 가봐야겠다.

마빡 네! 형님!

마빡은 지하실 입구로 가고 오동은 밖으로 간다.

88. 지하 밀실 입구 - 실내 - 아침 88

마빡이 지하실 문 앞으로 다가가, 키를 꺼내 자물쇠를 연다.

마빡이 문을 밀고 안으로 들어간다.

기다리고 있던 담돈이 마빡을 잡아 계단 아래로 냅다 차버린다. 마빡은 계단을 굴러 지하 바닥에 널브러진다.

담돈과 채리와 동생은 지하에서 나온다.

89. 오동의 침소 - 실내 - 아침 89

담돈과 채리와 동생은 오동의 침소에 들어가지만 아무도 없다. 여기저기

살펴보지만 아무도 없다.

담돈이 오동의 금고를 잡아당기니 그냥 열린다.

금고 안에는 아무것도 없다.

90. 다시 지하 밀실 - 실내 - 아침 90

마빡이 지하 바닥에 널브러져서 머리를 들고 정신을 차리려고 애쓰고 있다.

담돈이 지하로 내려와 마빡의 등덜미를 쥐고 앉힌다.

담돈 똥 새끼 어디 갔어요?

마빡 똥이라고 부르지 마. 너 걸리면 뒈지게 맞는다?

담돈이 마빡의 배에 한 방 먹인다.

담돈 똥 새끼 어디 갔어요?

마빡 (두려워하며) 장물업자 사무실에 갔을 거야.

담돈 업자 사무실은 왜 갔는데?

마빡 순구와 종복이, 땅문서를 들고 튀었거든.

91. 장물업자 사무실 - 실내 - 낮 montage 91

순구와 종복이 응접 테이블을 가운데 두고 업자와 마주 앉아 있다.
업자는 서류를 보고 있다.

업자 돈은 어떤 방식으로 드릴까요?
종복 현찰이 왔따로 좋지라.
업자 현찰을 어떻게 가져가시려고?
종복 주기만 허믄 갖고 갈 틴께 염려 노시랑께요.
순구 수표가 좋겠시미더….

이때 오동이 문을 열고 들어온다.

종복이 업자의 손에서 서류를 낚아채, 가방에 집어넣고 지퍼를 채운다.

종복 순구여, 뭐하냐, 튀어야?
오동 느그들이 얼매나 맞고 피똥 쌀라고, 지랄 연병들을 하냐?

종복이 의자를 들어서 오동에게 던진다.
오동이 주먹으로 의자를 쳐버리면 산산이 부서지는 의자.
종복이 문으로 도망가다 오동의 발길에 차이고 만다.
고꾸라지는 종복.

순구도 의자를 들어서 오동에게 던지고 문으로 튄다.

오동은 의자를 발로 차버리고 번개처럼 점프하여 순구의 뒤통수를 발로 깐다.

순구는 오동의 발길에 맞고 그 자리에 고꾸라진다.

오동 새끼들이 말야. 느그들이 나를 배신해야?

순구와 종복은 전의를 상실하고 그 자리에서 무릎을 꿇는다.

오동 서류 내놔야, 이 샤끼들아!

종복이 가방을 오동에게 내민다.

오동은 가방을 받는다.

이때 담돈이 문을 열고 들어온다.

순구가 담돈을 보고 놀란다.

종복도 담돈을 보고 기겁을 한다.

오동 야, 너그들 뭣 하냐? 언능 저 새끼를 쪼사불지 않코!

순구가 일어나 담돈에게 단도를 마구 휘두른다.

종복도 일어나 순구와 합세하여, 담돈에게 단도를 휘두르며 대적한다.

그러나 순구와 종복은 담돈의 발에 차여 고꾸라지고 만다.

오동이 담돈에게 발과 주먹으로 공격해 들어온다.

담돈은 오동의 공격을 가까스로 피하면서 오동을 발로 차버린다.
오동은 담돈의 발에 맞고 일부러 저만큼이나 나가뒹군다.

오동은 담돈과의 거리가 멀어지자 일어나 뒤도 안 돌아보고 가방을 쥐고 냅다 튀어버린다.
담돈은 오동의 꾀에 속아 눈 번히 뜨고 오동을 놓치고 만다.
담돈이 돌아보니 순구와 종복도 도주해버리고 없다.

92. 왕대박 부동산 - 실내 - 낮 92

꼬창, 마빡, 도끼가 서 있다.
그 앞에서 오동이 말하려고 한다.

종복과 순구가 계면쩍은 듯이 들어와 마빡과 꼬창 뒤에 선다.

오동 그래, 느그들도 잘 왔어야. 지금은 우덜 신상이 위태로운께, 서로서로 보듬고 가자이? 우리가 고 존만한 샤끼한테 당할 수는 없지 않컸냐?

꼬창 놈 실력이 장난이 아니던데요?

도끼 그래서 형님이 말씀하시는 것이니까 귀를 쫑긋 세우고 들어, 새꺄!

오동 우리가 먼저 공략혀서, 담구는 것이 조타고 생각헌다.

마빡 알것습다. 담구것습다.

오동 그라고 각개전투는 그놈헌티는 안 통한께, 합동작전을 해야긋다.

모두 알것습다.

꼬창이 마빡과 도끼에게 화장실 가자고 눈짓하고 앞장서자, 마빡과 꼬창이 따라 나간다.

오동 너그들 지끔 어디를 껍석거리고 나가냐?

마빡 합동작전으로 화장실 가는데요?

오동 아야, 우리 식구가 여섯 아니냐? 그랑께 여섯이 똑같이 합동으로 화장실 가사 쓰지 않겄냐? 합동작전인께.

꼬창 그렇다면, 모두 같이 오줌 누러 갑시다!

종복 연병하네. 나는 아까, 오줌을 누코 왔어야. 그랑께, 느그들이나 갔다 온나.

순구 마, 합동작전이라 안 카나? 걍 따러와가, 우줌 누는 거 옆에서가 보초 섬시로 꼬치나 구경하믄 안 되것나?

종복 쓰발 노마! 어떤 미친 노미 오줌 싸는디, 보초를 서냐?

오동 어매이 쓰발 놈들, 첨부터 삐딱선 타고 지랄이구마이. 누가 오줌 통 하게 큼직한 깡통 하나 가꼬 온나.

꼬창 그럼, 내가 화장실 들렀다가 깡통 하나 가지고 올게요.

오동 원매, 꼴통 시키들….

꼬창 혼자 나간다.

93. 동 마당 - 실외 - 낮 93

꼬창이 마당으로 나와 선창 공중화장실로 간다.

화장실에 잠복해 있던 담돈이 꼬창의 목을 팔로 감아 화장실로 끌고 들어간다.

꼬창이 숨이 막혀 죽을 거 같은 고통과 공포를 맛보며, 옷에다 오줌까지 질질 지리며 끌려간다.

94. 동 부동산 - 실내 - 낮 94

도끼와 마빡, 순구, 종복, 오동이 앉아서 꼬창을 기다린다.

마빡 아니, 꼬창이 새끼, 화장실에서 만화 보고 있는 거 아니야?

도끼 만화책 안 갖고 갔는데… 잡혀간 거 아닐까?

오동 너희들 연장 모두 갖고 있냐?

도끼 우리는 항시 연장을 휴대하고 있으니까 신경 안 써도 돼요.

오동 금방 올지도 모른께, 쫌만 더 기달려보자이?

순구 그러타꼬 가만 앉아서 당할 순 엄심더.

오동 그람은 너가 앞장서 가꼬 돌격 앞으로! 할래?

순구는 자신이 없다.

95. 화장실 안 - 실내 - 저녁 montage 95

꼬창은 입과 손과 발이 테이프로 꽁꽁 묶여 양변기에 앉아 있다. 꼬창은 말할 수도, 움직일 수도 없어 그냥 끙끙 앓고 있을 뿐이다.

앞치마를 두른 여자가 들어와 꼬창이 앉아 있는 화장실을 노크하며 소변이 급한 듯 다리를 오므리고 비비 꼰다.

꼬창의 신음 소리가 흘러나온다.

꼬창 음, 음….

여자는 그 옆의 조금 열린 화장실에 문을 열고 들어간다.

여자는 소변을 보면서, 꼬창의 신음 소리는 변이 안 나와 끙끙거리는 소리로 여긴다.

꼬창 음, 음….

땀수건을 목에 걸친 남자가 들어와 소변기에 소변을 본다.

물 내리는 소리가 나고 여자가 옷을 추스르면서 화장실에서 나와 얼른 나가버린다.

꼬창 음, 음….

남자도 소변을 마치고 나가면서 꼬창의 신음 소리를 듣고 고개를 갸웃하더니 그냥 나간다.

96. 왕대박 부동산 앞 - 실외 - 저녁 96

오동이 왕대박 부동산 문을 살며시 열고 나온다.
뒤이어 순구와 도끼, 마빡, 종복이 나온다.
오동은 자신의 차 운전석에 오른다.

순구의 차엔 순구가 운전석에, 종복이 조수석에 탄다.

마빡의 차엔 마빡이 운전석에 타고, 도끼가 조수석에 탄다.

오동의 차가 먼저 출발하고, 뒤를 따라 순구의 차가, 그 뒤를 마빡의 차가 따라간다.

이들을 지켜보던 담돈이 빨간 승용차를 타고 뒤를 따른다.

97. 장물업자의 건물 앞 - 실외 - 낮 97

오동의 차가 와서 멈춘다.
그 뒤로 순구의 차가 와서 멈춘다.
그 뒤로 마빡의 차가 와서 멈춘다.
차에서 내린 오동의 뒤를 따라 순구, 종복, 마빡, 도끼가 줄줄이 건물로 들어간다.

98. 장물업자의 사무실 안 - 실내 - 낮 98

업자가 책상 앞에 앉아 있다.

검은 양복의 사내 셋이 소파에 앉아 신문을 보고 있다.

노크 소리가 난다.

업자 네.

문이 열리며 비서의 뒤를 따라 오동, 순구, 종복, 마빡, 도끼가 들어온다.

검은 양복의 사내 셋은 얼른 일어나 한쪽으로 간다.

업자 어서 오시오. 자자, 이리로 앉으시지요.

비서를 제외한 모두가 앉는다.

오동이 서류를 꺼내 놓는다.

업자가 서류를 받아 본다.

업자 이제야 서류가 제대로 되었습니다.

업자는 안주머니에서 통장을 꺼내 오동에게 내민다.
오동은 통장을 받아 펴본다.
육백억 원이다.

업자는 투명 비닐봉지에 도장과 비밀번호가 적힌 종이를 넣은 것을 오동에게 밀어 준다.

업자 이거, 도장과 비밀번호입니다.

오동은 통장과 도장을 받아 안주머니에 넣고 일어선다.
업자도 손에 서류를 쥐고 일어선다.
순구, 종복, 마빡, 도끼가 일어나 오동을 따라 나간다.

이때 문이 팍 열리며 담돈이 들어온다.

검은 양복의 사내들 셋이 담돈의 앞을 막는다.

담돈 비켜! (손바닥을 한 번 휘둘러 뺨을 줄줄이 때린다)

세 사내들은 뺨을 맞고 옆으로 픽픽 쓰러진다.
도끼와 마빡이 회칼을 쥐고 담돈에게 달려든다.

그 틈에 오동과 순구와 종복이 달아난다.

담돈이 점프하면서 도끼와 마빡을 두 발로 차면서 테이블 위로 뛰어내린다.

업자가 손에 쥐고 있던 문서를 담돈이 낚아챈다.

담돈 당신이, 내 땅문서를 갖겠다고 고집한다면, 장물취득죄를 면할 수 없을 것입니다. 장물아비가 될 거요?

업자 그렇다면… 얘들아! 어서 가서, 통장을 찾아 와!

검은 양복의 사내 셋이 우르르 몰려 나간다.

마빡과 도끼가 겨우 일어난다.

담돈은 도끼와 마빡에게 경고한다.

담돈 다시 한번 내 눈앞에서 알짱거리면 다리를 부러트릴 것입니다. 알겠어요?

마빡, 도끼 네!

99. 대양은행 VIP실 - 실내 - 낮 99

종복과 순구와 오동이 귀빈석에 앉아 있다.

실장이 다가와 맞은편에 앉는다.

실장 현금은 부피가 엄청납니다. 카드를 만드시면 외국에서도 입출금이 자유롭습니다.

오동 그라면, 현금을 가방 3개에 가득 넣어주시고, 카드를 얼릉 만들어주시오.

실장 네, 알겠습니다.

순구 카드를 지들한테도 한 개씩 맹글어주시이소.

오동 낭중에 만들어주께, 지금은 급한께이. 그 돈이 어디 가냐? 그 돈이 너그 돈이고, 너그 돈이 내 돈인께이?

종복과 순구는 오동의 속셈을 들여다보고, 분노가 부글부글 끓는다.

100. 대양은행 앞 - 실외 - 낮 montage 100

은행에서 오동과 순구와 종복이 가방을 하나씩 들고 나온다.

이때 검은 승용차가 은행 앞에 도착하고, 문이 열리며 사내 셋이 내려 오동에게 달려든다.

오동과 순구와 종복이 단도를 꺼내들고, 달려드는 사내들과 맞짱을 붙는다.

오동이 검은 양복의 사내 셋을 발차기로 연속 차버린다.

검은 양복의 사내 셋은 거꾸러진다.

그 사이에 종복과 순구는 차에 올라타 시동을 건다. 오동도 번개같이 차

에 올라타고 순구가 운전하여 차는 떠난다.

검은 양복의 사내들이 일어나 차를 타고, 순구가 운전하는 차를 따라붙는다.

이때 은행 앞으로 빨간 승용차를 몰고 온 담돈은 순구와 검은 양복의 사내들이 차를 타고 급하게 가는 것을 보고 따라붙는다.

101. 도로 - 실외 - 낮 101

순구가 운전하는 차가 달리고 있다.
조수석에는 종복이 타고 있고, 뒤에는 오동이 타고 있다.

검은 양복 사내들의 차가 순구의 차를 따라붙고 있다.

그 뒤로 담돈의 차가 따르고 있다.

102. 순구의 차 안 - 실내 - 낮 102

종복이 조수석에 앉았고, 오동이 뒷좌석에 앉아 있다.

종복 지끔, 공항으로 가냐?

순구 공항 가믄 바로 금팔찌 차는 것도 모리나?

오동 부산이 좋것지야?

순구 머할라꼬에? 여가 고흥 바닷가 아님꺼? 자잘한 섬이 많아가, 어선 타기 딱이라에.

종복 어선 타고, 오징어잡이 뜰라고야?

순구 니는 고마, 여서 뒤비져가, 청국장이나 만이 처묵고 있그라.

종복 연병하지 마, 샤끼야. 오케이탱큐베리마치헬로 나도 잘해, 새끼야!

검은 양복 사내들의 차가 순구의 차를 추월한다.

검은 양복의 사내들 차가 순구의 차 앞에서 알짱거리면서 속력을 늦추게 만든다.

다른 차들이 순구의 차와 검은 양복 사내들의 차를 추월하기 위해 경적을 울리며 지나간다.

순구 저놈아들이 언제 내 앞으로 왔노?

103. 도로 - 실외 - 낮 103

앞에 가고 있는 검은 양복 사내들의 차에서 창문으로 얼굴을 내밀고, 뒤에 오고 있는 순구의 차를 향하여 갓길로 차를 대라고 손짓과 고함을 치며 아우성이다.

사내들 야! 스키들아! 존 말할 때, 갓길로 차를 세워! 너희들은 이제 죽었어! 빨리 차, 안 세워? 죽어볼래? 얼른 차를 세워 날강도 새끼들아!

순구의 차가 갓길로 간다.

검은 양복 사내들의 차가 속력을 늦추며, 우측으로 나가는 길을 막 지나쳐 통과한다.

순구의 차가 속력을 늦추어 갓길로 가다가, 우측으로 핸들을 돌려 나가는 길로 나가버린다.

순구의 차를 따라가던 담돈의 차도 순구의 차를 따라 우측으로 나간다.

104. 한적한 국도 - 실외 - 낮 104

순구의 차를 따라붙던 담돈의 차가, 순구의 차를 가드레일 쪽으로 몰아 붙인다.

순구의 차는 멈추었다가 후진한다.

담돈의 차도 멈춘다.

순구의 차가 유턴하여 도주한다.

담돈의 차도 방향을 유턴하여, 순구의 차를 추격해 간다.

105. 다른 국도 - 실외 - 낮 105

순구의 차가 달리고 있다.

담돈의 차가 순구의 차를 추격하면서 순구의 차를 뒤에서 박으려고 밀어 붙인다.

순구는 백미러를 보며 담돈의 차가 부딪치려 하자, 속력을 더 높여 달린다.

담돈이 줄기차게 따라붙는다.

순구의 차는 속력을 더 높여 사정없이 달아난다.

담돈도 속력을 더 높여 따라붙는다.

106. 급커브 길 - 실외 - 낮 montage 106

순구가 차를 몰아 급커브 길을 돌자 우측으로 샛길이 나타난다. 순구는 백미러에 담돈의 차가 보이지 않는 것을 확인한다.

순구는 급히 핸들을 돌려 샛길로 우회전하여 달아난다.

순구의 차가 샛길로 들어가 달리자, 길가 집이 나타난다.

순구는 백미러에 담돈의 차가 보이지 않자 핸들을 우측으로 급히 꺾는다.

순구의 차는 그 집의 뒤로 돌아가 은폐한다.

107. 동 급커브 길 - 실외 - 낮 montage 107

담돈의 차가 급커브 길을 돌아서며 전방을 본다.

전방에 순구의 차가 보이지 않고 샛길이 보인다.

담돈은 샛길로 핸들을 돌려 들어간다.

담돈의 차가 샛길에 들어섰으나 순구의 차가 보이지 않는다.

담돈은 속력을 높여 달리는데 길옆의 길가 집을 홱 지나 달리게 된다.

담돈은 순구의 차를 잡기 위해 굽어진 길로 돌아 들어간다.

순구의 차가 길가 집 뒤에서 나와, 왔었던 도로로 들어가 급커브 길로 좌회전해 간다.

담돈의 차는 굽어진 길에서 되돌아 나온다.

담돈의 차는 길가 집을 지나 도로 입구에서 순구의 차가 보이지 않자, 급커브 길로 좌회전한다.

108. 급커브 길 - 실외 - 낮 108

담돈의 차가 급커브를 돌아 나온다.

저 멀리 전방에, 순구가 운전하는 차가 언덕을 넘어가는 것이 보인다.

담돈의 차는 속력을 더 내어 언덕을 향하여 달려간다.

109. 국도 - 실외 - 낮

순구가 운전하는 차가 종복을 옆에, 오동을 뒤에 싣고 달리고 있다.

달리는 순구의 차 앞에 공사 구간이 나타난다.

작업원이 빨간 신호봉을 들고 구간을 지나는 차들을 서행시키며 안내를 하고 있다.

종복 오매이 어쩌끄나, 저 새끼 확 밀어불고 가불면 안 되끄나?

순구 길이 엉망인기라.

오동 워매, 담돈이 새끼 뒤에 와부렀어야⋯.

순구의 차는 공사 구간이 엉망이라 서행할 수밖에 없다.

담돈의 차가 순구의 차 뒤에 서행으로 따라붙는다.

작업복에 안전모를 쓴 안전원이 빨간 신호봉을 들고, 공사 지역을 천천히 우회하여 마을을 한 바퀴 돌아가도록 유도한다.

작업원의 신호에 따라 순구는 차를 몰아 우회하여 마을 뒤로 돌아간다.

110. 마을길 - 실외 - 낮 110

마을 어귀에는 경찰의 긴급출동 소형 버스가 특공대를 싣고 대기하고 있다.

순구가 운전하는 차에서, 종복과 오동이 경찰의 소형 버스를 보고 안절부절못한다.

오동 야, 안 되것다. 씨브랄, 차 세워!

종복 오매이, 먼 일인디 저 새끼들이 저기 와서 있데이?

순구가 차를 멈추자, 차에서 급히 내리는 오동과 종복, 순구는 가방을 들고 경찰 긴급출동 차의 반대쪽인 마을 뒤쪽을 향하여 달아나기 시작한다.

담돈도 차를 세우고 이들의 뒤를 추격하여 쫓아간다.

111. 마을 뒷길 - 실외 - 낮 111

순구, 오동, 종복이 각각 가방을 들고 마을 뒷길로 빠져나간다.

순구 이쯤에서 찢어지는 기 상책인기라.

종복 그쪽으로 갈라고야? 그람은, 잘 가라이.

종복은 오동을 따라 산자락을 이리저리 돌아서 간다.

순구는 뒷산 길로 간다.

112. 뒤 산길 - 실외 - 낮 montage 112

순구가 허둥지둥 돌아서 도망가고 있다.

순구 앞에 담돈이 나타나 길을 막고 버티고 서 있다.

담돈 나 좀 보고 가시지요?

순구 어? 언제 와가, 거서 길 막고 서 있노?

담돈 나하고 계산할 게 있잖아요?

순구 무신 계산 말이고? 내는 계산할 기 한나도 엄따!

담돈 절도, 방화, 살인미수한 것은, 생각하고 싶지도 않겠지요?

순구 그기, 말다… 니 아베가, 그리 큰 땅을 갖고 있었든기… 불찰이었떤 기라.

담돈 큰 땅을 갖고 있었던 울 아버지가 엄청 잘못한 거네?

순구 하모, 내는 말다. 쪼매 노나 묵자 칸 긴데, 니 아베가 혼자 묵거따꼬, 고집을 부린 기, 백 번 잘 모신기라. 하모, 영판 잘모한 기제.

담돈 너, 아이큐가 멍멍개와 장군 멍군이신가요?

순구 우찌 알았노? 케도, 독학해가 영어는 쪼매 씨부릴 줄 안다 아이가.

담돈 정신병원에서 한 번이라도 진찰받은 적 있어요?

순구 엄따. 칸데, 내는 백쵀 잘모한 기 읎는 기라. 길이나 비끼도. 나가 퍼떡 가야 한데이. 갈 길이 엄상시리 바쁜 몸인 기라.

담돈 멍청한 놈인지, 삐딱한 놈인지, 매를 맞아보면 판명이 나겠지요?

담돈은 돌려차기로 순구를 찬다.

순구는 담돈의 발길을 간단히 피하며, 소매에서 단도를 뽑아 든다.

순구 그런 발꾸락 기술 가꼬는 내한테는 택도 읍다 카이.

담돈이 다시 이중 돌려차기로 순구를 공격한다.

순구가 담돈의 번개 같은 돌려차기를 피하고, 단도로 담돈을 힘껏 찌른다.

담돈은 힘껏 찔러오는 순구의 단도를 쥔 오른손 손목을 오른손으로 잡고, 왼손으로 순구의 엉덩이 바지를 잡아 찔러오는 순구의 힘을 이용해 옆

으로 던져버린다.

순구는 날아가 소나무에 부딪쳐, 땅바닥에 떨어지면서 뻗어버린다.

담돈이 다가가 순구를 내려다본다. 허리가 아파 꿈틀거리는 순구의 손에서 단도를 빼앗아 든 담돈.

담돈 네놈이 이 칼로 우리 아버지를 찔렀지요?

순구 니 아베 그리된 기 억울하다 쿠먼, 내를 죽이가 원수를 가프라.

담돈 이제, 계산할 마음이 생긴 거로군요?

순구 내는 마, 달리 살길이 없었던 기라.

담돈 그렇다면, 쓰레기는 쓰레기장으로 보내드려야겠네요. 에잇!

담돈은 칼을 높이 들어 순구를 찌르려고 한다.

순구는 본능적으로 칼을 피하려고 하나 허리를 다쳐서 몸을 움직일 수도 없다.

담돈은 순구를 향하여 내리꽂으려 겨눈다.

다시 눈을 부릅뜬 순구는, 죽는 게 억울해서 얼굴을 슬프게 찡그린다.

순구 살리도….

담돈이 순구를 내리 찌르려고 다시 단도를 높이 치켜든다. 순구는 자신이 찔릴 단도를 보며, 무서운 공포에 오들오들 떤다.

담돈은 발발 떠는 순구를 지그시 내려다본다.

담돈은 순구를 향하여 단도를 내리꽂는다.

담돈이 단도를 내리꽂은 곳은 순구의 머리 옆 땅바닥이다.

담돈 으으 윽, 크크 큭 크! 으흐흐 흐흐 흐 흑흑 큭크윽 …. (분노를 억제하는 울음)

담돈의 눈에서 눈물이 비처럼 쏟아진다.

순구는 감았던 눈을 떠 담돈의 얼굴을 본다. 눈물을 쏟으며 울부짖는, 분노를 억제하는 담돈의 처절한 얼굴을 본다.

순구는 겨우겨우 몸을 움직여 담돈의 발을 붙잡고 가까스로 일어나, 담돈의 발 앞에 무릎을 꿇고 수없이 감사의 절을 하며, 참회의 눈물로 울부짖기 시작한다.

담돈은 물끄러미 순구를 내려다보더니, 주먹으로 눈물을 훔치고 돌아서 간다.

순구는 가슴을 치면서 잘못을 뉘우치는 통곡으로 소리 높여 울부짖는다.

순구의 눈에서 눈물이 빗물처럼 흘러내린다.

순구 으으 으아 아아… 아아… 으으 아 아 아아… 아아 … 아아… 아아….

(flashback)

거지 소년(순구)은 먹다가 버린 옥수수 꽁지를 주워 먼지를 입으로 핥아서 뱉고 허겁지겁 먹는다.

지하도 구석에서 신문지를 덮고 오들오들 떨며 새우처럼 누워 자는 소년(순구).

슈퍼 앞에 내놓은 초코파이 한 상자를 들고 튀는 소년(순구)은 잡혀 매를 맞는다.

주인이 잠깐 자리를 비운 카운터에서 돈을 훔쳐 달아나는 청년(순구).

형무소에서 출감하는 청년(순구)은 오갈 곳 없어, 사방을 둘러보고, 허공을 보며 탄식하는 얼굴로 허정거리며 정처 없이 걷는 발길이 가엾다.

(flashback out)

순구는 자신의 인생이 처량하여 애통하게 울부짖으며, 몸부림치며 슬퍼한다.

진심으로 반성하고 후회하는 울음을 터트린다.

순구 아아아 어엉, 엉, 엉, 으, 으, 으으 엉, 엉엉, 어어, 엉, 엉엉….

순구는 자신의 가슴을 치고, 머리칼을 쥐어뜯으며 통화하며 울부짖는다.

113. 마을 뒷길 - 실내 - 낮 113

오동과 종복이 가방을 하나씩 들고 허겁지겁 산자락 길을 돌아가고 있다. 오동이 더 지친 듯 기진맥진한다.

오동 종복어이, 더는 못 가것다. 아이고, 다리야, 나도 인자 늘것는 갑다!

종복 그람은 성님은 여그 있을라요? 나 먼첨 갈랑께.

오동 이런 싸가지 한 푼 없는 새끼, 나를 두고 너만 가야?

종복은 뒤로 감추고 있던 돌을 들어서 오동을 힘껏 내리찍는다. 오동은 그 자리에서 고꾸라진다.

종복 욕심이 과하면 뒈진다는 것도 몰랐냐? 그랑께 애시당초 카드를 셋으로 만들자고 할 때 말 들었어야제, 쓰발 노마!

종복은 오동의 옷을 뒤져 카드를 꺼내 자기 주머니에 넣는다.

이때 오동의 손이 종복의 발목에 찬 단도를 뽑아 종복의 옆구리를 찔러버린다.

종복이 분하여 소매에서 단도를 뽑는 순간, 오동은 손에 쥐었던 단도로 종복의 목을 잘라버린다.

피를 쏟으며 쓰러지는 종복.

오동은 종복의 주머니에서 카드를 뽑아 자신의 안주머니에 넣는다.

오동은 일어나 가방 둘을 챙겨 든다.

114. 마을길 - 실외 - 낮 114

울기에 지친 순구가 얼룩진 얼굴로, 먼 산을 응시하며 깊은 생각에 잠겨 있다.

인생을 조금은 달관한 듯 진지해진 얼굴의 순구.

검은 양복의 사내 셋과 경찰들과 채리가 올라온다.

순구는 미동도 않고, 목석처럼 먼 산을 응시하며 깊은 생각에 젖어 있다.

검은 양복의 사내들이 순구의 가방을 발견하고 챙긴다.

경찰 둘이 순구의 손목에 수갑을 채워 끌고 간다.

순구는 순순히 따라간다.

115. 산 아랫길 - 실외 - 낮 montage 115

오동은 가방 둘을 들고 낑낑거리며 바삐 간다.

오동은 가방이 무거워 하나를 숲에 감춘다.
풀과 나뭇가지로 가방을 덮어놓고 하나만 들고 달아난다.

추격해 오던 담돈이 달아나는 오동을 본다.

달아나던 오동 앞에 개울이 나타난다.
오동은 개울을 뛰어넘어야 하는데 가방을 들고 뛰어넘을 힘이 없다.
오동은 힐끗 고개를 돌려 담돈을 보더니, 가방을 신경질적으로 내던지며 말한다.

오동 이거 먹고 따라오지 마라이?

오동은 개울을 훌쩍 뛰어넘어 달아난다.

담돈도 개울을 뛰어넘어 오동을 추격한다.

오동은 돌아보다가 담돈이 추격해 오자 소리 지른다.

오동 따라오지 마야. 쓰벌 놈아!

담돈 도망가도 소용없어요.

오동은 지친 몸으로 더 이상 도망갈 수 없음을 깨닫고, 숨을 고르면서 돌아선다.

담돈이 오동에게 천천히 다가간다.

오동은 공격과 방어할 수 있는 자세를 취한다.

담돈 우리 아버지를 죽이고, 땅문서를 빼앗아 오라고 사주했어요?

오동 그려, 그란디, 나가 느그 아부지 담구라고 한 적은 없어야.

담돈 그러면 죽이지 말라고 한 적도 없지요?

오동 그려, 새끼야. 알면서 왜 물어, 존만아!

담돈 어서 도망가세요. 지금 경찰이 오고 있어요.

오동 쓰발로마, 나는 땅문서만 살짝 가지고 오라고 시킨 것뿐이여, 쌔꺄!

오동이 발차기로 담돈에게 선제공격해 들어온다.
담돈이 오동의 발을 잡아 높이 들어버린다.

오동은 중심을 잃고 쓰러지다가, 한 발로 땅을 차 몸의 중심을 잡고, 발차기로 담돈의 목을 차버린다.

담돈은 방심하였다가 오동의 발을 맞고 옆으로 쓰러진다.
담돈은 일어나는 척하면서 오동에게 굴러가 오동의 면상을 차버린다.

오동은 뒤로 나자빠졌다가 얼른 다시 일어난다.
담돈은 일어나는 오동을 정권으로, 명치와 목과 인중을 연속으로 타격한다.

오동은 입에서 피를 튀기면서 뒤로 넘어지는가 싶더니 몸의 중심을 잡고 피를 뱉어낸다.
담돈이 오동의 양쪽 정강이를 걷어차면서 뒷발차기로 오동의 턱을 걷어찬다.

오동은 정강이가 몹시 아파 두 손으로 정강이를 문지르며 담돈의 뒷발차기를 피한다.
오동은 담돈의 눈치를 보더니 급기야 몸을 돌려 도주한다.

116. 발둑 길 - 실외 - 낮 montage

오동이 도주하면서 뒤를 돌아다본다.

담돈은 돌을 집는다.

담돈 아저씨, 내가 던진 돌에 맞아 죽으면 억울하잖아. 빨리 더 멀리 도망가세요.

오동은 죽기 살기로 도주한다.
담돈이 손에 쥐고 있던 돌을 오동을 겨냥하여 던진다.

오동이 돌을 맞고 그 자리에 고꾸라진다.
담돈은 적당한 돌을 다시 집어 손에 들고 천천히 밭둑길로 들어선다.

담돈 그니까 더 멀리 도망가라고 그랬잖아요.

오동이 꿈틀꿈틀 일어나면서 담돈을 돌아다본다.
담돈이 천천히 걸어오는 것을 보는 오동.

오동은 놀란 사슴처럼 후다닥 쏜살같이 튀어 달아난다.

담돈 내 말 참 잘 듣네.

담돈이 웃으며 다시 오동을 겨냥하여 힘차게 돌을 던진다.
오동이 돌을 맞고 다시 고꾸라진다.
담돈이 다시 돌을 집는다.
오동이 다시 일어나며 담돈을 돌아본다.

담돈 내 사정거리 밖으로 어서 도망가세요.

오동이 일어나 정신없이 달아나 농로로 막 올라선다.
담돈이 돌을 던진다.

오동의 등목에 돌이 맞고 오동은 고꾸라진다.
오동은 다시 일어나 또 달아난다.

오동 돌 던지지 마야, 시입할 놈아!

오동은 지쳐서 금방이라도 쓰러질 듯이 걸음을 떼고 있다.
담돈이 돌을 던진다.

마지막 힘을 내어 농로 위로 달아나던 오동은 등목 위 급소에 돌을 맞는다. 오동은 고꾸라져 일어나려고 버둥거리지만 몸이 말을 안 듣는다.

오동은 죽을 것처럼 고통에 몸부림치며 꿈틀거리다가 축 늘어진다.

담돈은 쓰러져 있는 오동을 보면서 다가온다.
오동은 눈을 들어 무섭게 담돈을 노려본다.

담돈이 가까이 다가온다.

오동은 물구나무서서 발차기로 담돈을 공격한다.
담돈이 살짝 피하며 오동의 뱃구레를 걷어차버린다.

나뒹구는 오동.

담돈 이제, 그만 좀, 하세요!

오동이 다시 두 손으로 땅을 짚고 물구나무서서, 연속 발차기로 담돈을 공격한다.
담돈은 재빨리 땅을 짚으면서 오동의 두 팔을 발로 차버린다.
오동이 고꾸라져 일어날 줄 모른다.

118. 산자락 - 실외 - 낮 118

검은 양복의 사내들이 가방 하나를 들고 바삐 뛰어온다.

경찰들과 채리가 빠른 걸음으로 검은 양복 사내들의 뒤를 따라온다.

개울 앞에 버려진 가방을 발견한 검은 양복의 사내들은, 숲에 어설프게 가려진 가방까지 챙기고 땅바닥에 주저앉는다.

경찰들보다 앞서 오던 채리가 뒤돌아보며 손가락으로 앞을 가리킨다.

채리 저기 있어요!

담돈이 오동을 내려다보고 서 있다.

경찰들은 채리가 가리키는 방향을 보면서 서둘러 담돈이 있는 곳을 향하여 간다.

119. 농로 - 실외 - 낮 119

오동이 비참하게 찌그러진 몰골로 쓰러져 있다.

오동을 내려다보던 담돈은 인기척에 고개를 돌려 본다.

채리와 경찰들이 오고 있다.

채리가 다가와 담돈을 끌어안는다.
담돈도 채리를 마주 끌어안는다.

경찰들이 오동의 손에 수갑을 채워 데리고 간다.
담돈과 채리는 멀어져 가는 경찰과 오동을 본다.

채리가 담돈의 입에 키스를 한다.
담돈이 채리를 끌어안고 은근하게 말한다.

담돈 우리, 기념으로 여기서 찐하게 한 번 하고 갈래?

채리 그래, 좋지, 좋아. 그렇지만… 침대가 더 좋지 않을까…?

120. 담돈의 집 베란다 - 실외 - 낮 120

담돈과 구두쇠가 두 개의 흔들의자에 각각 앉아 있다.
이때 가정부가 앞치마에 손의 물기를 닦으며 다가온다.

가정부 식탁에 점심 차려놓을까요?

구두쇠　　메뉴가 뭔가요?

담돈　　저는 아줌마가 만들어주는 음식은 아무거나 다 맛있어요.

구두쇠　　이놈! 애비 입맛과 젊은 놈 입맛이 같으냐?

가정부　　메밀냉면인데 이리로 가지고 올까요?

구두쇠　　우리가 가서 먹을 테니까 이백 원 내요.

가정부　　나는 여기다 가져다드리고 배달료 삼백 원 받으려고 했는데….

구두쇠　　그럴 줄 알고 내가 선수를 쳤지…. 히히.

담돈　　배고픈데 난 두 그릇을 먹을 거야?

구두쇠　　밥값은 선불이다. 이 녀석 외상으로 밥 주지 말아요.

담돈　　아버지는 저에게 이백 원을 주셔야 해요.

구두쇠　　내가 왜 너에게 돈을 주니, 그것도 이백 원씩이나?

담돈　　제가 밥 먹어주는 값이 한 그릇에 백 원이니까 두 그릇 먹을 거니까 이백 원이 맞지요.

가정부　　맞아요. 저한테도 백 원 주셔야 해요. 한 그릇 먹을 거니까요.

이때 채리가 계단을 밟고 올라오고 있다.

채리　　아버님, 안녕하셨어요?

구두쇠　　어서 오너라, 마침 잘 왔다. 냉면 먹게 거기 앉거라.

채리 아버님, 저에게 냉면 값 받으실 거예요? 호호호.

구두쇠 물론이다. 그러나 떡두꺼비 같은 손자 하나만 쑥 낳아다오. 그러면 평생 동안 매끼마다 냉면 두 그릇씩 먹어도 절대 돈을 내라고 하지 않을 거다.

가정부 어머, 아주 파격적이네요…. 부럽다. 나는 한 달에 두 번씩이나 동전을 백 개씩 바꿔 와야 하는데….

담돈 아버지 돼지 저금통이 어디 있는지 내가 알고 있으니까, 아버지가 한눈파실 때 저금통을 통째로 가져다 여사님께 드릴게요.

가정부 나는 저금통 필요 없고 오직, 구두쇠님만 내 옆에 있으면 돼. 호호, 호호….

모두 즐겁게 웃는다.

— The End —

Action Comic
Thriller
+

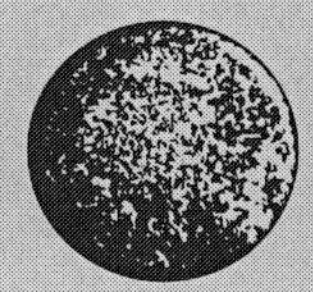

디엔에이
(DNA)

등장인물

도중이(都中肄)(7세 / 14세 / 34세): 외과의

나영국(16세 / 36세): 외과의

강명주(7세 / 14세 / 34세): 외과의

도삼육(34세 / 54세): 노름꾼, 중이 부

정준(50세): 군인, 영국의 이모부

형가(38세): 외과의

숙명(37세 / 58세): 영국의 모

명운(50세): 정준의 처, 영국의 이모

갑동(40세): 마취의

강치산(34세): 명주의 부

나강도(37): 금고 전문 털이범, 나영국의 부

상곤, 을조, 병구, 백간, 맹인, 강 여사, 하원, 남수, 양복, 긴팔, 남방, 문신, 망치, 회칼, 포탄, 조무1, 조무2, 이윤, 점백, 간보, 보조1, 보조2, 형사1, 형사2, 말술, 경위, 기타

본 작품은 작가의 실제 체험을 모티브로 하였다.

그러나 등장인물은 가상에서 구성된 허구이다.

1. 관중대학병원 현관 앞 - 실외 - 낮 타이틀백 1

구급차가 경광등을 번쩍이며 관중대학병원 현관에서 서행으로 나와 정문 게이트 앞에 멈추며, 운전석 창문을 내리는 점백.

정문 수위실의 관리원 말술이 주차표를 받으려다 점백을 본다. 장난기가 가득한 관리원, 손등으로 콧물을 쓱 닦으며 외친다.

말술 점백아! 환자를 또, 어디로 빼돌리냐?

점백 콧물이나 닦고 말해 시키야, 빨리 차단기 안 올려!

차단기가 올라가고, 구급차는 경광등과 사이렌 소리를 울리며 정문을 빠져나와 차들 사이를 비집고 도로에 진입해 들어간다.

모든 차들이 옆으로 비켜서며 길을 터준다.

2. 구급차 안 - 낮 타이틀백 2

구급차 안에 남수(14)가 산소마스크를 착용하고 누워 있다.
간보가 링거를 조절하고 남수의 상태를 지켜본다.

남수의 모친 명운(50)이 안타까운 눈으로 남수를 보다가, 남수의 손을 잡아 손등에 볼을 비비며 가슴에는 슬픔에 눈시울이 벌겋게 충혈된다. 다 키운 외동아들을 잃는다고 생각되는, 기막힌 감정인 것이다.

3. IC 고가도로 - 실외 - 낮 타이틀백 3

구급차가 인터체인지 고가도로를 벗어나 자동차전용도로로 진입한다.

구급차가 많은 차량들 사이를 사이렌과 경광등을 번쩍이며 질주한다.

4. 우회로 / 국도 4

자동차 전용도로에서 구급차가 차선을 바꿔 우회전으로 나간다. 국도를 달리던 구급차는 속도를 줄여 샛길로 천천히 빠진다.

5. 자원상사 입구 - 실외 - 낮 5

산자락에 자리한 '자원상사'를 향하여 다가간 구급차는, 각종 깡통 등이 가득 쌓여 있는 자원상사 앞에 멈춘다.

국도변의 샛길 막다른 길에 자리한 '(건축자재-조립식자재-각종 깡통, 매입-임대) 자원상사 080-73730-78764'라는 페인트 글씨의 생철 간판이 붙은 울타리는, 철조망으로 되어 있어 허술하게 보인다.

그러나 철조망 안으로 각종 깡통이나 중고 합판, 베니어판, 건축자재, 조립식 건물 자재, 스티로폼, 폐타이어 등으로 삥 둘러 있어 내부는 보이지 않고 오직 높이 쌓인 크고 작은 깡통과 건축자재와 타이어가 전부인 것처럼 보인다.

정문의 문은 각목으로 골격이 짜여 있고, 각목에 철조망이 촘촘하게 박힌 모양으로 안이 다 들여다보인다.

정문의 좌우 문기둥에서부터 폐타이어들이 각각 높이 4m 길이 10m로 좌우로 뻗어 있고, 정문에서 30m 안쪽의 정면에 드럼통 45개가 3개 높이로 일렬횡대로 가림막이 되어 있다.

건축용 자재 등으로 철조망 울타리를 따라 삥 둘러 세워져 있어, 내부의 건물은 전혀 보이지 않는다.

정문에 인터폰이 붙어 있고, 드럼통 사이 눈에 띄지 않는 곳에 고성능 CCTV 카메라가 녹색 빛을 발하며 작동하고 있다.

구급차에서 명운이 내린다.
뒤이어 구급차에서 내린 점백과 간보가 명운을 본다.
명운이 결심을 단단히 한 듯 고개를 끄덕인다.
점백과 간보가 남수가 실린 구급 카트를 내린다.

명운이 출입문 인터폰 버튼을 누른다.
인터폰 신호음이 미세하게 가고 있다.

6. 동 영국병원 건립추진본부 상황실 - 실내 - 낮 6

넥타이 차림의 형가(38)는 책상 앞에 앉아 모니터를 보고 있다. 모니터에 떠 있는 9개의 CCTV 화면 중 1번에, 자원상사 정문 앞에 명운이 서 있다.

형가 무슨 일로 오셨습니까?
명운(모니터) 영국이가? 내다.
형가 용건을 말해주시겠습니까?
명운(모니터) 영국이 아니가? 그카먼, 영국한테, 이모가 남수 데

불고 왔다 케라.

형가 잠시만 기다려주십시오.

7. 동 정문 - 낮 7

우람한 체격의 러닝셔츠 차림의 상곤이 목에 수건을 걸치고 작업 카트를 밀고 드럼통 우측에서 정문으로 나온다.

철조망 문의 버튼을 눌러 열고 나온 상곤은, 목에 걸었던 수건으로 작업 카트 위를 이리저리 대충 훔친 다음, 구급 카트에 누워 있는 남수의 등허리에 두 손을 집어넣어 남수를 번쩍 안아들고 작업 카트로 옮긴다.

명운 조심하그래이….

상곤은 점백에게 험악한 인상을 지어 보이며 위협적으로 일갈한다.

상곤 고마! 돌아들 가보이소!

점백과 간보는 질려 명운을 쳐다본다.
명운은 머리를 끄덕여 보인다.
점백과 간보, 얼른 구급차에 올라타 왔던 길로 돌아간다.

구급차가 떠나는 것을 확인한 상곤은 명운을 보며 말한다.

상곤 (살짝 미소) 들어가입시더.

상곤이 작업 카트를 밀고 앞장서서 들어가면 명운도 뒤를 따라 들어간다. 문은 자동으로 닫히며 철컥 잠긴다.

8. 동 자원상사 사무실 앞 / 안 - 실외 - 낮 8

'자원상사 사무실'이라는 허술한 나무 간판이 붙은, 조립식 건물이 가로로 길게 약 70m 길이로 되어 있고 높이는 4m로 뒤 건물을 가로막아 뒤 건물을 은폐하고 있다.

자원상사 사무실 뒤에 은폐되어 있는 2.5m 높이의 지상 1층, 지하 1층으로 된 약 500㎡ 조립식 건물은 자원상사 사무실에 가려 전혀 보이지 않는다.

자원상사 사무실 앞 작업장에는 작두, 크고 작은 해머, 장갑, 걸레, 절단기, 집게, 테두리를 잘라내는 작업 중인 깡통과 양철, 물통, 크고 작은 깡통들이 여기저기 너절하게 흩어져 있다.

상곤이 드럼통 통로에서 자원상사 사무실 앞으로 남수를 실은 작업 카트를 밀고 온다. 뒤따라 명운이 들어온다.

자원상사 사무실 문이 열리고 넥타이 차림의 형가가 나와 작업 카트가 들어갈 수 있도록 문을 활짝 열어준다.

자원상사 사무실 안은, 깡통을 취급하는 사무실답게 양철 냄새가 물씬 나는 듯하고, 하나의 책상 위에 출납 장부와 전화기 등 깡통과 관련된 잡동사니들로 정돈되어 있다.

자원상사 사무실 입구 맞은편의 뒷문이 열린다.

의사 가운을 입은 명주(34)가 이동 카트를 잡고 서서 남수를 싣고 오는 작업 카트를 본다. 상곤이 작업 카트에 실린 남수를 번쩍 안아들고 이동 카트로 옮긴다.

명주는 미소하며 명운에게 목례한다.

명주가 이동 카트를 밀고 앞장서서 현관으로 들어간다. 현관 앞에는 '영국병원 건립추진본부'라는 간판이 붙어 있다.

명주의 뒤를 명운과 형가가 따라 들어간다.

상곤은 사무실 뒷문을 안에서 닫아버린다.

뒷문이 있다는 흔적도 전혀 보이지 않는다.

9. 동 기획실 안 - 실내 - 낮

넥타이 차림의 영국(36)이 창문으로 밖을 내다보다가 책상 앞 의자에 앉는다.

책상에서 좀 떨어진 곳에 세워진 백상지 차트의 표지에 다음과 같이 적혀 있다.

<300억 project>

영국병원 건립추진 실행방안

노크 소리.

영국 네.

가운을 입고 청진기를 목에 건 형가가 문을 열고 들어온다.

영국은 형가를 본다.

형가 이모님과 조카분을 수면실로 모셨습니다.

영국 상태는요?

형가 소생할 가능성은…. (고개를 흔든다)

영국은 옷걸이에 걸린 의사 가운을 걸치며 서둘러 나간다.

형가, 따라 나간다.

10. 동 수면실 - 실내 - 낮

수면실 응급 침대에 남수가 누워 있고, 그 옆에 명운이 절망적인 얼굴로 남수를 내려다보고 있다.

명주는 응급 침대에 부착된 거치대에 새 링거액을 걸고 있다.

영국, 들어와 남수를 맥진하고 눈을 까서 플래시로 비춰본다.
영국은 형가를 보며 말한다.

영국 Comprehensive precision test(종합정밀검사)?
형가 당연한 수순이 아니겠습니까?

명주는 링거의 주삿바늘을 남수의 혈관에 찌른다.
형가와 명주가 남수의 침대를 밀고 나간다.
명운이 슬픈 얼굴로 영국에게 다가와 영국의 손을 잡는다.

명운 니가, 특별한 의술이 있다는 거 내 안다. 단디 살피도, 늬 조카 아니가….
영국 회생 불가 진단은 받고 오신 거지요?
명운 살날이 얼마 안 남았다 카드라. 케서 너한테 온 기라. 네가, 남수만 살리준다쿠먼, 너 병원 세우는 데

돈 많이 필요하제? 내, 투자할 기다. 알았제?

영국 정말이세요?

명운 이모가 언제, 따신 밥 먹고 쉰 소리 하드나?

11. 동 1층 102호 안 - 낮 11

문이 열리며, 남수가 누운 응급 침대를 명주와 함께 밀고 들어오는 명운의 몰골은 남수에 대한 염려와 슬픔으로 지치고 피곤하다.

명주도 종합검사를 치르는 동안 흐트러진 모습이 역력하다.

명운은 남수의 담요를 잘 덮어주고 안쓰러운 눈으로 남수의 손을 쥐고 보조 의자에 지친 듯 주저앉으며 내심으로 흐느낀다.

명주는 조금 남은 링거를 거치대에서 거두고, 새 링거로 교체한다.

명주 검사받는 데 힘드셨지요? 좀 있으면 열도 내리고 깨어날 테니까 안심하세요.

명운은 귀찮다는 듯 명주를 보지도 않고 고개만 끄덕인다.

명주, 나간다.

정장을 한 하원이 명주와 엇갈리며 들어와, 명운에게 머리를 숙여 정중하게 인사한다.

하원 사모님, 실장님이 들어오십니다.

노타이 양복 차림의 정준, 급하게 들어온다.

하원은 정준에게 정중하게 머리 숙여 절하고 나간다.

정준 아픈 아아를 우찌 데려왔노. 밥은 무은나?

명운 와, 이자 오노? 정밀검사 결과가 나왔을 기라. 영국한테 퍼떡 가가, 우짜던둥 우리 남수 살리내라 케라….

정준 알따. 내 퍼떡 갔다가 오꾸마.

정준은 명운이 안쓰러워 어깨를 다독여준다.

명운은 남수가 살 수 없는 줄 알면서 실낱같은 희망을 걸어보는 것이다.

정준은 애처로이 남수를 바라보며 다가가 남수의 손을 쥐고 머리를 쓰다듬는다.

정준은 남수가 너무 가엾어 애간장이 타는 듯, 눈물이 그렁그렁한 눈으로 남수의 담요를 여며주고 나가려다 다시 돌아본다. 슬픈 눈길을 주며 차마 떨어지지 않은 발길을 돌려 나간다.

12. 동 기획실 - 낮

영국은 형광판에 보이는 남수의 MRI 심장 필름을 판독하고 있다.

정준, 들어온다.

영국 이모부님, 어서 오세요.

정준 네가 진단한 우리 남수, 병명이 뭐고?

정준은 다 알면서 영국을 은근히 떠본다.

영국 Endocardium cancer(심장내막 암)입니다.

정준 그기 뭐꼬?

영국 심장내막에 생긴 암인데, 수술이 불가능해요.

정준 니, 빵에서도 잭나이프로 급성 맹장을 수술해가 이름 날렸다 카드만, 우리 남수도 살리줄 수 있제?

영국 메스를 댈 수가 없는 부위가 돼서요….

정준 그카먼 죽는다 이기가?

영국 (머리를 끄덕인다) 현재로선 디곡신(digoxin)과 항부정맥제, 항혈전제 등을 사용하면서 지켜볼 뿐, 얼마 버티지 못한다고요.

정준 야야, 우야면 좋노? 심장이식을 하자 케도, 뇌사자가 드물어가, 차례가 오기도 전에 죽지 싶다. 다른 방법은 엄겠나?

영국 다른 방법이라니요?

정준 너가, 뒷거래로 심장이식 하다 걸리가 빵에 갔던 그 방법 말다.

영국 이번에 또 빵에 가면 상습범으로 못 나올 위험이 커요.

정준 내도 안다.

영국 돈이 많이 들기도 하고요….

정준 아아를 살릴 수만 있다쿠먼 그깟 돈이 문제것나?

영국 기둥뿌리 뽑히세요.

정준 잔 기둥은 뽑힐지 몰라도 굵은 기둥은 안 뽑힌다. 염려 말그라.

영국 그래요? 그렇다면…. (정준의 귀에 속닥속닥)

정준 머시라? 이, 씹탱가리! 삼십억이락 캤나!

영국 산 사람 생명 값이니까요. 능력이 안 되시면 단념하세요.

정준 이놈아가, 내를 우찌 보고!

영국 만약, 제가 가중처벌을 받으면 종신형이거나, 사형이에요.

정준 알따. 디엔에이가 꼭 맞아떨어지는 놈을 구할 수는 있것나?

영국 가족이 아니고서는 불가능해요. 다만 비슷한 놈을 찾으면 가능해요.

정준 그렇나? 어쨌던둥 속전속결이 좋은 기 아이가?

영국은 머리를 끄덕이며, 고개를 돌려 음흉한 미소를 짓는다.

13. 동 기획실 안 - 낮 13

영국이 앉아 모니터를 보고 있다.

명주도 영국 옆에 서서 모니터를 본다.

노크 소리.

영국 네.

형가가 환하게 상기된 얼굴로 들어온다.

형가 적당한 심장이 있어요.

영국 누구예요?

형가 뇌성마비 환자라도 가능하지 않겠습니까?

영국 아무나 할 순 없어요.

형가 그렇지만, 도중이는 의사가 아닙니까?

영국 도중이는, 우리를 밀고한 놈이에요. 우리가 빵에서 억울하게 썩은 거 기억나세요? 중이의 심장을 꼭 도려내야 우리들의 원한이 풀린다고요.

영국은 컴퓨터를 조작하여 모니터에 중이(34)의 사진을 띄운다. 사진을 본 명주의 얼굴이 천천히 차갑게 돌변한다.

명주 중이는 안 돼!

영국 까마득한 이십 년 전 일인데, 지금까지 맘속에 품고 있었던 거야?

명주 절대 안 돼! 절대로!

명주는 문을 박차고 나가버린다.

영국은 예상치 못한 명주의 반응에 곤혹스러워하며 과거를 회상한다. 모니터 속 중이의 사진 위에 20년 전의 중이(14) 사진이 겹친다.

14. 재개발지역 - 실외 - 낮 flashback 14

(자막) 20년 전 여름, 서울 중랑구 재개발지역

작은 손수레를 한 손으로 끌고 경사진 아스팔트길을 올라가던 명주(14)는, 길가에 버려진 소파에 털썩 주저앉아 모자의 챙을 조금 올리고 이마에 흐

르는 땀을 손등으로 훔치려다 손수건을 꺼내 닦는다.

운동화에 운동복 바지, 상의 러닝셔츠에는 'Harvard Medical School' 이라고 찍혀 있다.

명주가 앉은 맞은편의 옆집 창문으로 영국(16)이 명주를 내다보며 담배 연기를 창문으로 내뿜는다. 영국은 심술스럽고 매서운 눈으로 명주를 관심 있게 바라본다.

영국 강명주!

명주 왜? 영국 오빠….

영국 너의 집 형편에, 하버드 대학 간다고 떠벌리고 다니는 건 좀 웃기지 않니?

명주는 영국이 별로 달갑지 않다.

명주 하버드 메디컬 스쿨에 교수로 계시는 우리 큰아버지가 초청해서 가는 거야. 약 오르지?

영국 관중대학 의대를 지원하면, 쓰레기는 줍지 않아도 되지 않겠어?

명주 난, 담배나 피우는 불량 학생과 말 섞고 싶지 않아.

영국 돈도 없는 게 유학은… 너, 중이 새끼 보러 왔지?

명주는 '중이 새끼'라는 말에 화가 울컥 치밀어 영국을 외면한다. 명주는 손수레에 실린 헌책을 뽑아 들고 표지를 본다.

헌책의 표지 - 자동차 1급 정비

명주는 책장을 넘기며 맞은편을 바라본다.

명주의 시점 -

오래된 초록 대문 기둥에 '도삼육'이라는 문패가 대롱거린다.

담벼락에 '재개발 예정지'라는 붉은 페인트 글씨, 그 아래로 '신장(콩팥) 급히 삽니다. 071-564-6400', '장기 고가 매입, 알선 012-330-7800', '급전 담보대출 020-323-9407'이라는 전단지가 나풀거린다.

이때 초록 대문이 탁 열린다.

명주는 미소 지으며 슬그머니 일어선다.

머리를 오른쪽으로 기울이고 나오는 중이(14). 러닝셔츠, 반바지에 슬리퍼 차림의 밝은 얼굴에 투지가 보이는 잘생긴 얼굴이 시무룩하다.

명주 중이야, 어디 가?

중이 울 아버지.

중이는 아랫길로 발길을 돌린다.

명주 또, 쌀이 떨어졌니?

순간, 감추고 싶은 비밀을 지적하는 명주가 얄밉고 기분이 상했지만 중이는 참는다.

중이 관심 꺼라.

명주 너 아버지, 우리 집 널평상에서 포커 하셔.

중이 알고 있어.

명주 다 잃고, 뒷전에 계신 것도 아니?

아버지가 다 잃고 뒷전에 계신다는 말에 중이는 다시 기분이 상한다. 그러나 명주를 곯려줄 방법이 번개처럼 떠올라 장난기 가득한 미소를 머금고 명주를 본다.

중이 명주야, 너 턱에 김칫국물 묻었다.

명주는 당황하여 손수건을 꺼내 입 주변 여기저기를 바쁘게 닦는다.

중이 내가 닦아줄까?

명주 (좋아서) 응.

중이는 명주의 수건을 받아 침을 뱉어 명주 입술을 문지른다.

순간적으로 속았다는 것을 깨달은 명주, 손을 내저어 중이의 배를 밀어낸다.

명주 이, 거짓말쟁이!

중이는 명주를 골려준 것에 만족하여 히히거리며 아래로 내려간다.

명주, 중이의 뒷모습을 보며 그래도 싫지 않은 미소를 짓는다.

창문으로 바라보던 영국은 담배꽁초를 던지고, 침을 밖으로 퉤 뱉는다.

영국 거지새끼들….

장면으로 돌아온다.

15. 영국병원 건립추진본부 기획실 안 15

영국과 형가가 모니터를 보고 있다.

중이(14)의 사진 위에, 다시 중이(34)의 사진이 겹친다.

영국 중이를 납치하는 데, 문제 있나요?

형가 중이를 납치해도 강명주 선생이 막는다면, 심장 적출이 어려울 거 아닙니까?

영국 왜 그렇게 생각하세요?

형가 지능이 높은 도중이를 순간에 채 오지 않으면 어렵게 됩니다, 그리고 강명주 선생이, 도중이의 납치를 막는다면 힘들지 않겠습니까?

영국 그렇다면 이윤을 먼저 잡아오세요.

형가 이윤은 캐나다 심장학회 초청으로 연수를 떠난 거 모르셨습니까?

영국 그럼, 중이를 잡아올 방법을 강구하세요.

형가 중이의 아버지 도삼육을 먼저 납치한다면, 중이는 분노와 복수심에 흥분되어 빈틈이 생기지 않겠습니까?

영국 그렇다면?

형가 독수리가 독사의 눈을 순간에 뽑아버리듯 하면 됩니다. 그런데, 강명주 선생이 걸림돌이 되지 않겠습니까?

영국 강명주 선생도 적출하세요.

형가 강명주를… 장기 주문이 들어오는 대로 적출해도 되겠습니까?

영국 명주와 중이의 시체를 화장하여, 영국병원 주춧돌 밑에 묻어주지요. 으흐흐.

형가 중이 아비도 함께 묻으면 어떻겠습니까? 히히히.

영국 그렇게 하세요. 이윤도, 한국에 나타나면 바로 납치하여 적출하시고요.

형가는 음흉한 미소를 지으며, 머리를 끄덕이고 나간다.

영국은 다시 회상에 잠긴다.

16. 중고서점 앞 - 실외 - 낮 flashback 16

중이(14)는 중고서점 옆에 세워진 고물 트럭을 지나, 중고서점 안채로 통하는 대문으로 들어간다.

영국(16), 자전거를 타고 와 고물 트럭 옆에 세워놓으면서, 대문으로 들어가는 중이의 뒷모습을 쳐다보고 중고서점 안으로 들어간다.

17. 동 안채 마당 - 실외 - 낮 flashback 17

널평상에 둘러앉은 김, 송, 장과 삼육(35)이 포커에 열중이다. 판 중앙에 판돈이 만 원권, 오천 원권, 천 원권이 뒤섞여 팔만 원.
개평꾼이 뒷전에서 패를 기웃거린다.

중이가 대문으로 들어오자 개평꾼이 중이에게 장난을 건다.

개평꾼 너 아버지 거지 됐어야.

중이 다시, 따면 돼요.

개평꾼 애들은 안 끼워 줘, 인마.

중이 제가 옆에 있기만 해도, 우리 아버지 끗발은 잘 들어오걸랑요. 히히.

개평꾼 그래? 그러면, 따 가지고 갈 때, 나 개평 좀 줄 거니?

중이 미리 백 원 드릴게요. 히히히. (백 원을 준다)

개평꾼 이 녀석 봐라? 백 원을 가지고 뭐 하라고?

중이 모아서 소주나 한 병 사 드세요. 히히히.

중고서점 뒷문에서 총채로 책 먼지를 털던 치산(34)이 중이를 보고 반가워 웃는다.

영국은 손에 책을 펴들고 읽으며 서점에서 나와 치산의 뒤에서 중이를 본다.

치산 중이야, 너 아버지, 오늘은 빈손 되시지 않았니?

중이 선생님, He came empty-handed and went empty-handed(공수래 공수거).

치산도 장난스럽게 웃는다.

치산 (고개를 돌리고) 저 녀석 고등학교에 입학할 때도, 꼭 장학금을 받게 해줘야 하는데….

삼육 앞에는 천 원짜리 다섯 장뿐. 마지막 카드를 받아 쥔 삼육. 삼육의 뒤에 선 중이는 예리한 눈으로 꾼들의 면면을 훑어본다.

김은 끗발이 없는 듯 풀죽은 얼굴.
송은 다이할까 허세를 할까 눈알을 굴리며 꾼들의 눈치를 살핀다.
장은 카드를 모아 쥐고 체념의 눈으로 삼육을 시무룩이 본다.

중이는 노 페어를 쥐고 있는 삼육의 패를 잘 모르겠다는 듯 머리를 갸웃거리며 옆에 털썩 앉아, 귓속말을 다 들리도록 크게 속삭인다.

중이 아버지! 이거 마운틴이야? 로티플이야?
삼육 아들 왔냐? (귓속말로 다 들리도록) 색깔이 틀리면 마운틴여, 그란디 이건 색깔이 같으니께? 쉿! (중이 입에 손가락을 댄다)

김과 장은 중이와 삼육을 주시하다가 찌그러지는 얼굴.
삼육은 자신의 앞에 있는 오천 원을 판돈에 던진다.

삼육 콜!
중이 아버지, 이 돈도 찔러.

중이는 접고 접은 비상금 만 원짜리 한 장을 펴서 삼육 앞에 놓는다.

꾼들이 더욱 불안한 눈으로 중이와 삼육을 본다.

그러나 김과, 장은 과감히 오천 원씩 찌른다.

김, 장 콜, 나도!

송은 반신반의하며 들어갈까 말까 망설이다가, 간을 보기 위해서 만 원을 찌른다.

송 맥스!

삼육은 중이가 내놓은 만 원을 서슴없이 판돈에 던진다.

삼육 콜!

김 다이.

장 다이.

트리플을 쥐고 망설이던 송은, 만 원권 한 장을 쥐고 던질 듯 말 듯 흔들다가, 중이와 삼육을 살핀다.

삼육과 중이는 조마조마 마음 졸인다.

송은 주위의 눈치를 살피다가 카드를 접는다.

송 다이.

삼육과 중이는 휴 안도한다.

중이는 삼육의 팔을 잡아끈다.

중이 아버지, 지금 우리 집 마당에 이따만 한 뱀이 들왔어. 어서 가서 잡아줘. 무서워 죽겠어.

삼육 뭐시여? 그람은 진작 말하지 그랬냐? 언능 가자.

삼육은 판돈을 끌어당겨 챙긴다.

머리를 오른쪽으로 기울이고 앞장선 중이를 따라, 머리를 오른쪽으로 기울이고 따라 나가는 삼육.

송은 진짜 로열스트레이트플러시일까 궁금하여 삼육의 카드를 펴서 본다.

송 으잉? 노 페어잖아?

치산 크… 흐흐흐. 중이를 쉽게 보지 마라…. 후후후.

18. 재생상사 안 - 실외 - 낮 flashback 18

초라한 할머니가 지팡이수레에 라면 박스와 과일 박스 다섯 장을 싣고 들어와 저울에 올려놓는다.

저울 앞에 앉아 있던 주인, 저울의 눈금을 본다.

영국이 자전거를 타고 가다가 재생상사 문 앞에 멈춰 안을 들여다본다.

주인 칠백 원.

할머니 전에는 천 원씩 주더니?

주인 요즘, 파지 값이 내려가 똥값 돼가 시세 없디오.

할머니 에이, 그라지 말고 천 원 주어요. 라면 두 개는 사가야 우리 손녀랑 끓여 먹지….

주인 억지 부리지 말라요. 내도 장사가 안 되가 죽갔습네다.

이때 중이가 리어카를 끌고, 명주가 뒤에서 밀고 입구로 들어온다.
영국이 비켜서며 경멸의 눈초리로 중이를 노려본다.
중이와 명주는 영국을 전혀 의식하지 않고 들어온다.

중이는 리어카를 끌고 저울대 앞에 멈춘다.

명주 중이야. 나, 화장실.

중이 응.

중이는 리어카에서 종이 상자 다섯 장을 뽑아서 할머니의 라면 상자 위에 놓아준다.

중이 사장님, 이거 할머니 꺼. 히히히.

주인 명주가 알아도 괜찮캈니?

줌이 명주는 천사걸랑요. 해해해.

주인 자아, 천오백 원. 됐습매?

주인은 앞에 차고 있던 주머니에서 돈을 꺼내 할머니에게 준다.

할머니 이렇게 고마워서 어쩐다니?

줌이 어서 라면 사가지고 가세요. 할머니.

할머니는 돌아서려다 중이의 리어카에 실린 둥근 아날로그 벽시계를 본다.

할머니 이 시계 돌아간다니?

줌이 할머니 집에 시계 없으세요?

할머니 작은 게 있는데, 눈이 어두워서 잘 안 보여, 이 시계는 큼직하니 잘 보이겠구먼. 근데, 고장 났지?

줌이 제가 살펴볼게요. 쓸 만하면 가지고 가세요.

할머니 남의 물건을 공짜로 얻어갈 수는 없지….

줌이 저도 거저주워 온 걸요.

중이는 시계를 들고 헌 책상 위에 엎어놓고 서랍에서 드라이버를 꺼내 나사를 푼다.

명주, 정수기에서 물을 받아 마시며 호기심 어린 얼굴로 중이를 눈여겨본다. 주인은 저울 앞에 앉아 호기심 가득한 눈길로 중이를 주시한다.

중이는 서랍 안에 든 여러 가지 헌 배터리 중 하나를 꺼내 시계의 배터리와 교체한다.

중이는 눈을 들어 고물상 벽에 붙은 커다란 벽시계를 보며 시계의 시간을 맞추고, 바로 세워서 흔들어본 다음, 미소 띤 얼굴로 시계를 다시 엎어서 나사를 조인다.

중이가 벽시계를 바로 세우면 시계가 재깍재깍 잘 돌아간다.

중이 할머니, 당분간은 쓸 수 있을 거 같아요.

지팡이손수레에 수건이 감긴 손잡이를 쥐고 있던 할머니, 중이가 내미는 시계를 받으며 좋아서 입이 헤 벌어진다.

할머니 아주 재간꾼이구먼? 공부도 잘한다니?

명주가 다가온다.

명주 중이는 우리 학교에서 일 등이에요. 호호호.

명주는 사모의 정이 가득 담긴 눈으로 중이를 우러러본다.

중이 할머니, 명주가 저런 눈으로 나를 쳐다보면 제 가슴이 두근거리며 뛰는데, 왜 그래요?

할머니 사춘기로구먼. 우리 손녀 수정이 알지? 예쁘고 착하단다. 함 놀러 오련? 할미가 라면 끓여줄게.

명주 할머니이! 왜 그래요! 중이는 유치원 다닐 때부터 내가 찜했거든요? 별꼴이야! 씨….

주인은 명주의 강샘을 보며 귀엽다는 듯 씩 웃다가 더 크게 웃는다.

명주는 리어카에 부착된 가방에서 『자동차 1급 정비』 책을 꺼내 중이에게 내민다.

중이는 책을 받자마자 장난기 가득한 미소에 눈을 반짝이며 흥미롭게 책장을 넘겨본다.

중이가 넘기는 쪽마다 자동차 내부 구조 도면이 그려져 있다.

1. 자동차 기본 구조 도면

2. 연결 원리 도면

3. 부속 장치 기능 도면

4. 제어 장치 도면

중이의 눈은 카메라가 되어 도면을 찍어 뇌에 입력한다.

중이 명주야, 이 책 고맙다.

명주 응…. (머리를 끄덕이며, 즐겁다)

영국은 자전거를 끌고 발길을 돌리며 혼자 지껄인다.

영국 거지새끼들은 노는 것도 꼭 지저분하게 놀아요.

19. 쓰레기 모아두는 곳 - 낮 flashback 19

명주는 쓰레기장에서 석고상 '생각하는 사람'을 주워서 중이와 함께 조심스럽게 리어카에 싣는다.

중이는 자전거 채우는 자물쇠를 줍는다.

중이는 리어카에 부착하고 다니는 가방에서 열쇠뭉치를 꺼낸다. 중이는 잠긴 자전거 자물쇠 구멍에 열쇠를 맞추다가 철컥 하고 연다.

명주는 헌책들과 파지들을 박스에 담아 리어카에 싣는다.

영국이 자전거를 타고 지나다가 리어카의 석고상을 보고 멈춰, 이리저리 살피며 눈독을 들인다.

영국은 석고상을 달랑 안고, 자전거를 타고 달아난다.

명주 영국 오빠! 그거 안 돼!

중이, 자전거 자물쇠를 손에 든 채 영국을 쫓아간다.

영국, 쏜살같이 달아난다.

중이, 끈질기게 쫓아간다.

20. 영국의 집 앞 - 낮 flashback

20

영국은 집 앞 가로등에 자전거를 기대놓고, 석고상을 안고 대문 안으로 들어가버린다.

헐레벌떡 뛰어온 중이는 가로등에 기대 있는 영국의 자전거를 자물쇠로 가로등에 채워버린다.

영국, 열린 창문으로 자전거가 묶인 것을 내다본다.

중이는 가려고 돌아선다.

영국, 석고상을 들고 나온다.

영국 야, 이 십 새끼야! 자전거 풀어!

영국은 석고상을 중이 앞에 놓는다.

중이는 열쇠 꾸러미로 자전거를 풀어준다.

영국은 자전거에 올라타더니, 석고상을 발로 차버린다.

산산이 깨지는 석고상.

영국 너, 아버지가 거지니까 만날 쓰레기통이나 뒤져라, 이 거지새끼야!

영국은 자전거를 타고 달아난다.

중이는 자물쇠를 힘껏 던진다.

중이 에잇! 강도 새끼야.

자물쇠가 영국의 등에 맞는다.

영국, 자전거와 함께 고꾸라진다.

영국, 일어나 무서운 얼굴로 달려와 중이를 마구 때린다.

중이는 영국에게 대들어 같이 때리며, 맞으며, 마구잡이 싸움을 한다.

영국 이 거지새끼가, 뒈지고 싶어!

중이 피는 못 속인다더니, 네 아버지가 강도니까 너도 강도질 하니?

영국 뭐야? 이 거지새끼가?

영국은 중이에게 주먹질을 한다.

중이는 영국을 쓰러트리려다 같이 넘어진다.

영국이 중이 위에 올라타 마구 때린다.

중이가 주먹으로 올려치니 영국의 코에서 피가 난다.

영국은 손으로 코를 막는다.

이때, 숙명(38)이 달려와 영국을 끌어당겨 말린다.

숙명 에구, 이, 문디 자슥, 허구한 날 싸움질이 뭐꼬? 내가, 몬 산다. 몬 살아!

21. 영국의 집 수돗가 - 낮 flashback 21

영국은 마당 수돗가에서 코피 묻은 얼굴을 씻고 일어선다.

숙명이 내미는 수건을 받아 얼굴을 닦는 영국.

영국 엄마, 울 아버지가 강도였어?

숙명 머시라꼬? 어느 놈이 그카드나?

영국 솔직하게 말해. 정말 강도였어?

숙명 그기 무신 말이고? 너의 아베는 금고 털… 아니, 금고 수리공이셨데이!

영국 그럼, 아버지는 지금 어디 계셔?

숙명 어디긴 어데고. 빵… 저 먼, 외국에 돈 벌러 간 기라. 그칸데 와, 뜬금없이 아베를 찾는데?

영국 아버지는 어떻게 생겼어? 언제 와?

숙명 아베 얼굴이 궁금하나? 그카먼, 거울 함 봐바라. 너 얼굴이 똑 아베 판박인 기라.

장면으로 돌아온다.

22. 영국병원 건립추진본부 기획실 - 낮 22

영국은 모니터를 물끄러미 바라본다.

명주, 들어온다.

명주 영국 오빠, 중이가 납치나 당할 사람으로 보여?

영국 뭐야? 아직까지 미련이 남은 거야?

명주 중이를 납치하려다가 오히려 오빠가 당할까 걱정이 돼서 하는 말이야.

영국 중이, 그놈은 밀고나 하는 쓰레기야.

명주 중이가 밀고할 리 없어. 오빠가 중이를 오해하고 있는 거야. 한 동네서 자랐으면서도 중이를 몰라?

영국 삼백억 프로젝트는 우리 패밀리들의 사활이 걸린 문제니까 참견 말아.

명주 만약에….

영국 뭐…?

명주 오빠가 나를, 두 번이나 납치하여, 강간한 사실을 중이가 알게 되면 중이가, 오빠를 가만둘 거 같아?

영국 다, 지나간 일이야. 상기하고 싶지 않아.

명주 아니, 상기해야 돼. 그래야, 자신이 psychopath라는 걸 깨닫게 될 테니까…. 그때가 칠 년 전이었지?

명주는 회상한다.

23. 별장 마당 - 낮 flashback 23

(자막) 15년 전

영국(21)이 승용차를 몰고 마당으로 들어온다.

영국이 차에서 내린다.

영국은 트렁크를 연다.

트렁크 안에는 명주(19)의 입에 테이프가 붙어 있고, 손과 발이 테이프로 결박되어 웅크리고 누워 있다.

영국은 명주를 안고 현관으로 간다.

현관에서 영국은 열쇠로 문을 따고 들어간다.

24. 동 침실 - 회상 24

영국은 명주를 안고 들어와 침대에 내려놓는다.

칼을 명주의 얼굴에 들이대며 찌르자 명주는 칼에 안 찔리려고 얼굴을 뒤로 젖히며 눕게 된다.

영국은 칼을 명주의 목에 대고 한 손으로 명주의 팬티를 벗긴다. 영국은 명주 위로 올라타 바지를 까 내리고 거칠게 덮친다.

장면으로 돌아온다.

명주 우리, 어릴 때의 경험으로 볼 때, 영국 오빠가 중이에게 해코지하면, 중이는 반드시 보답을 했잖아?

영국 그 자식은, 그때나 지금이나 내 밥일 뿐이야.

명주 말은 그렇게 하지만, 속으론 떨리고 불안하지?

영국 그때 넌, 내 아이를 왜 지운 거야?

명주 사이코패스 유발 가능성의 유전자를 가진 아이라면 너처럼 끔찍한 일을 벌이지 않겠니?

영국 쓰발 년아! 내 유전자가 어때서? 인간의 삶은 약육강식이야. 중이의 심장으로 우린, 병원을 건립하게 되는 거라고.

명주 사이코패스는 사람을 맘대로 죽여도 되는 거야?

영국 닥쳐! 시발 년아! 너의 이빨까지 사그리 뽑아서 팔아 버리겠어!

영국은 일어서면서 명주를 걷어찬다.

명주는 기다렸다는 듯 영국의 발을 순간적으로 피하며, 영국의 턱을 걷어 찬다.

나자빠지는 영국.

명주 인간의 삶이 약육강식이라고 했지? 그렇다면 어디. 나에게 죽도록 한번 맞아봐라. 개새끼, 에잇!

명주는 마음속에 품고 있던 원한을 풀려는 듯, 무자비하게 영국을 치고 박고 때린다.

영국은 방심했던 태도를 바꿔 품세를 잡고 공격한다.

영국의 강력한 펀치를 얻어맞은 명주는 쓰러진다.

쓰러진 명주를 걷어차는 영국.

명주는 영국의 발목을 잡아 비틀어버린다. 뒤로 나자빠지던 영국은 다시 일어나 비장한 공격을 감행한다.

영국과 명주는 방어와 공격을 서로 교환하며 치열한 격투를 벌인다.

이때 문 열고 들어온 형가, 가운 주머니에서 마취액이 담긴 주사기를 꺼내, 갑자기 명주의 왼팔을 잡아 혈관에 주사기를 찌른다.

명주의 주먹이 형가의 얼굴을 친다.

형가는 명주의 주먹에 맞아 피를 흘리면서도, 명주의 팔을 굳게 잡고 주사액을 주입시킨다.

형가 흐흐 흐흐, 정신이 알딸딸할 것이다. 흐흐흐. 귀여운 년, 내가 너를 얼마나 사모했는데….

쓰러지는 명주.

25. 동 지하 4실 - 낮 25

명주는 처참한 몰골로 침대에 왼손이 수갑으로 채워져 있고, 발도 테이프에 묶여 옆으로 쓰러져 있다.

26. 중이외과 내실 - 오전 26

머리를 오른쪽으로 기울이고 방에서 복도로 나오는 삼육(54), 외출하는 차림이다. 손에 핸드폰을 쥐고 있다.

삼육은 주방으로 들어가, 탁자 위의 약봉지에서 약을 꺼내 입에 넣고 핸드폰을 탁자 위에 놓고 물을 마신 다음, 유리그릇 뚜껑을 열고 사탕 한 알을 집어 입에 넣고 주방에서 복도로 나와 병원 로비로 간다.

탁자 위의 핸드폰은 그대로 있다.

27. 중이외과 로비 - 실내 - 오전 27

데스크에 조무2가 앉아 있고, 그 옆에 조무1이 모니터를 보고 있다.

이순자 외 1명이 맞은편 대기 의자에 앉아 있다.

조무1 이순자 님, 진료실로 들어가세요.

이순자가 일어서서 데스크를 지나 복도 안으로 들어간다.
진료실에서 환자가 나온다.
조무1은 이순자를 따라 진료실로 들어간다.

이때, 복도 안쪽에서 머리를 오른쪽으로 기울인 삼육이 로비로 나온다.
조무2는 일어서서 인사한다.

조무2 안녕하세요? 아버님! 오늘도 한 바퀴, 휑하니 둘러보러 가세요?

삼육 응, 그려…. (중이 들으라고 큰 소리) 나, 한 바퀴 휑하니 돌아보고 오께이?

중이가 진료실에서 복도로 나온다.

중이 아버지, 이거 가지고 가세요.

중이는 안주머니에서 꺼낸 카드를 삼육에게 드린다.
삼육은 카드를 받는다.

삼육 이것이 뭣이다냐? 신용카드 아니냐?

중이는 다정하게 아버지의 손을 잡는다.

조무2는 데스크를 떠나 복도 구석에 있는 화장실로 간다.

중이 네, 신용카드가 맞아요. 비밀번호는 아버지 생년월일이고요. 먹고 싶고, 사고 싶은 거 있으면 사용하세요.

삼육 집에서 잘 먹는디 뭐가 먹고 싶겄냐? 그래, 내가 알아서 잘 쓰마. 다녀오께이.

중이 카드, 남 빌려주지 마시고요?

삼육 내가 어린애냐? 허허허 허허허.

삼육은 출입구로 나간다.

중이는 삼육을 따라가 문까지 열어주고 삼육 나간다.

28. 동 중이외과 앞 - 오전 28

도로변 승합차 안의 운전석에 형가, 뒷좌석에 을조, 병구가 전방을 주시하고 있다.

중이외과 옆 '할인마트'에서 강 여사가 빈 종이상자를 들고 나온다.

삼육이 머리를 오른쪽으로 기울이고 중이외과 출입문을 열고 나오다가 강 여사와 마주 대한다.

강 여사는 반색을 하며 눈웃음친다.

삼육도 입을 헤 벌리고 웃는다.

강 여사 오늘도 한 바퀴 휑하니 둘러보러 나가세요?

삼육 그려, 돈 따면 찹쌀떡 사러 가께이?

강 여사 돈 잃어도 오세요. 찹쌀떡 그냥 드릴게요. 호호호.

삼육 뭐시여? 찹쌀떡을 공짜로 준다고?

강 여사 이웃사촌끼린데요. 뭔들 못 드리겠어요? 호호호.

삼육 그라먼 오늘은 필히 공짜 찹쌀떡 먹으러 가까?

강 여사 그러세요. 음료수도 공짜로 드릴게요. 호호호.

삼육 그려? 나 복 터졌네. 그라면 저녁참에 보세이. (고개 돌리고) 아따, 마누라 죽고 이십오 년 만에, 삼삼한 여시가 꼬리를 친디, 눈 딱 감고 함 보듬어부러? 허허 허허허.

승합차 안에서 형가와 을조, 병구가 삼육을 주시하고 있다.

승합차 위에 태양이 하늘 중앙에서 뜨겁게 열기를 뿜어내고 있다.

29. 경마장 입구 - 오후

29

태양이 서쪽으로 많이 기울어져 있다.

승합차가 도로변 가로수 아래에 있다.

승합차 안에서 을조와 병구와 형가가, 빵과 우유를 먹으며 전방을 주시한다.

삼육은 돈을 다 잃은 듯, 풀이 죽어 머리를 오른쪽으로 기울이고 경마장에서 걸어 나온다.

삼육은 손수건을 꺼내 땀을 닦고, 코를 풀고 아무렇게나 주머니에 쑤셔 넣는다.

삼육은 음료수 자판기 앞에 멈추어 주머니에 손을 넣어 돈을 꺼내지만 손수건과 백 원짜리 3개만 달랑 나온다.

음료수 가격표는 모두가 700원.

삼육은 고개를 떨어뜨리고 힘없이 걸어간다.

건너가는 길에 파란불이 켜진다.

행인들이 길을 건너간다.

파란불 갈매기가 하나씩 줄어든다.

삼육이 건너가려고 건널목 앞에 도착하면 파란불 갈매기가 3개에서 2개가 된다.

삼육은 건너가는 걸 포기하고 가로등 기둥에 기대어 다음 파란불을 느긋하게 기다린다.

형가가 운전하는 승합차 문이 열린 채 삼육 앞에 멈추자마자, 을조가 내리고, 병구가 삼육을 잡아 끌어당기고, 뒤에서 을조가 삼육을 밀어 승합차에 강제로 태운다.

삼육 엄매이! 뭐하는 짓이여? 시방!

삼육의 목소리가 공중으로 날아가고, 승합차는 출발하며 문이 닫힌다.

을조는 삼육의 입에 수건을 우악스럽게 쑤셔 넣는다.

삼육은 눈을 번히 뜨고 묶인다.

31. 영국병원 건립추진본부 수면실 - 밤 31

을조와 병구가 들것에 든 삼육을 수면실로 들고 들어와 이동 침대에 눕힌다.

형가가 들어와 삼육을 진맥하고 혈관에 주사기를 찔러 채혈하여 나간다.

백간이 삼육의 손가락에 사혈 침을 찔러 혈당 검사하고, 마뜩치 않은 듯 머리를 흔든다.

32. 동 기획실 - 밤 32

영국이 책상 앞에 앉아 모니터를 보고 있다.

노크 소리.

영국 네. 들어오세요.

형가, 들어온다.

영국, 의자를 뒤로 물리며 형가를 본다.

형가 오십사 년을 사용했던 삼육의 심장이 아직은 쓸 만 합니다.

영국 그렇지만, 열네 살짜리에게 끼워 넣기에는 중고가 아닐까요?

형가 길어야 오 년밖에 못 살 놈인데, 대충해도 탈이 날 일은 없을 것입니다.

영국 그래도 돈값은 해줘야지요?

형가 그렇다면 중이의 심장을 기필코 남수에게 넣으시겠습니까?

영국 앙숙은 찢어발겨야 하고, 원한 갚음은 죽여야 풀리는 것 아닌가요?

33. 동 지하 1실 - 밤 33

두 개의 침대가 가운데 통로를 두고 길게 놓여 있다.

침대 하나에 비스듬히 누워 있는 맹인의 왼손이 수갑으로 침대와 연결되어 있다.

맹인은 한쪽 볼을 부풀리어, 공기를 조금씩 내뿜어 소리를 내며 태평하다.

문이 열리고, 병구와 을조가 손에 수갑을 채운 삼육을 끌고 들어온다.

병구는 삼육을 침대에 던지고, 손에 채웠던 수갑을 풀어 침대와 연결하여 채운다.

삼육 야, 이누무 샤끼들아! 느그덜이 시방, 죽고 자파서 지랄들 하냐?

병구 그래, 쓰발 놈아! 어쩔래!

병구가 주먹으로 삼육의 복부를 친다.

나자빠지는 삼육.

을조와 병구는 실실 웃으며 밖으로 나가 문을 철컥 잠근다.

삼육 오메, 이 씨부럴, 한 방이면 끝날 넘들이 요로케 수갑을 채워분께, 꼼짝 못 하것어야?

맹인이 침대 끝으로 와 얼굴을 들이밀고 삼육을 빤히 쳐다본다.

맹인 낯짝이 익는데? 형씨, 나 본 적 없소…?

삼육 (시침 떼고) 너같이 재수 없게 찌그러진 간판때기는 본 적 없어야!

맹인 (얼굴을 돌리고) 이, 씨발놈을 어디서 보긴 봤는데…. 생각이 안 나네…. 도둑놈 쌍판이 틀림없는데….

꼭, 도둑놈처럼 생긴 삼육의 얼굴을 이 모양, 저 모양으로 잡아 관객의 폭소를 터트리게 해야 한다.

삼육 이, 싸가지 없는 샤끼가, 머시라고 구시렁대냐? 강냉이 털어내어 합죽이 만들어주까?

34. 밤거리 - 실외 - 밤 몽타주 34

중이는 머리를 오른쪽으로 기울이고 손전등을 들고, 구석진 곳을 비춰가며 삼육을 찾아다닌다.

중이 아버지, 어디 계세요? 아버지!

중이는 골목길을 샅샅이 살피며 다닌다.

중이는 오락실 문을 열고, 안으로 들어가 훑어보고 나온다.

중이는 버스에서 내리는 사람들을 일일이 살피다가 실망한다.

중이는 아버지를 잃은 슬픔으로 손등으로 눈물을 훔치며, 으슥한 곳까지 살피며 다닌다.

형가가 승용차의 운전석에 앉아 있고, 을조와 병구가 전후방을 주시하고 있다.

중이가 슬픔에 젖어 힘없이 걸어온다.

형가와 을조, 병구는 승합차 안에서 중이를 주시한다.

중이는 힘없이 중이외과 입구로 다가간다.

형가가 턱짓으로 을조와 병구에게 내리라고 지시한다.
을조와 병구는 차에서 내린다.

중이가 병원 문을 열고 들어가려는데, 을조가 말을 던진다.

을조 지금도 진료를 받을 수 있지라?
중이 오늘 진료는 끝났습니다.
을조 끝났다니? 배가 불렀그만?
중이 내일, 진료 시간에 오세요.
병구 야간 진료는 안 한다요?

중이가 문손잡이를 놓고 돌아서자, 병구가 문손잡이를 잡고 들어가려 한다.

중이가 병구를 막아선다.

을조 의사 선생은 뭔 거미줄을 머리에 칭칭 감고 다닌다요?

을조는 재빠르게 중이의 머리를 훑으며 머리칼을 뽑는다.

중이는 재빨리 돌아서며 주먹을 뻗는다.

을조는 멍청한 척, 얼굴을 디민다.

중이의 주먹이 을조의 이마 앞에 정지한다.

을조는 손바닥에 붙은 몇 가닥의 머리칼을 확인하고 주먹을 쥐며 병구를 본다.

을조 아따, 이러다 치것소? 성질머리도 족 같네…. 병구야, 가자.

을조가 돌아서자 병구도 따라간다.

36. 거실 / 순경 - 실내 - 밤 36

중이는 전화기 옆에 놓인 삼육의 핸드폰을 물끄러미 보다가, 송수화기를 들고 버튼을 누른다.

신호가 간다.

송수화기를 든 경위가 한쪽 화면으로 들어온다.

경위 강중 지구대 야근조 경위 양상구입니다. 무슨 일이십니까?

중이 혹시, 도삼육이라는 오십 대 남자분, 노름하다가 잡혀 오지 않았습니까?

경위 요즘도 모여서 노름하는 사람들이 있나요? 다들 인터넷이나 게임방에서 하는 걸로 아는데요? 그리고 우리 관내에서는 지금 일주일째 한 건의 사고도 없었습니다. 다, 시민 여러분들께서 협조해주신 덕분이 아니겠습니까? 아무튼 계속 협조를 잘 부탁드립니다. 감사합니다.

37. 중이의 방 - 실내 - 아침 37

중이는 컴퓨터 앞에 앉아 인터넷 검색을 하고 있다.

안쪽 문이 열리며 강 여사가 들어다본다.

강 여사 아직까지 안 들어오셨어?

중이는 근심스런 얼굴로 힘없이 대답한다.

중이 네.

강 여사 아버님이 노름하시고 안 들어오신 적도 있으셨어?

중이 납치되신 거 같아요.

중이는 밤샘한 듯 매우 피곤해 보인다.

강 여사 무슨, 그렇게 험한 말을….

중이 장기 밀매업자들에 의해, 납치되신 게 거의 확실합니다.

강 여사 그러고 보니까, 얼마 전 지구대 앞 게시판에 실종된 장애인들 사진이 많이 붙어 있던데….

중이 신문에도 사람 찾는 광고를 보면, 실종된 사람이 많아요.

강 여사 납치되었으면 어떡해? 이거 큰일이네…. 아, 내 정신 좀 봐. 가게를 비워놓고 왔어…. 아버지는 꼭 찾아야 해? 찾으면 바로 알려주고….

강 여사는 말해놓고 멋쩍은 듯, 후다닥 가버린다.

중이 강 여사가, 언제부터 아버지에게 관심을 가졌지…?

중이는 다시 의자에 앉아 컴퓨터 검색을 계속한다.

모니터에는 죄수 번호를 넣은 영국, 형가, 명주, 갑동의 흑백 사진이 뜬다.

중이 이거 봐라? 명주 아냐? 그럼, 오 년 전의 그 이식 수술 때, 명주가 참가했었다는 거잖아…?

중이의 눈에서 과거 회상이 피어오른다.

38. 관중대학병원 비품실 - 실내 - 밤 flashback 38

(자막) 5년 전

이동식 테이블이 하나 놓인 레지던트 휴게실 겸 비품실.

레지던트 3년차 중이는 간식거리가 든 비닐봉지를 들고 들어온다.

중이 빵과 우유가 왔습니다.

레지던트 이윤이 비품 상자 사이에 누웠다가 머리를 내밀어, 중이가 테이블에 쏟는 빵을 보더니 일어나 나온다.

빵을 헤쳐 보는 이윤.

이윤 카스텔라는 벌써 퇴원했나?

중이 워낙 맛이 좋아 매진되었고 낼 아침에 입원할 거래.

이때, 양복 차림의 영국이 들어온다.

영국 내가 먹을 복은 있단 말이야.

중이 아니, 선배가 어쩐 일로?

이윤 (고개 돌리고) 병원 개업한 지 구 개월인데, 벌써 말아 드셨나? (영국을 보며) 무슨 일이세요 선배?

영국 일이 있어서 왔다가 너희들 얼굴이나 보고 가려고….

이윤 에이… 성업 중인 병원 진료를 접고 왕림하신 것을 보면, 본론이 있을 거 같은데…?

영국 그래, 솔직히 말하지. 너희들에게 수술 한번 맡겨보고 싶은데…. cardiac extraction(심장 적출)이야. 물론 사례비는 선불.

영국은 봉투 둘을 꺼내 중이와 이윤 앞에 하나씩 밀어 준다.

중이와 이윤은 봉투를 열어 보고 많은 액수에 놀란다.

중이 선배, 액수가 썩, 맘에 드네요….

이윤은 음흉한 마음을 품으며 봉투를 주머니에 넣고 중이를 본다. 중이는 봉투를 들고 있다.

중이 한빈외과가 장기이식 의료 기관이었다니 놀랍군요?

영국 진작 신청했었는데, 아마 낼쯤이면 허가가 떨어질 거다.

이윤 아직은 아니라는 소린데…. (영국을 보며) 시간과 장소는요?

영국 문자 줄게, 시간 약속은 생명인 거 알지?

이윤 그럼요. 걱정 마세요.

39. 포장마차 앞 - 실외 - 밤 flashback

39

중이와 이윤이 걸어온다.

이윤이 중이의 팔을 잡아 포장마차로 끈다.

이윤 술 한잔하고 가지.

중이 돈은 반환해야 되지 않아?

이윤 도중이 선생도 완전히 감 잡은 거야?

중이와 이윤은 포장마차로 들어간다.

40. 동 포장마차 안 - 실내 - 밤 flashback

40

중이와 이윤이 포장마차 안으로 들어와 식탁 앞에 앉는다.

중이 Cardiac extraction(심장 적출)을 우리에게 맡기는 걸 보면, 의사가 없다는 뜻이고, 의사가 없는 것은 불법이라는 뜻이며, 우리는 엄청난 범죄에 휘말리게 되는 거라고.

이윤 어쩐지, 사례비가 과하다 했지….

중이 장기이식 병원으로 지정되지 않은 수술에 참여하면 5년 이하의 징역, 이천만 원 이하의 벌금과 병행하여 자격정지 10년 이하.

이윤 나영국이 불법 수술을 하려는 이유가 무얼까?

중이 장기이식 병원으로 지정되려면 인력과 장비, 시설 등에 많은 돈이 필요하니까.

이윤 그래서 우리를 끌어들여… 우리들 인생이 망하거나 말거나… 엄청 나쁜 놈!

중이 Psychopath(정신병자)가 아닐까?

이윤 엉? 나영국 선배가…?

포장마차 주인이 다가온다.

주인 주문하시겠어요?

중이 소주 빨간 딱지, 안주는 맛있다고 생각되는 거 아무거나.

41. 한빈외과 수술실 - 실내 - 밤 flashback 41

1번 수술대와 2번 수술대에 누워 있는 환자에게 어시스트1, 어시스트2는 링거와 마취 마스크를 연결한다.

수술 가운을 입은 영국은 핸드폰을 꺼내 이윤을 떠올리며 통화 버튼을 누른다.

전화기 전화기가 꺼져 있어 연결할 수 없습니다. 다음에 다시 걸어주십시오.

영국은 중이를 떠올리며 통화 버튼을 누른다.

전화기 고객이 전화를 받지 않아 음성사서함으로 연결됩니다. 연결된 다음에는 통화료가 부과….

영국은 모양새가 점차 초조해진다.

수술복을 입은 형가가 들어와 수술 도구들을 세팅하며, 영국을 슬쩍 본다.

가운을 입은 갑동이 들어온다.

영국 아니, 모두 전화를 안 받네….

갑동 배신 때릴 분들이셔요?

영국 이 새끼들이 낌새를 알아챘나…?

형가 그럼, 우리끼리 빨리 마치고, 증거를 없애는 게 좋지 않겠습니까?

42. 동 수술실 앞 - 실내 - 밤 flashback 42

중이가 수술실 문틈으로 수술실 안을 엿본다.

중이의 시점 -

1번 수술대에 영국과 형가가 수술하고 어시스트1이 거든다.

2번 수술대에 명주가 등만 보이고 있으며, 갑동이 명주를 마주하여 수술에 임하고 어시스트2가 거들고 있다.

멀리서 경찰차의 사이렌 소리가 들린다.

중이는 얼른 자리를 뜬다.

43. 한빈외과 앞 - 실외 - 밤 flashback 43

경찰차 사이렌 소리가 점점 가까이 들리면서 경찰차 2대와 경찰 승합차가 도착한다.

중이는 한빈외과 입구에서 나와, 경찰차 쪽을 주시하며 다가간다.

경찰 승합차에서 경찰들이 우르르 내려 방금 중이가 나온 한빈외과로 들어간다.

경찰차 안에서 이윤과 정복을 입은 서장이 이야기를 나누고 있다.

경찰차 옆을 지나가던 중이는 이윤과 서장을 얼핏 보고 그 자리를 떠나간다.

44. 형가의 집 앞 - 실외 - 아침 44

중이가 승용차에 앉아 형가의 집을 주시하고 있다.

현관문을 밀고 나온 형가는 마당을 지나 대문을 열고 나온다.
형가는 문 앞에 주차된 승용차를 타고 떠난다.

중이가 형가의 집 대문 앞으로 가, 잠긴 대문을 마스터키로 따고 들어가 현관 유리창으로 안을 들여다본다.

유리창으로 보이는 실내에는 아무도 없다.

중이는 현관문을 따고 들어간다.

45. 동 방 안 - 실내 - 낮 45

문을 열고 들어온 중이는 컴퓨터를 켜고 '300억 project'라는 폴더를 클릭한다.

지상 15층, 지하 3층 조감도에 '영국병원'이라는 간판이 붙은 가상 건물이 뜬다.

중이는 주머니에서 USB를 꺼내 컴퓨터에 꽂는다.

중이는 영국병원 설계도 등을 차례로 클릭하여 주요 파일을 USB에 복사, 저장한다.

46. 영국병원 건립추진본부 지하 1실 - 실내 - 낮 46

왼손이 침대와 수갑으로 연결되어 있는 맹인이 누워 있다.

맹인의 다리를 눈앞에 두고 누워 있는 삼육은 맹인의 발 냄새가 역겹다.

삼육 발 좀 저리 치워야, 냄새나 죽겄쓴께!

맹인 너 발 냄새는 안 나는 줄 아냐? 씨바….

삼육 너 뒈져볼래?

맹인 오냐, 죽여봐라! (삼육의 얼굴에 헛발길질을 한다) 배고파 죽겠는데 미친 개소리 하고 있어! 씨바….

삼육 (같이 발길질을 한다) 오매이 씨벌 놈이, 막가네…. 너, 화장터는 예약은 해뒀냐?

문이 열리며 상곤이 빵과 우유 하나씩을 던져주고 간다.

삼육과 맹인은 허겁지겁 빵과 우유를 먹는다.

47. 자원상사가 보이는 국도변 - 낮 47

승용차가 국도변에 멈추고 문을 열고 중이가 나와 멀리 보이는 자원상사를 관찰한다.

중이는 차에서 망원경을 꺼내 자원상사를 자세히 관찰한다.

망원경으로 아무리 봐도 자원상사밖에 보이지 않는다.

48. 영국병원 건립추진본부 기획실 - 실내 - 낮 48

영국이 책상 앞에 앉아 있다.

노크 소리가 들린다.

영국 네. 들어오세요.

형가는 보고하러 들어오고, 영국은 궁금해 하는 눈길.

형가 중이의 검사 결과는 최상입니다.

영국 아직도 중이를 잡아 오지 못했어요?

형가 걸림돌을 먼저 처리하는 게 우선이지 않겠습니까?

영국 구매 요청이 들어오면 바로 적출하세요.

형가 Cardiologist(심장전문의)는 구하기가 어려운데, 결과적으로 손실이 아닙니까?

영국 우리 앞에 있는 걸림돌을 먼저 제거해야지요?

49. 중이외과 앞 - 낮 49

형가가 운전하는 승용차가 '중이외과'앞에 멈추고 을조, 병구가 내리고 형가도 내린다.

'중이외과'에서 환자1 나오고 환자2 들어간다.

을조와 병구는 형가를 본다.
형가는 앞장서서 중이외과 안으로 들어간다.
을조와 병구도 따라 들어간다.

50. 중이외과 로비 - 실내 - 낮 50

조무1과 조무2가 안내 데스크에 앉아 있다가 형가와 을조, 병구가 들어

오자 일어선다.

형가 도중이 나와라!

조무1 진료를 받으시려면 대기번호표를 뽑으세요.

을조와 병구가 험악하게 인상을 쓰며 데스크 앞으로 다가간다. 이때 중이가 복도 안쪽에서 나온다.

중이 무슨 일이십니까?

형가 남의 돈을 빌렸으면 갚아야지 말이야! 숨어? 끌고 가!

을조와 병구가 중이를 끌고 가려고 달려든다.

중이 뭐야? 너, (죄수 최형가의 사진을 떠올린다) 최형가? 너희들이 나까지 납치하려고?

형가의 얼굴에 두려움이 서렸다가 금방 태연을 가장하며 인상을 쓴다.
옆에 있던 을조가 주먹으로 중이의 얼굴을 친다.

을조 뭐여, 이 새끼! 빌려간 돈 갚아!

중이는 을조의 주먹을 피하고 을조의 목을 팔꿈치로 가격한다.
쓰러져 목을 움켜쥐고 고통스러워하는 을조.

달려드는 병구의 목을 수도로 가격하는 중이.

병구, 목을 움켜쥐고 고통으로 중심을 잃고 나자빠진다.

형가가 앞차기와 원투로 중이를 공격한다.

중이가 살짝 피하면서 형가의 목을 움켜쥔다.

형가, 크나큰 고통에 숨이 넘어갈 듯이 발버둥 친다.

중이 이 자식들이 겁도 없이, 여기가 어디라고 또 나타났어?

형가는 고통 중에도 무릎으로 중이의 음낭을 가격한다.

중이는 미리 알고, 왼손으로 공격해오는 형가의 무릎을 막고 목을 더욱 움켜쥔다.

형가, 거대한 고통에 켁켁거리며 맥을 못 추고 사지를 늘어뜨린다.

중이는 형가를 죽일 수는 없어 밀어버린다.

형가, 나동그라져 목을 움켜쥐고 죽을 것처럼 뒹군다.

형가 아이쿠우…!

형가는 바닥에 엎어져 목을 움켜쥐고 고통에 몸부림치며 일어나지 못한다.

형가 아이고 아파! 아이고, 사람 살려!

을조와 병구는 품에서 회칼을 뽑아 들고 중이를 경계하며 형가를 부축하여 허둥지둥 나간다.

조무1과 조무2는 박수를 치며 승리를 축하한다.

조무1, 2 원장님, 대단하세요. 호호, 호호.

51. 영국병원 건립추진본부 지하 4실 51

침대 위에서 수갑이 채워진 명주는, 다리가 테이프로 묶인 채 참담한 얼굴로 문을 바라본다.

명주 중이는 지금 뭐 하고 있을까… 얼마나 어른이 되었을까…? 중이야, 너를 일찍 찾아봤어야 했는데… 미안해….

명주는 회상한다.

52. 재생상사 안 - 실외 - 오전 back to scene

52

파지를 실은 리어카를 명주(14)가 끌고, 중이(14)가 뒤에서 밀고, 재생상사 안으로 들어온다.

재생상사 주인이 저울 앞 의자에서 일어나 추를 이리저리 옮기며 계근 준비한다.

명주는 리어카의 파지를 저울로 옮기면서 중이에게 말한다.

명주 너 컴퓨터 잘하지?

중이 필요한 만큼 해.

명주 이거 고쳐봐.

명주, 리어카에서 컴퓨터 본체와 모니터를 차례로 꺼내 중이에게 준다.

중이, 받기는 하지만 얼떨떨하다.

중이 명주야, 고치는 건 어림없어.

명주 넌, 뭐든 잘 고치잖아? 할 수 있어.

중이 너 실망하는 모습 보기 싫은데….

명주 이거 고치면, 너에게… 시집… 갈게. (부끄럽다)

중이 정말?

명주는 부끄러워하며 고개를 예쁘게 끄덕인다. 불그스름하게 물든 명주의 볼을 본 중이, 투지가 활활 타오른다.

중이 좋아!

53. 동 재생상사 안 / 앞 - 실외 - 낮 회상 53

헌 책상 위에 컴퓨터 커버를 열어놓고, 손에 쥔 드라이버 끝을 입에 물고 먹통이 된 모니터를 멍하니 바라보고 있는 중이.

돈주머니를 앞에 차고 그늘에 앉아 고물 선풍기 바람을 쐬던 주인의 맹한 얼굴에 주름이 움직이더니 입을 연다.

주인 중이야, 용감하게 도전하는 사람만이 성공하니까네, 수단과 방법을 동원해설라무니 함 고쳐보라우.

중이는 난감하여 '치, 사장님이 고쳐보실래요?' 하는 얼굴로 말하고 목젖이 보이도록 크게 하품을 한다.

재생상사 주인은 중이 입 안의 목젖을 보며 웃는다.

고물 트럭이 재생상사 앞에 도착하고 치산(34)이 차에서 내려 들어온다. 치산은 헌책 무더기로 다가가 돈 될 만한 책이 있나 뒤적이더니 책을 한 권 집어 들고 주인에게 천 원을 주고 중이를 돌아본다.

컴퓨터를 뜯어놓고 고심하고 있는 중이를 본 치산은 중이에게 간다.

치산 옜다, 이거 보면 참고가 될 게다.

골똘히 생각에 몰두하던 중이, 얼굴은 보지도 않고 책을 받는다. 책의 제목은 『PC 응급수리』.

중이, 눈을 번쩍 뜨고 책장을 넘기기 시작한다.

치산 짜식, 고맙단 말도 안 하냐?

중이는 책에 몰입되어 치산의 말에 일일이 대꾸하고 싶지 않다. 책장을 넘기는 속도가 비독이다.

치산은 사랑스러운 눈으로 중이를 보지만, 서운한 쓴웃음을 머금으며 돌아서 간다.

이때 화장실에 다녀오던 명주와 치산이 만난다.

명주 아빠!

치산 점심은 먹었니?

명주 집에 가서 먹으려고….

치산 차에 타라. 집에 가서 밥 먹자.

치산, 고물 트럭에 올라 시동을 건다.

명주도 치산을 따라 조수석에 올라탄다.

그런데 시동이 걸리지 않는다.

치산은 다시 시동을 걸지만 걸리지 않는다.

중이, 시동이 걸리지 않는 소리를 듣고 책을 읽다가 치산을 본다.

치산, 다시 시동을 걸어도 걸리지 않는다.

치산, 차에서 내려 보닛을 열고 이것저것 살펴보나 답답하기만 하다.

중이, 일어나 치산에게 다가간다.

중이 선생님, 제가 시동을 걸어드릴까요? 히.

치산 이 녀석 봐라? 너, 운전할 나이도 아니잖아?

중이 운전은 해보지 않았지만, 방법은 알아요.

치산 이 녀석이… 책을 워낙 좋아하니까 그럴 수 있겠다…. 그럼 어디, 중이 실력 한번 볼까? 허허.

중이 전, 신세 지고는 못 사는 성미걸랑요. 히히히.

치산 어쭈구리? 큰소리는… 너, 우리 명주 얕보지 마라? 하버드 대학 교수인 지 큰아버지에게 폐를 덜 끼치려고, 고물 줍고 다니는 거 너, 알고는 있냐?

중이 우린, 결혼까지 약속했는데, 그것도 모를까 봐요? 히히히.

치산 떽! 귀때기에 피도 안 마른 녀석들이… 절대 안 돼 인마! 컴퓨터도 못 고치는 녀석이…?

중이 못 고쳐도 명주는 시집오게 되어 있걸랑요. 히히히.

치산 뭐야? 너희들이 벌써부터…? 이노무 자식들이!

중이 오해하지 마세요. 명주와 저는 유치원 졸업하고 난 다음 날에 약속했걸랑요, 결혼하기로… 히히.

(flashback)

나비 머리핀을 꽂은 명주(7)가 자전거를 타고 가다가 비명을 지르며 자전거를 세운다.

명주 으아앙! 어떡해?

명주는 자전거 앞에 쪼그리고 앉아 발판을 쥐고 돌려, 벗겨진 체인을 보며 울상이다.

뒤따라 자전거를 타고 오던 중이(7)가 자전거에서 내린다.

중이 내가 고쳐줄까?

명주 응. 고쳐줘.

중이는 주위를 둘러보더니 나뭇가지를 주워, 어렵사리 체인을 끼운다.

중이 타봐.

명주 다음에도 또, 고쳐줄 거지?

중이 음… 나한테 시집온다고 약속하면, 언제든지 고쳐 줄게.

명주 정말이야?

중이 그렇다니까.

명주 그럼, 시집갈게.

중이 그러면, 약속 표시가 있어야 하는데….

명주 아, 알았다. 증표 같은 거 말이지? 그렇담… 이거 줄게.

명주는 나비 머리핀을 뽑아서 중이에게 준다.

장면으로 돌아온다.

치산 (큰 소리) 그래도 안 돼! 겨드랑털도 안 난 녀석들이 말이야….

중이 (더 큰 소리) 명주가! 시집올 때까지! 나비 머리핀! 갖고 있을 거라고요! (작게) 저도, 큰 소리 칠 줄 안다고요. 히히히.

치산 좋아, 차가 시동이 걸리면 메뚜기 눈곱만큼은 고려해보겠다. 크흐….

중이 조건 걸지 마세요. 선생님이 반대해도 소용없을 거라고요. 물론, 차 시동은 걸어드릴 거고요. 히히히.

명주는 근처에 서서 붉은 얼굴로 중이의 하는 양을 보며 부끄러운 미소를 짓고 있다.
중이는 엔진룸을 자세히 살펴본다.
(자동차 구조 도면을 머리에 떠올린다)

중이, 운전석으로 들어가 시동을 건다. 걸리지 않는다.
(제어 장치 도면과 연결 원리 도면을 번갈아 떠올린다)

운전석에서 나온 중이, 고물상 한쪽 구석으로 가더니 헌 배터리를 들고 나온다.
중이는 배터리를 교체한다.
보닛을 닫는 중이.

중이 시동 걸어보세요. 히히히.

치산, 운전석에 올라탄다.
시동이 부드럽게 걸리자 활짝 웃으며, 엄지를 세워 보이는 치산. 명주도 웃으며 조수석에 앉아 엄지를 세워 보인다.

54. 중고서점 안 - 실내 - flashback

하얀 태권도 도복에 검은 띠를 맨 명주가 유리창 앞에 서서 밖을 내다보고 있다.

치산과 중이가 탄 고물 트럭이 중고서점 옆에 멈춘다.

치산과 중이가 고물 트럭에서 내린다.

치산의 뒤를 따라 중이, 중고서점 안으로 들어간다.

명주는 빨리 카운터 안으로 들어가 책을 읽는 척하다가 치산과 중이가 들어오자 발딱 일어선다.

명주는 중이를 보고 생글생글 반가운 웃음 지어 보이며, 눈을 중이에게서 떼지 못하고 치산에게는 건성으로 인사한다.

명주 아빠, 다녀오셨어요?

치산은 명주가 중이에게 완전히 빠진 것을 읽고, 쓴 미소로 고민스러움을 삼킨다.

카운터 벽에 학급에서 단체로 찍은 사진이 걸려 있다.

사진 전체 화면으로 -

중학교 건물을 배경으로 운동장에서 40여 명의 남녀 학생들과 찍은 사진이다.

앞줄 중앙에 도복을 입은 치산과 명주가 5명의 학생과 함께 도복을 입고 트로피를 들고 있다.

중이는 사진을 보며 말한다.

중이 명주야, 저 사진에서 네가 제일 예쁘게 나왔어. 정말이야….

명주 그래에, 너도 멋있게 나왔어. 실물은 별로지만. 호호호.

중이 너희 아빠는, 방학 끝나고도 학교에 나오시는 거니?

명주 몸이 안 좋으셔서 학교 그만두기로 하셨어.

중이 으응… 그랬구나.

중이는 돌아서 책장의 책들을 황홀한 눈으로 둘러보며, 책을 뽑아서 대충 보기도 하고, 흥미 가득한 시선으로 책들을 둘러보기에 여념이 없다.

명주는 책 한 권을 등 뒤에 쥐고 중이에게 다가온다.

중이의 시선은 책을 훑어보기에 바쁘다.

명주, 중이의 팔을 잡을까 말까 망설이며, 은근히 얼굴을 붉힌다. 명주는 기어이 중이의 팔을 잡는다.

명주 중이야, 컴퓨터는 고쳤니?

중이 아직, 하지만 곧 고치게 될 거야.

책을 중이에게 내미는 명주.

명주 이 책 어때?

중이 하드웨어 구조라… (책장을 넘긴다) 얼른 가서 읽어야지. ♪

중이는 명주를 쳐다보지도 않고 책을 읽으며 뒤로 돌아 문으로 나간다.
명주는 얼른 비켜선다.
중이는 명주를 쳐다보지도 않고 책을 들고 쏜살같이 달려가버린다.
허망하게 중이의 뒷모습을 보고 있는 명주.
앞치마를 찬 치산이 접시에 토스트를 담아 들고 나온다.

치산 명주야, 중이랑 이거 먹어라… 갔니?

명주 응. 갔어.

55. 동 중고서점 안 - 실내 - 아침 flashback 55

치산이 책을 책장에 정리하고 있다.
중이가 컴퓨터를 들고 들어온다.

중이 안녕하세요? 선생님.

치산 컴퓨터 고쳤구나? 그런데, 중이야.

중이 네? 선생님.

치산 여기 있는 책 모두, 네 맘대로 가져다가 봐도 된다. 장래 사위에게 이까짓 책이 문제겠니? 하하하.

중이 정말, 저를 사윗감으로 인정해주시는 거예요?

치산 그렇지만 말이다. 군대도 다녀와야 하고, 직업도 가져야 되지 않겠니?

중이 에이… 그런 것도 모를까 봐요? 히히히.

56. 중고서점 앞 - 낮 flashback 56

중이가 책을 한 권 들고 나온다.

따라 나온 명주, 헤어짐의 아쉬운 눈으로 중이를 본다.

명주 좋은 책, 또 찾아놓을게.

중이는 뒤돌아보며 손을 흔든다.

명주도 손을 흔든다.

헤어짐이 아쉽다는 눈길로 마주 보는 중이와 명주의 애틋한 얼굴과 얼굴이 불그스름하게 물들어 아름다운 한 폭의 그림이 된다.

자전거를 타고 가다 멈춘 영국. 질투로 이글거리는 눈, 심술이 덕지덕지 붙은 광대뼈, 호흡마저 거칠어지며 두 사람의 애틋한 모습을 노려본다.

57. 동네 길 - 실외 - 낮 flashback

57

책을 옆구리에 끼고 올라가는 중이.

자전거를 타고 쫓아가던 영국, 중이의 책을 홱 뽑아 달아난다.

중이, 자전거를 타고 달아나는 영국을 쫓아간다.

영국, 모퉁이를 돌아 언덕배기를 올라간다.

중이는 빠르게 영국을 쫓아간다.

영국은 있는 힘을 다하여 페달을 밟지만 언덕이 가팔라 여의치 않자, 자전거에서 내려 끌고 올라간다.

중이의 손에 뒷덜미를 잡히는 영국. 영국은 자전거를 놓고 중이를 냅다 갈긴다.

중이는 영국과 맞서 주먹을 날리며 영국의 정강이를 걷어찬다. 영국은 주먹으로 중이를 때린다.

중이, 쓰러진다.

영국 네 아버지가 거지니까, 너도 거지야, 이 새끼야!

다시 일어난 중이, 영국을 안고 담벼락에 밀어붙이며 머리로 영국의 얼굴을 박치기한다.

코피를 흘리는 영국은 중이를 안고 넘어져 땅바닥에서 뒹굴며 엎치락뒤치락 싸운다.

영국, 중이를 땅바닥에 깔고 올라타 마구 때린다.

이때, 명주가 영국의 뒷덜미를 잡아 끌어당긴다.

명주 영국 오빠, 중이와 싸우면 안 돼! 싸우지 마!

영국 뭐야, 너는?

일어난 영국, 명주에게 주먹을 날린다.

영국 거지같은 것들, 이거나 먹어!

영국의 주먹을 피하는 명주.

영국이 다시 주먹을 날린다.

명주, 돌려차기로 영국의 뱃구레를 걷어찬다.

휘청거리는 영국의 발을 걷어차버리는 명주.

나가동그라지는 영국.

영국, 두려운 눈으로 일어나 슬그머니 달아날 준비를 하고선 말한다.

영국 어디, 두고 보자!

영국은 재빠르게 달아나버린다.

명주는 중이의 손을 잡아 일으켜준다.

벌겋게 부어오른 중이의 이마에 침을 듬뿍 발라주는 명주.

중이 더럽게, 침을 왜 바르냐?

명주 너는 내 거라는 표시야. 호호호.

중이 그럼, 나도 표시할 거야.

중이가 명주를 잡아당겨 볼에 입을 댄다.

명주는 고개를 돌려 중이의 입에 쪽 입맞춤하고, 부끄러워 달아나버린다.

58. 공터 - 실외 - 낮 flashback 58

(montage)

명주, 헌 라면 상자 3장을 실은 손수레(handcart)를 나무에 기대놓는다.

중이는 운동화 끈을 단단히 조여 맨다.

마주 선 중이와 명주.

명주 우선 지르기와 막기부터 연습하자. 자, 따라서 해봐.

명주는 지르기와 막기의 시범을 보여준다.

중이는 그대로 따라 한다.

명주가 모아서기, 주춤서기, 학다리서기를 시범한다.

중이가 그대로 따라 한다.

달빛 아래 명주가 앞차기, 돌려차기, 반달차기를 시범한다.

운동신경이 좋은 중이가 서툴지만 그대로 따라 한다.

동이 트는 새벽, 명주와 중이가 구분 동작으로 천지형을 한다.

59. 삼육의 집 마당 - 실외 - 저녁 flashback 59

(montage)

새끼줄을 칭칭 감은 얇은 판자가 박힌 마당에서, 정권으로 판자를 공격하며 정권을 단련하는 중이.

판자가 스프링처럼 움직이고 양손 정권으로 판자의 움직임에 맞추어 지르기를 단련한다.

살구나무 배경, 두 자나 자란 옥수수나무를 뛰어넘는 중이.

한낮의 뜨거운 태양 아래 석 자나 자란 옥수수나무를 뛰어넘는 중이.

단군형을 연속동작으로 연습하는 중이.

열매가 줄줄이 달린, 일곱 자나 자란 옥수수나무를 뛰어넘는 중이.

60. 공터 - 오후 회상 60

(montage)

도복을 입은 치산, 엄한 눈으로 의자에 앉아 지켜보고 있다.

명주의 선행동작에 따라 도산형을 연속동작으로 따라 하는 중이.

눈이 내린다.
도복을 입은 치산이 서서 지켜보고 있다.

중이와 명주가 금강형을 연속동작으로 빠르게 연습한다.

합기도(合氣道)라고 쓰인 도복 상의를 입고 하의를 접어서 말아 띠로 묶어 어깨에 걸어 잡은 영국, 나무 사이로 중이와 명주의 트레이닝 장면을 훔쳐 본다.

영국 네까짓 것들이 날마다 운동해 봐야, 우리 합기도에 걸리면 뼈다귀도 못 추린다. 시발….

61. 골목길 - 실외 - 밤 회상

61

일부 철거가 시작된 길을 돌아서 명주가 올라온다.

집 모퉁이에 숨어서 명주를 노리며 기다리고 있는 영국의 손에 회칼이 들려 있다.

명주가 다가오자 영국이 불시에 덮쳐 한 팔로 명주의 목을 끌어안고 얼굴에 회칼을 댄다.

영국 강명주! 움직이면 네 목에 깊숙이 칼이 박힐 것이다.

명주가 뿌리치려고 하는 순간, 영국이 쥔 칼이 명주의 목에 파고든다.

영국 숨통이 끊어지고 싶으면 힘을 더 써보든지.

명주는 온몸에 힘을 뺀다.

62. 빈집 - 실내 - 밤 flashback 62

명주의 입에 테이프가 붙어 있고, 결박당한 명주의 얼굴에 칼을 들이밀면 명주는 칼을 피하여 뒤로 눕는다.

영국은 칼을 명주의 목에 대고 한 손으로 명주의 팬티를 벗긴다. 영국은 명주 위로 올라가 바지를 까 내리고 거칠게 덮친다.

장면으로 돌아온다.

명주 언젠가 네놈에게 꼭 복수를 하고야 말 것이다.

63. 영국병원 건립추진본부 기획실 - 실내 - 낮 63

영국이 책상 앞에 앉아 컴퓨터를 하고 있다.

문이 열리며 명운이 화분을 들고 씩씩거리며 들어와, 바닥에 화분을 내동댕이치며 고함을 지른다.

명운 니가 돈이 없어가 의대를 못 다니게 되었을 쩍에 나가, 뭐라 카드노? 세상을 이롭게 하는 사람이 되어야 한다꼬 그카드나? 안 카드나?

(vision)

호화로운 거실에 앉은 명운이 맞은편의 초라한 의대생인 영국을 측은하게 보며 통장을 밀어 준다. 영국은 통장을 집어 펴본다. 1억이 찍혀 있다. 영국은 명운에게 머리를 깊숙이 숙인다.

영국 그래서 많은 사람들을 살렸지요.

명운 그런데, 와? 형무소에 가가 삼 년씩이나 썩고 나왔노?

영국 제가 바로 갈릴레오 갈릴레이가 재판을 받는 것과 같은, 억울한 상황이었다고요.

명운 뭐라? 나가 어수룩해 비어서 궤변을 늘어놓으며 놀자는 기가?

영국 한 사람이 희생하여 여러 사람을 살리게 되면, 그 사람을 영웅시하여 추앙하며 기리지 않나요?

명운 네가 죽인 사람이, 자기 몸을 갈라가, 여러 사람에게 나눠주라 카드나?

(vision)

수술 방에, 을조와 병구가 몸을 결박한 장애인을 들것에 들고 들어와 수술대에 올린다.

입을 가린 테이프를 뜯으면 한눈에 봐도 알 수 있는 선천성 뇌성마비 장애인. 도살장을 벗어나고자 반항하는 장애인을 주먹으로 사정없이 때려눕힌 갑동은 백간이 내미는 마취 주사를 장애인의 혈관에 찌른다.

마취되어 잠이 드는 장애인에게 수술용 천을 씌우는 영국.

형가는 복부를 절개하여 손을 넣어 장기를 적출한다.

적출한 장기를 용기에 받아 갑동에게 건네는 영국.

갑동은 아이스박스에 장기를 넣고 포장한다.

포장한 아이스박스를 하나씩 들고 나가는 을조, 병구.

영국 유언으로, 자신의 장기를 다른 환자들에게 남긴 사람은 박애정신이 투철하고 위대한 사람이 아닐까요?

명운 멀쩡한 생사람을 뇌사로 꾸미가, 장기를 팔아먹고 무슨 궤변이고?

영국 남수처럼 죽어가는, 어린 생명들을 여럿 살린다면 그것이야말로 박애정신이고 추앙할 만한 일이 아니고 무엇인지요?

영국은 주머니에서 메스를 꺼내 손에 쥔다. 여차하면 명운을 찔러버릴 태

세를 취하며 다가간다.

명운이 이를 보며 치를 떤다.

명운 치아라, 이누무 자슥아! 내 새끼 살리자꼬 생사람 직인다 쿠먼 그기 살인이지 무신 개소리고! 이 천하에 악독한 악마 같은 놈아!

명운은 겁에 질려 문을 박차고 도망간다.

64. 동 102호실 - 실내 64

남수가 환자로 누워 있고, 정준이 보조 의자에서 일어나 남수의 이마를 짚어보며 애간장이 타는 시선으로 남수를 본다.

이때, 영국이 들어온다.

정준 너그 이모, 몬 봤나?

영국 방금, 이리로 오지 않으셨어요?

정준 아아를 데려간다꼬 그카지 않드나?

영국 남수 데려갈 작정을 단단히 하셨나 봐요.

정준 데려가면 절대 안 된데이. 그카면 아아는 죽는다 말다!

영국 목숨이 경각인데, 수술을 막으니 어떡하지요?

정준 자판기에 나가 돈을 넣은 기라. 그카먼, 자판기 밑으로 나온 캔은 누구 끼고? 내 끼 아니가? 그칸데, 자판기가 지 끼라꼬, 아아를 데려간다 쿠는 기 말이나 되나 말다? 턱도 없는 소리 아니가!

영국 남수에게는 시간이 별로 남아 있지 않아요.

정준 이, 문디…. 아아를 데불고 어디를 간다꼬 지랄인고 말다…?

정준은 화가 치밀어 얼굴이 붉으락푸르락해지면서 다급히 나간다.

65. 동 지하 복도 - 실내 - 밤 65

지하에서 1층으로 오르내리는 계단은 복도 입구에 있고, 이동 카트 통로는 복도 끝에 있다.

중이, 계단을 조심스럽게 내려와 주위를 살피고 황급히 지하 2실의 문을 열어본다.

지하 2실 안에는 빈 침대만 두 개가 놓였을 뿐.

지하 3실의 문을 당겨보나 잠겼다.

중이는 지하 1실의 문을 열어보나 열리지 않는다.

중이는 지하 3실의 문에 귀를 대고 안의 동정을 엿듣는다.

중이는 다가오는 발자국 소리에 깜짝 놀라 한 걸음 물러서는데, 지하 3실의 문이 열리며 갑동이 나와, 수상쩍은 눈으로 중이를 위아래로 훑는다.

갑동 누구셔요?

중이 (죄수 번호가 찍힌 갑동의 사진을 떠올린다) 도삼육이라는 분, 여기 계시지요?

갑동 도삼육이란 사람 찾으셔요?

중이 네.

갑동 관계가 어떻게 되셔요?

중이 부자지간입니다.

갑동, 별안간 중이의 허리띠를 움켜잡는다.

갑동 호랑이 굴에 제대로 들어오셨어요?

중이는 갑동의 어깨를 잡고, 무릎으로 갑동의 복부를 올려치고, 오른손 팔꿈치로 턱을 거세게 가격한다.

뒤로 나가떨어지는 갑동.

중이는 계단을 향하여 간다.

갑동 저놈 잡으셔요!

66. 동 1층 복도 - 실내 - 밤

중이는 지하에서 계단을 밟고 1층으로 올라오며 뒤를 돌아본다. 우당탕거리며 중이를 쫓아 올라오는 갑동과 을조.

중이는 현관문으로 간다.
을조, 쫓아오며 소리친다.

을조 너, 거그 서야! 안 설래? 안 서면 뒤진다이?

자원상사 사무실 안에서 뒷문을 열고 나타난 상곤이 해머자루를 타자의 자세로 치켜들고 중이를 노려본다.

중이는 상곤을 향하여 똑바로 달려간다.
상곤은 중이를 향하여 해머자루를 힘껏 휘두른다.

중이가 살짝 피한다.
상곤은 해머자루에 힘을 너무 준 탓에, 제 힘에 끌려 빙그르르 돌며 넘어지려는 상곤의 엉덩이를 중이의 발이 걷어찬다.
나뒹구는 상곤.
중이는 자원상사 뒷문을 통하여 앞문을 열고 나간다.

67. 동 기획실 - 실내 - 다음 날 오전 67

갑동, 형가, 상곤, 을조가 문책이 두려워 불안하게 서 있다.

영국 이, 많은 사람들이, 중이 그 한 놈을 놓쳐요?

형가 놈은 절대 경찰에 신고를 못 합니다.

영국 무슨 근거로?

형가 우리가 중이 아버지를 죽이고 오리발 내밀 거라는 사실을 알기 때문이 아니겠습니까?

영국 그렇다고 중이를 안 잡을 거예요?

형가 아니, 반쯤 죽여서라도 잡아 오면 되지 않겠습니까?

영국 목숨만 붙어 있게 잡아 오세요.

68. 중이외과 앞 - 실외 68

형가가 운전하는 승용차가 천천히 다가와 멈춘다.

양복, 남방, 긴팔, 문신이 내린다.

중이외과에서 어깨에 붕대를 칭칭 감은 환자가 나와 아래로 내려간다.

양복, 남방, 긴팔, 문신은 중이외과 안으로 들어간다.

형가는 운전석에서 내려 주위를 살피더니 중이외과로 들어간다. 할인마트 강 여사가 불안한 눈으로 형가를 본다.

69. 중이외과 로비 - 실내 - 낮 69

양복, 남방, 긴팔, 문신이 들어온다.
조무1과 조무2는 달갑지 않은 눈으로 본다.
뒤따라 들어온 형가가 소리친다.

형가 도중이 나오라고 해라.

형가는 눈짓을 한다.
긴팔을 선두로 남방, 양복, 문신이 안쪽으로 들어간다.
조무1과 조무2는 형가를 알아본다.

조무1 그때 왔던 놈 맞지?
조무2 응. 그놈이야.

조무1과 조무2가 긴팔, 남방, 양복, 문신의 앞을 막아선다.

조무2 무슨 일이세요?

형가 도중이를 나오라고 할래? 우리가 들어갈까?

조무1 지금은 안 계시는데요.

긴팔 저리 비켜, 이년들아!

긴팔이 조무1과 조무2를 밀어버리고 안쪽 복도로 들어간다.

양복, 문신, 남방이 문이란 문은 모두 열어 살펴보고, 찾지 못하고 나온다.

긴팔이 머리를 흔들어 보이며 형가에게 다가온다.

긴팔 이년들이라도 잡아갈까요?

형가 아니다.

70. 영국병원 건립추진본부 1층 복도 - 실내 - 낮 montage 70

상곤이 청소 카트를 밀고 다니며 104호실에 들어가, 휴지통을 들고 나와 청소 카트에 쏟고 휴지통을 다시 가져다놓고 나온다.

현관으로 들어온 중이는 상곤이 105호실로 들어간 것을 보고 다가가 상곤의 등을 밀고 들어가 문을 닫는다.

중이는 상곤이 입었던 청소원의 옷을 입고 나와 주위를 살핀다. 열린 문

으로, 속옷만 입고 엎어져 두 손이 뒤로 묶여 있는 상곤이 보인다.

중이는 청소 카트를 밀고 101호실의 문을 열어보나 열리지 않는다. 103호실 문을 열리지만 안에는 아무도 없다.

중이는 102호실 문을 열어본다. 남수의 침대가 보이고, 보조 의자에 앉아 있던 정준이 고개를 들어 중이를 본다.

중이, 얼른 문을 닫는다.

형가가 상황실에서 나와 105호실로 들어간다.

중이는 수술방 문을 열어보지만 열리지 않는다. 중이는 안의 낌새를 귀 기울여 염탐한다.

이때, 수술방 문이 열리며 아이스박스를 든 갑동이 나온다.

중이는 재빨리 돌아서 맞은편 수면실 문을 밀고 들어간다.

105호실에서 나온 속옷만 입은 상곤과 형가는 수면실로 들어가는 중이를 본다.

갑동은 중이를 알아보지 못하고 간다.

수면실로 달려가는 상곤과 형가.

들어온 중이, 아무도 없음에 나가려고 돌아선다.

문이 열리며 속옷만 입은 상곤이 방망이를 들었고, 형가가 뒤따라 들어와 중이의 앞을 막아선다.

형가 넌, 독 안에 든 쥐다.

중이 너희 두 놈은 찍소리 하면서 뒈질 두 마리 쥐다.

상곤이 중이를 향하여 몽둥이를 내려친다.

중이는 살짝 피하면서 형가를 걷어차버린다.

형가는 넘어지면서 소리친다.

형가 상곤아, 뭐 하냐! 얼른 저 새끼 대갈통을 까!

상곤은 중이를 향하여 힘을 다하여 몽둥이를 내리친다.

중이가 상곤의 몽둥이를 피하자 상곤은 방망이에 너무 힘을 주어 휘청거린다.

중이는 상곤의 아래 속옷을 재빨리 내리고 손바닥으로 엉덩이를 철썩 때린다.

상곤은 속옷을 끌어올리려고 허둥댄다.

중이는 다시 공격해오는 형가의 목을 수도로 친다.

형가는 당한 바 있어 팔로 목을 막는다.

중이의 수도가 방향을 바꿔 형가의 이마를 친다.

형가, 이마를 얻어맞고 넘어지려다 겨우 중심을 잡는다.

중이는 양발차기로 형가와 상곤을 동시에 가격한다.

쓰러지는 형가와 상곤.

중이는 문을 밀고 나가버린다.

쓰러진 형가와 상곤이 일어나 중이를 쫓아나간다.

72. 동 상황실 - 실내 - 낮 72

을조가 모니터를 보고 있다.

모니터에 떠 있는 9개의 CCTV 중 3번 화면에 중이가 수면실에서 나와 지하실로 내려간다.

5번의 CCTV 화면에 중이가 지하의 문들을 열어보며 삼육을 찾는다.

을조, 비상벨을 누른다.

을조는 벽에 걸린 방망이를 거머쥐고 나간다.

5번의 CCTV 화면의 중이가 요란한 비상벨 소리에 위험을 느끼고, 뒤로 돌아 계단을 올라간다.

73. 동 1층 계단 앞 - 실내 - 낮 73

중이가 지하에서 올라와 복도를 지나 현관문으로 달려간다.
을조, 병구가 복도에서 중이를 본다.
중이는 현관을 지나 자원상사 사무실 뒷문을 열고 들어간다.

을조와 병구, 급히 쫓아온다.

74. 동 기획실 - 실외 - 낮 74

모니터의 CCTV를 보고 있던 영국은 중이가 정문으로 나가는 것을 보며 안타까워 애만 탄다.

CCTV 화면 중 1번 화면에 중이가 자원상사에서 나와 외진 곳에 두었던

승용차에 오르며 자원상사를 돌아본다.

이때 문이 열리며 정준 들어온다.

정준 와? 믄 일이고?

영국 여길 보세요.

정준 중이라 카는 놈 아이가?

CCTV 화면의 중이는 자원상사를 돌아보고 고개를 돌려, 승용차를 타고 떠난다.

영국 저놈을 잡아야 해요.

정준 저놈아 디엔에이가 남수카 구십구 점 구 프로라고 했제?

영국 네. 저놈의 심장을 뽑아가 남수의 심장과 바꿔야 해요.

정준 사진 뽑아도.

영국은 프린터에서 중이의 사진을 뽑아내어 정준에게 건넨다.

정준은 사진을 보며 나간다.
갑동이 들어온다.

영국	따라가 체크하세요.
갑동	폰으로 보고혀요?
영국	네. 그렇게 하세요.

75. 동 1층 102호 - 실내 - 낮 75

남수, 침대에 누워 있다.

문이 열리며 소변기를 든 백간, 들어와 소변기를 침대 밑에 놓고 남수의 얼굴을 살핀다.

문이 열리며 정준 들어온다.

정준은 손에 중이의 사진을 들고 있다.

이때 명운이 들어온다.

명운	삼십억이 누 얼라 이름이가? 돈이 어데 있어서 준닥했노?
정준	하나밖에 없는 자슥 직이고 싶나? 그카고, 신사동 상가 건물 내놓았다. (백간에게) 자리 좀 비키도.
백간	네. (나간다)
명운	그기 너 끼가? 그라고, 남수는 의학적으로도 살릴 수 없는 기라. 하니까네, 돈지랄 고마하고 보내주자.

정준	신사동 건물은 걱정 말그라. 수술을 받은 다음 안 팔린닥 카고 질질 끌 기라.
명운	영국에게 거짓으로 돈 준닥 했나? 영국이가 건물 양도해달라 쿠면 우짤 낀데?
정준	그기사 차일피일 미루면 되는 기제…. 정 보챈다쿠면 영국이 약점 잡아 흔들면서 몇 푼 던져주면 고마, 문제없을 기라.
명운	영국이는 너 꼼수, 절대 안 통한다. 영국이 손바닥에서 놀아나지나 말그라.
정준	니, 우리 대를 끊을 기가? 씨는 받아야 대를 이을 기 아이가?
명운	의식만 살아 있는 아아를 갖고 뭐락 하노? 이식을 한다 케도 수시로 일어나는 거부반응을 우짤 긴데? 약물 투여 와중에 씨를 우에 받노 말다. 똑똑한 니가, 우짜다가 이리 바보가 돼 가는지, 가슴이 미어진다 마.
정준	병을 나술라 쿠면 이런 과정 다 겪는 기라.
명운	불쌍한 아아 목숨 붙이가, 세균 감염으로 온갖 약 멕여, 눈도 못 뜨고 밥도 제대로 못 멕이고, 그리 고문을 시키가 직일라꼬 작정한 기가?
정준	치아라, 남수는 영국이가 꼭 살릴 기다!
명운	그케가 몇 년이나 살릴 긴데?
정준	오 년은 살릴 수 있을 기 아니가?
명운	오 년? 니 오 년이락 캤제? 오 년을 병상에 누버가,

아물라 카면 부작용이다 케가 째고, 또 아물라 카면 감염 제거 수술이다 케가 짜르고, 꿰매고, 독한 항생제에, 바람 앞에 촛불맨크로 실낱같은 오 년? 그기 사는 기가?

정준 그케도 내는 포기 몬 한다. 자슥을 포기한 너캉 질적으로 다른 기라. 내는!

명운 아직도, 자신의 본성이 이기적이라는 것을 깨닫지 몬했제? 카니, 니 평생에는 합리적인 판단은 절대 몬 할 기다!

정준 니가 무슨 소릴 씨브려도 내는 마, 아아를 살릴 기다.

명운 영국한테 이용당해가 멀쩡한 생사람 직이는 짓 고마 해라! 그라고, 신사동 건물은 절대 몬 판다. 아아 직이고 돈 날리는 짓 내는 몬 한다 말다! 너는 감정적이어도, 내는 마, 이성적인 기라. 알긋나?

정준 에미라 카는 기, 지 아아 살리자 쿠는데, 백방으로 노력은 못 할망정 직이자 카니, 니가 아아 에미 맞나?

76. 동 지하1실 - 실내 - 낮 76

병구와 백간이 빈 휠체어를 밀고 들어온다.

삼육과 맹인이 공포에 젖은 눈으로 쳐다본다.

병구와 백간이 침대와 연결된 삼육의 수갑을 풀어 양 손목에 채우고 삼육을 휠체어에 앉힌다.

백간은 먼저 나가 출입문을 연다.
병구가 삼육이 앉은 휠체어를 밀고 문을 나간다.
문이 닫힌다.

홀로 남은 맹인은 배고픈 듯이 입맛을 다신다.
맹인, 갑자기 생각난 듯 재빠르게 주머니 여기저기 뒤진다.

맹인의 왼손이 침대에 수갑으로 채워져 있어서, 상의 우측 안주머니에 오른손을 넣기가 어렵다.
그렇지만 우측 안주머니를 꼭 뒤져야 하겠기에 온갖 우스꽝스러운 몸짓을 다하여 안주머니에 손을 넣어 오징어 다리 하나를 찾아낸다.
기쁜 미소로 오징어 다리에 묻은 먼지를 털고, 입에 넣고 오물거리며 히죽이는 맹인.

77. 동 지하 복도 - 실내 77

병구가 삼육의 수갑 찬 두 손을 위로 올려 머리 뒤로 잡는다.
백간이 약액이 든 주사기를 꺼내 팔뚝 안쪽 혈관에 찌른다.

삼육, 몸을 확 틀자 바닥에 떨어진 주사기를 얼른 집어 백간의 넓적다리에 찌른다.
순식간에 주사액이 백간의 몸에 주입된다.
주사기를 빼앗으려는 병구.
삼육은 약물이 조금 남은 주사기를 뽑아 병구에게 찌른다.

병구가 기겁을 하며 삼육의 손을 쳐 걷어낸다.
주사기가 바닥에 떨어진다.

순간, 삼육이 병구의 다리를 잡고 주사기를 찾는다.
병구는 삼육을 한 대 갈긴다.
휠체어와 함께 옆으로 쓰러지는 삼육.
백간은 주사액에 마취되어 시들시들 주저앉는다.

병구는 삼육을 휠체어에 다시 앉혀 1층으로 올라간다.

78. 동 1층 102호 앞 - 실내 - 낮 78

정준, 102호 병실 문을 열고 나온다.

기다리고 있던 하원이 절을 하고 다가온다.

모자를 쓰고 콧수염을 붙인 갑동, 계단 입구에서 몸을 숨기고 정준과 하원의 행동을 폰 카메라로 잡는다.

정준은 중이의 사진을 하원에게 준다.

정준 시간이 엄따! 어떤 수단을 써서라도 이노마를 마, 끌고 온나.

하원 네! 실장님.

하원은 정준에게 머리를 숙여 인사하고 현관으로 나간다.

갑동이 슬그머니 하원을 미행하여 따라 나간다.

79. 동 수술방 안 - 실내 - 낮 montage 79

수술대에서 완강히 반항하는 삼육을 제압하는 형가와 병구.

갑동이 삼육의 혈관에 약액이 든 주사기를 찌른다.

반항을 멈추고 잠이 드는 삼육.

베타딘(포비딘)을 듬뿍 찍어 삼육의 복부를 소독하는 형가.

라텍스 장갑을 낀 영국, 메스로 복부를 절개하다가 갑자기 팔에 경련이 일어 바들바들 떤다.

형가가 놀라는 눈으로 영국의 손목을 본다.

영국은 손을 내려버린다.

영국 Cardiologist(심장전문의) 콜 하세요.

형가 Cardiac surgery(심장외과) 강명주 선생을 말입니까?

영국 솜씨 하나는 대단하지 않아요?

형가 그럼요. 아메리칸 인터내셔널 메디컬 홈페이지에 들어가서 봤더니, 강명주 선생의 수술 솜씨를 칭찬하는 글들이 온통 도배를 했더라고요. 모조리 동료 의사들이 올린 글들이지 뭡니까?

형가가 나간다.

영국이 수술복 단추를 끄르며 천천히 나간다.

맞은편 문을 열고 명주와 형가 들어온다.

영국이 비켜선다.
형가와 명주가 들어온다.
영국, 나가려다 돌아본다.

개복이 중단된 복부를 보고, 고개를 들어 삼육임을 확인하게 된 명주의 얼굴은 경악하고, 점차 분노가 차오르면서 주위를 천천히 둘러본다.

불안한 눈으로 명주를 보는 형가.
명주를 보며 미소를 머금었다가 점차 긴장과 경계의 눈초리가 되는 영국.
의아한 갑동.

아이스박스를 들고 장기가 적출되면 배달을 가려고 대기하고 있던 병구, 차츰 주눅이 들기 시작한다.

명주는 메스를 잡아 천천히 움켜쥔다.
명주가 움켜쥔 메스의 모양은, 수술하려고 쥐는 모양이 아니라 공격하려는 자세로 칼날을 위로 쥐었기에 형가, 영국, 갑동, 병구의 눈은 불안하여 명주 손을 뚫어지게 본다.
명주의 돌발 행동에 모두 긴장이 감돈다.

명주가 움직임을 잠시 멈춤으로써 공포와 불안을 야기시키며, 일촉즉발의 돌발행동을 예상하여 숨 막히는 긴장의 순간으로 고조된다.

핸드폰 벨 소리가 요란하다.

모두 형가의 주머니에 시선을 집중한다.
핸드폰을 꺼내 귀에 대는 형가.

형가 네.
핸드폰 음성 이식받을 환자가 방금 꼴까닥했습니다.

전화 끊어지는 소리와 함께 모두 안도의 한숨 소리를 발한다.

형가 강명주 선생, 장기 적출은 안 해도 될 거 같습니다. 이식받을 환자가 꼴까닥했으니 쉬시는 게 좋을 거 같습니다.
명주 알았어요.

명주는 메스를 내던지고 서둘러 나간다.

아이스박스를 들고 대기하고 있는 병구, 안도의 한숨을 쉬며 나간다.

80. 동 수면실 - 실내 - 밤

삼육은 복부에 거즈를 붙이고 침대에 누워 천장을 바라보고 있다.

명주가 드레싱 카트를 밀고 들어와 삼육의 옆에 놓고 드레싱을 시작한다.

명주 아버님, 저를 모르시겠어요?

삼육 나가? 전혀 모르것는디?

명주 저 명주에요. 헌책방 집 딸. 벌써 이십 년이나 지났으니 못 알아보시는 것도 당연하세요.

삼육 미국인가, 하바든가로 유학 갈 돈 번다고 고물 줍던 똘똘한 꼬맹이 계집애 말이여?

명주 네, 아버님. 그때, 우리가 살던 동네가 철거되면서 소식이 끊어지고 말았는데, 이렇게 뵙네요.

삼육 거 머시냐, 철거할 당시, 난 병원에서 위암 수술 받고 있었어야.

(vision)

빨간 글씨로 '면회 금지 중환자실'.

중환자실 침대에 누워 있는 삼육, 목에 수건을 걸치고, 대야에 물을 담아 들고 들어와 삼육의 발을 씻기는 중이.

명주 아, 저희 아버지도 철거하는 날, 그만, 세상 뜨셨어요.

(vision)

굴뚝이 높이 솟은 화장터에서, 소복을 입은 명주가 너무 울어 눈이 빨개진 얼굴로, 골분을 담은 흰 상자를 목에 걸고 서러워 훌쩍이며 나오고 있다.

삼육 거 참, 안 됐구만…. 그란디, 착하디착한 네가 어째서, 이런 드런 놈들과 한패가 된 것이여?

명주 인생이 이상하게 꼬이더라고요.

삼육 그려. 나가 이놈들에게 납치당해 죽게 될 줄 꿈엔들 알았겄냐?

명주 제가 어떻게 구하도록 할 작정이에요.

삼육 너 땜시 우리 중이는 지금까지 장가도 안 들고 있어야….

명주 저는, 그동안 쭉 미국에 있다가, 오 년 전에 귀국했어요. 중이를 먼저 만났어야 했는데. 일자리를 마련한 다음 찾아보려다 이렇게 돼버리고 말았어요.

명주는 핀셋을 쥔 채 회상에 잠긴다.

81. 한빈외과 앞 - 실외 - 낮 flashback 81

(자막) 5년 전

명주가 한빈외과 앞에 나타나 한빈외과의 전면을 훑어보고 입구로 들어간다.

82. 한빈외과 수술실 안 - 실내 - 밤 flashback 82

1번 수술대와 2번 수술대에 누워 있는 환자에게 보조1은 링거를, 보조2는 마취 마스크를 연결한다.

수술 가운을 입은 영국은 핸드폰 폴더를 열어 (이윤을 떠올리며) 통화 버튼을 누른다.

전화기 전화기가 꺼져 있어 통화를 할 수 없습니다. 다음에 다시 걸어주십시오.

영국은 (중이를 떠올리며) 통화 버튼을 다시 누른다.

전화기 고객이 전화를 받지 않아 음성사서함으로 연결됩니다.

연결된 다음에는 통화료가 부과되며….

영국은 모양새가 초조하다.

수술복을 입은 형가가 수술 도구들을 세팅하고 있다.

갑동이 수술용 가운을 입고 들어온다.

영국 이 녀석들이 낌새를 알아챘나….

갑동 배신 때릴 분들이셔요?

이때, 벽에 붙은 모니터가 켜지며 화면에 백간이 나타난다.

백간의 뒤로 강명주의 모습이 보인다.

백간 원장님, 강명주 박사님이 찾아오셨습니다.

영국 아니, 저게 누구야? American international hospital attending surgeon(미국 인터내셔널 병원 소속 외과의사) 강명주 아냐…?

83. 동 로비 - 실내 - 낮 flashback 83

명주가 데스크 맞은편 의자에 앉아 있다.

데스크에서 나온 백간이 복도를 바라본다.

복도의 수술방 문이 열리며 영국이 다가온다.

영국 아니, 강명주. 뜻밖인걸…. 언제 귀국했어?

명주 향수병 때문에 견디지 못하고 귀국했어.

영국 잘 왔어. 서울에 살기로 마음을 굳혔다면 오늘, 메스를 잡아보는 건 어때? 마침 관중대학병원 외과과장도 와 있는데….

명주 지금 수술 중이었어?

영국 지금 시작하려고…. 명주는 집도한 비디오 가지고 있나?

명주 아니, 한국에선 그런 게 필요해?

영국 물론이지. 지금 비디오도 만들 겸 수술에 참가하면 어떨까? 예약했던 닥터가 결번해서 곤란을 겪고 있던 참이었어.

명주 어떤 수술이야?

영국 Heart extraction and graft(심장 적출과 이식).

명주 근데, 갑자기 제의를 받으니까, 느낌이 썩 좋지 않네….

영국 지금, 솜씨를 발휘하면 추천을 받을 가능성이 높지 않을까? 이런 기회는 흔치 않으니까….

명주 썩 내키진 않지만…. 해보지 뭐.

영국 잘 생각했어. (돌아보며) 백 선생님!

백간 네. 강 박사님, 이쪽으로 오시겠어요?

명주는 백간을 따라 복도로 들어간다.

84. 한빈외과 수술실 - 실내 - 밤 flashback 84

1번 수술대에서 영국과 형가와 보조1이 이식을 거의 마무리하고 있다.

2번 수술대에서는 명주와 갑동과 보조2가 봉합하고 영국 쪽을 본다.

갑동 닥터 강은 아주 능숙하셔요.

명주 고맙습니다. 앞으로 잘 부탁드려요.

갑동 오히려 지가 부탁드릴 일이 솔찬할 거여요.

명주와 갑동은 가운을 벗는다.

영국과 형가도 수술을 끝내고 라텍스 장갑과 마스크를 벗는다. 보조1과 보조2가 1번과 2번의 수술대를 각각 밀고 나간다.

형가 장 선생님, 급한 일이 있어 먼저 실례하겠습니다.

영국 네. 수고 많으셨어요.

형가는 먼저 나간다.

멀리서 경찰차 사이렌 소리가 점점 가까워진다.

모두가 수술실에서 나간다.

85. 동 로비 - 실내외 - 낮 flashback 85

경찰차의 사이렌 소리가 급하게 다가와 멈춘다.

영국과 백간을 제외한 모두가 출입구로 나간다.

형가와 갑동, 명주가 두 손을 들고 뒷걸음으로 들어온다.

권총을 든 형사 둘이 밀고 들어온다.

백간은 덩달아 두 손을 든다.

수술대를 밀고 나간 보조1, 2가 경찰들이 겨누는 총부리에 밀려 수술대를 밀고 들어온다.

원장실에서 영국 나온다.

형사1 동작 그만! 손을 높이 든다. 실시!

수술에 참가한 모든 사람들이 형사의 지시에 따른다.

형사2 동작 봐라, 동작!

형사1 당신들을, 장기이식에 관한 법률 위반 혐의로 체포합니다. 따라서 묵비권을 행사할 수 있고, 변호사를 선임할 수 있어요. 연행해!

경찰들이 달려들어 하나씩 연행해 나간다.

86. 한빈외과 앞 - 실외 - 밤 flashback 86

경찰 승합차 주위에 경찰들이 지키고 있다.

갑동, 형가, 영국, 명주, 백간이 한빈외과 입구에서 하나씩 끌려 나와 경찰 승합차에 탑승한다.

경찰차 안, 서장 옆에 앉아 있던 이윤이 고소하다는 얼굴로 보고 있다.

장면으로 돌아온다.

87. 수면실 - 실내 - 밤 87

명주가 삼육의 드레싱을 마무리하고 있다.

명주 전, 그 일로 3년을 복역하고 나왔는데, 자격정지가 5년이라 갈 곳이 없었어요. 그때 같이 출감한 영국이 병원을 건립하자는 말에….

삼육 그라먼 앞으로 어떻게 할 거여?

명주 놈들이 중이를 노리고 있어요.

삼육 중이는 아직도 너만 생각하고 있는 총각인디, 죽으면 쓰겄냐?

88. 중이외과 앞 - 실내외 - 낮 montage 88

하원의 승용차가 중이외과 앞으로 다가와서 멈추고 하원과 회칼, 망치, 포탄이 내린다.

좀 떨어진 곳에 갑동의 승합차가 와서 멈춘다.

승합차 안에 갑동과 을조와 병구가 핸드폰을 꺼내 들고 하원 일행을 폰카메라로 찍으려고 주시하고 있다.

병구 저놈덜, 뭐 하는 수작이여?

갑동, 을조, 병구의 시점 -

하원 작전 개시!

망치, 회칼, 포탄 넵!

세 사람은 어깨와 팔을 늘어뜨려 머리를 숙여 하원에게 굴종을 표하고 중이외과 앞으로 간다.

중이외과 문에는 아래와 같은 글이 붙어 있다.

'사과의 말씀 - 집안 사정으로 당분간 휴업합니다. 양해 부탁드립니다.'

중이외과의 문이 잠긴 것을 흔들어보는 회칼.

하원은 주위를 둘러본다.

행인들과 할인마트 강 여사와, 마트 손님들이 파라솔 아래에 앉아 예리한 눈총으로 하원, 망치, 포탄, 회칼을 주시한다.

승합차에서 을조와 병구, 갑동은 핸드폰을 들고 찍는다.

하원과 포탄, 회칼, 망치가 사람들의 눈을 의식하여, 중이외과에서 물러나 각자 딴청을 부리며 담배 등을 피운다.

행인들이 지나가고, 강 여사도 들어가고 손님들도 흩어진다.

포탄이 다가와 문을 흔들어보지만 굳게 잠겨 열리지 않는다.

하원이 문 앞으로 온다.

포탄이 품에서 수류탄을 꺼내 하원에게 내민다.

하원이 손바닥으로 포탄의 머리를 친다.

하원 이 새끼야, 전쟁 하냐?

망치가 점퍼 안에서 망치를 꺼내자 하원이 머리를 끄덕인다.

망치, 우악스럽게 문고리를 부순다.

미소하며 쳐다보는 하원.

승합차 안에서 을조, 병구, 갑동은 핸드폰 카메라로 찍어댄다.

포탄, 망치, 회칼이 문을 열고 안으로 들어간다.

갑동, 을조, 병구도 차에서 내린다.

89. 동 중이외과 로비 - 실내 - 낮 89

망치를 선두로 회칼, 포탄이 들어온다.

천장에서 커다란 물통이 뒤집어지며 물벼락이 쏟아진다.

회칼, 포탄, 망치가 물벼락을 맞고 쓰러진다.

회칼은 칼을 뽑아 든다.

망치는 망치를 치켜든다.

포탄은 수류탄을 꺼내 들고 일어선다.

세 사람은 조심스럽게 사주경계하며 한 걸음씩 복도 쪽으로 나아간다.

이들 셋이 복도 중간쯤 왔을 때, 미리 준비하고 숨어 있던 조무1이 문짝과 연결된 줄을 힘차게 확 잡아당긴다.

방문이 팍 열리면서 앞에선 회칼이 문짝에 맞고 나자빠진다.

망치는 겁을 먹고 놀라 돌아서 뛴다.

뒤쪽에 숨어 있던 조무2가 줄을 힘차게 잡아당긴다.

문이 팍 열리며 문짝을 맞고 망치가 쓰러진다.

가운데에서 엉거주춤한 포탄은 앞뒤를 둘러보며 경계한다.

포탄의 면상에 조무2의 발이 날아와 작렬한다.

넘어지려는 포탄의 발을 조무2가 다시 걷어차버린다.

고꾸라지는 포탄.

창문으로 핸드폰을 들이밀고 찍어대는 갑동, 을조, 병구.

이때 입구의 문을 열고 들어오던 하원은 당황한다.

조무1은 하원에게 거침없이 공격해 들어간다.

하원은 안주머니에서 분무기를 꺼내 공격해오는 조무1에게 분사한다.

하원은 조무1의 발길에 채여 조무1과 함께 옆으로 쓰러진다.

하원은 일어나지만 조무1은 일어나지 못한다.

조무2가 하원에게 공격한다.

하원이 분무기를 들어 조무2에게 분사한다.

조무2도 마취되어 쓰러진다.

하원은 분무기를 안주머니에 집어넣고 흐뭇한 미소를 흘린다.

포탄, 회칼, 망치가 정신을 차리려고 머리를 좌우로 흔들며 일어난다.

90. 영국병원 건립추진본부 103호 - 실내 - 밤 90

배에 붕대를 감고 침대에 누워 있는 삼육.

맞은편 침대에 비스듬히 누워 있던 맹인, 안주머니에서 화투를 꺼내 탁탁 치더니 패를 뗀다.

맹인 지하실에 있다가 이리로 오니 공기 좋다. 다, 형씨가 배를 짼 덕분이지.

삼육 화투를 치는 거 본께, 짜가였구만.

맹인 짜가면? 동전 한 개라도 적선해줘봤어?

삼육 화투가 눈에 보인다는 것만으로도 다행한 일인께.

맹인 그래, 이 실눈이 있어서 들치기도 잡았지.

삼육 들치기여, 날치기여?

맹인 맨입으로는 말 못 하지….

삼육 자, 삼백 원 주께. 전 재산을 탈탈 턴 것이여.

맹인 별 거지 발싸개, 삼백 원도 돈이냐?

삼육 동냥 바구니 들고 튀는 놈보다 낫지 않냐?

맹인 이제 보니까? 너, 맞지? 내 동냥 바구니 들고 튄, 들치기 개새끼. 네, 이놈!

삼육 뭐시여? 나, 아니여 새꺄! (고개 돌리고) 햐, 이 새끼가 기어코 기억을 해부렀네. 엔병할….

맹인 너, 이 새끼! 내 돈 내놔!

삼육 삼백 원 줬잖아, 씨불 놈아?

91. 국도변 졸음운전 쉬는 곳 - 밤 91

정차한 승합차 안에서 하원, 포탄, 망치, 회칼이 풀이 죽은 채로 있다.

하원 도중이 놈, 지금 어디에 있을까?

회칼 창신동에 용한 점쟁이가 있는디, 갈라요?

포탄 야, 회칼 너, 점 좋아하냐? 오만 원만 내면 내가 점 잘 쳐줄게.

회칼 조 까고 있네, 동서남북 중에서 하나 찍고, 목화수금토 중에서 하나 찍는 거 나도 해, 인마!

망치 과장님, 복채 오만 원만을 주셔요. 그러면 이 자리에서 중이를 찾아드리겄시오. 못 찾으면 지 빰따귀를 때리셔도 좋구먼요.

하원 정말이야?

망치 단, 복채를 먼첨 줘야 점괘가 나온당게요.

하원은 반신반의하다가 지갑을 열어 오만 원 한 장을 내민다.

망치는 돈을 받아 접어서 안주머니 깊숙이 넣으며 회심의 미소를 짓는다. 망치는 핸드폰을 꺼내 저장된 번호 중에서 도중이 통화를 누른다.

망치 과장님은 도중이 폰 번호 모르지요?

하원 너는 알아?

망치 그러니께, 아는 사람과 모르는 사람의 차이는 오만 원이라니께요. 키히히.

망치는 중이에게 신호가 보내지면서 위치가 뜨는 지도 화면을 하원에게 보여준다.

하원은 망치의 핸드폰을 받아, 위치가 점멸되고 있는 지점을 가늠한다.

하원 자, 가자!

하원은 시동을 건다.

92. 자원상사 뒤 산자락 - 실외 - 밤 92

중이가 승용차에서 내려 자원상사 뒤로 돌아서 간다.

중이의 주머니에서 핸드폰이 계속 울리자, 폴더를 열어 귀에 댄다. 소리가 없자 폴더를 닫고 주머니에 넣어버린다.

93. 자원상사 뒤 울타리 / 산자락 - 실외 - 달밤 93

중이는 철조망을 타고 드럼통 위로 올라 아래를 내려다본다.

중이의 시점 -

자원상사 안 중앙에 조립식 1층 건물의 영국병원 건립추진본부는 불빛도 없고 조용하고 을씨년스럽기만 하다.

자원상사 뒤 산자락에 도착한 하원의 승합차에서 망치, 회칼, 포탄이 내려 중이의 승용차 사이에 몸을 숨겨가며 중이를 올려다본다.

94. 영국병원 건립추진본부 상황실 - 실외 - 달밤 94

책상 앞에 앉은 형가가 모니터에 뜬 9개의 CCTV 화면 중 9번에 중이가 담 위에서 아래를 살피고 있는 것을 본다.

당황한 형가는 자원상사 건축자재 적치물이 있는 8번의 화면을 확대한다. 확대 화면에서는 상곤이 건축자재 속에서 머리만 내놓고 중이를 노려보고 있다.

중이가 단숨에 건축자재 적치물 앞으로 뛰어내린다.

상곤의 머리가 쏙 들어갔다가 조금만 내밀고 중이를 살핀다.

형가는 제대로 걸려들었다는 듯 만족한 미소.

95. 자원상사 뒤 울타리 - 실외 - 밤 95

하원과 망치와 포탄과 회칼이 각자 자리에서 일어나 중이가 넘어간 담을 바라본다.

망치는 손에 올가미를 들고 있다.

하원 그걸로 잡을 수 있겠나?

망치 오만 원 먼첨 줘 봐요? 못 잡으면 돌려드리면 되잖아요?

회칼은 몽둥이를 주워든다.

하원 너희들 차례까지는 안 올 거 같다.

96. 자원상사 자재 적치소 - 실외 - 달밤 96

적치물 앞에 착지했던 중이는 주위를 면밀히 둘러보고, 영국병원 건립추진본부 뒷문을 열고 들어간다.

상곤이 적치물 문을 밀고 나와 살금살금 중이가 들어간 뒷문으로 들어간다.

97. 영국병원 건립추진본부 1층 복도 - 실내 - 달밤

중이는 뒷문을 열고 복도로 들어온다.

복도에는 창문으로 달빛이 들어오며 쥐 죽은 듯 고요하다.

중이는 아버지가 감금되어 있을 만한 곳을 찾기 위해, 문들을 열어보고 닫고, 이를 반복하며 복도 중간까지 진출한다.

뒷문으로 소리 없이 들어온 상곤, 중이를 주시하며 벽에 붙은 버튼에 손을 올리고 천장을 본다.

천장에 설치된 사각 상자가 상당히 수상하게 보인다.

중이가 사각 상자 바로 아래에 이른다.

상곤이 버튼을 누른다.

사각 상자가 열리며 그물이 떨어진다.

이상한 낌새에 뒤를 돌아보는 중이. 순간 천정에서 그물이 내려와 중이를 덮친다.

상곤 에라이, 멍청한 자슥아. 그물에 걸릴 줄도 예측했어야 되는 기 아니가?

형가와 을조, 병구가 나타나 조롱하는 눈으로 중이를 본다.

98. 지하2실 - 실내 - 밤

침대에 부착된 파이프에 조무1과 조무2의 한 손이 각각 수갑으로 채워져 있다.

발이 테이프로 묶이고 손에 수갑이 채워진 중이를 들것에 담아 들고, 을조와 병구가 들어온다.

들것에서 빈 침대 위로 내동댕이쳐지는 중이를 보고 놀라는 조무1과 조무2.

조무1 원장님!

중이 아니…?

을조가 중이의 수갑 한쪽을 푼 다음 침대에 한쪽 손을 채우고 나간다.

조무2 어쩌면 좋아요? (울상)

중이 기회는, 구하는 자 앞에 반드시 도래하는 법이다. 궁하면 변하고 변하면 통한다. 그래서 궁 즉 통은 불변의 진리다.

조무1, 조무2는 중이의 말에 머리를 끄덕이며 위로를 받는다.

99. 동 지하2실 - 실내 - 낮 다음 날

침대에 수갑이 채워진 조무1과 조무2, 그리고 맞은편 침대에 중이.

상곤이 이동 카트를 밀고 들어오고 갑동이 뒤따라온다.

갑동이 상곤에게 열쇠를 던진다.

갑동 상곤, 열쇠 받으셔.

상곤은 열쇠를 받아 중이의 수갑을 푼 다음, 중이의 양쪽 손목에 수갑을 다시 채운다.

갑동은 재촉하는 눈빛으로 상곤을 쳐다보며, 문을 활짝 열고 복도에 선다.

갑동 상곤, 서둘러주셔.

상곤은 중이를 번쩍 들어 이동 카트 위에 놓는다.

갑동 늦지 않게 하셔. 상곤!

갑동이 재촉하자 약이 오른 상곤, 인상을 찡그린다.

상곤 (중이에게) 똑바로 잘 누버라. 문디 새꺄!

상곤은 서둘러 이동 카트를 밀고 나간다.

조무1, 조무2는 중이를 걱정스럽게 바라본다.

조무2 원… 장… 님….

100. 동 이동 카트 통로 - 실내 - 낮 100

앞장선 갑동을 따라 이동 카트의 중이를 밀고 올라가는 상곤.

중이는 고개를 들고 갑동과 상곤을 보며 상황을 살핀다.

상곤 뭘 보노? 새꺄! 눈팅이 밤탱이 되고 잡나?

상곤은 주먹으로 중이를 갈기려다 갑동이 돌아보자 그만두고 이동 카트를 밀고 올라간다.

101. 동 수술방 안 - 실내 - 낮

명주가 제1수술대 앞에서 수술 도구들을 세팅하고 있다.

남수가 누운 이동 침대를 형가가 밀고 들어와, 제1수술대 앞에서 기다리던 명주와 함께 남수를 제1수술대로 옮긴다.

상곤과 갑동이 이동 카트에 중이를 싣고 들어와, 제2수술대로 옮기려고 하는데 백간이 다가온다.

백간 늦었어요. 서둘러야겠어요.

상곤과 갑동이 중이를 제2수술대로 옮긴다.
상곤은 이동 카트를 밀고 나간다.
갑동은 형가가 밀고 나가려는 이동 침대를 같이 잡고 나간다.
명주는 마취 주사액을 중이의 혈관에 주입하는 척하고 시트에 쏘아버린다.

백간은 남수의 혈관에 마취 주사액을 모두 주입한다.

수술복을 입은 갑동과 형가가 들어온다.

명주, 불안한 눈으로 중이를 곁눈으로 보고 있다.

102. 동 기획실 - 실내 - 낮

102

영국이 앉아 모니터를 보고 있다.

이때 정준이 헐레벌떡 서둘러 들어온다.

정준 수술 준비는 다 된 기가?

영국 먼저, 약속을 해주셔야겠어요.

정준 믄 약속?

영국 수술이 끝나면 이모부님 맘이 바뀔 거 같아서요.

정준 수술이 끝나면 내도, 직무에 복귀해야 한데이.

영국은 구내전화기를 들고 버튼을 누른다.

모니터 화면 한쪽으로 송수화기를 든 백간이 들어온다.

영국 오늘, 수술, 모두 취소하세요.

백간 네? 네… 에….

백간이 모니터 화면에서 사라진다.

정준은 분노하여 영국을 노려본다.

정준 믄 소리고? 수술 안 할 기가?

영국은 서류를 내민다.

영국 여기에 서명만 해주시면 지금 곧, 수술을 시작하겠어요.

정준은, 영국이 내민 서류를 받아 본다.

정준 영국병원 사장 취임 수락서? 이기 뭐꼬?

영국 서명하셔야 해요.

정준 너희들이 저지른 모든 범죄를, 내보고, 뒤치다꺼리 하라는 말 아니가?

영국 이모부님은, 중이 납치를 시도한 것으로 이미, 저희와 한배를 타셨어요.

정준 택도 없는 소리 치아삐고, 수술이나 퍼떡 하는 기 좋을 기라. 어이?

103. 동 수술방 - 실내 - 낮 103

상곤이 중이를 수술대에서 이동 카트로 옮기려는데, 명주와 백간이 다가와 상곤을 거들어 중이를 이동 카트로 옮긴다.

백간 자… 서둘러 원위치로 복귀해주세요.

상곤이 백간의 미모에 빠져서, 입을 헤 벌리고 쳐다본다.
명주는 상곤을 본다.

백간을 넋을 놓고 쳐다보고 있는 상곤.

명주는 중이의 손에 수갑 열쇠를 쥐여주고 그 손을 보이지 않도록 시트로 덮어준다.

상곤 혹, 수술을 다시 할 가능성이 있다쿠먼, 여기서 백간 님 도우며 걍, 기다리면 안 되겠심꺼?

명주 수술을 다시 하게 되면 절차는 새롭게 시작된다는 거 모르세요?

백간 점심시간이네요. 어서 식사하시고 대기해주세요.

백간이 나간다.
상곤은 배가 고픈 듯 배를 만지며 중이를 실은 이동 카트를 밀고 나간다.

104. 동 기획실 - 실내 - 낮 104

정준은 분노를 간신히 억제하며 영국을 노려본다.

영국 우리들이 하는 이 사업은, 앞으로 합법적으로 하게 돼요.

정준 노래방에서 애국가를 부르는 건 너 맘인 거맨크로, 세상일이 너 맘대로 될 거 같나?

영국 사형수나, psychopath(정신병자)를 뇌사자로 규정하는 법을 만들게 될 거예요.

정준 그기 장기 밀거래가 양에 안 차가, 새로 창안한 범죄수법 아니가?

영국 법이라는 것은 새로 만들어지고, 바뀌고, 고쳐지는 것이 세상 이치라고요.

정준 입법자들이 모두 너 맘만 같았으면, 넌 벌써 영국병원 원장이 됐을 기다.

영국 이모부님이 영국병원 사장직만 수락해주신다면, 정계에 진출할 수 있도록, 제가 책임질게요.

정준 다른 데 가가, 핫바지 하나 찾아보그라. 그카고, 우리 남수 직이믄 너도 남수캉 땅속에 묻힐 각오하그래이.

정준은 권총을 뽑아 실탄 장전 상태를 확인하고, 손가락에 끼워 능숙하게 돌린 다음, 옆구리에 넣는다.

영국 고집 피우실 일이 아닐 텐데요. (큰 소리로 문을 향해) 들어오세요!

문이 열리며 갑동, 을조, 병구가 이동 침대를 밀고 들어온다.

갑동, 을조, 병구는 갑자기 정준에게 달려들어 결박하여 이동 침대 위로 올린다.

영국 이모부님의 심장을 남수에게 이식할 거예요. 불만이 있으시면 저승사자와 상의하도록 하세요.

백간이 마취 주사기를 들고 들어와 정준의 혈관에 찌른다.

파랗게 질리는 정준.

정준 아, 알써…. 사장직 수락하, 하꾸마….

영국 말 바꾸기 없기예요?

정준 하모. 퍼떡 주싸끼 치아도….

영국이 잔인한 미소를 입가에 흘리며 손가락을 퉁긴다.

백간은 영국의 신호를 보고 그럴 줄 알고 있었다는 듯, 살짝 웃으며 주사기를 뽑아서 나간다.

갑동이 '영국병원 사장 취임 수락서'와 펜을 정준에게 내민다.

정준은 마지못해 펜을 받아 서명한다.

105. 동 지하2실 앞 - 실내 - 낮 105

이동 카트에 중이를 밀고 내려온 상곤, 지하2실 앞에 멈추어 열쇠를 꺼내 자물쇠를 열다가 배를 만진다.

상곤 오늘은 와 이리 배가 고프노…?

중이는 열쇠로 자신의 수갑을 푼다.

상곤이 이동 카트를 밀고 2실 안으로 들어간다.

106. 동 지하2실 안 - 실내 - 낮 106

들어온 중이는 이동 카트에서 일어나 상곤을 한 방에 쓰러뜨린다.

중이는 열쇠로 조무1의 수갑을 푼다.

조무1은 열쇠를 받아 조무2의 수갑을 푼다.

중이는 문 앞에서 밖의 동정을 살핀다.

조무2가 상곤의 손을 침대 다리에 수갑으로 채워버린다.

조무2 너도, 수갑을 차고 견뎌보세요. 시발 놈아!

조무2는, 상곤의 턱에 주먹을 한 방 먹인다.
중이와 조무1을 따라 조무2도 밖으로 나간다.

107. 동 1층 상황실 - 실내 - 낮 107

을조가 CCTV로 중이와 조무1, 2가 지하 2실에서 나와 계단 쪽으로 향하는 것을 본다.

을조는 급히 구내전화 송수화기를 들고 버튼을 누른다.
그러나 전화는 통화 중 신호가 들린다. 난감한 을조.
을조는 송수화기를 놓고 나간다.

108. 동 1층 수면실 - 실내 - 낮 108

명주, 송수화기를 들고 통화를 하고 있다.

명주 남수 이식을 지금, 다시 한다고?

송수화기를 든 영국이 화면 한쪽으로 들어온다.

영국 응. 서둘러. 이모부가 수락했어.

명주 알았어.

이때, 문 열고 들어오는 갑동과 형가.

송수화기를 들고 있는 명주.

명주 남수의 수술을 지금 다시 한다고 합니다.

형가 그래요? 강명주 선생님도 참가하실 겁니까?

명주 물론이지요.

갑동 알써요. 서둘러 준비하거시요.

형가와 갑동, 나간다.

109. 동 1층 복도 - 실내 - 낮 109

복도로 나온 형가는 상황실로 들어간다.

갑동, 두리번거리다가 시선이 멈춘다.

중이와 조무1, 조무2가 지하 계단에서 올라와 급히 현관문 쪽으로 간다.

갑동 음매, 저것들이 도망가셔…. 나 혼자 쫓아가면 맞아 죽을 겨…. 누구, 저놈들을 잡아줄 사람 없으셔요?

갑동은 발을 동동 구르며 두리번거린다.

중이와 조무1, 2는 현관문을 활짝 열어놓고, 자원상사 사무실 뒷문을 열고 나간다.

갑동 오매, 애가 타는 거 어쩌끄나 참말로…. 어째야 쓸랑가 모르거써….

병구 어째 그라요? 언능 나랑 갑시다.

병구가 갑동의 팔을 잡고 기획실로 이끈다.

자원상사 사무실 뒷문으로 나가는 중이와 조무1, 2를 갑동이 보며 손가락으로 가리킨다.

갑동 저기, 저….

병구 기획실장의 호출이라니까는….

병구가 사무실 뒷문을 봤을 때는 이미 문이 닫혔다.

110. 동 기획실 - 실내 - 낮 110

을조가 고개를 숙이고 서 있다.

병구와 갑동이 들어온다.

영국은 화를 억누르며 분통을 터트린다.

영국 중이를 놓치다니요?

을조 휘발유 준비라도 해놓을까요?

병구 프로판가스가 솔찬하게 남아 있는디….

영국 막가자는 거예요?

갑동 중이가 경찰들을 데리고 오면 어떡하셔요?

영국 어서 휘발유를 준비하세요.

갑동 알써요.

갑동, 병구, 을조는 머리를 숙여 영국에게 인사하고 나간다.

111. 동 기획실 - 실내 - 낮 111

노크 소리.

명주, 들어온다.

침착하게 앉아 있던 영국은 명주를 본다.

명주 남수 이식은 어떻게 해?

영국 삼육이로 대체해.

명주 이모부가 알면?

영국 그건 네가 설득해봐….

명주 내가?

112. 동 현관 - 실내 - 낮 112

을조와 병구가 휘발유를 한 통씩 들고 들어와서 지하로 내려간다.

지하에서 올라오던 형가가 본다.

103호에서 나온 백간도 휘발유를 들고 내려가는 병구를 본다.

형가 지금 상황이 어떻게 돌아가는 겁니까?

백간 비상사태잖아요?

형가 그럼, 위험한 일이 벌어지는 겁니까?

백간 몰랐어요? 우리 일이 위험한 일이라는 거?

113. 동 지하2실 - 실내 - 낮

113

상곤의 손이 침대 다리에 수갑으로 채워져 울상으로 앉아 있다. 휘발유 통을 들고 내려온 을조의 발소리를 들은 상곤, 소리 지른다.

상곤 상곤이 살리주소! 똥보 상곤이 모름꺼? 죽을 똥을 싸고 이씸더! 내버리둘 낌꺼? 그카먼 인간도 아니지예. 돈이 필요함꺼? 그카먼 내 통장에 사백팔십이만 육천사백 원 이씸더, 그중에서 만 원 뽑아드리께예.

을조, 창문으로 얼굴을 내밀어 상곤을 본다.

을조 이, 씨불 놈아, 그까짓 만 원 받고 누가 살려주냐?

상곤 그카먼 육천사백 원 더 디리겠심더?

을조 놀고 자빠졌네.

상곤 지발 살리주소!

을조 여기따 열쇠! (열쇠를 창문으로 던져준다)

상곤은 열쇠를 받는다.

114. 동 수술방 안 - 실내 - 낮 114

병구가 흰 플라스틱 통에 가득한 휘발유를 들고 들어와 제2수술대 뒤에 놓고 나간다.

갑동과 형가는 손을 세척하고 있다.

백간, 수술 도구 세팅하고 있다.

명주와 을조는 이동 침대에 남수를 밀고 들어와 제1수술대로 옮긴다.

115. 동 103호 - 실내 - 낮 115

삼육과 맹인은 각각 침대에 누워 있다.

맹인 어떻게 하면 도망칠 수 있겠는지 궁리 좀 해보아.

삼육 궁리는 개뿔이나….

맹인 내가, 다시 태어난다면, 이 씨부랄 놈들을 길바닥에 눕혀놓고 탠덤 롤러로 납작하게 깔아뭉개버리겠어.

이때 문이 열리며, 상곤 들어와 삼육의 침대를 통째로 밀고 나간다.

116. 동 1층 계단 입구 - 실내 - 낮 montage 116

중이가 지하 계단 입구에 나타나 주위를 살핀다.

지하에서 이동 카트가 다니는 통로로 을조가 올라오는 것을 중이가 본다.
중이는 얼른 영상실 문을 열고 들어가버린다.

상곤이 삼육의 침대를 밀고 103호에서 나와 수술방으로 들어간다.

중이가 영상실에서 나와 103호 문을 슬며시 연다.

103호 안에는 맹인 혼자 침대에 누워 있다.
맹인은 중이를 슬쩍 보더니 안 보이는 척 눈을 까뒤집는다.

중이 혼자만 이곳에 계셨어요?
맹인 누구신가?
중이 (수갑을 풀어주며) 빨리 도망가세요.
맹인 여기, 같이 있던 사람, 방금 배 째러 끌려갔어.

중이는 몸을 돌려 문을 향하여 번개같이 나간다.

맹인은 텔레비전을 들어서 내동댕이치려다가, 텔레비전 받침대에 땅콩 한 알이 있는 것을 발견하고, 텔레비전을 놓고, 땅콩을 집어서 입에 넣고 오물거리면서, 구형 텔레비전을 들어서 바닥에 내동댕이쳐버린다.

117. 동 103호 앞 - 실내 - 낮 117

103호에서 나온 중이, 좌우를 살피더니 수술방을 향하여 뛰어간다.

계단 입구에서 을조가 중이를 보고 방망이를 들고 달려온다.

카트 이동 통로 입구에서 병구도 중이를 보고 방망이를 높이 들고 달려온다.

118. 동 수술방 안 - 실내 - 낮 118

제1수술대에 남수가 누워 있다.
그 주위 적당한 자리에서 정준이 참관하고 있다.

제1수술대 중간으로 명주가 다가온다.

제2수술대 좌우에 형가와 갑동이 수술 준비를 완료하고 있다.

상곤은 삼육이 실린 침대를 제2수술대에 붙이려 하고, 형가와 갑동이 거들어 삼육을 수술대로 옮긴다.

명주는 정준에게 말한다.

명주 사실, 어제 중이가 도망쳤습니다. 그래서 우선, 그 아버지의 심장으로 대신하는 거거든요.

정준 머시라꼬?

명주 중이를 다시 붙잡게 되면, 중이의 심장으로 다시 이식을 할 거예요.

정준 꼼수 부리면 대갈통 구멍 난데이….

명주 대갈통 구멍 가지고 되겠어요? 아주 박살을 내야지요.

정준 믄, 소리고?

명주 한 치 앞을 모르는 게 세상일이니까요.

상곤은 빈 침대를 밀고 나간다.
백간, 삼육의 혈관에 약액이 든 주사를 놓는다.
삼육의 얼굴에 마취 마스크를 씌우는 갑동.

삼육의 배에 소독약을 바르는 백간.

명주는 초조하여 출입문을 힐끗힐끗 본다.

누워있는 남수의 배에 소독약을 바르고 있는 명주의 눈은 초조하다.

영국, 수술 복장을 하고 들어온다.

명주가 메스를 집어 내민다.
영국, 메스를 받아 남수의 복부를 길게 개복해나간다.

백간이 메스를 집어 형가에게 준다.
형가, 삼육의 배를 길게 절개한다.

명주는 초조하게 출입문만 바라본다.

119. 동 수술방 앞 - 실내 - 낮 119

뛰어온 중이는 수술방 문을 밀지만 열리지 않는다.
을조는 계단 쪽에서 방망이를 높이 들고 달려오고 있다.

병구도 이동 통로 쪽에서 방망이를 높이 들고 달려오고 있다.

중이, 수술방 문을 잡고 흔들어도 문이 열리지 않자 발로 걷어찬다.

을조와 병구는 좌우에서 중이를 향하여 방망이로 힘껏 내려친다. 문이 팍 열리며 중이가 한 걸음 들어섬으로, 을조와 병구가 내려친 방망이는 서로의 머리를 때리고 두 사람 동시에 고꾸라진다.

120. 동 수술방 안 - 실내 - 낮 120

수술방 앞에 중이가 들어선다.

수술방 안의 모든 시선이 중이에게 집중된다.

병구와 을조가 다시 일어나 중이의 뒤통수를 방망이로 내려친다. 중이는 한 걸음 뒤로 빠지면서 을조와 병구의 뒷덜미를 양손에 각각 쥐고 충돌을 시켜버린다.

고꾸라지는 을조와 병구.

중이, 번개같이 제1수술대의 수술용 녹색 천을 벗긴다.

복부가 절개된 남수가 드러난다.

중이는 제2수술대의 시트를 벗긴다.

복부가 절개된 삼육의 처참한 모습.

중이는 반가움과 분노와 슬픔이 교차하면서 영국을 돌아보며 울부짖는다.

중이 이, 사이코패스 또라이 개새끼들!

영국 시간 맞춰 왔군. 기다리고 있었다.

영국은 쥐고 있던 메스로 중이를 찌른다.

중이는 메스를 피하면서 발길로 영국의 턱을 차고, 팔꿈치로 영국의 옆머리를 친다.

영국, 뒤로 나자빠진다.

원한에 사무친 중이는 쓰러진 영국의 옆구리를 발로 찬다.
빠르게 일어나는 영국에게 발길질을 날리는 중이.
영국은 중이의 발길질을 피하면서 주먹으로 중이의 턱을 올려친다.

중이는 영국의 주먹을 피하고 접근하여 영국의 목을 수도로 친다.

목을 맞은 영국은 목을 움켜쥐고 비틀거린다.
영국은 중이를 노려보면서 걷어차기 중이를 가격한다.
중이는 훌쩍 뛰어 피한다.

형가와 갑동이 가위와 메스를 휘두르며 중이에게 달려든다.

중이는 형가와 갑동의 공격을 피한다.

중이는 주먹으로 형가의 명치를 올려친다.

중이는 갑동을 돌려 찬다.

형가, 갑동, 영국과 중이의 3대1 난투가 이어진다.

정준은 남수의 수술대를 밀고 나가려고 하는데 중이와 형가, 갑동의 싸움으로 막혀 나가지 못하고 기회를 본다.

명주가 삼육이 누워 있는 수술대를 밀고 나간다.

백간, 팔을 벌려 명주를 막아선다.

명주, 백간을 사정없이 옆차기하고, 쓰러지는 백간을 다시 차버리고, 백간의 머리끄덩이를 잡아끌고 수술대와 함께 끌고 나간다.

형가와 갑동은 중이를 향하여 양면으로 공격한다.

영국, 바닥에 떨어진 메스를 집어 형가의 공격에 뒷걸음치는 중이의 등을 찌른다.

메스에 찔린 중이는 쓰러진다.

쓰러진 중이를 깔고 올라탄 영국, 메스로 중이의 목을 무자비하게 그으려는 순간 중이는 손에 잡힌 전기충격기로 영국의 메스를 막고 왼손바닥 끝으로 영국의 목을 찌른다.

옆으로 고꾸라지는 영국.
간신히 일어나는 중이.
다시 일어난 영국은 손에 쥐고 있던 메스를 중이를 향하여 던진다.

날아오는 메스를 살짝 피하는 중이.

영국이 던진 메스는 휘발유 통에 박혔다가 떨어진다.
메스가 박혔던 자리에 구멍이 생겨 휘발유가 쿨럭쿨럭 흘러나온다.

형가가 메스를 쥐고 중이를 공격한다.
중이의 일격을 맞은 형가는 고꾸라지면서 휘발유 통을 안고 엎어진다.

형가의 몸무게에 짓눌린 휘발유 통은, 메스에 찔린 구멍으로 빠른 속도로 휘발유를 뿜어낸다.

121. 동 복도 - 실내 - 낮 121

명주는 삼육이 누워 있는 수술대를 밀고, 백간을 끌고 나온다.

명주는 끌고 나온 백간의 옆구리를 거세게 걷어찬다.

백간은 명주의 발길이 두려워 두 손으로 얼굴을 가리고 비명을 지른다.

명주 죽기 싫으면 봉합할 도구함을 가져와! 어서!

백간은 명주를 사납게 노려보면서 일어나더니 바닥에 떨어진 스텐 통을 집어 휘둘러 명주를 공격한다.

명주는 살짝 피하며 백간의 옆구리를 차버린다.

백간은 명주의 발길을 피하며, 스텐 통으로 막으며 다시 공격한다.

명주는 백간의 얼굴을 돌려차기로 공격한 다음 연속동작으로 백간의 다리를 걷어차버린다.

백간, 나가뒹군다.

명주 봉합은 못 하겠단 말이지?

백간 이, 배신자!

백간은 손에 잡히는 핀셋을 쥐고 다시 일어나 무서운 기세로 명주를 향하여 긋는다.

명주는 가볍게 받아내고 이단옆차기로 백간을 차버린다.

거꾸러진 백간의 복부를 발길로 가격하는 명주.

명주는 발로 백간의 목을 밟으려다가 멈춘다. 죽이지 않겠다는 의지의 발로다.

쓰러진 백간은, 명주를 이길 수 없음을 절감하고 공격을 포기한다.
명주가 다시 발을 들어 공격하려 하자, 몸을 움츠리는 백간.

백간 그만해요. 보, 봉합을 도우면 되잖아요….

백간은 명주를 두려워하면서 일어나 수술방으로 들어간다.
백간은 봉합 도구함을 들고 나와 삼육의 수술대 옆에서 명주에게 봉합 도구들을 챙겨준다.

122. 동 수술방 안 - 실내 - 낮 montage 122

형가와 갑동은 쓰러져 일어나지 못하고 있다.

휘발유가 흘러 바닥으로 점점 번진다.
중이와 영국의 격투가 계속 이어지고 있다.
영국의 눈퉁이가 시꺼멓고, 입술이 터져 부어올랐다.

중이의 등에 메스가 꽂혀 있는 곳으로 찐득찐득한 피가 굳어 있다. 중이는 아픔을 참으며 영국의 공격을 방어하기에 여념이 없다.

영국은 무자비하게 공격한다.

중이와 영국은 공격을 주고받으며 생사를 결단하는 싸움이 이어진다.

중이의 주먹에 옆머리를 얻어맞은 영국은 허둥거리기 시작한다. 영국은 손에 잡히는 대로 아무거나 집어서 중이에게 마구 던진다.

영국이 던지는 수술 도구와 스텐 용기가 부딪쳐 불꽃이 튄다.

원한에 사무친 중이의 주먹에 정통으로 급소를 맞은 영국은 뇌파측정 모니터 위에 엎어진다.

영국, 뇌파측정 모니터를 들어서 중이를 향하여 냅다 던진다.

뇌파측정 모니터 줄이 엉켜 끊어지면서 스파크가 일어나 바닥에 흥건한 휘발유에 확 점화된다.

불은 삽시간에 번지기 시작한다.

영국은 불을 피하면서 세팅 대에서 가위를 쥐고 문으로 나간다. 중이는 영국의 뒤를 쫓아간다.

123. 자원상사 앞길 1 - 실외 - 낮 123

멈춘 차에서 나온 사람들이, 불길이 솟아나오는 자원상사를 구경한다.

사람들은 드럼통 뒤로 솟아오르는 연기에 섞여 피어오르는 불꽃을 구경한다.

일부 사람들은 자원상사 앞으로 몰려간다.

불길이 높이 솟아나오자 사람들이 비명을 지르며 피한다.

불구경하던 사람 하나가 핸드폰으로 전화를 건다. 불구경하던 몇 명의 남녀는 핸드폰으로 사진을 찍기에 바쁘다.

사람들이 불길이 솟을 때마다 한 걸음씩 뒤로 물러나며 비명을 지른다.

124. 자원상사 앞길 2 - 실외 - 낮 124

지나가는 차들이 멈추고, 사람들도 불어나 흥미롭게 불구경하고 있다.

명운이 운전하는 승용차가 불구경하는 사람들 때문에 더 이상 진입이 어려워지자 명운과 숙명은 차에서 내린다.

숙명과 명운은 불길이 솟는 자원상사로 사람들을 헤집고 들어간다.

구경꾼들이 보는 것은 드럼통 뒤로 솟아오르는 불길과 연기뿐이다.

125. 자원상사 앞길 3 - 실외 - 낮

자원상사 문 앞으로 명운과 숙명이 다가오자 문 앞에 있던 구경꾼이 막아선다.

구경꾼1 안 돼요! 들어가지 마세요. 위험해요!

구경꾼2 큰일 나요. 죽을 수도 있다고요.

구경꾼1, 2가 명운과 숙명을 강하게 말리자, 화가 난 그녀들은 거세게 뿌리친다.

명운 와, 이카는데! 니가, 무신 상관이고!

구경꾼1 너무 위험하다고요!

명운 놓으라 카이!

명운은 구경꾼1을 강하게 밀쳐버리고 문 안으로 들어간다.

숙명은 자신을 붙잡고 안 놔주는 구경꾼2의 뱃구레를 무릎으로 차버리고 명운을 따라 들어간다.

숙명 조또 모르는 기, 남의 일에… 막고 지랄이….

명운과 숙명은 문안으로 사라진다.

126. 동 영국병원 건립추진본부 복도 - 실내 126

정준, 남수의 수술대를 밀고 수면실로 들어간다.

남수는 축 늘어져 있고 개복된 배를 덮은 천에 피가 범벅.

이때 명운이 뛰어 들어온다.

정준은 남수를 흔들며, 깨어나기를 바란다.

정준 남수야! 남수야이….

명운 남수야! 으으 흐흐 흑흑. 남수야이!

남수는 간신히 눈을 뜨더니 명운의 손을 잡는다.

남수 어, 무, 이….

남수는 명운의 손을 놓고 숨을 거둔다.

명운 남수야… 으아! 으으으….

아들의 죽음에 감정이 북받친 정준, 품에서 권총을 꺼내 들고 돌아선다.

정준 중이, 이놈아 개자슥 어딧노? 이놈아 때문에 내 아들이 죽은 기라. 내 니를 주겨 한을 풀 기라!

문으로 들어온 영국, 정국의 손에서 권총을 낚아채고, 대신 메스를 정국의 손에 쥐여준다.

영국 중이는, 내가 죽일 깁니더!

영국은 권총을 쥐고 복도로 나간다.
정준은 메스를 쥐고 영국을 따라 나간다.
명운은 정준과 영국을 미친놈 보듯이 불안하게 쳐다본다.

정준과 영국이 나간 다음, 숙명이 문을 열고 들여다본다.
고개를 든 명운은 숙명을 보며 소리친다.

명운 언니야! 우야면 좋노? 우리 그이와 영국이가 미치뿐 기라.

숙명의 귀에는 아무 소리도 들리지 않는다. 오직 영국을 찾고자 하는 생각뿐이다.

숙명 우리 영국이 어디 있노?

명운 방금 나가는 거, 몬 봤나?

숙명은 뒤로 돌아 영국을 찾아간다.

127. 동 1층 복도 / 기획실 안 - 실내 - 낮 127

머리를 오른쪽으로 기울인 중이는 영국을 찾아 기획실로 들어간다.

권총을 쥐고 복도에 선 영국은, 중이가 기획실에서 나오자 권총을 발사한다.

타앙! 총소리.

영국이 쏜 총탄은 기획실 문에 맞아 구멍이 뚫린다.

중이는 기획실로 들어가버린다.

영국의 뒤에 나타난 정준, 기획실로 달려간다.

정준은 중이에게 메스를 휘두르며 달려든다.

중이는 메스를 피하면서 정준을 묵사발이 되도록 때려주고 쓰러지는 정준을 보고 나간다.

104호실에서 나온 숙명, 영국을 발견하고 미친 듯 뛰어온다.

숙명 영국아이, 와, 그카노? 그카지 말그레이.

팡! 수술방의 약품 통이 폭발하면서 불길이 솟아나온다.

숙명은 불길을 피하려다가 쓰러져 일어나지 못한다.

기획실 문을 열고 나온 중이는, 영국을 향하여 뛰어오르고, 영국은 중이를 향하여 권총의 방아쇠를 당긴다.

타앙! 총소리.

중이의 발이 영국의 옆머리를 거세게 걷어찬다.

중이, 어깨에 총을 맞아 어깨를 움켜쥐고 쓰러진다.

영국은 뒤로 넘어지면서 권총을 떨어뜨린다.

손에 메스를 쥐고 기획실에서 피투성이로 기어 나오던 정준. 지친 듯 바닥에 얼굴을 묻는다.

영국은 중이 옆으로 무너지듯이 쓰러진다.

수술방에서 다시 팡! 소리와 함께 파편이 튀어, 정준의 머리에 떨어진다. 일어서려다가 다시 쓰러지는 정준.

불길이 치솟아 캐비닛이 넘어지면서 정준의 몸 위로 덮친다.

128. 동 지하 계단 입구 - 실내 - 낮 128

갑동이 지하2실, 문에 석유를 뿌리고 올라온다.

상곤, 값나간다 싶은 수술 도구함과 마취약액 통을 챙겨들고, 1층으로 어기적어기적 올라온다.

129. 동 1층 복도 129

불길 사이에 쓰러져 있던 중이가 작은 꿈틀거림을 보인다.
영국, 눈을 뜨더니 정신을 차리고 얼굴을 들어 중이를 본다.

영국은 바닥에 떨어져 있는 가위를 집어 중이의 어깨를 찍고 일어선다.
중이, 어깨를 가위로 찔리자 아픔에 눈을 번쩍 뜬다.
중이, 몸을 살짝 틀어 일어나면서 영국의 정강이를 걷어찬다.

영국, 연기 속으로 넘어진다.

중이는 불을 피하여 주저앉는다.

영국, 넘어지면서 가위를 쥔 오른손으로 바닥을 짚어 넘어지는 것을 버틴다.

연기가 휘몰아친다.

영국은 연기를 피하려고 왼손으로 연기를 가리다가 오른팔 힘이 풀려 팔이 굽어지면서 그냥 쓰러진다.

오른손에 쥔 가위가 세워진 줄도 모르고, 가위에 목을 대고 팔이 굽어지면서 그대로 푹 찔린다.

목에서 솟구치는 피가 바닥에 흐르고 연기가 영국을 덮친다.

정신을 차린 정준, 연기를 피하여 바닥을 기어 나온다.

다른 캐비닛이 정준의 위로 쓰러진다.

이때 숙명이 정신을 차리고 일어나 불과 연기 속에서 영국을 발견하고, 힘을 다하여 영국에게 가 영국을 끌어낸다.

숙명은 영국을 끌어안고 오열한다.

영국이 가까스로 눈을 뜬다.

영국 어, 어무이, 아베가 정말, 강도가 맞나….

숙명 이제 와서 뭘 숨기겠노…. 이 에미가 처녀 쩍에, 초량에 있는 쪼매한 무역회사에서 일했던 기라….

(flashback)

130. 남해물산 사무실 안 - 실내 - 저녁 flashback 130

(자막) 36년 전, 부산 초량

숙명(22) 혼자 주판을 굴리며 장부를 정리하다가 시계를 본다.

숙명 시간이 이리 됐나, 문디들, 버 다 가고 없네.

숙명은 책상을 정리한다.
이때, 강도 들어온다.

강도 여기 강천구 사장님 계신교?
숙명 어디서 오싯는디에?
강도 그런 건 알 필요 엄고… 지금 계심까?
숙명 버어 퇴근하고, 지 혼차 있는데예.
강도 그렇나….

강도는 눈을 빛내며 뒤로 문손잡이 배꼽을 누르고 품에서 회칼을 꺼내 숙명을 겨눈다.

강도 내 말을 잘 들으믄 아무 일 없겠지만서도, 만약, 얍싸하게 나온다쿠먼 얼굴에 바둑판 맹글어줄 기라. 퍼떡 금고 있는 데로 앞장서그라!

숙명 지는 잘… 모림더.

강도 머시라? 니 얼굴 확, 찢어도 좋나?

강도는 날카로운 회칼을 숙명의 얼굴에 들이댄다.

숙명 말, 말할… 할게요.

강도 어디 있노?

131. 사장실 안 - 실내 - 밤 회상 131

강도는 청진기를 금고에 대고 금고 다이얼을 천천히 돌린다.
반대쪽으로 다시 돌려 맞춘다.
강도는 청진기를 귀에서 떼어내고 자신 있게 금고 문을 연다.
강도는 금고 안의 돈과 수표와 금괴를 자루에 모조리 쓸어 담고 숙명을 본다.

숙명은 손과 입이 결박당하여 다리를 벌린 채 겨우 구석에 버티고 앉아 있다. 짧은 치마가 위로 올라가 안쪽 허벅지가 드러나 있다.

강도는 회칼을 숙명의 얼굴에 들이밀고 숙명은 파랗게 질리며 칼을 피하여 뒤로 눕는다.

강도는 칼을 숙명의 목에 대고 한 손으로 숙명의 팬티를 벗긴다. 강도는 숙명의 위로 올라타 바지를 까 내리고 거칠게 덮친다.

132. 영국의 집 앞 - 실외 - 달밤 회상 132

(자막) 서울 중랑구 달동네

강도는 전대를 배에 둘러 똥배 나온 사람처럼 앞뒤를 경계하며 조심스럽게 골목길로 접어든다.

남 형사와 강 형사가 강도를 살금살금 미행한다.

강도가 대문 앞으로 다가와 대문을 열어도 열리지 않는다.

남 형사와 강 형사가 어두움에 몸을 감추고 강도의 행동을 주시한다.

강도는 마스터키로 문을 따고 안으로 들어간다.

대문 앞으로 다가와 잠긴 문을 잡고 난감해 하는 남, 강 형사.

133. 동 방 안 - 실내 - 달밤 회상 133

방 안에 숙명이 잠들어 있고, 창문으로 달빛이 쏟아져 들어오고 있다.

방문이 소리 없이 열리며 강도가 들어온다.

숙명(22), 늘 있었던 일처럼 놀라지도 않고 부스스 일어난다.

배가 태산처럼 나온 만삭의 숙명, 일어나 장롱에 기대앉으며 강도에게 미소 짓는다.

숙명 왔어예….

강도는 배에 둘렀던 묵직한 전대를 풀어 숙명에게 내민다.

강도 뭐 하노? 이 돈 퍼떡 감추지 않고….

숙명은 전대를 들고 부엌문을 열고 나간다.

강도는 밖의 동정을 은밀히 살핀다.

숙명이 들어온다.

강도 얼라 낳으면 이름을 영국이락 케라. 나영국인 기라. 잘 키워도. 그카고 가끔 올 기니까네 몸 간수 단디 하그라. 몸 헤프게 굴릿다쿠먼 너 알제, 직일 기라.

숙명 언제 오실 낀데예?

강도 쉿! 기약 없는 뜬구름 인생인 기라. 바람이 불어준다쿠먼 바람 따라 곧 찾아올 기다. 기다리고 있거래이.

강도는 문을 조금 열고, 밖의 동정을 엿본 다음 나간다.

134. 동 마당 - 실외 - 달밤 회상 134

조심스럽게 사방을 경계하며 현관에서 나온 강도는 대문을 열려고 문고리를 잡아당긴다.

순간, 대문이 열리며 남 형사, 강 형사가 들어온다.

강 형사가 도주하려고 돌아서는 강도의 덜미를 잡는다.

강 형사 이 자식이 어딜!

남 형사를 뿌리치고, 담을 넘으려고 점프하는 강도.

강도의 발을 잡는 강 형사.

남 형사가 강도를 덮쳐 수갑을 채운다.

이때, 현관으로 나오는 숙명.

강도의 당황한 얼굴.

강 형사 빼앗긴 물건은 없습니까?

강도는 모른 체하라고 고개를 흔들어 보인다.

숙명 돌라 케도 줄 기 있어야지예. 우리 집에는 낼 먹을 양식꺼리도 엄써예.

135. 형무소 내벽 / 외벽 - 실내외 - 밤 회상 135

서치라이트 2개가 좌우에서 비치며 돌고 있다.

죄수복을 입은 강도가 사다리를 들고 서치라이트를 피하여 사다리를 담장에 걸치고 순식간에 담장에 올라 뛰어내린다.

서치라이트가 강도를 집중적으로 비추며 총알이 날아온다.

탕! 탕! 탕! 탕! 총소리.

담장에서 뛰어내리는 순간에 총에 맞아 피를 토하면서 고꾸라져 떨어지는 강도.

장면으로 돌아온다.

숙명 니, 열일곱 살 때, 법무부에서 연락이 왔는데, 니 아베가 탈옥하다가 총에 맞아 죽었다 카드라…. 흐흐흑.

영국의 싸늘한 시체를 끌어안고 흐느끼는 숙명.
불길이 무섭게 솟구치며 몰려온다.
소방차 사이렌 소리가 멀리에서 점점 가까이 다가와 멈춘다.
숙명은 영국의 눈을 감긴다.

136. 자원상사 앞 - 저녁 136

교통순경이 교통정리를 하고 있다.

소방대원 두 사람이 호수를 끌고 물을 뿌리며 자원상사로 들어간다.

명주와 소방대원이 삼육을 실은 수술대를 밀고 나온다. 구급대원들이 삼육을 구급차로 옮겨 싣고 명주와 같이 떠난다.

치마에 연기가 나는 명운이 남수가 실린 수술대를 소방대원과 함께 밀고 나온다.

구급대원들이 남수를 받아 구급 카트에 싣고 시트를 머리까지 덮는다.

소방대원이 정준을 업고 나와 땅바닥에 눕힌다. 구급대원이 시트를 정준의 머리까지 덮자 명운은 고개를 돌린다.

소방대원 두 사람이 형가의 시체를 들것에 들고 나와 정준 옆에 놓는다.

차와 사람들 틈에 섞여, 시침 떼고 구경하고 있는 병구, 을조, 상곤, 갑동의 뒤로 살금살금 다가온 맹인.

맹인 여깄따! 이, 살인마들 잡으라니까요!

병구, 을조, 상곤, 갑동은 혼비백산하여 달아난다.

경찰들이 호각을 불며 우르르 쫓아간다.

뒤이어 소방대원이 영국을 업고 나오고, 뒤따라 숙명이 치마를 끌고 나온다.

영국의 시체는 형가 옆에 눕힌다.

등에 메스가 박힌 중이를 소방대원 둘이 어깨를 부축하여 나온다. 구급 대원들이 중이를 구급 카트에 엎어서 태우고 구급차는 떠난다.

경찰들에게 잡혀 끌려오는 갑동, 병구, 을조, 상곤.

137. 병실 안 137

삼육과 중이가 각각 병상에 누워 있다.

명주가 병상 사이 보조 의자에 앉아 깎은 사과를 접시에 담는다. 삼육은 출입문 쪽을 계속 쳐다보며 누구를 기다리는 눈치다.

명주 아버님은 누구를 기다리세요?

삼육 아니어야… 암것도….

중이 강 여사님이 아버지 걱정 많이 하셨어요.

삼육 그려? 허허허…. (고개를 돌리고) 찹쌀떡이나 한 봉지 들고 왔으면 좋것는디….

출입문이 열리며 강 여사가 쇼핑백을 들고 들어온다.

삼육 엄메이, 진짜로 와부렀어야. (고개를 돌리고) 찹쌀떡이

와부렀단께….

명주가 일어나, 반갑게 강 여사에게 다가간다.

강 여사	멀쩡하신 거 보니까 오늘도 휑하니 한 바퀴 돌고 오셔도 되겠어요? 호호.
삼육	그러까? 그란디, 혹시 그 봉지에 무엇이 들었쓰까이.
강 여사	내 그럴 줄 알고, 찹쌀떡 챙겨왔어요? 호호호.
명주	어서 오세요, 어머님.
삼육	어머님? 그리여. 너 말 한번 시원하게 잘해부렀다.
명주	어머님과 아버님이 너무 잘 어울리세요.

강 여사가 명주의 손을 잡는다.

강 여사	고마워요, 어머니라고 불러줘서…. 호호호.
중이	어머니, 찹쌀떡 돌리시면 안 될까요?

중이가 어머니라고 부르자, 감동 먹은 강 여사, 눈시울이 뜨거워지며 부끄러워 얼굴을 감추듯이 숙이며, 봉지를 열고 찹쌀떡 상자 하나를 명주에게 준다.

명주는 찹쌀떡을 받아 열고 하나를 중이의 입에 넣어준다.

강 여사도 삼육의 입에 찹쌀떡을 넣어주며 수줍게 웃는다.

— The End —

Comedy Drama

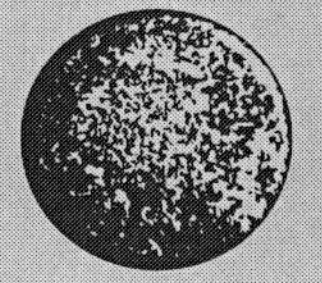

달리는 놈

(Running Guy)

등장인물

박동진: 주인공

신흥국: 박동진의 적대역

최득불: 주인공의 동료

하유진: 동진의 연인

오걸추: 박기남의 친구

박기남: 동진의 부친

원장: 박동진의 스승

용기: 흥국의 아들

연자: 동진의 모친이며 용기의 모친

봉순: 셋방 주인

경숙: 회계

병천: 한빈병원 원장

수하1, 2, 3, 4, 5, 6: 흥국의 부하들

기타 엑스트라

(자막) 본 작품에 나오는 인물과 사건과 장소는 허구에서 창작된 것으로
사실과는 전혀 무관합니다.

1. 희망 보육원 - 실외 - 새벽 **1**

(자막) 1990년, 포천

(몽타주)

여명이 시작되는 첫 새벽.

높지 않은 작은 산, 그 산자락에 보육원이 자리하고 있다.

운동장 입구에 '희망 보육원'이라는 나무 현판이 붙어 있다.
현판이 붙은 입구 좌측 건물에 '원장실 겸 사택'이라는 표지판이 붙어 있다.

보육원 현판 우측에는 '생활방', '강당', '식당', '숙소', '유아실', '보모실'이라는 짤막짤막한 표지판들이 붙어 있다.

숙소의 문이 쓰윽 열리며 박동진(12)이 세수한 얼굴의 물기를 목에 걸친 수건으로 닦으며 나온다.
배시시 미소 짓는 동진의 얼굴에 장난기가 그득 서려 있다.
동진은 '원장실 겸 사택'의 창문 밑으로 걸어간다.

동진은 수건으로 자신의 목을 질끈 묶으며 원장실 문에 붙어 있는 포스터를 본다.

(포스터 insert) '체력은 국력! 체력을 키우자!'라는 큰 글씨 아래 공수도 도복에 검은 띠를 맨 원장이 트로피를 높이 들고 있는 포스터다.

동진은 사택의 창문 밑으로 가 창문을 등지고 자세를 잡는다.

동진은 어설프게 주먹 내지르기 폼을 잡고 허공을 향하여 법식 없는 주먹 내지르기를 시작한다.

동진은 허공에 마구 아무렇게나 주먹질을 질러댄다.

동진 얏! 얏! 얏! 얏! 얏! 얏! '이고 진 우리 원장님! 짐 벗어 나를 주오! 나는 젊었거니 돌인들 무거울까! 늙기도 설어라커든 짐을조차 지실까!' 정철. 에헴, 얏! 얏! 얏!

2. 同 원장의 방 안 - 실내 - 새벽 2

방 안에는 원장(45)과 사모(40)가 잠을 자고 있다.

동진 (E - 얏! 얏! 얏! 얏! '이고 진 우리 원장님! 짐 벗어 나를 주오! 나는 젊었거니 돌인들 무거울까! 늙기도 설어라커든 짐을조차 지실까!' 정철. 에헴, 얏! 얏! 얏!)

동진의 말소리에 잠에서 깨는 원장과 사모.

원장 어이구… 저 녀석 또 왔어, 또….

사모 못하게 좀 해요. 새벽마다 잠도 못 자게 이게 뭐예요?

동진 (E - 얏! 얏! 얏! 얏! '이고 진 우리 원장님! 짐 벗어 나를 주오! 나는 젊었거니 돌인들 무거울까! 늙기도 설어라커든 짐을조차 지실까!' 정철. 얏! 얏!)

원장 하, 아… 저 녀석을 쥐어박을 수도 없고….

원장은 벌떡 일어나 창문을 드르륵 열고 소리친다.

원장 얌마, 시끄러! 운동장 저쪽 끝에 가서 놀아!

동진 원장 선생님! 안녕히 주무셨어요? 헤헤. 일어나셨으면 공수도 좀 가르쳐주세요. 아침 일찍 일어나 운동하시면 건강에도 좋고 오래 산대요. 어서, 이리로 나오세요. 네? 원장니임…! 헤헤헤.

원장 시끄러! 새꺄! 저쪽 구석으로 안 가? 쪼끄만 새끼가…. 너나 오래 살아 새꺄! 그리고 여기, 창문 밑으로 오지 말란 말이야! 새끼가 창문 밑에 와서 맨날 시끄럽게 굴고 있어!

사모 새벽마다 시끄럽게 하지 못하도록 나가서 혼 좀 내주고 와요.

원장 그럴까? (창문에 대고) 너 이 녀석 거기 기다려!

동진 네, 어서 나오셔서 무거운 짐을 저에게 펴 넘겨주세요. 히히히.

원장은 잠옷 차림으로 방문을 열고 나간다.

사모 옷이나 갈아입고 나가세요.

원장 아참, 그렇지….

원장은 다시 들어와 잠옷을 벗는다.

3. 同 사택 창문 앞 - 실외 - 새벽 3

동진이 혼자서 허공에 주먹질을 하며 기합 소리를 내고 있다.

동진 얏! 얏! 얏! 얏! 얏!

공수도 도복을 입은 원장이 나온다.

동진 원장님께서 무술을 가르쳐주실 줄 알았어요. 헤헤헤….

원장 공수도를 그렇게 배우고 싶단 말이지?

동진 네, 제가 커서 돈을 벌게 되면 수업료를 두둑하게 챙겨드릴 거예요.

원장 좋다. 그러면 먼저 체력을 키우고 단련해야 하니 오늘부터 시작해서 날마다 하루에 운동장을 백 바퀴씩 한 달 동안만 우선 돌아보아라. 만약 하루라도 운동장을 돌지 않으면 무술 배우기를 단념한 줄로 알겠다. 알았나? 돌기 싫으면 가서 잠이나 퍼 자든지 새끼야!

동진 전, 잠은 별로고요, 운동장을 잘 돌 수 있어요!

원장 그럼, 빨리 뛰어가 새끼야! 뛰다가 힘들면 이불속에 다시 들어가 쿨쿨 잠자도 아무도 말리는 사람 없어….

동진 원장님, 그럼, 뛥니다!

원장 그래, 어서 뛰어가다가 엎어져 코나 깨져라!

동진 넵, 알았어요!

동진은 운동장을 돌기 시작한다.

원장은 빙그레 웃으며 동진이 뛰어가는 뒷모습을 보고 방으로 다시 들어간다.

4. 다시 원장의 방 안 - 실내

4

원장은 도복을 벗어던지고 사모의 옆자리로 들어가 사모를 뒤에서 안고 팔베개를 해준다.

원장 이제, 다시는 창문에 나타나지 않을 거야.

사모 그 어린것이, 날마다 운동장 백 바퀴씩 어떻게 돌아요?

원장 돌다가 힘들면 멈추겠지. 그리고 배고프면 밥 먹겠지. 그리고 생각하겠지. 운동장을 하루에 백 바퀴씩 도는 것은 미친 짓이라고. 흐흐 흐흐흐….

사모 그런 미친 짓을 왜 시켜요?

원장 당신 같으면 시킨다고 하겠어?

사모 나 같으면 '원장 새끼, 개아들 놈'이라고 한마디 하고 잠이나 자겠다.

원장 당신, 방금 나한테 욕한 거지?

사모 욕은 무슨…. (손으로 얼굴을 가리고 웃는다)

원장 저 녀석을 빗대서 은근슬쩍 욕한 거 맞잖아?

사모 부부끼리 장난말도 못하냐?

(F. O.)

5. 보육원 운동장 - 실외 - 낮 5

동진이 운동장을 뛰어 돌고 있다.

동진은 목에 걸친 수건으로 이마의 땀을 훔치며 열심히 뛰고 있다.

(O. L.)

6. 同 운동장 - 실외 - 새벽 6

동진이 뛰어 운동장을 돌다가 원장 사택 벽 앞에 멈춘다.

벽에는 백묵으로 '바를 정(正)' 자 27개와 '천간 정(丁)' 자가 표시되어 있다.

동진은 주머니에서 백묵을 꺼내 '천간 정(丁)' 자에 '한 일(一)' 자를 그어 '아래 하(下)' 자를 만들어놓고 다시 뛴다.

(O. L.)

7. 운동장 - 실외 - 저녁 7

비가 내리고 있다.

동진은 우산을 펴 손잡이를 등의 옷 속으로 꽂고 우산이 움직이지 못하도록 끈으로 몸에 칭칭 감았다.

동진은 팔을 폈다 오므렸다 허공에 주먹질을 해대며 운동장을 돌고 있다.

원장의 사택 벽에 '正' 자가 200여 개 표시되어 있다.

보육원 아이들은 동진이 뛰어오자 박수를 치며 환호한다.

아이들 동진이 잘한다!

동진 (웃으며) 잘한다고 생각되면 물이라도 한 병 줘봐라….

동진은 그대로 뛰어간다.

사택 창문 아래, 보육원 아이들 중 2명이 생수병을 들고 있다.

아이들과 같이 있던 득불(12)이 동진이 뛰어오자 쥐고 있던 백묵으로 사택의 벽에 세 획을 긋는다.

동진 득불이 너, 세 개씩이나 그리고 싶냐?

동진은 득불의 머리에 꿀밤을 하나 먹이고 백묵을 빼앗아 자신의 주머니에 넣은 다음 손가락으로 두 획을 쓱쓱 지우고 다시 달린다.

(O. L.)

8. 同 운동장 - 낮

8

동진은 자신이 만든 '가슴에 책 받침대'를 줄로 목에 걸고 『홍길동전』 만화책을 펴놓고 읽으며 씩씩하게 운동장을 뛰어 돌고 있다.

보육원 남녀 아이들이 손을 흔들며 동진에게 환호한다.

아이들 동진아, 힘내!

동진은 만화책에 심취해 아이들을 쳐다보지도 않고 웃으며 손을 흔들어 화답하며 뛰어간다.

원장은 원장실의 창문을 열고 운동장을 내다보다가 만화책을 보며 뛰는 동진을 보며 호감의 웃음을 흘린다.

원장 하, 저놈의 자식은 끈질긴 데가 있다니까…. 도대체 지치지도 않아…. 타고난 체력이야….

사택의 벽에는 '正' 자가 598개 표시되어 있다. 동진이 헐떡거리며 뛰어와 백묵으로 또 한 획을 긋고 달려간다.

(F. O. 길게)

9. 원장의 방 안 - 실내 - 새벽 9

사모와 원장이 나란히 잠을 자고 있다.

동진 (E - 엇! 얏! 얏! 엇! 얏! '이고 진 우리 원장님! 짐 벗어 나를 주오! 나는 젊었거니 돌인들 무거울까! 늙기도 설어라커든 짐을조차 지실까!' 정철…)

사모와 원장이 잠을 깬다.

사모 벌써 한 달이 다 됐나 봐요. 또 시달리게 됐네요.

원장 그래? 그럼, 이번에는 아주 더 힘들게 해줘야지. 크크 크크크….

원장은 어떤 장난질을 생각하며 장난스런 미소를 머금고 슬며시 일어난다.

10. 보육원 뒷산 - 실외 - 새벽 10

보육원 원장은 작은 산으로 올라가는 오솔길을 앞서 올라가고 있다.
동진은 새끼줄 한 묶음을 어깨에 메고 원장의 뒤를 따라간다.

원장은 한참을 올라가다가 어느 지점에 이르더니 멈추고 뒤돌아선다.
동진도 새끼줄을 어깨에 멘 채 멈춰 원장을 본다.

원장 너 앞에 있는 소나무가 20년생이다.

동진 이 소나무요?

원장 그래. 그 소나무 너 배꼽 높이에서부터 너의 머리 꼭대기 높이까지 그 새끼줄로 칭칭 감되 겹치지 않도록 감아라.

동진 네.

동진은 어깨에 짊어졌던 새끼줄을 내려 소나무에 감을 준비를 서두른다.

원장 새끼줄과 새끼줄 사이를 바짝 붙여서 겹치지 않도록 잘 감아라.

동진 네.

동진은 소나무에 새끼줄을 감는다.
새끼줄이 다 감긴 소나무를 가리키며 원장이 말한다.

원장 그 소나무가 꺾어질 때까지 수도(手刀)와 정권(正拳)으로 죽어라 쳐라!

원장은 양손의 수도와 양손의 정권으로 새끼줄이 감긴 소나무를 치며 단련하는 시범을 차례로 보여준다.

원장 정권은 이렇게 친다. 그리고 수도는 이렇게 쳐라. 새벽에도 친다. 학교 다녀와서도 친다. 저녁 먹고 잠자기 전까지 친다. 그래서 네 권격(拳擊)에 이 소나무가 꺾어지면 그때가 네 단련의 기초가 완성되는 것이다. 그렇다고 학업을 소홀히 해서는 절대 안 된다. 어떤 과목이든 90점이 넘어야 내 제자가 될 수 있다.

동진 넷! 공부라면 자신 있어요. 지금까지 올백(all 百)을 놓쳐본 적이 없걸랑요. 히히히….

11. 보육원 앞산 - 낮 11

(몽타주)

눈이 내리고 있다.

초등학교 6년생인 동진이 새끼줄을 감은 소나무를 정권과 수도로 손을 바꿔가며 번갈아 치고 있다.

동진이 정권으로 소나무를 치는데 새끼줄이 다 해져서 툭툭 떨어져 내린다. 동진은 소나무에 새끼줄을 다시 감는다.

초등학교 6년생 동진이가 고등학교 3학년생 동진이로 바뀐다.

동진은 새끼줄이 감긴 소나무 앞에 서서 정권으로 중단 상단 치기, 팔꿈치 돌려치기, 손등으로 공격하기, 손가락으로 찌르기, 무릎치기, 발로 삼단 차기 등을 하고 있다.

새끼줄을 감은 소나무를 평지처럼 밟고 뛰어올라가 공중에서 한 바퀴 회전하여 가볍게 착지한다.

(O. L.)

12. 승진고등학교 정문 앞 - 실외 - 낮 **12**

'축 승진 고등학교 39회 졸업식'이라는 현수막이 걸려 있다.

(몽타주)

졸업식을 마친 남녀 졸업생들이 그 가족들과 함께 꽃다발을 가슴에 안고, 손에 들기도 하고, 졸업장을 옆구리에 끼거나 들고 삼삼오오 교문을 나오고 있다.

머리에서부터 밀가루를 뒤집어썼거나 학생복을 찢어발기며 나오는 졸업생들도 있다.

학생복을 뒤집어 입고 넥타이를 뽑아 목에 걸며 나오는 불량스런 졸업생도 있고.

꽃다발을 손에 들고 부모 형제들과 함께 즐겁게 조잘거리며 나오는 남녀 졸업생들.

상의를 벗어 어깨에 걸친 놈, 상의를 손에 쥔 놈, 얼굴에 그림을 그린 놈이 섞여 있는 졸업생 일곱 명의 일진들은 담배를 꼬나물었거나 담배에 불을 붙여 피운다.

동진(19)과 유진(19), 득불(19)이 졸업장을 손에 들거나 끼고 나란히 걸어 나온다.

유진은 주머니에서 '가나 초콜릿'을 꺼내 두 조각은 동진의 입에 넣어주고, 한 조각은 득불의 손에 주고, 나머지는 싸서 주머니에 넣는다.

득불은 유진의 행동을 보고 불만에 차서 말한다.

득불 야, 누군 하나 주고 누군 두 개 주니?

유진　　너도 애인 하나 둬라. 호호호. (동진의 팔을 잡아 안는다)

득불　　이젠, 졸업했으니까 남 눈치 안 본다 이거지?

이들의 학생복 명찰들은 '박동진', '하유진', '최득불'이다.

13. 승진고등학교 주변 골목길 (졸업하는 그날) - 낮 13

(몽타주)

얼굴에 그림을 그렸거나 껄렁한 모양새의 일진들이 서거나 걸터앉아 담배를 피우며 캔 맥주를 찔끔찔끔 마시고 있다.

졸업장을 겨드랑에 끼거나 손에 든 동진과 유진, 득불이 나란히 걸어오다가 전방의 일진들을 본다.

동진은 두 팔을 펴 득불과 유진을 물러나게 하고 앞으로 쓱 나선다.

득불은 유진의 소매를 잡아 뒷걸음친다.

동진은 유진과 득불이 뒤로 빠지자 일진들 앞으로 걸어간다.

일진1　　야, 박동진! 그동안 우리들의 빵 셔틀 잘했는데 캔 하나 까고 가라.

동진 소주도 있냐?

일진1 어? 이 새끼 봐라? 건방이 하늘을 찌른다.

일진2 소주는 네가 사 처먹어 새끼야!

동진 야, 그 찝찔한 오줌 물은 왜 마시냐?

일진3 너 같은 애송이가 맥주의 맛을 알 턱이 있나?

일진4 빌빌 싸던 거지새끼가 졸업하니까 바로 들이대네?

일진3 어디, 이 형님이 마지막으로 손 한번 봐줄까?

득불과 유진은 좀 떨어진 곳에서 몸을 조금 은폐하고 동진과 일진들과의 수작을 바라보고 있다.

득불은 유진에게 사랑을 고백하고 싶었는데 지금이 좋은 기회라고 생각하고 말을 건다.

득불 너, 동진이가 좋냐?

유진 넌, 동진이가 싫어?

득불 못생긴 동진이 새끼가 뭐가 좋다고…? 너, 나랑 사귈래? 난, 진작부터 널 점찍고 있었어….

유진 너, 나한테 작업 걸면 동진이를 배신하는 거야?

득불 물건과 여자는 선취득권이라는 거다.

유진 그래, 난 이미 동진이 거야. 그러니까 단념해.

득불 내가 먼저 너와 결혼해버리면 넌 내 거가 되는 거야.

크으흐….

유진 동진과 나 사이를 알면서 네가 대시하는 건 동진이와 나를 모독하는 거라는 거 모르니?

득불 동진이 새끼 모르게 우리 둘이 살짝 사귀면 더 스릴이 있고 재미있지 않겠니?

유진 이제 보니 너, 아주 못됐구나…?

득불 너, 나를 자꾸 밀어내면 내가 다른 수를 써서라도 너를 가져버릴지도 몰라….

유진 다른 수가 어떤 건데?

득불 그걸 왜 말해주냐?

유진 네가 나한테 엉뚱한 수작을 부리면 내가 널 죽일지도 몰라…. 명심해 새끼야!

득불 그럼, 넌 평생 감옥살이 썩게 되는데, 그래도 좋아이년아….

동진은 작심을 하고 일진들과 대거리를 하고 있다.

동진 너희들 거울도 안 보냐? 꼬락서니들하고는….

일진3 뭐야? 이 거지새끼가?

동진 부모덕 입는다고 꼴값 떠는 놈치고 된 놈 하나도 없더라.

일진4 이 새끼가 누구한테 감히!

동진 그럼, 너희들 쭉 그냥 그대로 놀아라. 난 간다. 키킥킥키….

동진은 그냥 돌아서 간다.

일진3이 일어나자마자 동진의 엉덩이를 냅다 걷어찬다.

동진은 옆으로 살짝 비켜서며 일진3의 발목을 잡는다.

발목을 잡힌 일진3은 중심을 못 잡아 넘어질 듯 비틀거린다.

동진이 일진3의 발목을 놔준다.

순간, 일진3은 주먹으로 동진을 갈긴다.

동진은 일진3의 주먹을 잡아 손목을 꺾어버린다. 손목을 안고 고통스러워 주저앉은 일진3.

일진4 어, 이 새끼 봐라? 고아 새끼라고 봐줬더니 기어올라?

일진4는 양발차기로 동진을 단숨에 공격한다.

동진은 살짝 피하며 일진4의 허벅지를 걷어차버린다.

고꾸라지는 일진4는 땅바닥에 코를 박고 얼굴을 들자 코피가 주룩 흐른다.

득불과 유진은 숨어서 동진이 싸우는 모습을 본다.

일진1, 2, 7, 5, 6은 마시던 캔과 피우던 담배를 내던지고 한꺼번에 동진에게 우르르 덤벼든다.

동진은 덤벼드는 일진들을 주먹으로 치고, 무릎으로 박고, 돌려 차며, 뒤차기로 네 명의 일진을 순식간에 쓰러트려버린다.

득불은 숨어서 보다가, 동진의 승세를 확인하자 회심의 미소를 지으며 나온다.

유진도 득불을 따라 나온다.

동진 내가 너희들만 못해서 여태껏 너희들에게 맞아주면서 숨죽이고 산 줄 알아? 우리 원장 선생님의 가르침이 너무 간곡하셨기 때문이야. 이, 덜떨어진 새끼들아!

(back to scene)

원장 무술인은 참는 데 달인이 되어야 한다. 참아야 인생이 풍요롭다. 참지 못하면 참담한 인생을 살게 된다. 꼭 참아서 학교를 졸업해야 한다. 학교를 졸업하지 못하면 천추의 한이 된다. 절대 싸우지 말고 그냥 져줘라. 예수님은 참는 자가 복이 있다고 했고, 오른 뺨을 치거든 왼뺨까지 대주라고 했다. 져주는 것이 곧, 이기는 것이라는 것을 명심하도록 해라.

일진4 너, 이 새끼, 우리 아버지가 누군지 알지? 경찰들을 보내줄 테니까 기다려 새끼야!

일진 4는 코피를 손으로 닦으며 분하여 씩씩거린다.

동진이 픽 웃고 돌아서 간다.

일진4는 동진이 등을 보이자 이때다 싶어 돌려차기로 냅다 공격한다.

동진은 한 발짝 옆으로 슬쩍 피하고 올려차기로 일진4의 중심을 차버린다.

일진4는 중심을 쥐고 데굴데굴 뒹굴다가 겨우 숨을 고르고 고개를 든다.

일진4 너, 이 새끼, 어디 두고 보자! 내가 너를 가만둘 줄 아냐? 반드시 빵에 집어넣을 거다. 개새끼!

이때 득불이 비굴한 미소를 띠며 다가와 동진의 등을 다독여준다.

득불 우리가 졸업을 하고도 지들에게 설설 길 줄 알았나 보지….

(back to scene)

골목길, 책가방을 둘러맨 동진과 득불이 땅바닥에 옆으로 쓰러져 일어나려고 하지 않고 얼굴만 들고 있다.

삐딱한 차림새의 일진3, 4가 쓰러져 있는 동진과 득불의 엉덩이를 발로 걷어찬다.

일진4 화장실 청소를 왜 안 했냐고 새끼들아?

동진 선생님이 하지 말라고 그러셨거든.

일진4 네가 청소를 잘하기 때문에 자원했다고 말했으면 됐잖아, 새끼야!

동진 너희들에게 내린 화장실 청소 벌칙을 취소하고….

일진4 그럼, 우리를 용서했다는 거니?

동진 징계위원회 결정대로 정학 처분 내린다더라.

일진4 뭐야?

(O. L.)

학교 소각장, 동진과 득불이 땅바닥에 무릎을 꿇고 앉아 있다.
일진1, 2, 3, 4, 5, 6, 7은 담배를 피우며 동진과 득불을 노려본다.
동진과 득불은 일진들의 행패를 빨리 끝내려고 다리가 아픈 척 엄살 피운다.

동진 야, 그냥 일어나면 안 되겠니?

득불 얘들아, 정말 아프단 말이야….

일진4 야, 이 새끼야! 그렇게 잘난 척하고 싶었냐?

동진 선생님 질문에 대답하는 것도 유감이냐?

일진4 새끼야, 간단히 빨리 끝내야지. 새끼야!

(back to scene)

고3 국어 수업 시간.

칠판에 '한국의 근대시'라고 쓰여 있다.
선생은 그 아래에 '한국 근대시의 흐름'이라고 쓴다.

선생 '한국 근대시의 흐름'에 대해서 누가 아는 대로 이야기해볼 사람? 이야기 잘하는 사람에게는 기말 국어 점수를 가산해주겠다.

학생 40명 중에 손을 드는 자가 아무도 없다.
득불이 손을 들려다 말고 망설이며 동진을 본다.
유진도 동진을 본다.
일진4도 동진을 본다.
선생도 동진을 본다.
동진은 주위를 둘러봐도 손을 드는 학생이 없고 모두 자신만 보는 눈길을 느끼자 슬그머니 손을 든다.
득불도 슬그머니 손을 든다.
유진도 슬그머니 손을 든다.

일진4는 동진이 손을 들자 아니꼽고 기분 나쁘다는 듯이 인상을 쓴다.
득불은 일진4의 눈치를 본다.
일진4는 득불에게 손을 내리라고 손짓한다.
득불은 얼른 손을 내린다.

선생 그래, 동진이가 말해볼래?

동진이가 발언을 위해 일어서려고 한다.

득불은 일진4를 본다.

일진4가 동진에게 앉으라고 손짓한다.

득불은 일진4의 손짓을 보고 동진에게 앉으라고 손짓을 하려다가 선생님과 눈이 마주치자 얼른 손을 내린다.

동진은 일어서서 미소 띤 얼굴로 발언을 시작한다.

동진 근대시의 흐름에 있어서 자유시는 1920년대에 처음 등장했으나, 순수문학 계열의 작품으로는 주요한 님의 「불놀이」가 최초의 자유시에 속한다고 볼 수 있습니다. 그다음으로 이상화 님의 「빼앗긴 들에도 봄은 오는가」, 김소월 님의 「진달래꽃」, 김동환 님의 「국경의 밤」은 최초의 서사시일 것입니다. 그리고 변영로 님의 「논개」가 있고 한용운 님의 「님의 침묵」이 있습니다….

동진 그리고 1930년대에 들어서면서 글이 매끄럽게 쓰이기 시작했고, 다양한 표현 기법과 광범위한 문장 기법으로 현대적인 감각의 시가 나타나게 됩니다. 작품으로는 이상 님의 「오감도」, 순수시로는 김영랑 님의 「돌담에 속삭이는 햇발」, 서정주 님의 「자화상」, 그리고…. (잠시 여유 있는 미소)

일진4가 아니꼬워 미치겠다는 듯이 동진을 보며 주먹질을 해댄다.

동진 1940년대에 들어서면서 한국문학이 어두운 침체기에 들어섰는데 그래도 작품은 있었습니다. 윤동주 님의 「참회록」, 이육사 님의 「절정」, 조지훈 님의 「승무」, 박두진 님의 「해」, 박목월 님의 「윤사월」이 있었습니다. (웃으며) 선생님, 더 계속할까요?

선생 그래, 그만하면 잘했다…. 두보의 시 중에서 '남아수독오거서(男兒須讀五車書)'라는 말이 나온다. ('남아수독오거서 / 男兒須讀五車書'를 흑판에 쓴다) 남자라면 모름지기 다섯 마차의 책을 읽어야 한다는 뜻이다. 읽기 싫은 사람은 안 읽어도 된다. 그렇지만 잘 들어라. 공부하는 괴로움은 순간일 뿐이다. 그러나 공부를 하지 않으면 평생 동안 괴로워해야 한다.

일진4 적당히 얼버무렸어야지 새끼야! 잘난 척 쪼개기는 아니꼽게….

(vision) 동진이 장난기 서려 웃는 지혜로운 얼굴.

득불 알았어, 웃지 않을게.

일진4 (무식하게) 생각 좀 하고 살아, 새끼들아!

동진 그러니까 너처럼 알아도 모르는 척, 몰라도 모르는 척하란 말이지?

일진4 (무식하게) 잘난 척하지 말란 말이다. 이 새끼야!

일진4는 발로 동진과 득불의 엉덩이를 차례로 걷어찬다.

이때, 하유진이 헐레벌떡 뛰어와 소리친다.

유진 동진아! 득불아! 빨리, 빨리! 큰일 났어, 큰일!

동진 뭐가?

유진 (한쪽 눈을 찡긋하며) 원장님이 병, 병, 병원에 실려 가셨어. 어서 가봐야 해!

동진 아침에도 멀쩡하셨는데….

득불 야, 빨리 가보자!

유진 그래, 빨리빨리 병원에 가봐야 한다고….

동진과 득불은 일어나 옷에 묻은 흙을 턴다.

유진은 동진의 손과 득불의 팔을 잡아끌며 마구 뛰어간다.

일진들은 멍하니 쳐다만 볼 뿐.

14. 보육원 앞 - 실외 - 낮 14

득불이 운동장 한쪽에서 덤벨(dumbbell)을 가지고 팔 근육 키우기 운동을 하고 있다.

경찰차가 운동장 입구로 들어와 멈추고 경찰 둘이 내리더니 원장실로 향해 간다.

득불이 경찰들을 본다.

득불 일진 새끼들이 부모들에게 엄살을 피워 권력을 발동했나보군. 동진이 새끼 잘난 체하더니 쌤통이다.

경찰 둘이 원장실의 문을 열고 들어간다.

15. 同 보육원 숙소 안 - 실내 - 낮 15

동진은 구석구석에 쑤셔 박아두었던 자신의 빨랫거리를 끄집어내어 빨래 바구니에 담고 있다.

이때, 문이 열리며 득불이 들어온다.

득불 야, 뭐하냐?

동진 세탁하려고….

득불 나도 세탁해야 되는데….

동진 그럼 같이 돌리자.

득불 일진 애들 손본 거 있잖냐…?

동진 그게 왜?

득불 경찰들이 방금 원장실로 들어갔어.

동진 별일 있겠냐? 정당방윈데….

득불 걔네들… 권력 가지고 코 꿰어 엮을 텐데….

동진 끌려가면 불리하겠지?

득불 그걸 말이라고…? 만약에 말이다. 네가 코걸이 귀걸이 다 꿰어 억울하게 빵 살이 하고 나온다면, 네 신세를 조진 놈들을 가만히 두겠냐? 넌, 틀림없이 희대의 연쇄 살인마가 되겠지…. 그리고 도망자 신세로 살지 않겠냐?

동진 그럼?

득불 개뿔이나…. 일단 끌려가면 넌, 의사가 되는 건 물 건너가는 거야. 네가 출감 후 그놈들을 죽이는 일에 네 인생을 걸고 희대의 살인마가 되지 않겠냐?

동진 소설을 써라. 난, 빨래나 해야겠다.

득불 그딴 거 왜 해 새끼야! 이 판국에!

동진은 세탁물을 들고 세탁실 문을 활짝 열고 들어간다.

동진은 착잡한 듯 세탁물을 세탁기 위에 던지듯 놓고 창문을 연다.

창문으로 원장실과 사택이 보이고 경찰차의 꽁무니가 보인다.

득불이 따라 들어온다.

득불은 세탁기에 놓인 동진의 세탁물을 내던져버린다.

득불 지금 이러고 있을 때가 아니라고, 이 새끼야!

창문으로 보이는 사택의 문이 열리며 유진이 앞치마에 빨간 고무장갑을 끼고 쓰레기가 담긴 봉투를 들고 나오다가 동진을 본다.

유진은 동진과 득불에게 창문을 닫으라는 손짓을 급하게 하며, 쓰레기봉투를 내던지고 고무장갑을 벗고 헐레벌떡 내려온다.

득불이 창문을 닫는다.

16. 원장실 앞 - 실내 - 낮 16

원장실 앞에 '체력은 국력'이라는 포스터가 붙어 있다.

(포스터 insert) '체력은 국력'이라는 큰 글자 아래, 동진이 공수도 도복 차림에 트로피를 높이 들고 있다.

원장실의 문이 열리며 경찰 2명과 원장이 나와 보육원 건물로 향한다.

경찰들이 앞장서서 온다.

17. 同 보육원 숙소 안 17

득불은 기분 좋은 듯 미소 띤 얼굴로 구석에 처박아둔 자신의 빨랫거리를 꺼낸다.

(득불의 생각 vision)

동진이 경찰들에 의해 손에 수갑이 채워져 끌려간다.

유진은 동진이 끌려가는 것을 목격한다.

득불이 유진을 뒤에서 살며시 끌어당긴다.

유진은 득불을 돌아다보다가 동진을 본다.

동진이 경찰들에 의해 차에 태워져 간다.

유진이 와락 득불의 품으로 파고든다.

득불은 혼자 상상하며 싱글거린다.

숙소의 문이 벌컥 열리며 경찰 두 명과 원장이 들어온다.

경찰1 박동진 어디 있나?

득불 네? 저기, 세… 세탁실에 있는데요.

경찰1 여기?

득불 네.

경찰이 세탁실의 문을 연다.

세탁실은 아무도 없다. 세탁실 창문만 활짝 열려 있을 뿐.

경찰1 창문으로 튀었군.

경찰2 멀리는 못 갔을 거야….

경찰 둘은 급하게 나간다.

18. 운동장 산길 입구 - 실외 - 낮 18

동진이 산길 입구로 들어가더니 숲속으로 사라지는 것이 보인다. 동진이 산길로 달아나는 것이 얼핏얼핏 보인다.

19. 경찰차가 있는 곳

19

경찰들이 보육원 숙소에서 나와 경찰차를 타려고 간다.

숙소에서 나온 득불이 경찰들에게 가까이 다가온다.

경찰들은 다가오는 득불을 보며 뭔가 기대를 갖고 기다린다.

득불 아마, 산길로 도주했을걸요.

경찰1 왜지?

득불 고속버스 터미널로 가는 지름길이 저 산길인 거 모르세요?

경찰 둘은 서로 눈길을 주고받더니 산길 입구를 향하여 뛰어 올라간다.

20. 산길 - 실외 - 낮

20

동진은 좁은 산길로 바삐 가다가 아래로 보이는 보육원을 내려다본다.

경찰 둘이 산길로 쫓아 올라오고 있다.

동진은 그간 정이 들었던 보육원을 떠나려 하니 눈물이 앞을 가린다. 동진은 눈물을 훔치며 보육원을 뒤로하고 돌아선다.

유진 동진아.

유진은 작은 어깨 가방을 손에 쥐고 나타나 동진에게 내민다.

유진 필요한 것만 몇 가지 챙겼어. 간식거리도 들었으니까 가다가 먹어.

동진 고맙다.

유진 꼭 의대에 들어가, 의사가 되어야 해. 알았지?

동진 그래, 너도 꼭 간호사가 되어라.

유진 난, 네가 어디에 있더라도 꼭 다시 만날 거야.

동진 그래. 난 의사가 되고, 넌 간호사가 되어 우리 다시 만나자. 응?

유진 너, 다른 여자와 결혼하면 안 된다?

동진 걱정 마, 총각 귀신이 되더라도 널 기다릴 거니까.

유진 경찰들이 널 잡으려고 오고 있어. 빨리 도망가.

두 사람은 서로 두 손을 마주 잡고 석별이 아쉬워 서로 손을 놓지 못한다.

서로 눈만 쳐다보며 울상이 된 두 사람.

동진과 유진은 기어이 서로 끌어안고 힘껏 포옹을 한다.

동진은 포옹을 풀고 돌아서 간다.

동진은 아래로 내려가다가 다시 한번 뒤돌아보고 길이 아닌 숲속으로 사라진다.

유진은 쏟아지는 눈물을 하염없이 흘리며 동진이 보이지 않을 때까지 손을 흔들고 있다.

유진은 힘없이 주저앉아 걷잡을 수 없이 쏟아지는 슬픈 눈물을 흘리고 소리 내어 엉엉엉 마구 운다.

유진 엉엉 엉, 엉엉, 엉엉 엉….

이때 경찰들이 헐레벌떡 올라온다.

경찰1 박동진 어디로 갔지?

유진 엉엉 엉, 엉엉, 엉엉 엉…. (손가락으로 산길을 가리킨다)

경찰들은 빠르게 동진이가 내려간 길로 내려간다.

(F. O. 길게)

21. 선창의 주차장 - 실외 - 낮 21

흥국(42)이 운전하는 승용차가 주차장에 도착한다. 조수석에는 연자(40)가, 뒷좌석에서는 용기(12)가 내리는데 모두 낚시 복장이다.

흥국은 트렁크에서 낚시 가방을 꺼내 용기에게 준다.

용기는 낚시 가방을 어깨에 멘다.

흥국은 다른 가방을 들고 선착장으로 앞서간다.

흥국과 나란히 가던 용기는 뒤따라오는 연자를 돌아보며 빨리 오라고 손짓하고 선착장으로 간다.

22. 선착장 낚싯배 앞 - 실외 - 낮 22

용기가 낚시 가방을 맨 채 부두에 정박해 있는 낚싯배의 뱃줄을 잡아당긴다.

흥국과 연자는 용기가 뱃줄을 당겨 낚싯배가 끌려오자 용기를 대견스럽게 본다.

흥국이 낚싯배에 먼저 오르고 뒤이어 연자가 배에 탄다.

용기는 뱃줄을 돌핀에서 뽑아 배에 던지고 배에 뛰어오른다.

흥국은 낚싯배의 시동을 건다.

낚싯배는 천천히 선착장을 빠져나가 바다를 향하여 나아간다.

23. 바다 위를 달리는 낚싯배 - 낮 23

흥국이 조종하는 낚싯배는 용기와 연자를 싣고 바다로 나아간다.

용기 아빠, 고기 잡으러 어디까지 가는 거야?

흥국 수심이 깊은 곳에….

용기 큰 고기도 있어?

흥국 너만큼 큰 고기도 있어. 손맛 죽인다….

용기 아빠, 손맛이 뭐야?

연자 개뿔이나, 손맛보다 회 맛이 더 좋지.

용기 엄마, 개도 뿔이 있어?

흥국 네 엄마 엉덩이에 뿔이 세 개나 있단다. 하하하.

용기 정말이야 엄마?

용기는 연자의 엉덩이를 만져본다.

연자와 흥국은 마주 보며 즐겁게 웃는다.

24. 낚싯배 위 - 낮 24

(몽타주)

용기는 낚싯줄을 바다에 드리우고 낚싯대를 쥐고 있다.

연자도 낚싯대를 잡고 초리를 바라보고 있다.

조금 거리가 있는 이물에서 흥국이 낚싯대를 힘차게 캐스팅한다. 흥국이 캐스팅하는 지점에서 상어의 꼬리가 보트의 주위를 배회하고 있다.

흥국이 불안한 눈으로 상어의 꼬리를 주시한다.

흥국이 낚싯대를 잡아채며 릴링을 하자 살짝 걸린 고기가 낚시를 내뱉고 떨어져버린다.

흥국은 실망하여 릴을 감으며 상어의 꼬리를 주시한다.

용기 아빠, 저거 영화에서 보았던 식인 상어지?

흥국 그러게…. 다른 곳으로 옮겨야 되겠다. 저 녀석이 다른 고기들을 다 쫓아버리는구나. (불안하다)

연자 (줄을 감으며 불안하다) 어서 다른 곳으로 가요.

흥국은 릴을 감은 낚싯대를 뒤에 놓는다.

용기도 릴을 감는다.

연자도 감은 낚싯대를 뒤에 놓는다.

비가 한두 방울씩 떨어지기 시작한다.

이때, 용기의 낚싯대에 묵직한 것이 걸려 물속으로 당겨지며 낚싯대가 갑자기 크게 휘어진다.

용기 아빠, 이거! 어, 어, 이거 어떻게 좀 해! 엇, 앗! (낚싯대를 놓친다)

흥국 (용기가 놓친 낚싯대를 순간 낚아챈다) 제법 큰 놈인가 봐. (낚싯대가 크게 휘어진다) 이키, 엄청 큰 놈인데…. (릴링이 안 될 만큼 물린 고기가 끌려오지 않으려고 버티고 있다)

연자 상어가 어디로 도망갔나? 안 보여요.

흥국의 낚싯대에 끌려오는 엄청난 크기의 상어가 얼굴을 드러낸다. 상어가 갑자기 달려들어 낚싯배의 선미를 물어버린다.

낚싯배가 선미 쪽으로 기울며 우측 선미가 떨어져 없어져버린다. 용기가 선미로 미끄러지며 순식간에 바다로 미끄러져 들어간다.

연자 어, 어, 어어….

순간 상어가 다시 뛰어올라 용기의 다리를 물고 물속으로 들어가버린다.

흥국이 작살을 들고 상어가 나오면 찌르려고 겨눈다.

연자는 엉겁결에 삿대를 집어 든다.

이때 핏물과 함께 용기가 떠오른다.

흥국 용기야, 이거 잡아!

흥국이 용기에게 작살을 내민다.

용기가 작살을 잡는다.

흥국이 작살을 잡아당긴다. 용기가 끌려온다.

상어가 다시 무섭게 달려든다.

연자가 삿대로 입 벌리고 달려드는 상어의 아가리를 찌른다.

상어가 삿대를 우지끈 씹어 물고 물속으로 들어가버린다.

흥국은 용기를 간신이 배로 끌어올린다.

용기의 두 다리가 잘려 나가고 없다.

연자가 흥국과 힘을 합하여 용기를 끌어당겨 갑판으로 올린다. 상어가 무섭게 다시 덮친다.

흥국이 재빠르게 작살을 집어 상어를 힘차게 찌른다.

작살에 꽂힌 상어가 물속으로 사라진다.

흥국이 낚싯배의 시동을 건다.

25. 종합병원 수술실 앞 - 실내 - 낮 25

흥국과 연자가 수술실 앞에서 초조하게 기다리고 있다.

수술실 문이 열리며 의사가 나온다.

흥국 선생님, 수술은 어떻게 되었습니까?

의사 다행히 위기는 넘겼고요, 수술은 성공적입니다. 피를 너무 많이 흘려 생명이 위험했지만 곧 안정을 찾을 것입니다.

흥국 고맙습니다. 선생님!

연자 그런데… 다리 이식은 할 수 있을까요?

의사 글쎄요….

흥국 제공자가 있다면 가능할까요?

의사 병원장님과 상의해보세요.

26. 同 입원실 안 - 낮 26

용기가 잘려 나간 다리에 붕대를 칭칭 감고 병상에 누워 링거를 맞고 있다. 보조 의자에 흥국과 연자가 앉아 있다.

흥국 다리 이식을 해줘야 할 텐데….

연자 어렵다고 하잖아요?

흥국 다른 놈 다리라도 잘라다가 붙여줘야지….

연자 말도 안 되는 소리 하지 말아요.

흥국 지금 세상에 돈 가지고 안 되는 게 어디 있어?

(F. O.)

27. 슬래브 건축공사장 안 한쪽 구석 - 새벽 27

동진은 시멘트 포대를 대충 덮고 자고 있다. 며칠을 굶은 퀭한 눈에 꾀죄죄하고 초라한 모습이 거지꼴이다.

동진은 하품을 하고 기지개를 켜더니 일어난다.

동진의 배에서 꼬르륵 소리가 난다.

좀 야윈 동진은 남루한 몰골로 배를 만지더니 미소 짓는다. (측은하게 보인다)

동진이 비록 굶주렸지만 미소를 잃지 않고 있는 것은 자신의 내부에 희망과 의욕이 들끓고 있다는 뜻이며, 기회를 찾고 있다는 의미다.

28. 同 건축공사장 앞 - 아침 28

동진이 옷을 툭툭 털고 나와 좌우를 살피나, 갈 곳이 마땅치 않다.

동진의 배에서 꼬르륵 소리가 난다.

동진은 배가 고파 손으로 배를 쓰다듬는다.

동진은 두리번거리더니 허정거리며 걸어간다.

29. 국밥집 안 - 실내 - 낮 29

협수룩한 손님 셋이 식사를 마치고 일어서서 나간다.

동진이 허기진 배를 움켜쥐고 기진맥진 간신히 들어온다.

주인 남자가 오븐을 들고 방금 나간 손님상을 치운다.

동진 저… 너무나 배가 고파서 그러는데요, 국밥 한 그릇만 외상으로 주시면 안 될까요? 다음에 꼭, 꼭 갚아 드릴게요….

주인 뭐야 이건…? 장사도 안 되는데…. 우리 집은 외상 사절이니까 다른 데 가보슈.

동진 그러지 마시고… 한 번만 사, 사정 봐주시면 안, 안 될까요…? 오래 굴, 굶어서….

주인 좋은 말할 때 가보슈? 물벼락 맞기 전에…. (E - 재수가 없으라니까 아침부터 별 미친놈이…)

동진은 할 수 없이 식당에서 나간다.

주인은 소금을 가지고 나와 동진의 뒤에다가 한 줌을 뿌린다. 그리고 한 줌을 더 뿌린다.

30. 무료급식소 앞 - 낮

30

무료급식소라는 간판이 있고 입구로 허름한 사람들이 줄지어 차례로 들어간다.

동진이 밥을 다 먹은 빈 식판을 들고 나와 배식하는 사람 앞으로 간다.

동진 조금만 더 먹으면 안 될까요?

배식 얼마든지… 맘껏 드셔도 돼요. 그리고 언제든지 시간에 맞춰서 오시면 식사할 수 있어요.

동진 아, 네에. 고맙습니다. (감동한다)

31. 새나라 이발학원 앞 - 실외 - 낮

31

동진이 간판들을 읽으며 걸어오고 있다.

2층 '새나라 이발학원'이라는 간판, 그 입구 출입문에 광고지가 붙어 있다.

(광고 내용)

관리원 구함

모집인원: 1명

자격: 연령 학력 성별 무관

업무: 청소와 관리

급료: 서로 합의하여 결정

출퇴근: 불가

특전: 숙식 무료 제공

새나라 이발학원 원장 백

동진이 광고문을 읽고 있다.

동진의 뒤에 여자가 광고문을 읽는다.

동진이 결심을 하고 학원으로 들어간다.

여자는 동진이 학원으로 들어가는 것을 보자, 날쌔게 동진을 밀치고 앞질러 출입문으로 먼저 들어간다.

동진도 따라 문으로 들어간다.

32. 同 학원장실 - 실내 - 낮 32

(몽타주)

학원장은 책상 앞 의자에 앉아 있다.

동진과 여자는 학원장 앞에 서 있다.

학원장 한 사람만 필요한데 응모자가 둘이 왔으니 어떡한다…?

여자 제가 먼저 왔으니 먼저 온 사람을 쓰시는 것이 맞아요.

동진 이 분은 제 앞을 새치기로 먼저 들어왔습니다.

여자 먼저 들어온 사람이 우선권이 있는 것이 아닌가요?

동진 새치기는 좋지 않습니다.

학원장 허허허 이런…. 그럼, 이렇게 하지. 화장실이 두 개가 있는데 청소를 누가 먼저 깨끗이 빨리 잘하는지 시간은 십 분 줄 테니까 해보겠어요?

동진 좋습니다.

여자 네. 하겠어요.

학원장 화장실은 여기 2층과 3층에 각각 있어요. 두 사람이 가위바위보 해서 이긴 사람이 먼저 화장실을 선택하도록 해요.

동진과 여자는 가위바위보를 한다.

여자가 승자가 된다.

동진 그럼, 저는 3층 화장실을 맡아야 되겠군요?

여자 그러세요, 여기 2층 화장실은 내가 할게요.

학원장 그럼, 지금 열 시니까 시… 작!

모두가 벽시계를 본다.

벽시계는 10시를 가리키고 있다.

동진은 바로 문을 열고 나간다.

여자 사장님, 청소 도구함은 어디 있어요?

학원장 화장실에 있지요.

여자 고무장갑도 있나요?

학원장 아마 있을 거요.

3층으로 올라가는 계단 앞, 동진은 3층 계단을 번개처럼 뛰어 올라간다.

3층 화장실 앞, 동진은 화장실 문을 열고 안으로 들어간다.

동 화장실 안, 동진이 화장실 안으로 들어오자마자 한쪽 칸에 '청소도구함'이라는 표지를 본다. 동진은 청소도구함 문을 열고 먼저 고무장갑을 손에 낀다.

2층 학원장실.

여자 세제도 다 있겠지요?

학원장 가서 보시고 필요한 게 없으면 말씀하세요.

여자 네….

벽시계는 10시 2분이 지나고 있다.

여자는 학원장실을 나간다.

3층 화장실 안, 동진은 고무장갑을 낀 손으로 세제를 푼 대야의 거품을 스펀지 걸레로 찍어 양변기에 손을 넣고 여기저기 정성스럽게 닦는다.

동진은 비누칠한 걸레로 벽의 낙서를 빠르게 문질러 지우고 벽을 말끔하게 닦는다.

동진은 다른 칸의 바닥을 대걸레로 깨끗이 닦아나간다.

동진은 쓰레기통들의 오물을 쓰레기봉투에 담는다.

동진은 쓰레기통을 수돗물로 닦는다.

동진은 세면대를 스펀지로 말끔히 닦고 물을 뿌린다.

동진은 쓰레기를 들고 화장실 문을 닫고 내려간다.

벽시계가 10시 9분을 가리키고 있다.

(F. O. 길게)

33. 새나라 이발학원 안 - 실내 - 이른 아침 33

동진은 긴 막대 대걸레로 바닥을 닦아나간다.

동진은 빨간 고무장갑을 끼고 걸레로 이발 의자들을 꼼꼼하게 닦아나간다. 동진은 창문과 소파, 책상, 공구, 선반 등도 깔끔하게 닦아나간다.

학원장(50)이 문을 열고 들어온다.

동진 안녕하세요? 원장님!

학원장 응, 그래 수고한다. 아침밥은 먹었지?

동진 청소 다 해놓고 먹으러 가려고요.

학원장 그래, 식당에 말해뒀으니까 공깃밥은 얼마든지 더 먹어도 된다.

동진 네, 알겠습니다.

(F. O. 길게)

34. 홍제 식당 안 - 실내 - 낮 34

여러 개의 식탁 중, 세 개의 식탁에서 손님들이 식사를 하고 있다.

입구로 동진이 들어온다.

득불은 주방에서 나오는 식사를 음식 운반 카트에 옮기면서 문소리만 듣고 고개를 돌리지도 않고 소리친다.

득불 어서 옵쇼!

동진 어때, 할 만하냐?

득불 어, 너냐? 난 적응을 잘하잖니. 뭐 먹을래?

동진 백반.

득불 설렁탕 먹어라. 고기 많이 넣어주라고 그럴게.

동진 아니, 난 비리 싫어하는 줄 알지? 백반 줘.

득불 새끼… 영양 보충해주려고 그랬더니. (주방을 향하여) 여기 백반 하난데 콩나물 듬뿍이요!

동진 콩나물은 또 왜?

득불 너, 콩나물이라면 환장해 가지고 내 콩나물까지 다 빼앗아 먹고 그랬었잖아?

동진 입맛은 바뀌는 법이야.

손님들이 들어온다.

득불 어서 옵쇼! 어서 옵쇼! 이쪽으로 앉으세요.

식당 주인이 다가와 삶은 달걀 하나를 동진 앞에 놔준다.
동진은 달걀을 테이블에 탁탁 쳐서 까기 시작한다.

주인 아침 일은 끝났니?

동진 네. 득불이는 일 잘해요?

주인 어. 눈치가 빨라 시키지 않아도 척척이야.

동진 첨이니까 잘 좀 가르쳐주세요.

주인 걱정 마라. 아들처럼 잘 데리고 있을 테니까….

동진 고맙습니다.

주인 네가 왜 고맙니? 내가 고맙지….

35. 이발학원 안 - 실내 - 밤

35

마네킹의 머리에 인조가죽을 붙여 사람 머리 모형을 만들어놓았다. 동진은 그 마네킹의 머리에 비누 거품을 칠하고 면도칼로 면도하는 연습을 한다.

이때, 문이 열리며 득불이 들어온다.

득불 너 심심할 거 같아 소주 한 병 들고 왔다.

점퍼 주머니에서 소주를 꺼낸다.

동진 너, 주인한테 말하고 가져왔니?

득불 짜식, 슈퍼에서 사 왔어, 새끼야.

동진 그럼, 안주는?

득불 물론 사 왔지….

득불은 다른 주머니에서 호일에 싼 고기를 펼친다. 한눈에 봐도 설렁탕에 넣는 고기다.

동진은 고기를 보더니 말한다.

동진 이거 설렁탕에 사용하는 고기잖아? (훔쳐 온 고기라 마음이 안 좋다)

득불 야, 양념은 내가 해서 먹을 만해 새끼야.

동진 아이… 새끼, 참…. (훔친 고기를 먹을 수 없다) 길 건너 치킨 집이 새로 생겼는데 서빙 하는 여자애가 죽이게 생겼다더라. 한번 가볼래?

득불 (고기를 훔친 것이 부끄러워 고기를 다시 싼다) 그러자, 그럼.

동진이 먼저 나간다.

(F. O. 길게)

36. 同 이발학원 안 - 실내 - 밤 36

득불과 동진은 각각 두꺼운 책을 열심히 읽고 있다.

득불 너, 깎사 면허 딸 거니?

동진 내가 안 따면 누가 따겠니?

득불 그래. 우리 같은 놈들은 깎사나, 식당 종업원이나 해 먹고살아야지 뭐….

동진 무슨 소리냐? 난, 서울 의대에 꼭 들어갈 건데….

득불 언감생심…. 깎사나 해 짜아식아!

동진 깎사 면허를 기반으로 하면 의대 수업을 할 수 있지 않겠냐?

득불 헛소리 집어치워, 새꺄!

동진 너, 원래 부정적인 놈이었냐?

득불 의대에 가면 공부할 시간도 부족하다는데 깎사로 돈을 언제 벌어, 새꺄?

동진 수학에도 변수가 있는데, 우리들의 삶에도 변수가 생기지 않겠니?

득불 요행은 없어, 자식아!

동진 요행이 아니고, 가변적 요인 말이야. 새끼야?

득불 현실적으로 우린 가진 게 하나도 없어.

동진 야, 이 새끼야! 너 인생의 주인공은 바로 너야, 고로, 만경창파에 물결 따라 방향 없이 떠다니는 나뭇조각이 아니라, 확실한 목적을 향하여 힘차게 달리는 고성능 엔진을 가진 피 끓는 청춘이란 말이다!

득불 그러다가… 병이라도 걸리면?

동진 이런… 나약해 빠진 놈…?

득불 한번 해본 소리야. 헤헤. 네가 하는 말을 들으니 내

가슴이 막 뛴다. 내 마음에도 서광이 비추는 거 같아. 내가 너 같은 놈을 만난 게 천만다행이다 싶다.

동진 우리 고등학교 졸업할 때… 우리 담탱이가 그러셨잖아?

(back to scene)

선생 나는, 너희 두 놈이 내 제자라는 게 너무 자랑스럽다. 그래서 노파심이 발동하여 하는 말인데, 안 된다고 부정적으로 뇌까리는 놈들은 허접한 쓰레기로 접수하고 경멸해라. 무슨 일이든 작심했으면 끝을 봐야 한다. 절대 포기하지 마라. 너희 앞에 주어진 일은 생명을 걸고 전쟁을 치르듯이 온 힘을 다해야 한다!

동진 선생님은 우리의 여린 가슴에 희망의 불을 붙여주신 진정한 스승님이셨다.

득불 그래. 우리의 어두운 마음에 밝은 횃불을 켜주신 훌륭한 은사셨지….

(F. O.)

37. 이발학원 안 - 실내 - 낮

학원장은 출입문 앞 계산대에 앉아 들어오는 손님에게 요금을 받고 있다.

학원장의 뒤로 2시를 가리키고 있는 괘종시계 옆에 이발 요금표가 붙어 있다.

이발 요금표

이발 2,000원

면도 1,000원

(E - 괘종시계가 두 점을 친다)

손님 일곱 명이 소파에 앉아 차례를 기다리고 있다.

실습 이발 의자마다 손님들로 꽉 차 있다.

실습생들은 열심히 손님들의 머리에 가위질하고 있다.

이때, 동진이 들어온다.

학원장은 동진을 본다.

학원장 너, 이발사 면허 시험에 응시 원서 냈다며?

동진 네.

학원장 가위도 한번 안 잡아 본 놈이 어쩌려고?

동진 그래서 말씀인데요. 저도 수강하면 안 될까요?

학원장	네가 청소하러 왔지, 수강하러 왔냐?
동진	당연히 수강료 냅니다.
학원장	그럼, 청소는 누가 하고?
동진	청소도 하고, 수강도 하면 안 될까요?
학원장	네가 슈퍼맨이냐? 청소나 똑바로 잘해라.
동진	청소도 빈틈없이 깨끗하게 하고, 수강도 잘할 수 있습니다만….
학원장	(큰 소리) 안 된다면, 안 되는 줄 알아!

동진은 뻘쭘해서 나간다.

학원장	(E - 청소하러 와서 면허나 따 가지고 나갈 궁리들이나 하고… 도대체, 느긋하게 붙어 있을 놈이 하나도 없으니…?)

38. 同 이발학원 안 - 실내 - 밤 38

텅 빈 학원 안에 득불이 가운을 목에 두르고 이발 의자에 앉아 있다.
괘종시계가 11점을 치고 있다.
동진이 가위로 득불의 머리를 손질한다.

득불	너, 나한테 얻어맞기 싫으면 잘 깎아라?

동진 물론이지, 내가 이발할 동안 시편이나 암송해라.

득불 아니, 난 히포크라테스의 섭생법을 명상하겠다.

동진 그러든지….

득불 드르렁… 드르렁….

동진 그래, 온종일 서서 일하고 얼마나 고단하겠니….

(F. O.)

39. 홍제 식당 안 - 실내 - 낮 39

득불의 머리가 스포츠형으로 시원하게 깎여 있고, 턱과 뒷목과 이마에 밴드가 붙어 있는데 피가 배어 있다.

주인 면도칼에 베인 데는 괜찮아?

득불 동진이가 면허를 따겠다는데 내가 밀어줘야지요. 헤헤헤.

주인 내 머리도 깎자고 덤비면 어떡하니…? 난 피나는 거 무서운데….

득불 피 한 번 내는 데 만 원씩 내라고 하면 어떨까요?

주인 그깟 만 원 받아서 뭐 하냐?

득불 저처럼 세 군데 베이면 삼만 원이잖아요? 필요 없으시면 삼만 원 받아서 절 주세요.

주인 내 피를 흘린 돈인데 왜 널 주냐?

득불 (E - 동진이 그 새끼… 짠돌이라 피를 내도 돈은 안 줄 거예요….)

(F. O.)

40. 홍제 식당 안 - 실내 - 낮 **40**

주인이 득불의 머리처럼 이발을 했다.

주인은 얼굴에 밴드를 두 개나 붙이고 손님에게 거스름돈을 내주고 있다.

주방의 보조가 땀을 닦기 위해 모자를 벗자 득불의 머리와 같은 모양으로 얼굴에 밴드를 붙이고 뒷목에도 밴드를 붙이고 있다. 조리사도 모자를 벗었다가 다시 쓰자 득불의 머리처럼 이발을 했다.

이때 배추, 무, 파, 당근, 양파 등을 통에 가득 담아 들고 들어오는 채소 배달원도 머리의 스타일이 득불의 머리와 같다.

주인과 득불은 채소 배달원의 머리를 보고 크흐히 웃는다.

득불 아저씨 이발 멋지게 했는데요? 크크, 흐흐.

배달원 동진이 그 녀석이 말이야, 나를 붙들고 말이야, 통사정하는데 말이야, 나도 동진이만 한 동생이 있는데 말이야….

(back to scene)

동진 아저씨, 제가 이발소 차리면 거하게 한잔 쏠게요. 저는 면허를 꼭 따야 하거든요. 딱 한 번만 대갈통 좀 빌려, 앗 아니, 죄송해요. 머리를 좀 빌려주세요.

배달원 대갈통이 뭐냐, 새끼야!

동진 죄송해요. 친구들과 재미로 속어를 사용했는데 버릇이 되어버렸나 봐요. 정말 죄송해요. 히히.

배달원 너, 누나 있냐?

동진 저는 없어도 여기 주방장은 예쁜 누나가 있던데요.

배달원 그래?

동진 아주 삼삼해요.

배달원 그으래? 그러면 네가 중간에서 다리 좀 놔볼래?

동진 섹시하고 매력적이기는 한데… 아이가 셋이던데 그래도 괜찮아요?

배달원 뭐야? 난 숫총각이란 말이야.

동진 저한테 이발 한번 하시면 어떻게 해서라도 숫처녀를

소개시켜드릴게요. 히히.

배달원 정말이냐?

동진 그럼요.

41. 이발학원 숙소 - 실내 - 밤 41

동진은 스탠드 불빛 아래 토익(TOEIC) 대비 참고서를 읽고 있다. 벽시계는 3시를 가리킨다.

(F. O.)

42. 도로공원 일각 - 실외 - 오전 42

(몽타주)

교회의 종소리가 들린다.

동진은 나무 그늘 아래에서 손님의 이발을 마치고 가운을 벗겨 손님의 어깨 머리털을 털며 슬쩍 득불을 본다.

득불은 벤치에 혼자 앉아 있는 실업자에게 다가간다.

득불과 실업자 사이로 얼핏 보이는 거리의 풍경에서 성경을 들고, 또는 옆구리에 끼고 교회 가는 사람들의 모습들이 잡힌다.

교회 종탑의 종이 마구 움직이며 종이 울린다.

손님은 손거울로 이리저리 자신의 머리를 검사하더니 한마디 한다.

손님 이발하는 솜씨를 보니께 한 달 전보다 기술이 솔찬히 늘은 겨.

동진 이발사로 취직해도 되겠어요?

손님 암만, 취직해도 되고말고…. 취직허면 나한이 연락혀. 나가 개시해줄 테니께….

득불이 벤치에 앉아 있는 실업자 옆에 앉는다.

득불 아저씨! 이발하세요. 공짜예요.

실업자 참말이가? 나중 딴소리 하모 쌔리 패뿔긴데, 그케도 마, 괴안켔나?

득불 그럼요. (동진에게) 야, 여기 계신 손님 머리도 잘 좀 깎아드려라. 공짜라고 날리지 말고….

동진 이리로 오세요.

실업자가 동진에게 온다.

동진 어서 오세요. 앉으세요. 이 공원에 자주 오세요?

실업자 실업자가 되가 우야겠노…. 갈 데도 읎꼬 오락 카는 넘도 엄꼬, 마땅히 시간 지길 데도 엄따 아니가…?

43. 포장마차 안 - 밤 43

동진과 득불은 상당히 취해 있다. 테이블 위에는 빈 소주병이 4개.
득불이 동진의 잔에 술을 따르지만 술이 없다.

득불 술이 없네? 이제부터는 내가 산다.

동진 고, 고만 먹고 가자….

득불 이제 시작인데…. 딱 한 병씩만 더 먹자. 아줌마! 여기 소주 두 병만 더 주세요!

동진 나, 내일 면허 시험 보러 가야 돼, 새끼야. 어윽!

득불 그러니까 딱, 한 병씩만 더 까자.

동진 오늘따라 이 새끼 왜 이렇게 끈질기냐?

득불 아줌마! 여기 술 안 줘요?

아줌마가 소주 두 병을 가져다 놓는다.

득불은 병마개를 딴다.

득불 자, 우리 한 병씩만 나팔 불고 가자.

동진 그래, 좋다….

득불 자, 이거 네가 마셔.

득불은 병마개 딴 소주를 동진에게 주고 자신은 또 병마개를 따서 나팔을 분다. 동진도 나팔을 분다.

득불 (E - 이 새끼… 면허시험 가려면 낼 아침 바쁠 텐데…. 히히, 그거 마시면 낼 시험은 끝장이다, 이 새끼야. 히히, 히히)

44. 이발학원 숙소 - 실내 - 오전 44

동진이 네 활개를 펴고 늘어지게 자고 있다.

디지털 벽시계가 10시 5분이다.

문이 팍 열리며 득불이 들어온다.

득불은 콜콜 자고 있는 동진과 벽시계를 번갈아 보더니 회심의 미소를 짓는다.

득불 내 이럴 줄 알았다니까, 야! 빨리 일어나!

득불은 동진이 자고 있는 이불을 확 잡아당겨 벗긴다.

팬티만 입고 자던 동진이 발딱 일어나며 눈을 비빈다.

득불 면허 시험 보러 안 가?

동진은 정신이 번쩍 들어 벽시계를 본다.

득불은 당황하는 동진을 보며 고소하다는 웃음을 짓는다.

동진은 다시 벌러덩 눕는다.

득불 오늘 면허 시험은 포기한 거니?

동진 오후 2시에… 2차 시험 갈 거야.

득불 뭐야? (실망이 크다)

45. 同 복도 - 낮 45

이발학원 원장이 이쑤시개로 이를 쑤시며 계단으로 뒤뚱거리며 올라오고 있다.

동진이 내려가려다가 계단을 올라오는 학원장과 마주친다.

괘종시계가 12시 20분을 가리키고 있다.

동진 원장님 오늘 점심은 빠르시네요.

학원장 넌, 어디 가냐?

동진 청소는 미리 다 했고요, 면허 시험 보러 가요. 그러면, 바빠서 이만 다녀오겠습니다.

동진은 계단을 바삐 내려간다.

학원장 제까짓 게… 낙방하는 맛이 어떤지, 맛을 봐야 맛을 알지…. 흐흐흐.

(F. O.)

46. 홍제 식당 안 - 실내 - 늦은 밤 46

동진과 득불이 마주 앉아 소주를 마시고 있다.

다른 테이블 위엔 의자가 올려져 있고, 세탁한 것을 말리려고 위생복, 앞치마, 행주, 목장갑 등이 널려 있다.

득불	야, 발표가 낼모렌데 넌 마음이 초조하지도 않냐?
동진	조까, 임마.
득불	정식으로 수강 받아서 시험을 치른 것도 아니잖아?
동진	방이나 하나 구해야겠다….
득불	청소 일은?
동진	난 이제 이발사야, 짜샤.
득불	벌써 발표했니?
동진	냉면인지 막국순지 척 보면 알지 꼭 먹어봐야 아니?
득불	무슨 말을 하고 있냐…?
동진	너무나 많은 사람들의 피를 흘려가며 노력을 했는데 안 될 까닭이 없다고….
득불	그래. 나도 피를 흘렸지…. 근데, 넌 피를 한 방울도 안 흘렸잖아? 이 나쁜 새끼야….

(F. O. 길게)

47. 모범이발관 안 - 실내 - 낮 47

이발 의자 네 개 있는 동네 모범이발소다.

주인은 손님A를 면도하고 있다.

동진은 손님B의 머리를 드라이기로 마무리하고 수건으로 어깨에 묻은 머리털을 가볍게 슬쩍슬쩍 털어준다.

손님B는 일어나더니 동진에게 요금을 내고 나간다.

동진 안녕히 가십시오.

이때 신흥국(42)이 입구로 들어온다.

동진 어서 오십시오.

주인 아이고 사장님, 어서 오세요.

흥국 그래, 영업은 잘되시고…?

흥국은 겉옷을 벗어 옷걸이에 건다.

주인 일수는 한 번도 밀리지 않고 꼬박꼬박 잘 찍고 있습니다.

흥국 그래서 상부상조하러 왔지…. 나, 면도하고 머리 드라이 좀 해줘.

동진은 흥국을 보더니 눈을 껌뻑거리며 기억을 더듬는다.

(flashback)

기남의 집 거실. 동진(7)은 연자(28)의 손을 놓고 수하1, 2에게 끌려가는 기남(35)을 향해 뛰어간다.

동진 아빠!

이를 주시하고 있던 흥국(30)이 동진의 발을 걷어차버린다.

동진이 넘어진다.

코를 땅에 박는다.

고개를 드는 동진의 코에 피가 주룩 흐른다.

동진은 손으로 코피를 훔치며 흥국을 노려본다.

주인 박동진 군, 뭐해? 사장님 모시지 않고….

동진 아, 이쪽으로 앉으시지요.

흥국 보조 들였나?

동진 보조는 아니고요, 이발사입니다.

흥국 그래? 그럼, 신참 면도 솜씨 좀 볼까…?

동진은 의자를 눕혀 흥국의 얼굴에 뜨거운 물수건을 덮는다.

동진은 흥국의 이마에 얹힌 물수건을 살짝 걷고 비누 거품을 칠하고 면도를 한다.

동진은 물수건으로 흥국의 이마와 눈을 가리고 턱과 코 밑에 비누 거품을 바른다.

동진은 면도칼을 쥐고 무서운 눈으로 흥국의 목을 노려본다.

(vision)

동진은 예리한 면도칼로 흥국의 목을 선뜩 잘라버린다.

흥국의 목이 갈라져 있고 선혈이 낭자하게 흐르며 면도칼을 쥔 동진의 손이 피범벅이 되어 있다.

주인은 손님A를 면도하고 있다.

동진이 흥국의 얼굴을 면도를 하다가 아차 하는 순간, 흥국의 얼굴에서 피가 난다.

흥국 아야!

흥국은 벌떡 몸을 일으키며 손으로 닦아낸 피를 보고 노기를 띤다.

흥국 이 새끼가? 너 죽고 싶어?

동진 죄송합니다. 정말로 죄송합니다.

주인이 얼른 흥국의 얼굴 상처에 화장지를 가져다 대고 서랍에서 밴드를 찾아 흥국의 상처에 붙인다.

주인 아직, 헤헤…. 아직 초짜라서요. 이해해주십시오.

흥국	이 새끼, 위험하니까 당신이 해. 넌 저기 저 손님한테 가봐, 새끼야!
손님A	오지 마? 오기만 해봐라? 오는 놈이나 시킨 놈이나, 모조리 불알 까버릴 테니까….
주인	우리 박동진 군이 서울 의대에 합격을 했다고요,
흥국	뭐…? 너, 이름이 뭐야?
동진	박동진입니다.
흥국	뭐야? (E - 그러니까 이 새끼가… 박기남의 아들 동진이…. 그 어린놈이 벌써 이렇게 컸어?)

(flashback)

48. 기남의 집 거실 - 밤 flashback 48

박기남(35)과 박동진(7)이 소파에 앉아 수박을 먹으며 TV를 보고 있다.
이때 차임벨이 울린다.
주방에서 앞치마에 손의 물기를 닦으며 다가온 연자(28).

연자	내가 나가볼게….
기남	아무나 문 열어주지 말아.

연자는 현관으로 나간다.

동진 아빠, 만화영화 보면 안 돼?

기남 난 뉴스 볼 거야.

동진 에이… 뉴스는 잼 없어. 만화영화 보자… 응?

연자가 들어오고 뒤이어 신흥국(30)과 수하1, 2, 3, 4가 줄줄이 들어온다.

연자 여보, 총무님이 웬 사람들을 데리고 오셨네.

기남 아니, 오늘 회사 그만두었는데 웬일로 집에까지 왔나?

흥국 아직 볼 일이 남았으니까 왔다.

수하1, 2, 3, 4가 회칼을 꺼내 연자와 기남에게 겨눈다.

기남 이게 무슨 짓인가?

수하1은 기남의 목에 회칼을 들이대고 수하2는 케이블 타이로 기남의 손을 묶고 입에 재갈을 물려버린다.

흥국 자, 좀 서둘러주세요.

수하1, 2는 두 손이 묶인 기남(35)을 회칼로 위협하여 강제로 끌고 나가려 한다.

기남은 연자와 동진을 돌아보며 무슨 말을 하려고 한다.

연자는 동진의 손을 잡고 기남에게 다가가 기남의 말을 들으려 한다.

연자 여보!

수하3, 4가 험악한 얼굴로 인상을 쓰며 연자의 앞을 가로막는다.

수하3 뒤로 물러서.

상황을 보던 흥국이 수하1, 2에게 명령한다.

흥국 어서 끌고 나가세요!

동진은 연자의 손을 놓고 기남에게 달려간다.

동진 아빠!

기남은 수하1, 2에게 억지로 끌려가다가 동진의 목소리를 듣고 돌아본다.

기남 동진아!

동진은 기남을 향하여 달려온다.
기남은 동진을 안으려고 몸을 낮춘다.

수하1, 2가 험상궂게 인상을 쓰며 회칼을 기남의 목에 들이대며 기남을 밖으로 끈다.

흥국은 가까이 달려오는 동진의 발을 걷어차버린다.

동진은 넘어진다.
땅바닥에 코를 찧는다.
동진은 고개를 들어 코피를 주룩 흘리며 흥국을 노려본다.

흥국 빨리 끌고 나가세요!

기남은 쓰러진 동진을 애처로이 바라보며 수하1, 2에게 끌려간다.
동진은 증오에 가득한 눈으로 흥국을 노려본다.

수하1, 2가 기남을 끌고 문을 나가버린다.

이때, 함결추가 들어와 순간적으로 상황을 훑어보더니 연자에게 눈과 턱으로 동진을 데리고 가도 좋으냐고 묻는다.

연자는 걸추에게 슬픈 눈과 고개로 빨리 데리고 나가라고 응낙한다.

걸추는 동진을 달랑 안고 나간다.

동진은 걸추에게 안겨 나가면서 흥국을 노려본다.

흥국 저놈은 누구야? 저놈을 잡아 오세요.

수하3, 4가 걸추와 동진이를 쫓아 나간다.

연자도 수하들의 뒤를 따라 나간다.

흥국이 연자의 허리를 낚아챈다.

흥국은 연자를 두 팔로 안고 키스를 한다.

연자 총무님 왜 이러세요. 이러지 마세요.

흥국 사모님을 처음 봤을 때부터 이렇게 하고 싶었어.

연자 이러시면 시, 시… 싫어요….

흥국이 연자를 끌어안고 키스를 계속한다. 연자는 흥국의 키스를 은근히 받아주면서 말로만 앙탈을 부린다.

흥국 사모님도 나랑 이렇게 하고 싶었잖아? 그렇지?

다시 이발소 안.

흥국 (E - 동진이 이 새끼를 잡아 죽이려고 사방팔방을 다 뒤졌는데….
원수는 외나무다리에서 만난다더니. 넌, 딱 걸렸다)

(vision)

흥국 동진이를 잡아 오거나 죽이는 놈에게 10억을 준다.
전국을 뒤져서라도 속히 잡아 오도록, 알았나?

수하1, 2, 3, 4, 5 네 알았습니다.

주인 서울대 의예과 수석으로 입학했답니다.

흥국 당신한테 물어봤어?

동진 진짠데….

주인 거 봐요….

흥국 부모님은 어디 계시니?

동진 고아입니다.

흥국 (E - 허, 이놈이 박기남 아들이 틀림없군…?)

동진 저 선생님, 사채 하시는 분이시지요?

흥국 촌스럽게 사채가 뭐냐? 금융업이야 금융업!

동진 일수놀이도 금융업인가요?

흥국 사채보다는 금융업이라는 말이 훨씬 더 무게감이 있
고 위력 같은 게 느껴지지 않냐?

동진 저… 학자금도 융자해주나요?

흥국 뭐? 널 언제 봤다고?

동진 조그마한 이발소 하나 차리면 학교를 무난히 졸업할 수 있지 않을까 해서요…?

흥국 (E - 허, 이 새끼 봐라. 지 애비 닮아서 싹수가 보이네…. 아무튼, 이 새끼와 연관을 맺어야 감쪽같이 죽일 기회를 잡지…)

흥국 언제 갚을 건데?

동진 십오 년 후에요.

흥국 뭐? 너, 나한테 장난질 하냐?

동진 제 학업이 십오 년 걸리기 때문입니다.

흥국 그렇게 긴 장기 대출은 안 해, 새끼야.

동진 그럼, 몇 년까지 해주실 수 있는데요?

흥국 길어야 일 년!

동진 의대 졸업하고 레지던트 마치고 군대 다녀오고 병원 개업하려면 총 15년이 걸리는데….

흥국 레지던트나 군의관은 봉급이 나오잖아, 새끼야.

동진 그럼, 십 년 상환이라도 안 될까요?

흥국 장기 대출은 안 해, 그리고 사채는 금리가 비싸.

동진 쌀값 비싸다고 밥 안 먹고 굶어 죽는 사람 있나요?

흥국 짜식…. 그래? 그럼, 내일 사무실로 와봐….

동진 그럼, 낼 뵐게요.

(F. O.)

49. 상가 건물 출입구 - 실내 - 낮 49

동진이 건물 입구로 들어오더니 2층으로 향하는 계단을 올라간다. 동진이 2층으로 올라오자 유리로 된 출입문에 붉은 페인트 글씨로 '오세아니아 금융'이라 크게 쓰여 있고, 그 글씨 아래에 '담보대출 - 월수 - 일수'라고 쓰여 있다.

동진은 그 유리문을 밀고 들어간다.

50. 오세아니아 금융 사무실 안 - 실내 - 낮 50

'사장 신흥국'이라는 명패가 놓인 책상에 손을 얹고 앉아 있는 흥국.

동진이 들어온다.

흥국 네가 급하긴 했구나?

동진 꼭 좀 부탁드립니다.

흥국 그래, 얼마가 필요하냐?

동진 육천만 원이요.

흥국 그렇게 많이는 안 된다.

동진 그럼 얼마나…?

흥국 이천… 까지는 가능하다.

동진 그거 가지고는….

흥국 이천만 원이면 파격적이야 임마! 보증도, 담보도 없는 놈한테는….

동진 이발소를 차릴 수가 없는 금액의 돈이라면 저에겐 아무런 의미가 없습니다.

흥국 그래서? 돈이 필요 없다는 거냐?

동진 네. (일어서며) 안녕히 계세요.

흥국 네가 한 가지 일을 해준다면 육천도 가능하다.

동진 네? 어떤 일인데요?

흥국 오토바이를 탈 줄 안다면 간단하지만, 탈 줄 모른다면 그냥 돌아가라.

동진 탈 줄 알아요.

흥국 그럼, 여기 서명하고 지장 찍어라. 학자금 육천만 원에 대한 이자는 복리로 연 36프로다. 오케이?

동진 네, 좋습니다.

동진은 수하2가 내미는 '신체포기각서'에 서명하고 지장을 찍는다.
이때, 수하3이 동진에게 다가온다.

흥국 그럼, 저 사람 따라가봐.

동진은 일어나 수하3을 따라간다.

흥국 (E - 너는, 이제 네 애비 곁으로 직행이다. 흐흐, 흐흐)

51. 건물 앞 - 실외 - 낮 51

동진은 007 가방이 짐받이에 실린 오토바이를 끌고 나와 세운다.

수하3은 검정 헬멧을 동진에게 건네준다.

동진은 오토바이에 올라타 헬멧을 받아쓴다.

수하3은 여닫음 고리가 달린 쇠줄을 꺼내더니 오토바이와 동진의 허리띠와 연결한다. 남은 줄이 땅에 늘어진다. 수하3은 늘어진 줄을 돌돌 뭉쳐 동진의 점퍼 주머니에 넣어준다.

동진은 오토바이 시동을 걸어 타고 떠난다.

52. 왕복 2차선 국도 - 실외 - 낮 52

동진이 검정 헬멧을 쓰고 오토바이를 타고 질주하고 있다.

동진의 오토바이 짐받이에 007 가방을 하나 달랑 실었다.

동진의 오토바이는 도로를 질주하는 차량들 사이에 자리를 잡고 잘도 달린다.

동진의 오토바이가 끼어들 때마다 커다란 트럭들이 클랙슨을 울리며 동진에게 위협을 주고 있다.

동진은 아랑곳하지 않고 쏜살같이 달려 나간다.

53. 해변도로 - 실외 - 낮 53

(몽타주)

검정 헬멧을 쓴 동진이 오토바이를 타고 해변도로를 질주하고 있다.

맞은편에서 커다란 5톤 트럭이 오고 있다.

5톤 트럭에서 수하3이 운전을 하고 조수석에 앉은 수하4가 나무 궤짝을 두 개나 도로에 내던진다.

도로 위 나무상자가 깨지면서 도로에 널린다.

동진의 오토바이가 오고 있다.

동진은 도로에 널려 있는 나무 궤짝 토막들을 피하려다가 바다로 떨어진다.

동진이 탄 오토바이는 바다에 풍덩 빠져 잠긴다.

바닷속, 동진은 오토바이에 연결된 쇠줄에 의해 오토바이가 바닷속을 향하여 밑으로 끌려 내려간다.

동진은 허리띠를 뽑으려고 하나 줄에 걸려 빠지지 않는다.

동진은 바지를 벗어버린다.

동진은 오토바이에서 007 가방을 뽑아 들고 위로 솟구쳐 올라온다.

도로변, 수하3은 5톤 트럭을 세워놓고 망원경으로 동진이 떨어진 바다를 본다.

수하4도 망원경으로 바다를 본다.

망원경 시점 -

바다에는 아무 흔적도 없고 갈매기만 오락가락한다.

바다에는 작은 파도만 일렁거리고 있다.

절벽 아래, 헬멧을 벗어버린 동진이 물속에서 얼굴을 내밀고 헤엄쳐 뭍으로 나온다.

아랫도리는 바지를 벗어버린 팬티 차림으로 뭍으로 올라온 동진의 손에 007가방이 들려 있다.

동진은 바위에 털썩 주저앉더니 가방을 살펴본다.

가방은 잠금장치가 되어 있다.

동진은 가방을 자세히 살피며 열려고 하나 열 수가 없어 단념한다.

5톤 트럭에서 망원경으로 동진의 생사를 확인하던 수하4.
망원경 시점 -

바다 어디에도 동진의 흔적은 보이지 않는다.
트럭에서는 절벽 아래를 볼 수 없기 때문이다.

수하4 동진이 녀석이 바다에서 못 나오면 어떻게 될까?
수하3 넌 절대 수영하지 마라.
수하4 왜?
수하3 물귀신이 된 동진이가 널 잡아먹으려고 기다리고 있을 거야.
수하4 난 궤짝만 버렸을 뿐이니까 죄가 없다고.
수하3 난, 운전만 했을 뿐이니까 더 죄가 없지….

54. 오세아니아 금융 사무실 안 - 낮 54

흥국이 사장 자리에 앉아 있다.
수하1, 2는 소파에 앉아 있다.

흥국 오토바이 타고 간 놈 소식은 어떻게 되었냐?

이때 수하3, 4가 들어온다.

수하3 오토바이와 함께 수장시켰습니다.

흥국 확실해?

수하4 제가 확인했습니다.

이때 문이 열리며 동진이 사각 팬티 차림으로 옷에서 물이 뚝뚝 떨어지는 몰골로 가방을 들고 들어온다.

동진이 살아 돌아온 것에 모두가 까무러칠 듯이 놀란다.

흥국은 침착하게 말한다.

흥국 그 꼬락서니는 뭐냐?

동진 저승까지 갔는데 염라대왕께서 말씀하시길 명단에 없다고 돌아가라 해서 그냥 돌아왔습니다.

흥국 염라대왕이 그러데?

동진 아니요. 내가 그랬어요…. 이 가방에 뭐가 들었기에 나를 죽이려고 했어요?

흥국 살아 왔으니 됐고, 학자금이나 가져가라.

흥국은 5만 원권 여섯 뭉치를 책상 위에 올린다.

흥국 입금 날짜를 단 하루라도 어기면, 가차 없이 네 신체의 장기는 바로 적출되는 거니까 각별히 명심하도록.

동진 네. 명심하겠습니다. (봉지에 담은 돈을 받아 돌아선다)

흥국 (E - 이번엔 실패했지만… 다음번엔 꼭 목을 딸 것이다…)

동진이 돈을 들고 나가고 문이 닫힌다.

흥국은 의자에서 일어서는 수하3, 4의 엉덩이를 걷어차버린다.

(F. O.)

55. 오세아니아 금융 사무실 안 - 낮 55

흥국이 사장 자리에 앉아 있다.

득불이 출입문을 조금 열고 안을 들여다보더니 들어온다.

흥국 무슨 용건으로 오셨나?

득불 학자금 대출을 받으려고 왔는데요….

흥국 뭐? 학자금 대출? 임마, 우린 그런 거 안 해! 다른 데 가서 알아봐.

득불 동진이가 여기서 대출을 받았다고 하던데요….

흥국 동진이가?

득불 네….

흥국 너도 서울대 수석 합격했나?

득불 네.

흥국 몇 점 받았나?

득불 사백 점 만점에 삼백구십구 점 받았습니다.

흥국 아주 잘했군. 그러나 학자금 대출 같은 건 안 하니까 다른 데 가서 알아봐라.

득불 학자금 대출을 받지 못하면 저는 평생 식당 종업원으로 살아야 하거든요…. (비통하게 찌그러지는 얼굴)

흥국 박동진과는 어떤 사이냐?

득불 보육원에서 같이 자란 친구요….

흥국 그래…? 네가 동진이를 배신할 수 있다면 대출을 고려해볼 수도 있는데….

득불 대출만 (용기가 솟아서) 해주신다면 그딴 배신 같은 것은 일도 아니에요.

흥국 친구를 배신한다는 것은 친구를 죽일 수도 있다는 말과 같아. 넌, 친구를 죽일 수 있나?

득불 내가 살아남기 위해서라면요….

흥국 동진이를 죽일 수 있다는 말이냐?

득불 네. 가능합니다.

흥국 넌 대출받을 자격이 없다.

득불 그러면요?

흥국 네가 박동진을 죽인다면 대출해주겠다.

득불 죽이겠습니다.

흥국 장부일언은 중천금, 한 번 뱉은 말은 주워 담을 수 없다.

득불 물론입니다.

흥국 확실해?

득불 확실합니다!

흥국 좋아, 대출금을 쓰고 제 날짜에 입금을 못 하게 되면 네 신체의 장기는 바로 적출된다는 것을 명심해라.

득불 동진이를 죽이고도 대출금을 갚아야 해요?

흥국 물론, 죽였을 경우엔 안 갚아도 된다. 하지만 못 죽였을 경우에는 대출금을 갚아야 하지 않겠니?

득불 그야, 당연히….

득불은 수하3이 내미는 '신체포기각서'를 대충 훑어본다.

득불 여기에 서명하면 되나요?

(F. O.)

56. 동진 이발관 앞 - 실외 - 낮

'동진 이발관'이라는 새 간판 아래에는 '축 신장개업'이라고 써 붙인 축하 화환이 두 개가 놓여 있다. 화환 하나의 아래에는 '오세아니아 금융', 또 하나의 화환에는 '최득불'이라고 쓰여 있다.

그리고 그 앞에 식탁을 네 개를 가로로 길게 붙여서 그 위에 백지를 깔고 소주와 막걸리, 콜라, 사이다, 시루떡, 돼지머리 고기를 차려놓고 행인 5명이 먹고 마시고 있고, 동진과 이발사와 여자 면도사가 흰 가운을 입고, 행인들의 시중을 드는데 가운의 왼쪽 가슴에 '동진 이발관'이라고 새겨져 있다.

동 이발관 안, 득불이 주머니에서 가루약을 꺼내 막걸리 병에 쏟고 막걸리 병을 흔든다.

동 이발관 앞, 득불이 막걸리 병을 들고 동진이 앞으로 다가온다.

득불 동진아, 개업을 축하하는 의미로 축하주 한 잔만 받아라.

동진 고맙다. 축하주는 마신 걸로 치자.

득불 그럼, 반잔만 받아라.

동진 아니…. (미소하며 고개를 흔든다)

득불 야, 내 성의를 생각해서 한 모금만 받아라.

득불은 술잔을 억지로 동진에게 들이민다.

동진은 어쩔 수 없이 술잔을 받는다.

득불이 술을 따른다.

득불 야, 쭉 마시고 나에게도 한 잔 따라봐라.

이발사 이발 손님은 우리가 맡을 테니까 걱정 말고 한 잔 들어요.

면도사 그래요. 개업식 날인데 어때요? 그냥 한 잔 드세요. 호호….

득불 햐, 거 막걸리 반잔 가지고 고민하는 놈 세상에서 첨 본다.

동진 야, 너 안 바쁘니? 여기 신경 끄고 그만 가봐라.

득불 그래…. 나 갈 테니까 그 잔은 꼭 비워라.

득불은 미련 없이 돌아서 간다.

동진은 막걸리 잔을 땅에 쏟아버리며 중얼거린다.

동진 (E - 난, 내 맘이 내키지 않으면 절대 먹지 않아. 짜시야. 크크, 하하)

(F. O.)

57. 대학 구내매점 - 실외 - 낮

57

학생이 콜라병에 빨대를 꽂아 들고 매점에서 나온다.

학생은 파라솔 아래 탁자에 앉는다.

득불이 다가와 앉으려고 맞은편 의자를 잡아당긴다.

학생 아차차, 나 매점에 책 놓고 왔다.

득불 그래? 어서 다녀와라.

학생 내 콜라에 내가 침 뱉었다.

득불 콜라에 침 뱉었어? 거 참 대단히 장하다.

학생은 매점으로 간다.

득불은 테이블 위 음료수의 빨대를 뽑아 반대로 끼워 한 모금 빨아 마시고 뚜껑을 열고 재빨리 가루약을 털어 넣는다.

득불은 콜라병을 손에 쥐고 일어나 흔들며 걸어간다.

58. 캠퍼스 벤치 - 실외 - 낮

58

동진이 앉아 책을 읽고 있는데 득불이 콜라병을 불쑥 내민다.

득불 야, 이거 마시고 해라.

동진은 엉겁결에 콜라병을 받는다.

동진이 빨대를 입에 물려고 입으로 가져가는데 손이 나타나 콜라병을 낚아챈다.

학생이 웃으며 빨대를 입으로 가져간다.

득불의 손이 학생이 쥔 콜라병을 빼앗아 땅에 쏟아버린다.

(자막) 10년 후

59. 국군 통합병원 앞 버스 정류소 - 실외 - 낮 59

세워진 승용차 앞에 수하1, 2가 통합병원 입구를 힐끗거리고 있다.

국군통합병원 안에서 군의관 대위 박동진(30)이 나온다.

군복 상의 명찰에 '박동진'이라는 이름 아래 'Dr. Bak'이라고 표기되어 있다.

수하1, 2는 병원에서 걸어 나오는 동진을 주시한다.

동진이 버스를 타기 위해 다가온다.

수하1, 2는 갑자기 달려들어 동진의 팔짱을 하나씩 낀다.

수하1 가자, 박동진.

동진 이런, 이런…. 왜들 이러실까?

수하2 조용히 따라와 새끼야!

동진 이거 놓고 가는 게 좋을 텐데….

수하1 이 새끼가 말이 많아!

수하1이 동진의 한쪽 팔을 잡은 채 한 손으로 동진의 머리를 때린다.

동진은 몸을 홱 돌려 손을 뽑으면서 수하1의 머리통과 수하2의 머리통을 좌우의 팔꿈치로 동시에 가격한다.

수하1, 2는 즉시 땅바닥으로 고꾸라진다.

동진은 승용차의 뒷문을 열고 돌아보며 말한다.

동진 뭐 하세요? 어서 갑시다!

동진은 뒷좌석에 탄다.

수하1, 2는 땅바닥에서 얼른 일어나 운전석과 조수석에 올라타고 시동을 건다.

승용차가 떠난다.

60. 오세아니아 금융 안 - 실내 - 낮

'사장 신흥국'이라는 명패가 놓인 책상 앞에 흥국이 앉아 있다. 문이 열리며 동진을 앞세워 수하1, 2가 들어온다.

흥국 십 년 새에 멋진 장교가 됐구나, 앉아라.

동진은 흥국의 맞은편 소파에 앉고 수하1, 2는 뒤로 물러난다.

흥국 돈은 준비해 왔겠지?

동진 물론입니다.

동진은 수표가 든 봉투를 응접 테이블에 꺼내 놓는다.
수하1이 봉투를 집어서 흥국의 책상 위에 공손히 놓는다.
흥국은 봉투에서 수표를 꺼내 본다.

(수표 insert) 48,000,000원

흥국 군의관이라는 놈이 계산을 이런 식으로밖에 못 하냐?

동진 6천만 원에 대한 이자, 연 36프로를, 복리로 십 년이면 12억9천8백7십8만1천5백8십 원이지요.

흥국 아는 놈이 달랑 4천8백을 내밀어?

동진 앞으로 5년이 더 지나야 원금을 다 갚을 수 있다는 거 아시잖아요?

흥국 무슨 개소리야? 오늘이 십 년 계약 만료잖아 새끼야!

동진 제가 레지던트 시절부터 오늘날까지 알뜰히 모은 돈을 다 드린 겁니다.

흥국 이 새끼 끌고 가서 장기를 모조리 적출하고…. 팔다리도 다 자르고 눈깔도 뽑고, 돈 되는 건 다 뽑아 팔아버려.

동진 제가 돈을 벌어야 갚을 거 아닙니까?

흥국 개소리에는 약이 딱 두 가지 있다. 하나는 똥, 하나는 몽둥이!

수하2 요즘 개들은 똥 안 먹고요. 몽둥이로 패면 주인이고 뭐고 으르렁 하며 막 덤벼들어요.

흥국 시끄러, 새끼야! 누가 너한테 물어봤어?

동진 5년 후면 46억쯤 되는데, 내 몸을 모조리 잘라 팔아도 46억은 못 건지십니다.

흥국 그래서 새끼야?

동진 새끼야, 새끼야 하지 맙시다. 제가 사장님 새끼도 아니고, 수하도 아니지 않습니까?

흥국 이 새끼 봐라? 그새 많이 컸다 이거냐?

동진 제가 어렸을 때는 그렇다고 쳐도, 지금은 품위 있는 대한민국 육군 장교한테 말본새가 그래서 되겠습니까? 앞으로는 시정하십시오. 그렇지 않으면… 콱….

흥국 뭐라고? 이 새끼가….

동진 내가 사장님한테 이 새끼 저 새끼 하면서 막말하면 좋겠습니까?

흥국 뭐야? 이 새끼 너, 너…?

수하1이 얼른 흥국의 책상 위에서 새로운 '신체포기각서'를 가져다가 동진 앞에 놓아준다.

동진은 '신체포기각서'를 읽어본다.

동진 아니, 어째서 5년 연장이 아니고 2년 연장입니까?

흥국 지금은 네 몸이 군바리라 내가 함부로 적출을 못하지만 2년 후, 네가 제대하면 네 장기를 바로 적출하려고 그런다. 이 새끼야?

동진 그런데, 2년 연장에 왜, 46억입니까?

흥국 억울하면, 이 시점에서 돈 갚으면 돼 이 새끼야! 만기가 되어도 돈을 못 갚으니까 딸라 이자가 붙는 거 아냐!

동진 순 날강도 새끼잖아? 씨발….

흥국 난 46억 받아도 남는 게 별로 없어, 새끼야!

동진 6천만 원 빌려주고 46억을 받는데 남는 게 없어?

흥국 너도 대가리가 있으니 계산을 해봐 새끼야! 너 돈 빌려준 시점부터 12년 동안 난 흙 파먹고 사냐? 사무실 임대료 내지, 세금 내지, 일하는 애들 월급 줘야지. 이놈한테 뜯기지, 저놈한테 뜯기지. 사채 장사가 쉬운 일인 줄 알아? 벌금 한 번 맞으면 몸통이 휘청거려 새끼야!

동진은 죽을 맛으로 '신체포기각서'에 서명해주고 만다.

흥국 너, 2년 후 46억 안 가져오면 너 몸의 장기를 모조리 적출하고, 네 신체도 부위별로 잘라 매각할 거니까 알아서 기어?

동진은 찡그리며 나가버린다.

(F. O.)

61. 레스토랑 안 - 실내 - 낮 61

청년(30)이 입구 쪽을 열심히 주시하며 누군가를 기다리며 앉아 있다.
입구와 가까운 좌석에서 불량배 3명이 술을 마시고 있다.
다른 테이블에 대위 박동진과 대위 득불이 식사를 하고 있다.

출입문을 열고 들어오는 하유진(30).

남성들의 시선을 끌기에 충분한 섹시한 차림을 하고 있다.

앉아 있던 청년은 들어오는 유진을 보고 자리에서 벌떡 일어나 손을 흔든다.

유진은 청년을 발견하고 손을 들어 화답하고 청년을 향하여 간다.

술을 마시던 불량배3명이 유진을 본다.

불량배3명은 유진을 한눈에 보고 홀딱 반해버린다.

불량배들은 핸드폰을 꺼내 유진을 찍으며 부산을 떤다.

근처 테이블의 동진과 득불도 유진을 본다.

동진과 득불은 식사를 하다 말고 유진을 알아보며 득불은 턱짓으로 유진을 가리킨다.

득불 재, 하유진이 맞지?

동진 옛날 모습이 그대로론데….

유진은 득불과 동진을 보지 못하고 불량배들 앞에 걸음을 멈추고 항의한다.

유진 찍지 마세요. 왜 남의 신체를 맘대로 찍고 그러세요?

불량1 뭐야? 이 쌍년이!

불량배들은 유진을 끌고 나가자고 서로 눈짓을 교환한다.

불량배들은 자리에서 일어나 유진에게 달려들어 유진을 강제로 끌고 나간다.

유진은 뿌리치며 끌려가지 않으려고 발버둥 친다.

유진 왜 이래요? 이게, 무슨 짓들이에요?

청년이 유진에게 가려고 급히 일어나다가 의자에 걸려 넘어진다. 청년은 일부러 못 일어나는 척 엎드려 꼼지락거리며 불량배들의 눈치를 보고 있다. 청년은 불량배들이 두려운 것이다.

유진 이거 놔요! 사람 살려요!

청년과 유진은 서로 눈이 마주치지만 청년은 땅바닥에 고개를 푹 숙인다.

유진은 실망하면서 불량배들의 손아귀에서 벗어나려고 발버둥 친다.

유진 이거 놔, 이 새끼들아!

불량2 조용히 따라와 쌍년아! 이렇게 맛있게 차려입고 다니니깐 넌 우리 밥이 되는 거야. 흐흐흐.

불량배 셋이 유진을 억지로 강제로 끌고 나간다.

유진이 끌려 나가는 것을 보고 있는 득불과 동진과 카운터.

카운터가 송수화기를 들고 112 버튼을 누른다.

동진은 술잔을 들어 입에 털어 넣고 일어나 불량배들을 쫓아 나간다.

62. 同 레스토랑 앞 주차 공간 - 가로 - 낮

불량배들이 유진을 차에 넣으려고 한다. 유진은 차에 실리지 않으려고 차 문을 잡고 버티며 버둥거린다.

불량3이 주먹으로 유진의 복부를 가격한다.

동진이 불량3의 주먹을 잡아 비틀어버린다.

불량3은 비명을 지르며 손을 뺀다.

유진이 동진을 본다.

불량2 넌 뭐야?

유진 동진아…. (안도하며 얼른 동진 뒤로 숨는다)

동진 이쯤에서 멈추는 게 어때?

불량2 뭐야? 군바리 새끼가 건방지게?

불량1 너, 우리가 누군지 모르나 본데…?

손목이 아파 왼손으로 오른쪽 손목을 주무르고 있던 불량3이 성질이 난 얼굴로 동진을 노려보더니 다시 오른손 주먹에 힘을 모아 힘껏 동진을 친다.

동진은 불량3의 주먹이 들어오는 속도로 한 걸음 옆으로 쏙 피한다.

불량3은 헛방 주먹질로 제 힘에 중심을 잃고 저만치 가로까지 굴러나가 뒹군다.

불량3은 소화전 옆에 쓰러져 고개만 들고 쉽게 못 일어나고 있다.

득불은 레스토랑 앞에서 폰 카메라로 이들을 찍고 있다.

불량1, 2가 한꺼번에 동진에게 달려든다.
동진이 불량배들의 공격을 피해버리자 불량1, 2는 그대로 나자빠진다.

불량3이 동진을 보며 일어난다.
분노로 일그러진 불량3의 얼굴.
불량3은 나무토막을 집어 들고 동진을 향하여 급히 오려고 서두르다가 부서진 의자에 걸려 넘어지면서 소화전에 머리를 박고 고꾸라져 움직이지 못한다.

득불이 폰 카메라로 낱낱이 찍고 있다.

득불 어, 어, 저놈, 뇌진탕이야.

동진은 급히 불량3에게 뛰어가 인공호흡 등 응급처치를 실시하지만 소생할 기미가 없다.
불량1과 2가 불량3의 죽음을 보고 있다가 겁에 질려 슬금슬금 뒤꽁무니를 뺀다.
득불이 달아나는 불량배들의 엉덩짝을 발길로 차버린다.
불량배 둘은 길바닥에 엎어진다.
불량1, 2는 땅바닥에 엎어져서도 고개를 이리저리 돌리며 도망칠 기회를 엿본다.

득불이 낌새를 채고 퇴로를 막아서며 발로 다시 공격하려 하자 불량1, 2는 손사래를 치며 불량3이 쓰러져 있는 곳으로 다급히 기어간다.

멀리서 앰뷸런스 사이렌 소리가 점점 가까이 들린다.

(F. O.)

63. 입원특실 안 - 실내 - 낮 63

용기(23)는 다리가 없는 하체를 시트로 덮고 병상에 누워 링거를 맞고 있다.

연자(52)가 깎은 사과를 과도로 찍어 용기에게 주면 용기는 손으로 받아 입에 넣는다.

병실의 문이 열리며 담당 의사와 레지던트1과 간호사 하유진이 들어온다.

의사가 용기를 진맥한다.

의사 많이 좋아지셨습니다.

용기 좋아지긴 뭐가 좋아져요? 다리가 두 개나 없는데?

의사 하 선생님, 진통제 안 놔드렸어요?

유진 환자분, 지금도 통증이 있나요?

용기 다리만 이식해주시면 돈은 달라는 대로 드린다니까요?

의사 다른 병원을 알아보는 것이 좋을 듯합니다.

연자 뇌사자 중에 다리 제공자가 있지 않을까요?

의사 ….

연자 우리 애 불쌍해서 어떻게 해요?

용기 어떡하긴, 불법으로 하면 되지.

연자 그걸 말이라고 하니?

용기 아빠는 불법도 법이라고 했어요.

연자 애는 못 하는 소리가 없어?

(F. O.)

64. 국군통합병원 앞 버스 정류소 - 낮 64

동진이 제대복을 입고 통합병원에서 나온다. 조금 간격을 두고 득불도 제대복을 입고 통합병원에서 나온다.

득불 어이… 민간인, 같이 가자!

득불은 동진 옆으로 나란히 걸어 버스정류장 앞에 선다.

득불 전역한 소감이 어떠냐?

동진 넌, 장가들고 첫날밤 치른 소감을 말한 적 있냐?

득불 그런 건 말하는 거 아니다.

동진 넌, 기다리는 마누라가 있어서 좋겠다.

득불 오늘 전역 파티나 열까?

동진 원장님을 뵈러 가야 되지 않겠니?

득불 난, 약속이 있어서….

동진 너, 학자금 대출 받은 거, 네 와이프가 갚아주었다면서?

득불 웬걸….

동진 돈 좀 있는 규수가 아니었어?

득불 그렇게 됐다. 넌?

동진 난, 지금 장기 제공하러 간다….

득불 설마…?

이때, 버스가 와서 멈춘다.

득불이 버스에 오른다.

이때, 수하1과 2가 나타나 동진의 팔을 잡으려다가 두려움에 주춤한다.

수하1 전역을 축하한다. 박동진.

득불은 버스를 타고 손을 흔들며 떠난다.

동진은 싱긋 웃고 수하2가 열어주는 승용차에 올라탄다.

65. 오세아니아 금융 사무실 - 실내 - 낮

신흥국은 책상 앞에 앉아 있다.

병천(40)이 응접 테이블에서 '차용 약정서'에 서명을 하고 있다. 수하3이 병천을 지켜보다가 서명한 '차용약정서'를 집어 흥국 앞에 공손히 놓는다.

흥국이 계약서를 집어 대충 읽어본다.

흥국 약정 기간은 6개월.
병천 알고 있어요.
흥국 병원 문은 왜 닫은 거요?
병천 그런 거 밝히고 싶지 않소.
흥국 아, 그래요.
병천 나 좀 바쁜데….
흥국 그런데, 혹시… 이혼하셨어요?
병천 아니? 사생활은 왜 묻는 거요?

병천은 화가 나 벌떡 일어난다.
흥국은 오만 원권 다섯 다발을 책상 위에 올린다.
수하3이 봉투를 가지고 와 돈을 봉투에 담아 병천에게 가져다준다.

흥국 입금 기일을 어기는 날부터 딸라 이자라는 것 아시지요?

병천 돈 오천 가지고 별 시시콜콜 다 하십니다.

병천은 수하3으로부터 돈 봉투를 빼앗듯이 받아들고 나간다.

병천이 나가자마자 바로 문이 열리며 수하1과 동진, 수하2가 들어온다. 흥국이 의자에서 일어나 응접 소파로 오며 동진을 반긴다.

흥국 어서 와라. 돈은 가져왔겠지?

수하들은 흥국에게 공손히 절을 하고 물러난다.

동진 여기 있습니다. (봉투를 내민다)

흥국 (봉투에 수표를 꺼내 보고) 이거 이천사백이잖아?

동진 이 년 동안 모은 겁니다.

흥국 너, 장난하니?

동진 레지던트 2년을 더 마쳐야 개업을 할 수 있고, 개업을 해야 빚을 갚을 수 있다는 거 몰라서 이러세요?

흥국 십 년하고도 이 년을 더 봐줬다. 더 이상은 안 돼!

동진 맘대로 하세요. 내 장기를 모두 적출을 하시든가?

흥국 이 새끼 튕기는 거 봐라? 야! 이 새끼 데려다가 적출해버려!

수하1, 2가 손에 회칼을 쥐고 다가온다.

동진 내 장기의 출처를 추적받게 되면, 나를 살해했다는 것이 백일하에 드러나게 됩니다…. 그리고 법이 허용하는 범위에서 장기를 적출한다 해도 1억도 건지기 어렵습니다.

흥국 그건 네 생각이고, 네가 모르는 방법이 있어, 새끼야!

동진 밀매로 장기를 수출하는 것은 칼날에 박치기하는 것과 같습니다.

흥국 그러냐? 그렇다면, 96억으로 계약 다시 할래?

동진 삼 년 연장인가요?

흥국 아니, 일 년! 새꺄!

동진 3년 연장하면 몰라도….

흥국 에또, 어디 보자… 3년 연장이면 딱 130억이다.

동진 3년 후에 내가 빚을 못 갚거든 나를 경매하시오.

흥국 그래, 맞아. 경매.

동진 130억 이상을 부르면 진짜 도둑놈이요….

흥국 내 돈이 아니었으면 네가 의사가 됐냐? 너를 의사로 만들어준 만큼 너는 돈으로 보답을 해야 되는 거야,

새끼야!

동진 눈을 번연이 뜨고 있는 내 코를 베어다가 팔아먹고 도 남을 인간이요….

흥국 어쨌거나 130억으로 일 년 연장이다. 알았나? 못 갚으면 바로 적출에 들어간다.

동진 뭐! 뭐가 일 년 연장이야! 삼 년 연장이지, 이 도둑놈아!

(F. O.)

66. 국민 종합병원 전경 - 낮 66

'국민 종합병원'이라는 간판.

출입문으로 병원을 찾는 많은 사람들이 드나들고 있다.

환자복을 입은 사람들도 있고, 목발을 짚거나 휠체어를 탄 환자들도 드나들고 있다.

67. 同 수술실 앞 - 실내 - 낮 67

수술실 앞에 근심스러운 모습으로 앉아 있던 부부가 수술실을 바라보며 마음을 졸이고 있다.

수술실 문이 열리며 수술을 마치고 나오는 동진.

기다리고 있던 부부가 발딱 일어나 동진에게 다가간다.

남 선생님, 수술 결과는 어떻습니까?

동진 수술은 아주 잘되었고요. 마취가 풀리는 대로 면회할 수 있을 것입니다.

남, 여 고맙습니다. 선생님.

동진은 보호자들을 지나 탈의실로 들어간다.

68. 同 탈의실 입구 68

동진은 진료 가운으로 갈아입고 탈의실에서 나온다.

저쪽에서 신 원장, 오 과장, 최득불이 오고 있다.

동진이 목례를 한다.

신 원장 수술을 성공적으로 마치셨다고요? 치하드립니다.

동진 감사합니다. 원장님.

오 과장 바쁘시더라도 지금 좀 올라오실 수 있지요?

동진 네, 과장님.

득불 레지던트 복귀 후 첫 수술을 마친 소감이 어떠냐?

동진 넌, 제대 후 네 마누라와 첫 밤 잔 소감을 아직 나한테 말 안 했어, 새끼야.

득불 그런 건 묻는 거 아니다, 새끼야.

동진 너, 신 원장 안 따라가니?

득불 너, 자꾸 육담하면 이빨 다 뽑아 합죽이 만들어버린다?

득불은 원장과 과장이 저만치 가고 있는 것을 보고 부리나케 따라간다.

69. 입원특실 안 - 실내 - 낮 69

용기(25)는 침상에 비스듬히 앉아 있는데 무릎 아래로 다리가 없다.

연자가 보온병에서 죽을 그릇에 부어 숟가락을 꽂아 용기에게 내민다.

연자 먹어라. 찹쌀에다 전복 넣고 끓였다.

용기 엄마, 나 죽 먹는 거 싫어.

연자 몸에 좋으니까 먹도록 해라.

용기 난, 족발에 소주 한잔 까고 싶어.

이때 흥국이 들어온다.

흥국 여보, 흑인이 우리나라에서 교통사고로 뇌사 판정을 받았는데 자신의 신체 모두를 기증했어.

연자 다리 이식은 불법이라면서요?

흥국 들키지만 않으면 합법이야.

연자 검은 다리를 붙이고 장가나 갈 수 있겠어요?

흥국 그래 맞아, 기왕 몰래 하는 김에 성한 놈 다리 갖다 붙이는 게 좋겠지?

(vision)

동진의 얼굴에서부터 천천히 아래로 내려와 다리 부분에서 멈춰 튼튼한 다리를 보여준다.

연자 검은 다리 붙이고 평생을 어떻게 살아요.

(vision)

용기는 털이 무성한 검은 다리를 다리에 붙이고 누워 있다. 용기의 흰 피

부색과 검은 다리의 피부색이 비교가 된다. 더구나 검은 다리에 무성하게 자란 털이 유별나다.

연자는 치를 떨며 외친다.

연자 안 돼! 절대 안 돼! 죽어도 안 돼! 내 새끼한테 검은 다리는 붙일 수 없어! 못 해! 차라리 내 다리를 잘라 붙여주고 말지….

70. 보육원 원장실 안 - 실내 - 낮 70

동진과 유진이 나란히 보육원 원장과 마주 앉아 있다.
동진과 유진이 각각 돈 봉투를 꺼내 테이블 위로 원장 앞으로 밀어놓는다.

동진 이거 약소하지만 우선 받아주십시오. 수업료입니다.
원장 뭘 이런 걸 가져오고 그러나?

원장은 일어나 서랍을 열고 메모한 종이를 꺼내 동진과 유진에게 각각 한 장씩 내민다.

원장	너희를 우리 보육원에 맡겼던 분들의 주소와 인적 사항이다. 혹시 부모님을 찾는 데 도움이 될지 모르니 지니고 있도록 해라.
동진, 유진	고맙습니다.
원장	그리고 너희 둘은 결혼할 나이가 넘지 않았니?
동진	그렇지 않아도 원장님께 말씀드리려고 했습니다.
원장	결혼식 할 때 청첩장을 보내주면 고맙겠다.
동진	원장님께서 저희 주례를 맡아주셨으면 합니다만….
원장	그러면, 나야 영광이지. 하하하하.
동진	고맙습니다.
유진	꼭 부탁드려요, 원장님.
원장	그래, 그래…. 하하하.

71. 봉순의 집 앞 - 낮 71

동진은 원장에게서 받은 쪽지를 보면서 봉순(60)의 집 대문 앞에 선다. 동진은 열린 대문을 밀고 들어가려는데, 대문이 열리며 봉순이 나온다.

봉순	방 보러 오셨수?
동진	안녕하세요? 혹시 여기 함결추 선생님이라고 계신가요?
봉순	빚 받으러 오셨다면 어림도 없수, 알거지라우.

동진 그게 아니고요….

봉순 저기 마침 나오시는구먼.

걸추(62)가 한쪽 눈에 안대를 하고 다리를 절며 나온다.

동진 안녕하세요? 혹시 함걸추 선생님 되신가요?

걸추 그렇소만…?

동진 저는 박동진이라고 합니다. 선생님이 저를 보육원에 맡기셨던…. 절 알아보시겠는지요?

걸추 뭐? 네가 박기남의 아들, 동진이란 말이냐?

(flashback)

보육원 입구, 걸추(35)가 동진(7)의 손을 잡고 희망 보육원으로 들어간다.

걸추 세월이 참으로 빠르구나.

걸추는 동진의 손을 잡고 감회에 잠긴다.
동진은 걸추의 손을 잡았으나 궁금한 것이 너무 많다.
봉순은 한눈에 동진의 인품을 알아보고 호감을 보이는 눈빛이다.

동진 저희 부모님은 어디 계시는가요?

걸추 우리 이럴 게 아니라 방으로 들어가서 이야기하자.

72. 걸추의 방 안 - 실내 - 낮 72

걸추와 동진이 방바닥에 마주 앉아 있다.

이때, 봉순이 단출한 술상을 들고 들어온다.

봉순 자, 소주라도 한잔씩 나누시면서 그간의 회포를 풀어보시우. 총각도 척 보니까 술 한잔은 하겠구먼….

동진 너무 감사합니다.

걸추 봉순 씨, 고맙소. 내가 다음에 갚겠소.

봉순 아이고, 그런 말씀 말아요. 소주 그까짓 게 몇 푼이나 간다고…. 술이 더 필요하거든 인터폰으로 말만 하시우. 구멍가게가 집 앞에 있다우…. 호호호.

동진 고맙습니다. 아주머니.

봉순 고맙긴요…. 우리 집에 자주 놀러나 오시우?

걸추가 소주를 동진에게 따르려 하자 동진이 술병을 받아 걸추의 잔에 술을 따른다. 두 사람은 술을 한 잔씩 마신다.

걸추 너의 아버지 박기남은 '대성 일수'라는 간판을 걸고 사채업을 하는 사장이셨다. 그런데 너의 아버지 밑에서 총무를 맡아보던 신흥국이라는 놈이 너의 아버지를 죽이고 '대성 일수'를 빼앗고 너의 엄마마저 빼앗아버렸다….

(flashback)

73. 대성 일수 사무실 - 실내 - 낮 flashback 73

경숙(25)이 장부를 펴놓고 계산기를 두드리며 장부를 정리해나가고 있다.

경숙의 책상에는 '회계'라는 패가 놓여 있고, 옆 책상에는 '총무'라는 패가 놓여 있다.

경숙의 맞은편 책상 위에 '사장 박기남'이라는 명패가 놓여 있고, 기남(35)은 의자에 등을 기대고 앉아 '미수금 장부'를 들춰보는 표정이 사뭇 못마땅하다.

이때 문이 열리며 신흥국(30)이 수금 가방을 들고 들어온다.

흥국 수금 다녀왔습니다.

흥국은 돈 가방을 '총무' 책상 위에 놓으며 경숙에게 은근한 미소.

경숙도 흥국에게 아양스런 미소. (두 사람의 관계가 깊다는 것을 내포한다)

흥국은 '총무' 자리에 앉는다.

흥국 수금한 돈 정리해서 줄 테니까 마감 시간 전에 은행에 입금시켜.

경숙 네. 알았어요.

기남 그런데, 이 장부에 기재된 미수금은 어찌 된 거냐?

흥국 사고 처리를 해야 될 거 같습니다. 사장님.

기남 이게 전부 다 사고 처리해야 될 건수란 말이야?

흥국 별수 없지 않습니까?

기남 자네, 우리 회사를 아주 말아먹을 작정인가?

흥국 무슨, 그런 말씀을…. 채무자들이 모두 파산 신청을 낸 상태입니다.

기남 내가 바지저고리로 보이나?

흥국 그럴 리가요.

기남 한마디로 요약하면 자네 능력으론 수금이 불가능하다는 거잖아?

흥국 파산 신청을 냈는데 딱히 다른 방법이 없지 않습니까?

기남 이것도 수금 못 할 능력이면 사표 내지?

흥국 파산 신청하고 버티는데 어쩌라고요?

기남 그러니까 사표를 쓰라고! 당장!

기남 (화났다) 경숙아, 해결사 애들 불러라.

경숙 네. (송수화기를 들고 전화를 건다) 사장님이 들어오시라는데 언제쯤 들어오실 수 있나요? 네…. (송수화기를 놓고 기남에게) 마침 우리 건물에 볼일이 있어 와 있답니다.

기남 건수가 있으니 빨리 오라고 해라.

송수화기 지금 곧 올라가겠습니다.

경숙 지금 곧 오신답니다.

경숙은 불안한 듯 흥국을 본다.

흥국은 (자신의 비리가 들통날까 봐) 불안해 안절부절못한다.

기남은 그런 흥국을 주시하며 흥국의 속마음을 읽고 있는 눈치다.

문을 열고 해결A, 해결B가 들어와 기남에게 꾸벅 절하고 기남 앞에 선다.

해결A 오다 있어요?

기남은 '미수금 장부'를 건네준다.

해결A가 장부를 받아 펴본다.

기남 너희들이 수금을 해 오면 거래 조건은 전과 동일하다.

해결A 알겠습니다.

기남 나가봐.

기남은 흥국의 속셈이 매우 못마땅하여 흥국을 노려본다.

기남 총무는 오늘까지 재무제표 올리고, 경숙이는 오늘 회계보고서 올리도록.

흥국은 내심으로 모종의 음모를 결심한다.
이것이 흥국의 얼굴 표정에 반영된다.

해결사A, B가 나간다.

흥국은, 해결사들이 수금해 오는 것을 막아야 하겠기에 초조하다.

흥국 경숙 씨! 담배 좀 사다줄래?
경숙 네. 돈 주세요.
흥국 아, 아니다. 내가 갈게. 화장실도 들러야 하니까.
경숙 그럼, 그렇게 하세요.

흥국은 문을 열고 나간다.

74. 同 문 앞 / 계단 아래 flashback 74

사무실에서 나온 흥국은 얼른 계단 아래를 내려다본다.
계단을 내려온 해결A, B가 카페로 막 들어가는 것이 흥국의 눈에 보인다.

흥국도 빠르게 계단 아래로 내려가 카페로 들어간다.

75. 同 카페 안 - 실내 flashback 75

해결A, B가 앉아 '미수금 장부'를 놓고 수금 방법을 숙의 중이다.

다가오는 흥국. 흥국은 주머니에서 돈다발 하나를 꺼내 테이블에 놓으며 앉는다.

흥국 이거 나눠 갖고 그 '미수금 장부'의 처리는 불가하다고 말해. 그렇지 않으면 너희들은 아웃이야.

해결A, B 알겠습니다. 형님!

흥국 상황은 곧 바뀐다…. 너희들이 내 말을 잘 따라주면 내가 너희 둘을 거둘 테니까 그렇게 알도록.

해결A, B 네, 형님! 명심하겠습니다.

76. 모텔 1실 안 - 실내 - 밤 flashback 76

흥국과 경숙, 벗은 몸으로 흥국이 등을 돌리고 누웠다가 몸을 일으킨다.

경숙은 바로 누웠다가 흥국이 몸을 일으키자 따라서 몸을 일으켜 앉는다.

경숙 그만 갈까요?

흥국 지금 사무실로 가서, 금고 열고 사장 계좌에 있는 거 몽땅 차명 계좌로 옮겨. 금고 번호는 눈여겨봤을 테니까 알고 있을 테고, 뱅킹 비번 다 알고 있지?

경숙 다는 몰라요.

흥국 금고 열면 우측 서랍에 구형 핸드폰이 하나 있을 거야. 거기에 모든 비번이 다 들어 있어.

경숙 은행에서 바로 사장님에게 연락이 갈 텐데요?

흥국 사장 핸드폰 내가 빼돌렸으니까 염려 없어.

경숙 내일이 말씀하시던 디데인가요?

흥국 아니, 오늘로 앞당겼어. 그러니까 일이 끝나는 대로 내 아지트로 오도록 해.

경숙 네. 바로 갈게요.

77. 同 기남의 집 앞 - 실외 - 밤 flashback 77

기남이 손이 묶여 수하1, 2에 의해 끌려 나온다.

도로에는 수하5가 승용차 뒷문을 열어놓고 서 있다.

이때, 걸추(35)의 승용차가 와서 멈추고 걸추가 내려 기남을 보더니 놀라 입을 딱 벌린다.

걸추 아니, 기남이! 이게 무슨 일인가?

수하1 당신 누구야?

수하2 당신도 같이 끌려가고 싶어?

기남 걸추, 우리 동진이를 부탁하네.

수하들은 기남을 강제로 승용차에 태우려고 하고 기남은 타지 않으려고 버틴다.

걸추는 기남의 집으로 급히 들어간다.

78. 同 기남의 집 거실 - 실내 - 밤 flashback 78

연자는 수하3을 밀치고 기남에게 가려고 하는데 미모와 몸매가 아주 출중하다.

연자, 핫팬츠와 가슴이 깊이 파인 민소매를 입었다.

흥국이 탐욕스러운 눈빛으로 연자의 몸을 훑어보며 연자에게 다가온다.

동진은 불안하다.

동진 엄마!

동진은 연자의 옷자락을 잡는다.
흥국이 턱짓을 한다.
수하3이 동진을 붙잡으려고 다가온다.

이때, 걸추가 들어와 동진을 데려가도 좋으냐는 의사 타진을 눈과 턱짓으로 연자에게 묻는다.
연자는 눈과 고개로 응낙한다.
이것은 연자와 걸추의 순간적 눈 맞춤으로 이루어지고 걸추는 동진을 달랑 안고 잽싸게 나가버린다.

흥국 저놈 누구야? 잡아 와!

수하3과 수하4가 흥국의 명령을 이행하기 위해 걸추를 쫓아 나간다.

79. 同 박기남의 집 앞 - 실외 - 밤 flashback 79

걸추는 동진을 조수석에 태우고 출발한다.
이를 본 기남은 안도하여 수하1, 2가 밀어 넣는 대로 승용차에 들어간다.
집에서 걸추를 쫓아 나온 수하3, 4는 사방을 둘러본다.

걸추가 운전하는 승용차가 꽁무니를 보이며 멀어진다.

수하5의 승용차는 기남과 수하1, 2를 싣고 출발하고 있다.

수하3, 4는 여기저기 살피다가 걸추와 동진을 발견하지 못하고 다시 안으로 들어간다.

80. 달리는 수하5의 승용차 안 - 밤 flashback 80

기남의 눈을 가린 상태로 뒷좌석 가운데 앉았고 수하1, 2가 좌우에 앉아 있다.

수하5가 운전을 하면서 포장된 주사기를 꺼내 수하1에게 던진다. 수하1은 주사기를 받아 포장을 풀고 기남의 어깨에 그대로 찔러 주사한다.

기남은 주사를 맞고 맥없이 고개를 떨어뜨린다.

수하1과 수하2는 서로 빙긋 웃는다.

81. 도로 - 실외 - 밤 flashback 81

기남을 뒷좌석 가운데 앉히고 양쪽에 수하1, 2가 앉아 있는 승용차를 수하5가 운전하여 달리고 있다.

그 뒤를 따르는 승용차에는 수하3이 운전하고 조수석에 수하4가 탔으며 뒷좌석에는 흥국과 경숙이 다정하게 타고 있다.

82. 달리는 흥국의 차 안 - 밤 flashback 82

경숙과 흥국이 뒷좌석에 타고 조수석에는 수하4가, 운전은 수하3이 한다.

경숙 어디로 가는 거예요?

흥국 경치 좋은 곳으로….

경숙 밤에 경치는 무슨…?

흥국 야경이 아주 일품이거든. 흐흐흐.

경숙 왠지 기분이 안 좋아요. 으스스하고 오싹한 게 내리고 싶어요.

흥국 입 다물고 가만히 있어!

경숙 왜 그래요, 무섭게….

83. 고가 다리 위 - 밤 flashback

(몽타주)

잠이 들어 축 늘어진 기남을 다리의 난간에 데리고 간 수하1, 2는 기남의 양팔을 꼭 붙잡고 있다.

고가 다리 아래로 아스라이 보이는 강물 줄기.

수하들의 뒤로 흥국이 경숙을 강제로 윽박지르며 끌고 올라오고 있다.

경숙은 다리 아래를 내려다보고 아찔한 현기증을 느끼고 뒤로 물러난다.

수하3이 다가와 기습적으로 경숙의 팔에 주사기를 꽂는다.

경숙은 수하3을 보고 흥국을 보더니 배신감을 느끼면서 스르르 눈을 감는다.

수하1은 흥국을 본다.

흥국이 머리를 끄덕인다.

수하1, 2는 기남을 다리 아래로 밀어버린다.

다리 아래로 떨어지는 기남.

난간에 선 수하3, 4는 경숙을 다리 아래로 밀어뜨린다.

경숙은 아스라이 보이는 강물을 향하여 기남의 뒤를 이어 떨어진다.

강물로 기남과 경숙이 떨어져 풍덩, 풍덩 빠져 들어간다.

강물은 아무 일도 없었다는 듯 여전히 흘러간다.

이 현장을 숨어서 보고 있는 걸추.

수하1, 2가 다리에서 도로로 내려간다.
세워둔 승용차로 가던 수하1, 2.
걸추는 수하들이 다가오자 뛰어서 달아난다.
수하1, 2가 뛰어가는 걸추를 발견하고 추격하기 시작한다.

걸추는 자신의 차가 있는 곳으로 뛰어가다가 뒤를 돌아다본다. 수하1과 2가 점점 가까이 추격하여 오고 있다. 걸추는 자신의 승용차가 보이는 곳을 향하여 빠르게 뛰어간다.

흥국이 내려오다가 걸추가 달려가는 모습을 본다.

흥국 저 새끼 잡아! 놓치지 마라!

걸추는 자신의 승용차를 세워두었던 곳으로 뛰어와 승용차의 문을 연다.
순간 뒤에서 나타난 수하3이 회칼로 걸추의 다리를 찌른다.
쓰러지는 걸추를 잡은 수하4.

순간, 흥국이 나타나 걸추의 눈을 회칼로 찌른다.

흥국 이 나쁜 놈의 새끼! 동진이를 빼돌리는 것도 모자라 우리를 미행해! 에잇, 칼 맛이나 보고 뒈져라.

흥국은 철천지 원한이 맺힌 사람처럼 걸추의 한 눈만 마구 찌른다.

흥국은 피 묻은 회칼을 걸추의 옷에 문질러 피를 닦는다.

흥국 이놈도 깔끔하게 던져버려!

수하3과 4는 흥국에게 고개를 숙여 보이고 걸추를 끌고 다리 난간으로 올라간다.
이를 바라보는 흥국의 잔인스러운 미소.

난간에서 아래로 걸추를 밀어버리는 수하3, 4.
난간에서 아래로 낙하하고 있는 걸추.

강물로 풍덩 빠져 들어가는 걸추.

84. 강물 위 - 실외 - 밤 flashback 84

강물이 도도히 흐르고 있다.

상류로부터 큼직한 뗏장이 떠내려오고 있다.

떠밀려오는 뗏장에 얼굴을 처박고 떠내려오던 걸추가 꿈틀거리더니 얼굴을 든다.

얼굴을 든 걸추의 한쪽 눈은 완전히 망가져 피를 흘리고 있다. 걸추는 기진하여 뗏장에 얼굴을 처박고 물결 따라 흘러간다.

85. 강가 모래밭 - 실외 - 낮 flashback 85

걸추는 강가에서 뭍으로 기어 올라가는데 다리 하나를 쓰지 못하고 질질 끌고 간신히 올라가더니 풀숲에 푹 쓰러져버린다.

저쪽에서 등산객 남녀가 오더니 걸추를 발견한다.

남 저기 쓰러져 있는 거 사람 아냐?

여 사람 맞네….

86. 다시 걸추의 방 안 - 실내 - 낮

86

걸추가 동진의 잔에 술을 따라주며 권하고 있다.

소주병이 3개로 늘어났고, 걸추와 동진은 취해 있다.

동진이 걸추의 잔에 술을 따른다.

걸추 내가 구사일생으로 목숨은 건졌지만 내 눈을 잃었고 내 다리를 잃어 완전 병신이 되었다. 내가 이 원한을 갚지 않으면 난 사람도 아니다.

동진 제가 선생님을 뭐라고 불러야 할까요?

걸추 너의 아버지 친구였으니 그냥 아저씨라고 불러라.

동진 저의 어머니는 어디에 계실까요?

걸추 신홍국이, 그놈을 꼭 죽여야 한다.

동진 물론입니다.

걸추 너의 어머니 말인데, 찾지 않으면 안 되겠니?

동진 어떻게 그런 말씀을…?

걸추 너의 어머니가 홍국이 그놈과 공모하여 너의 아버지를 죽이고 재산을 빼돌렸다는 생각이 드는구나.

동진 네?

(flashback)

87. 건물 옥상 - 밤 flashback 87

걸추가 저격용 소총을 설치해놓고 엎드려 조준경을 보고 있다.

조준경의 시점 -

대문이 열리며 흥국(50)이 나온다.

걸추(55)가 저격용 소총을 설치해놓고 엎드려 조준경을 통하여 흥국의 이마를 조준하고 있다.

걸추가 방아쇠에 손가락을 넣고 당기려는 순간, 대문에서 연자(47)가 나와 흥국의 넥타이를 고쳐 매준다.

걸추 으잉? 아니, 저건 연자가 아니야…?

88. 다시 걸추의 방 안 - 실내 - 낮 88

걸추 너의 어머니가 왜 신흥국이 그 원수 놈과 같이 살겠니?

동진 정말인가요?

걸추 그래도 너를 낳아주신 어머니이니 무슨 변명이라도 있지 않겠니?

동진 신흥국이의 아들까지 낳아 같이 사는 것을 보면 변명을 들을 필요도 없지요.

걸추 그렇긴 하다만….

동진 어머니가 신흥국과 공모한 사실이 드러난 이상 절대 용서할 수 없어요.

걸추 그럼?

동진 신흥국과 같이 처리해야지요.

걸추 그래도 너를 낳아주신 어머닌데….

동진 아버지를 죽이고 여태껏 나를 찾지도 않는 것을 보면 이상하지 않아요?

걸추 너의 어머니는 네가 어디 있는지도 모를 거다. 너를 데리고 간 내가 죽은 줄로 알고 있을 테니까.

(F. O.)

89. 외딴 창고 앞 - 실외 - 낮 89

걸추(50)는 덤프트럭을 운전하여 창고 출입문 옆에 있는 창고 셔터 앞에 멈춘다.

덤프트럭의 뒤칸에는 비어 있는 '맹수의 우리'가 실려 있다.

걸추가 리모컨 버튼을 누르자 셔터가 올라간다.

걸추는 트럭을 몰고 창고 안으로 들어간다.

걸추의 트럭이 창고로 들어간 다음 창고의 셔터는 스르르 내려가 닫힌다.

90. 同 창고 안 - 낮 90

걸추는 덤프트럭에 실린 '맹수의 우리'를 창고 안에 떨어뜨린다. 걸추는 운전석에서 내려 기계공작실로 들어가 정수기의 물을 받아 마신다.

91. 신흥국의 집 앞 - 실외 - 낮 91

걸추는 신흥국의 집 앞 근처에 몸을 은폐하여 흥국의 집 대문을 주시하고 있다.

걸추가 보는 흥국의 집 대문이 열리더니 연자(52)가 나온다.

연자는 손에 쇼핑백을 들고 걸어간다.

걸추는 멀리 보이는 슈퍼마켓 쪽으로 걸어가는 연자의 뒤를 절룩거리며 따라간다.

92. 가로와 도로 / 슈퍼마켓 앞 - 실외 - 낮 92

(몽타주)

연자가 슈퍼마켓 쪽을 향하여 걸어가고 있다.
걸추는 절룩거리며 연자에게 바삐 다가간다.

수하1이 운전하고 흥국이 뒷좌석에 탑승한 승용차가 맞은편에서 오고 있다. 수하1은 맞은편의 인도로 걸어오고 있는 연자를 발견한다.

걸추가 뒤에서 연자에게 다가서려 한다.

수하1이 연자를 보고 클랙슨을 울린다.

연자는 수하1의 클랙슨 소리에 아랑곳하지 않고 앞만 보고 간다. 걸추는 클랙슨을 울린 수하1의 승용차를 힐긋 쳐다본다.
수하1이 연자에게 다시 클랙슨을 울린다.

뒷좌석의 흥국은 창문을 내리고 연자에게 손짓을 하다가 걸추를 본다. 걸추는 흥국을 보지 못한다.

연자는 클랙슨 소리에 전혀 반응하지 않고 슈퍼마켓으로 들어가버린다. 걸추도 연자를 따라 슈퍼마켓으로 들어간다.

흥국 야, 차 세워.

흥국은 연자의 뒤를 따라 슈퍼마켓으로 들어가는 걸추를 눈에서 놓지 않으면서 수하1에게 말한다.

흥국은 걸추를 떠올리며 기억을 더듬는다.

(flashback)

기남의 집 거실, 걸추(35)가 들어와 연자와 눈을 맞추고 동진(7)을 달랑 안고 나간다.

흥국 저 새끼는 누구야, 빨리 가서 잡아 와!

수하3, 4가 걸추를 쫓아 나간다.

고가 다리 난간, 밤. 흥국(30)은 걸추의 오른쪽 눈에서 칼을 뽑아 걸추의 옷에 피를 쓱 문질러 닦는다.

수하3, 4는 걸추를 끌고 가 난간에서 아래로 밀어버린다.

아래로 떨어지는 걸추.

아래를 내려다보는 흥국과 수하3, 4.

걸추가 강물로 풍덩 빠져 들어간다.

장면으로 돌아온다.

흥국	아니, 저 새끼가 어떻게 살았지? 저거 귀신 아니야?
수하1	슈퍼마켓으로 들어가볼까요?
흥국	그래, 가서 사진 찍어 와. 귀신이면 분명 안 찍힐 거야.
수하	네.

수하1은 차에서 내려 길을 건너 슈퍼마켓으로 들어간다.

93. 同 슈퍼마켓 안 93

(몽타주)

걸추는 연자의 손을 잡아 무조건 끌고 간다.

연자는 깜짝 놀라 손을 뿌리치려다가 걸추의 얼굴을 보자 순순히 따라간다.

연자 어마, 어마나, 어떻게 된 일이에요?

걸추가 뒤를 돌아본다.

수하1이 연자를 찾아서 두리번거리며 들어온다.

걸추는 연자의 손을 잡고 주차장으로 빠진다.

수하1이 주차장 쪽으로 오고 있다.

걸추는 수하1을 보면서 연자와 함께 주차장의 차량 뒤에 숨어서 수하1의 거동을 살핀다.

수하1은 주차된 차량들의 곳곳을 유심히 살피더니 매장 안으로 되돌아 들어간다.

걸추는 연자의 손을 잡고 자동차 출구 쪽으로 나간다.

94. 카페 안 - 실내 - 낮 94

걸추와 연자가 김이 모락모락 피어오르는 찻잔을 만지작거리며 마주 앉아서 이야기한다.

연자 우리 동진이는 어디 있어요? 동진이는 많이 컸겠네요. 어른이 됐겠지요? 내가 몹쓸 년이에요. 내가 나쁜 년이에요.

걸추 홍국이와는 어떤 관계세요?

연자 그땐… 저로서는… 불가항력이라… 어쩔… 수가… 없었어요….

(flashback)

95. 흥국의 집 침실 - 실내 - 밤 flashback 95

연자(27)는 의자에 묶여 있다.

흥국(30)이 맞은편 침대에 앉아 연자를 회유한다.

흥국 박기남 사장이 세금 사찰을 당했고, 그걸 무마하려다가 나쁜 놈들에게 속아 왕창 사기를 당해 파산에 이르게 된 겁니다.

연자 그런 거짓말을 왜 하시는데요? 그런 말을 내가 믿을 거 같아요?

흥국 동진이를 데려간 놈이 누구예요? 동진이가 순순히 따라간 걸 보면 친척이 분명한데 누구입니까?

연자 그걸 알아서 뭐 하게요?

흥국 사모님이 아는 사람이 데려갔잖아요?

연자 저를 왜 묶어놓고 이러세요? 풀어주세요!

흥국 풀어줘도 갈 곳이 없을 겁니다. 집과 가재도구까지 채권자들에게 다 넘어가고 없어요.

연자 그럼 전, 어떡해요?

흥국 저는 혼자 사는 총각이니, 저의 집에서 그냥 지내셔도 좋고 떠나고 싶으시면 언제든지 떠나셔도 돼요.

연자 총무님이 저의 남편을 죽였지요?

흥국 천만에요. 내가 왜 사장님을 죽여요?

연자 그럼 저희 남편은 어디에 있어요?

흥국 저는 전혀 모릅니다. 죽었는지 살았는지 어디로 도주하셨는지 전 모르는 일입니다.

연자 거짓말하지 마세요.

흥국 동진이를 어디에 감췄는지 말씀하세요.

연자 이거나 풀어주세요. 왜 묶어놓고 이러세요?

흥국 때가 되면 풀어드릴 것입니다.

연자 손목이 아파요. 풀어주세요. 부탁드릴게요.

흥국은 일어나 나가버린다.

(O. L.)

96. 흥국의 집 침실 - 밤 flashback 96

연자가 여전히 의자에 묶여 꾸벅꾸벅 졸고 있다.

흥국이 들어온다.

흥국은 연자의 묶인 줄을 풀고 연자를 침대에 눕힌다.

연자는 축 늘어져 잠든 상태로 움직임이 없다.

(O. L.)

97. 흥국의 침실 - 아침 flashback 97

연자와 흥국이 홀랑 벗은 채 서로 안고 침대에 나란히 누워 있다.

흥국은 눈을 뜨고 연자의 머리를 쓰다듬으며 연자의 입술을 입으로 애무

하며 흐뭇해 하고 있다.

연자가 눈을 뜨고 깜짝 놀라 흥국을 밀쳐내며 벌떡 일어난다.

흥국 잘 잤어요? 연자 씨.

연자 아니, 이게 무슨 짓이에요?

흥국 무슨 짓이라니? 어젯밤엔 아주 적극적이시더니, 아침이 되니 돌변하시네?

연자 어젯밤에는… 비몽사몽간에 동진이 아빠가 나를… 올라타는 줄 알았어요…. 이를… 어쩌면 좋아?

연자는 무의식중에 침대에서 아래로 내려온다. 완전 알몸이다.

연자는 자신이 알몸이라는 것을 알고 후다닥 다시 이불 속으로 들어간다.

흥국은 기다렸다는 듯이 연자를 덥석 끌어안는다.

연자는 놀라 이불을 몸에 감고 바닥으로 후다닥 내려간다.

이불이 거두어지자 흥국의 알몸이 드러난다.

흥국은 얼른 욕실로 들어간다.

연자는 싱크대를 서랍을 열고 식도를 꺼낸다.

흥국이 욕실에서 나온다.

연자가 달려들어 식도로 흥국의 배를 찌른다.

흥국이 연자의 식도를 쥔 손목을 잡아 비틀어 식도를 떨어뜨리게 한 다음 연자를 끌어안고 침대에 눕히고 키스를 한다.

연자는 격렬히 반항한다.

흥국의 진한 키스에 차츰 동한 연자는 흥분하여 반항을 멈춘다. 흥국은 연자의 몸 위로 자신의 몸을 싣는다.

연자는 흥분을 견디지 못하고 두 손으로 살며시 흥국을 끌어안더니 손톱을 흥국의 등에 박으며 격렬하게 끌어안는다.

흥국의 등에는 연자의 손톱자국으로 인하여 긁힌 자국에 피가 비친다.

98. 카페 안 - 실내 - 낮 98

연자(52)와 걸추(60)가 나란히 앉아 있고 찻잔은 텅 비어 있다.

연자 모진 목숨 이러지도 저러지도 못하고 그냥 살고 있네요. 그런데 우리 동진이를 만나볼 수는 있을까요?

걸추 물론이지요.

연자 동진이 아빠는 어떻게 됐어요?

걸추 홍국이가 죽였습니다.

연자 보셨어요?

걸추 내 두 눈으로 똑똑히 보았어요.

연자 악마 같은 놈….

99. 봉순의 집 마당 - 실외 - 낮 99

걸추가 쇼핑한 봉지를 들고 대문으로 들어와 마당을 지나 현관으로 들어간다.

걸추를 미행한 수하1이 대문 앞으로 다가와 대문 너머로 마당과 현관을 엿본다.

걸추가 현관에서 2층으로 나무 계단을 밟고 올라가는 것이 보인다.

이때 봉순이 양손에 파와 배추를 각각 들고 오다가 수하1의 수상한 거동을 목격하고 고개를 갸웃하며 의심스러운 표정이다.

봉순은 수하1의 뒤로 다가가 밝은 얼굴로 한마디 한다.

봉순 방 보러 오셨수?

수하 네? 방… 방 있어요?

봉순	마침 좋은 방이 하나 난 게 있어요. 들어와서 보시우.
수하	내가 급한 볼일이 있어서… 조금 있다가 다시 오면 안 되겠소…?
봉순	그러시구랴….
수하	그런데요… 방금 올라가신 어른은 몇 호에 사시는지 혹시 아세요?
봉순	아, 그 칼 사용하시는 분은 1299호에 살아요.
수하	이렇게 코딱지만 한 집에 1299호나 있단 말이요?
봉순	뻥이요.
수하	웬, 뻥을 치시오?
봉순	방금 올라간 분으로 말할 것 같으면 칼 가지고 먹고 사는 양반인데, 중국 소림사가 주최한 격검대회에서 날리고 왔다고 합니다.
수하	검객이요?
봉순	검객인지 거진지는 모르겠고 다만, 날아가는 파리의 모가지도 단칼에 싹둑 한다고 합니다. (손으로 자신의 목을 친다)
수하	지금 날 놀리는 거요?
봉순	방 얻을 거요, 말 거요?
수하	집에 가서 생각해보고 다시 오겠소.
봉순	다시 오면 소금을 뿌릴 거유.
수하	왜요?

봉순 사람 염탐하러 다니다가 여럿 골로 가는 거 봤걸랑요.

수하 그것도 뻥이지요?

봉순 우리 집에 거주하는 사람 중에는 총 가진 사람도 몇 있다오.

수하 뻥 치지 마시오.

봉순 군대 있을 때 명사수를 여럿 키운 사관으로, 지금은 저격수 양성에 힘 쏟고 있는 분이라우.

수하 장난감 코르크 탄환 총이겠지요?

봉순 아니오.

수하 그럼 진짜 총이요?

봉순 안 갈쳐줘.

(F. O.)

100. 봉순의 집 현관 나무 계단 - 실내외 - 밤 100

걸추가 칼 가는 도구(그라인더 부착)를 어깨에 메고, 식칼 세 개가 꽂힌 판을 들고 절룩거리며 2층 계단을 어렵게 올라간다.

열린 대문으로 살며시 들어온 수하1이 주위를 살피며 등을 벽에 붙이고

걸추의 뒤를 은밀히 주시하며 따라붙는다.

걸추가 계단을 다 올라가 보이지 않자 수하1은 살금살금 계단을 올라간다.

101. 同 2층 복도 - 실내 - 밤 101

(몽타주)

걸추가 칼 가는 도구 등을 들고 1299호실로 들어가고 문이 닫힌다.

수하1이 살금살금 계단을 올라와 1299호 문손잡이를 돌려본다. 손잡이가 돌아간다.

수하1은 점퍼 안주머니에서 신문지로 싼 회칼을 꺼내 신문지를 풀고 회칼을 손에 쥐고 1299호실의 문을 열자마자 날렵하게 들어간다.

同 대문, 동진이 열린 대문으로 들어와 마당을 지나 현관으로 들어선다.

동진은 와인 한 병과 과일 바구니를 들고 계단으로 올라선다.

同 걸추의 방 안, 걸추가 가스레인지 앞에서 냄비에 물을 담아 올리고 불을 켠다. 걸추는 머리 위 선반에서 라면을 꺼냈으나 라면을 떨어뜨린다.

수하1은 걸추의 등에 회칼을 꽂는다.

걸추가 바닥에 떨어뜨렸던 라면을 집으려고 허리를 구부린다.

수하1은 헛 찌른 칼로 다시 걸추를 찌른다.

걸추가 홱 돌아보며 피한다.

수하1은 칼을 마구 휘두르며 걸추를 공격한다.

걸추가 피한다.

수하1이 회칼을 높이 들어 걸추를 무자비하게 찌른다.

이때, 문을 열고 들어온 동진이 수하1의 뒷목을 수도로 친다.

수하1은 목이 떨어져 나간 듯이 앞으로 고꾸라져 방바닥에서 컥컥거리며 고통에 몸부림친다.

102. 창고 안 - 실내 - 밤 102

수하1은 이동식 '맹수의 우리'에 갇혀 있다.

그 우리 앞에 선 걸추가 수하에게 질문한다.

걸추 신흥국이가 날 죽이라고 시켰나?

수하 절대, 말 안 해 새끼야.

걸추 말해주라. 새끼야.

수하 나를 우습게 보지 마, 새끼야.

걸추 우습게 보지 않을 테니까 말해, 새끼야?

수하 못해! 안 해! 싫어! 새끼야!

수하는 고개를 돌려 걸추를 외면한다.

걸추 지금부터 내가 널 고문할 건데, 만약 네가 말하겠다면 손을 들어라. 말하기 싫으면 견뎌보든지. 네 폐에 물이 가득 차면 저승사자가 널 데리러 올 것이다.

수하는 걸추의 말이 무슨 말인지 모르지만 불안해진다. 그러나 견딜 수 있을 때까지 견뎌보자는 오기와 각오다.

걸추는 리모컨 버튼을 누른다.

여섯 방향에서 거센 물줄기가 뿜어져 수하1의 콧구멍을 집중하여 쏘아댄다.

수하1이 얼굴을 돌리면 물줄기도 수하1의 콧구멍을 따라다니며 쏘아댄다.

수하1이 몸을 낮추거나 옆으로 돌려도 물줄기는 콧구멍만 집중적으로 쏘아댄다.

두 손으로 얼굴을 가리면 상하, 좌우, 정면에서 물줄기가 뿜어져 나와 수하1은 숨쉬기조차 어려워진다.

걸추 넌, 이제 곧 염라대왕 앞에 갈 것이다. 염라대왕이 너에게 질문을 하겠지. "넌, 사람을 몇이나 죽였느냐?" 하고 말이다. 그러면, 너는 "나는 절대 말 안 한다 새끼야, 나를 우습게 보지 마, 새끼야!"라고 염라대왕에게 말해라.

물줄기가 뿜어져 나와 수하는 눈코 못 뜨고 정신이 없다.

수하1은 온갖 동작으로 거센 물줄기를 피하지만 자동으로 콧구멍만 따라다니는 물줄기를 피하기는 불가능하다.

수하1은 정신을 못 차리고 허우적거린다.

수하1은 결국 견디지 못하고 손을 번쩍 든다.

물줄기가 딱 멈춘다.

수하1 어… 푸푸, 쓰벌, 물줄기를 이렇게 무식하게 쏘아대는 법이 어디 있냐!

걸추 말해라.

수하1 말 안 해, 새끼야!

걸추 그럼 이 물은 개천에서 퍼 올린 똥물이다. 실컷 먹어라. 약이 될지도 모른다.

다시 물줄기가 수하1에게 맹렬하게 뿜어진다.

103. 同 창고 밖 - 실외 - 밤 103

12인승 차들이 3대가 들어와 멈춘다.

차 문이 열리며 내리는 행동대들은 모두 손에 몽둥이를 들었고 일렬횡대로 길게 늘어선다.

곧 고급 승용차가 도착하고 차에서 흥국이 내린다.

대장은 흥국이 내리는 것을 보고 달려와 꾸벅 절을 한다.

대장 어떻게 할까요?

흥국 빨리 수하를 구하지 않고 뭐하는 거야?

대장 네! 알겠습니다.

대장이 행동대들에게 손을 들어 손짓하며 호각을 분다.

20여 명의 행동대들이 문과 벽을 무지막지하게 해머나 지렛대, 몽둥이로 부수기 시작한다.

104. 同 창고 안 - 실내 - 밤 104

수하1은 맹수의 우리 안에서 비에 젖은 생쥐 꼴로 덜덜 떨고 있다.

걸추가 맹수 우리 앞에서 수하1에게 질문한다.

걸추 널 사주한 놈이 누구야?

수하1 몰라, 새끼야!

걸추 아직 살 만하다 이거지? 네 목숨은 너 자신이 아끼지 않으면 아무도 널 돌보지 않아!

다시 물줄기가 수하1에게 집중하여 쏟아진다.

수하1은 손을 번쩍 들고 말한다.

수하1 그만해! 새끼야! 신홍국이야!

걸추 누구라고?

수하1 신홍국이라고, 새끼야!

걸추 그 새끼가 어쨌길래?

수하1 신홍국이 새끼가 시키는 대로… 아차, 정정한다. 우리는 신홍국 사장님께서 명령하신 대로만 움직일 뿐이야! 새끼야!

물이 멈춘다.

행동대들이 문을 부수고, 벽을 뚫고 들어온다.

행동대들은 몽둥이로 걸추를 무자비하게 때리며, 마구 발로 짓이긴다.

이때, 동진이 뚫린 벽으로 행동대들과 섞여 들어온다.
동진은 걸추가 몰매를 맞고 있는 것을 목격하고 달려간다.
동진은 걸추를 구하기 위해 행동대들을 쓰러트리며 걸추를 구한다.
그러나 행동대들은 무지막지하게 몽둥이를 휘두르며 동진에게 달려든다.
동진은 행동대들의 포위를 뚫고 나가며 행동대들을 가차 없이 때려눕힌다.

흥국은 동진이 행동대들을 때려눕히는 것을 목격한다.
흥국의 옆에 물에 젖은 수하1이 추워서 떨며 서 있다.

흥국 아니, 저 새끼는 동진이 아냐?
수하1 네, 그래요.
흥국 어떻게 된 거야?

동진에게 엉덩이를 얻어맞은 행동대1은 앞으로 고꾸라졌다가 정신을 차리고 다시 일어나 동진에게 달려든다. 그러나 다시 엉덩이를 차이고 고꾸라진다.

동진은 몽둥이를 휘두르며 달려드는 행동대장의 몽둥이를 피한다. 동진은 주먹으로 행동대장의 목을 가격하다가 목 앞에서 주먹을 멈춘다.
동진은 몸을 돌려 행동대장의 엉덩이를 걷어차버린다.
행동대장은 동진에게 엉덩이를 차여 앞으로 고꾸라졌다가 땅바닥에 코를 박고 움직임을 멈춰버린다.

동진은 몽둥이를 휘두르는 행동대2의 엉덩이를 차버린다.

동진은 다시 달려드는 행동대3의 엉덩이도 차버린다.

동진은 고꾸라졌던 행동대들이 다시 일어나 계속 달려들기 때문에 지친다.

행동대장은 꿈틀꿈틀 다시 일어나려다가 두 다리를 쭉 뻗고 두 손을 뒤로 짚고 땅바닥에 그냥 앉아 동진을 보며 미미한 미소를 지으며 담배를 입에 문다.

행동대장 네가 손에 인정을 두면 결국 우리 손에 죽는다는 것쯤은 알아야지….

행동대들은 동진의 발에 맞고 고꾸라졌다가 다시 일어나 동진에게 공격을 감행한다.

동진은 체력이 고갈되어 지치게 된다.

동진의 행동이 둔해진다.

동진의 뒤로 다가선 행동대5는 몽둥이로 동진의 등을 세차게 가격한다.

동진은 그 자리에 고꾸라지면서 걸추를 돌아본다.

걸추가 이미 행동대들에게 잡혀 있는 것을 보며 동진은 쓰러진다.

수하1 동진이가 박기남의 아들이라는 거 모르셨습니까?

흥국 내가 넌 줄 아니, 모르게?

105. 지하 밀실 안 - 실내 - 낮 105

걸추의 손이 결박되어 구석에 쓰러져 있다. 걸추의 발은 굵은 케이블 타이로 결박되어 있다.

몸부림쳐보는 걸추는 소용이 없다는 것을 깨닫고 포기한다.

106. 신흥국의 사무실 안 - 실내 - 낮 106

(몽타주)

동진이 묶여 바닥에 아무렇게나 뒹굴고 있다.

흥국은 의자에 앉아 다리를 데스크에 올려놓고 있다.

흥국 저 동진이 새끼 다리는 절대 다치지 않도록 지하에다가 얌전히 잘 보관해.

수하2 네.

수하1과 2가 동진을 끌고 나간다.

이때, 수하3이 들어온다.

수하3 병천이 방금 한빈외과병원으로 들어갔습니다.

한빈외과병원 앞, 병천이 전보다 초라해진 모습이다.

병천은 폐업 상태인 한빈외과병원의 잠긴 문을 따고 안으로 들어간다.

흥국 그래? 그럼, 잡아 와.

수하3 돈을 다 잃었는지 풀이 죽었던데요?

흥국 그 작자 돈 빌려 카지노에 갈 때부터 알아봤다.

수하3 고가의 의료 장비들을 챙기려는 거 아닐까요?

흥국 그거 중고로 팔면 똥값이야….

수하3 이혼당한 충격에서 아직 못 벗어난 게 아닐까요?

흥국 이혼했다고 다 그러겠니? 거지 될 놈은 천금을 쥐여 줘도 거지들과 어울려 사는 거야.

데스크 위의 전화벨 소리.

흥국이 송수화기를 들고 전화를 받는다.

흥국 아, 여보세요…. 아, 의사 선생? 이리로 온다고? 그럼, 빨리 와! 나, 좀 바빠서 나가봐야 하거든….

흥국은 전화기를 놓는다.

흥국 사람이 망가지는 건 다 자기 성격 탓이야.

수하3 포커에 맛들이면, 마누라도 팔아서 포커한다지요?

흥국 다 잃고, 생 거지가 되면 그때에야 행복을 느끼며 본격적으로 거지 노릇에 들어가겠지….

수하3 이참에 병원까지 아주 인수하시지요?

흥국 내가 병원장을 한번 해봐? 허허허.

수하3 원장은 의사에게 맡기시고, 병원 이사장을 하시지요? 헤헤헤.

이때, 문이 열리며 수하1의 안내를 받아 초라한 모습의 병천이 들어온다.

흥국 물론, 돈은 가지고 오셨겠지요?

병천 병원을 담보로 얼마나 줄 수 있소?

흥국 그러지 말고 병원 문을 다시 열지 그래요?

병천 시끄럽고, 얼마 줄 건지나 말해요.

흥국 그렇다면 '병원 임대 계약서'를 가져오셔야 하는데….

병천은 주머니에서 '병원 임대 계약서'를 흥국에게 내놓는다.

흥국이 계약서를 펴서 본다.

흥국 보증금 5억에 월세가 5백…. 문 닫은 지 한 달이라…. 1억을 드리지요. 먼저 5천 드린 것과 이자 2천을 합하면 1억7천이 됩니다.

병천 병원은 작자를 찾아 넘기시오. 차액은 입금시켜줄 수 있지요?

흥국 당연히 그렇게 해드려야지요.

107. 한빈외과병원 안 - 실내 - 밤 107

연자와 흥국과 수하3이 병원의 여기저기를 둘러본다.

연자 의사만 있다면 우리 용기, 여기서 이식 수술 해도 될 텐데….

흥국 입 다물어, 그런 말 함부로 하는 거 아니야.

수하3 사장님, 이 병원을 붙잡고 2년만 뭉그적거리면 자동으로 사장님 것이 될 수 있는데…. 헤헤헤.

흥국 시끄러 임마! 자, 이제 그만 나가자.

(F. O.)

108. 한빈외과병원 안 - 실내 - 낮 108

흥국이 용기를 휠체어에 태워 밀고 들어온다.

용기 애걔? 병원에 아무도 없잖아, 아버지?

흥국 의사도 있고 간호사도 있어, 새끼야. 아직은 영업을 안 하고 있을 뿐이지….

이때 하유진이 입구로 들어온다.

유진 어머, 사장님 안녕하세요? 먼저 와 계셨군요.

흥국 봐라. 간호사가 왔잖니?

용기 히야, 미인이시네요.

흥국 네 눈에는 미인만 보이냐?

유진 환자분이 먼저 오셨나 봐요?

흥국 이놈은 내 아들놈이요.

유진 안녕하세요? 간호사 하유진이라고 합니다.

흥국 나, 화장실에 좀 다녀오겠소….

유진 네, 어서 다녀오세요.

흥국은 화장실로 간다.

용기 난 신용기라고 해요. 간호사님 삼삼한데요? 키키.

유진 드레싱은 언제 했어요?

용기 됐고요, 요 앞 족발 집이 있던데…. 족발 하나 시켜 줘요. 소주 두어 병하고요.

유진 병원에서 술 드시면 안 돼요.

용기 조지나, 영업도 안 하니까 병원도 아녀요. 키키….

유진 그래도, 술은 안 돼요. 족발만 드세요.

용기 간호사님과 첫 만남인데 딱 한 잔씩만 해요.

이때 득불이 들어와 두리번거리고 곧이어 흥국이 들어온다.

흥국 마침 우리 아들 다리를 이식 수술해주실 의사 선생님이 오셨군요.

득불 수술 준비가 안 된 거 같은데요?

흥국 수술 준비는 의사 선생님께서 하셔야지요?

이때 간호사1, 2가 들어온다.

흥국 어서 오세요. 이제 간호사 선생님도 다 오셨으니 수술 준비를 어서 시작하시지요?

109. 지하 밀실 - 실내 - 낮 109

(몽타주)

밀실1, 걸추는 입에 재갈이 물린 채로 케이블 타이로 손과 발이 묶여 병상에 비스듬히 누워 있다.

밀실2, 동진은 병상에 누워 잠들어 있다.
동진은 잠이 들었다가 눈을 뜬다.
동진은 자신의 손발이 케이블 타이로 묶여 있는 것을 본다.

동진이 손목과 다리에 기합을 넣고 이얏! 힘을 발하면 손과 발에 묶였던 케이블 타이가 툭툭 다 끊어져버린다.
동진은 일어나 잠겨 있는 문을 옆차기로 단번에 부수고 밖으로 나간다.

同 복도, 동진은 밀실1에 걸추가 있는 것을 발견한다.
동진은 문을 비틀어 열고 들어가 걸추를 묶은 케이블 타이를 잡아채 끊어버리고 걸추를 데리고 나온다.

동진 어서 나가요. 아저씨.

(F. O.)

110. 지하 밀실 - 밤 110

수하3이 계단을 내려와 밀실1에 아무도 없음을 보고 고개를 갸웃한다.

수하3은 당황하여 밀실2로 가서 확인한다.

밀실2도 텅 비어 있다.

수하3은 허둥지둥 계단으로 다급히 올라간다.

111. 한빈외과병원 안 - 실내 - 밤 111

흥국은 용기가 앉은 휠체어를 밀고 수술실로 가려고 일어서고 있다.

수하3이 허겁지겁 들어온다.

수하3 사장님! 모두 도망가고 아무도 없습니다.

흥국 뭐? 뭐라고?

수하3 전부 도망치고 없습니다.

흥국 뭐? 빨리 다시 잡아 와!

수하3 네. 알겠습니다.

수하3은 급히 나간다.

이때 연자가 들어온다.

연자	무슨 일이에요?
흥국	아무 일도 아니야.
연자	그래도 말해줘요.
흥국	싫어!

연자는 매우 궁금하다. 자신이 꼭 알아야만 할 것 같은 생각이 드는 것이다.

112. 봉순의 집 걸추의 방 - 밤 112

걸추가 잠들어 있다.

수하2와 수하3이 들어와 걸추가 자고 있는 것을 본다.

수하2가 발로 걸추를 깨운다.

걸추가 눈을 뜬다.

수하3이 칼을 꺼낸다.

걸추가 이불 속에서 소음기가 달린 권총을 꺼내 수하3의 허벅지를 쏘아버린다.

수하2가 뒤에서 회칼로 걸추를 찌른다.

걸추는 방바닥을 한 바퀴 돌아 수하2의 회칼을 피하며 권총으로 수하2의 회칼을 쥔 손을 쏘아버린다.

회칼을 떨어뜨리는 수하2.

걸추는 권총으로 수하2의 왼손마저 쏘아버린다.

수하3과 수하2는 방바닥에 주저앉아 걸추의 처분을 기다린다.

걸추의 권총이 수하3, 2의 이마를 겨눈다.

걸추 살인마들. 이에는 이, 눈에는 눈이다. (수하3의 허벅지를 권총으로 쏘아버린다)

수하3 으윽, 사, 살려주십시오. 제발….

수하2 살려만 주시면 외딴섬에 가서 죽은 듯이 살겠습니다. 목숨만 살려주십시오….

걸추 만약, 이 시간 이후, 너희들이 내 눈에 띈다면 너희 이마에 구멍을 뚫을 것이다. 내가 명사수라는 것을 명심해라.

113. 동진의 숙소 방 안 - 실내 - 밤 113

동진은 책상 앞에 앉아 책을 읽다가 꾸벅꾸벅 졸다가 깜짝 놀라 깨곤 한다. 동진은 졸음을 참지 못하고 침대로 올라가 이불을 덮고 눕는다.

동진은 스르르 눈이 감기더니 깊은 잠에 빠진다.

114. 同 숙소 방문 앞 114

방독면1, 방독면2는 동진의 방 앞에 멈추어 주위를 살핀다.
방독2가 머리를 끄덕인다.

방독1이 등에 진 배낭을 내려 분무기를 꺼낸다.
분무기를 열쇠 구멍에 대고 액체를 뿜어 넣는다.

115. 同 방 안 - 실내 115

열쇠 구멍에서 나온 연기가 방 안에 가득하여 침실로 스며들기 시작한다.

침대에서 깊은 잠을 자고 있는 동진.

연기가 동진이 자고 있는 침대로 점점 밀려들어온다.

방독1, 2가 방문을 열고 들어온다.

방독1은 동진의 볼을 꼬집어본다.

동진은 완전히 잠들어 움직임이 없다.

방독2가 동진을 들쳐 업고 나간다.

(F. O.)

116. 한빈외과병원 안 - 실내 - 낮 116

동진은 꽁꽁 묶여 있다.

흥국은 멀찍이 앉아서 동진을 보고 있다.

수하1, 4가 동진을 지키고 서 있다.

흥국 오늘이 십삼 년째 계약 만기 날이다.

동진 이거 풀어줘요.

흥국 넌 위험해서 못 푼다. 돈은 가지고 왔냐?

동진 계약서는 쓰고 싶은 대로 다시 쓰시든지.

흥국 일 년 연장해줄 테니까 수술 하나 해라.

동진 …?

흥국 내 아들 다리 이식 수술이다.

동진 다리의 출처가 어딘데요?

흥국 그래서 너에게 부탁하는 거야.

동진 내가 당신 마음대로 움직이는 자동차 바퀴라고 생각하세요?

흥국 네가 어려울 때 내가 돈을 선뜻 빌려줬기 때문에 네가 의사가 된 것이다. 이젠 네가 나를 선뜻 도와줘야 할 차례야.

동진 그러지요. 그럼 내가 돈을 빌릴 때 신체포기각서를 쓴 것처럼 당신도 영수증을 하나 쓰세요.

흥국 무슨 영수증?

동진 완납 영수증.

흥국 얼씨구….

동진 거절하면 나도 거절입니다.

흥국 허, 그 자식…. (수하1, 4에게 눈짓을 한다)

수하1, 4는 동진을 끌고 나간다.

117. 同 주차장 - 실내 - 낮 117

수하5가 승용차 뒷문을 열고 서 있다.

수하1, 4가 동진을 데리고 주차장으로 들어온다.

동진 어디 가는 거지요?

수하1 몰라도 돼, 이 새끼야!

수하4 좋은 데 가는 거니까 그냥 순순히 따라오는 게 좋다.

동진이 수하4와 수하1의 정낭을 차버리면 수하4와 수하1은 정낭을 쥐고 방방 뛰다가 그 자리에서 고꾸라진다.

수하5가 이를 보고 있다가 회칼을 뽑아 들고 동진에게 달려든다. 동진은 삼단차기로 수하5의 정낭을 차버린다.

수하5는 회칼을 떨어뜨리고 정낭을 쥐고 방방 뛰다가 고꾸라진다.

이때, 걸추가 들어온다.

걸추는 소음기가 부착된 권총을 꺼내 겨누며 케이블 타이 2개를 수하1에게 내민다.

걸추 저놈들을 묶어!

수하1은 케이블 타이로 수하4와 수하5를 묶는다.

동진은 나간다.

수하1은 동진이 나간 것을 보고 걸추를 공격할 기회를 엿본다.

걸추 손을 뒤로 내밀어!

수하1이 손을 뒤로 내민다.

걸추가 케이블 타이로 수하1의 손을 묶으려고 하는 순간, 수하1이 홱 돌아서며 걸추에게 일격을 가한다.

걸추는 한 걸음 뒤로 물러서며 권총으로 수하1의 허벅지를 쏘아버린다.

고꾸라지는 수하1.

수하1 으으… 분하다.
걸추 이마에 구멍 나기 싫은 놈만 저 박스차를 탄다. (박스차를 가리킨다)
수하4 어디로 가는데?
걸추 너희는 장소를 알려주면서 사람을 죽였냐? 가기 싫어? (총을 겨눈다)
수하4 간다고, 가.

수하1이 먼저 박스차를 탄다.
뒤이어 수하5가 박스차를 탄다.
이어 수하4가 박스차를 탄다.
걸추가 박스차 문을 잠가버린다.

하유진이 수술 도구들을 세팅하느라 분주하다.

수술 도구에는 쇠 자르는 톱 두 종류와 크고 작은 망치 등이 포함되어 있다.

C간호사는 이동 침대에 누운 용기를 밀고 들어온다.

B간호사, 용기에게 다가가 산소마스크를 씌운다.

하유진이 용기의 혈관에 주사(마취)를 놓는다.

수술복을 입은 집도의 동진이 들어온다.

동진은 하유진과 눈을 마주친다.

동진 수술대에 왜 아무도 없나?

유진 곧 들어오겠지요….

두 사람은 마주 보고 눈짓을 교환한다.

A간호사 수술 준비는 완료했습니다.

2번 수술대에는 용기가 다리 접착 부위에 베타딘을 칠한 채 마취되어 누워 있다.

이때, 수술 복장을 완벽하게 차려입은 독불과 간호사1, 2가 들어온다.

간호사1과 간호사2는 주사기를 양손에 각각 하나씩 들고 동진에게 다가가 동진의 등에 각각 하나씩 찌르고, 동진의 양쪽 옆구리에 주사기를 각각 하나씩 찌른다. 이것은 순식간에 이루어진다.

생각지도 못한 기습을 받은 동진은 양손으로 간호사1과 간호사2를 일격을 가해 쓰러트리고 옆구리의 주사기를 뽑아 두 간호사에게 각각 찌른다.

그 순간에 동진의 등에 꽂힌 주사기 두 개에서 동진의 등에 주사액이 주입되고 있다.

유진이 달려들어 주사기를 뽑아버린다.

득불이 돌아서서 달아난다.

동진이 득불의 목덜미를 잡아 발로 다리를 걸어 쓰러트린다.

득불은 땅바닥에서 일어나면서 동진에게 일격을 가한다.

동진은 득불의 공격에 한 대 맞고 뒤로 주춤한다. 득불이 수술대에서 메스를 발견하고 거머쥐고 동진을 공격한다.

동진은 메스를 피하면서 수도로 득불을 목을 친다.

득불은 목을 가누지 못하고 쓰러진다. 쓰러진 득불은 머리를 움직이지 못하고 목을 움켜쥐고 눈만 멀뚱거린다.

동진 홍국에게 빌려 쓴 학자금 대출 아직도 청산을 못 했니? 네 마누라가 갚았다고 하지 않았어?

득불 미안하다…. 면목이 없다…. 내 인생이 왜 이렇게 비굴하고 초라한지 모르겠다…. 차라리, 날 죽여다오…. 네 손에 죽는 게 제일 좋을 거 같다…. 부탁한다….

동진 자식, 심약하기는. 우린, 아직 멈출 때가 아니야, 우린 더 달려야 해. 끝까지 달려보자. 일어나라!

동진은 득불의 머리를 잡아당겨 목뼈를 맞추어준다.

(O. L.)

119. 同 임시 수술실 119

동진이 수술대에 누워 축 늘어져 있다.

최득불이 수술복 차림으로 수술대 앞에 서 있다.

흥국이 수술실로 들어오더니 다가와 수술대에 누워 있는 동진을 들여다본다.

흥국 이 새끼 혈액형이 우리 아들 혈액형과 동일하다 이거지?

득불	네, 그렇습니다.
흥국	혈액형이 맞으면 더 좋은 거야?
득불	부작용 방지 투약을 안 해도 되니까요.
흥국	그럼 이 수술로 자네 학자금 대출 빚은 청산된 거다.
득불	네. 그런데요, 동진이 다리보다 용기에게는 더 잘 맞는 다리가 있어요.
흥국	그놈이 어떤 놈인데? 진작 말하지….
득불	용기의 친아버지의 다리를 붙이면 부작용이 전혀 없어요.
흥국	뭐야? (자신의 다리를 만져본다)
유진	그럼, 마취를 시작하겠습니다.
득불	어서 하세요.

유진은 동진의 왼팔 혈관에 회복제를 천천히 주사한다.

득불이 링거를 가지고 와 걸고 동진의 오른팔에 링거 바늘을 꽂는다.

유진은 동진의 오른팔 혈관에 연결된 링거의 호스에 다른 주사액을 주입한다. 주사액이 링거액과 섞이면서 청색으로 변한다.

유진은 동진의 엉덩이를 까고 근육 주사를 놓는다.

엉덩이 주사액은 아주 천천히 아주 느리게 주입이 된다.

흥국은 오래도록 주사액을 주입하고 있는 유진을 못마땅한 눈으로 보고 있다.

득불이 톱을 들고 동진의 다리를 자를 기세로 서 있다.

동진의 눈꺼풀이 미세하게 움직임을 시작하고 있다.
동진의 손가락이 조금씩 움직이려 한다.

흥국 거 주사를 빨리빨리 놓지 않고 뭐 하고 있는 거야? 그리고 그 새끼 바지도 안 벗기고 다리 자를 톱을 들고 설치냐?
득불 주사액이 빨리 들어가면 마취가 되지 않습니다.
유진 많고 많은 시간, 조금만 더 기다려주세요.

유진은 득불을 보며 미소를 띤다.
득불은 미세하게 머리를 끄덕인다.

득불 성질이 급한 사람은 꼭 속옷을 뒤집어 입고 집에 돌아오지요.
유진 눈치가 빠른 마누라가 속옷 뒤집어 입고 들어온 남편에게 강샘 안 하겠어요?
흥국 시끄러, 새끼들아! 무슨 소리를 지껄이고 있는 거야?
득불 대퇴골 절단 수술입니다. 참견하려면 나가 계시는 게 좋을 거 같습니다만….

흥국 누굴 맹추로 아나? 왜 시간을 오래 끄는데?

유진 세포까지 마취가 되어야 하거든요….

흥국 이것들이…? 속셈이 뭐야? (의자에서 벌떡 일어난다)

득불 왜 이렇게 흥분을 하고 그러세요?

득불은 유진을 본다.

유진은 불안하여 득불을 본다.

이때 연자가 들어와 소리친다.

연자 이식 수술은 마취가 잘되어야 성공할 수 있는데 마취가 잘되었는지 모르겠어서 왔어요.

흥국 그런 거야? (자리에 다시 앉는다)

동진의 손가락 하나가 움직인다.

유진이 이를 보고 반가워 득불을 본다.

득불도 동진의 손가락 두 개가 움직이는 것을 보고 기쁜 얼굴이 된다.

동진이 눈을 뜬다.

동진은 눈을 굴리며 현 상태를 파악하고 분석한다.

동진은 주위를 살핀다.

수술대에 누워 있던 동진이 벌떡 일어나 흥국을 노려본다.

흥국 네가 왜 일어나, 새끼야! 빨리 도로 누워!

동진은 수술대에서 내려와 흥국에게 다가간다.

흥국이 일어선다.

흥국 어, 이 새끼 봐라? 빨리 가서 다시 눕지 못해!

이때 걸추가 들어와 흥국의 뒤통수를 손바닥으로 거세게 친다. 흥국은 다시 의자에 털썩 주저앉는다.

동진은 걸추와 함께 흥국을 붙잡아 수술대에 눕힌다.

흥국 이거 못 놔?

걸추 너 새끼니까 네 다리를 붙이는 게 가장 잘 맞지 않겠냐?

동진과 걸추는 흥국의 손발을 하나씩 수술대에 묶어버린다.

흥국 이게 뭐하는 짓이야? 풀어, 새끼야! 야! 애들아! 빨리 들어와!

연자가 코웃음을 날린다.

연자 수하들은 이미 다 달아났어!

흥국 뭐야? 당신, 방금 뭐라고 그랬어?

동진 내 다리보다 아버지인 당신 다리를 아들에게 주는 게 부작용이 덜하고 좋지 않겠어요?

흥국 야, 수하들아! 뭐하고 있는 거야! 빨리 와서 이 연놈들을 전부 쪼아버려!

유진이 주사기를 들고 와 흥국의 혈관에 주사한다.

흥국은 스르르 잠이 들었다가 다시 깨어 말짱해진다.

동진이 흥국의 바지를 벗긴다.

동진 네가 죽인 사람들이 죽으면서 얼마나 고통스러워했는지 네가 직접 체험해보라고 마취를 하지 않고 네 다리를 잘라내어 네 아들에게 붙여줄 것이다.

흥국 안 돼, 이 새끼야! 살려줘…!

동진 네가 죽인 사람들을 살려내면 널 살려줄 수 있다.

걸추는 득불이 쥐고 있는 톱을 빼앗아 흥국의 다리를 자르기 시작한다.

흥국 으으악, 악, 악!

걸추 네가 회칼로 내 눈을 찔렀을 때의 내 고통만 하겠느냐?

흥국 차라리 날 그냥 죽여다오. 아아! 으악! 악, 악!

120. 同 임시 수술실 안 - 낮 120

흥국이 다리가 잘린 채 시트에 덮여 수술대에 누워 있다.

제2의 수술대에 용기가 다리를 붙이고 수술대에 누워 있는데 발바닥이 보인다.

동진이 피 묻은 라텍스 장갑을 벗는다.

걸추가 흥국의 목을 자르려고 흥국의 목에 톱을 댄다.

동진이 톱을 빼앗는다.

걸추가 망치를 들고 흥국의 머리를 내리친다.

득불이 망치를 빼앗는다.

유진은 걸추를 잡고 말린다.

유진은 흥국이 실린 침대 카트를 밀고 수술실을 나간다.

뒤이어 연자가 용기를 실은 카트를 밀고 나간다.

용기는 시트를 덮고 있는데 다리를 뻗었으나 발목이 보인다.

121. 同 입원실 안 - 낮 121

흥국과 용기가 눈을 뜨고 각각 병상에 나란히 누워 링거를 맞고 있다.

유진은 링거 수액이 적당량으로 떨어지도록 조절하고 있다.

연자, 흥국에게 말한다.

연자 이제 모든 것을 되돌려놓으세요.

흥국 닥쳐! 당신이 뭘 안다고 그래?

연자 이미 다 들통이 난 마당에 반성하세요.

흥국 그런 소리 하려면 나가! 꼴 보기 싫어!

이때, 동진과 득불과 걸추가 들어온다.

흥국 내가 너에게 어떻게 대해줬는데 나를 이 꼴로 만들어, 나쁜 새끼야! 백삼십억이나 탕감해줬는데 그 은정도 모르는 나쁜 놈이야, 넌!

걸추 무슨 개소리를 떠드는 거냐? 기남이와 경숙이를 다리 난간에서 떨어뜨려 죽이고도 뻔뻔한 놈!

동진 개선의 여지가 전혀 없어….

122. 同 수술실 안 - 낮 122

다리가 없는 흥국이 수술대 위에 누워 있다.

동진과 득불이 수술복을 입는다.

흥국이 불안하여 눈알을 굴리며 쳐다본다.

흥국 나한테 또 무슨 해코지를 하려고 그러나?

동진 당신의 장기를 모조리 적출하려고 그래요.

흥국 내 장기를 어디에 쓰려고? 난 이미 아들에게 다리까지 줬는데 이제 그만하면 안 될까?

동진 살고 싶어요?

흥국 물론이지.

유진이 백지를 끼운 서류철을 흥국에게 가져다준다.

흥국은 서류철을 받아 본다.

동진 살고 싶으면 거기에 자필로 자신의 두 다리를 아들인 용기에게 기증한다고 쓰고 서명 날인하세요.

흥국 못 한다면?

동진 그러면 당신의 신체를 땅에 고이 묻어드릴게요.

흥국 내 다리를 아들에게 기증하면 죽이지 않겠다?

동진 병신을 죽여서 뭐 해요?

흥국 그래도 못 해, 새끼야.

흥국은 백지에 아무것도 쓰지 않는다.

동진과 득불, 유진과 걸추는 나간다.

(O. L.)

123. 同 수술실 - 실내 - 낮 123

연자와 카트에 누운 흥국만 남는다.

연자 양심이 삐뚤어진 놈은 항상 불안에 떨다가 어느 날 갑자기 비명횡사하는 거야.

흥국 이제, 자기랑 나랑 행복하게 살면 되잖아?

연자 살인마하고 어떻게 살을 맞대고 살아?

흥국 지금까지 살아온 것처럼 살면 되잖아?

연자 몰랐으니까 살았지, 살인마인 줄 알고 어떻게 살아?

흥국 그러면, 난 어쩌라고…?

연자 뒈져, 마음이 삐뚤어진 놈하고는 죽어도 못 살지.

흥국 그러지 마, 지금처럼 살면 아무 탈 없잖아?

연자 올바른 구석이 있어야 살지….

연자는 일어나 찬바람을 풍기며 나가버린다.

흥국은 참담하다. 앞이 캄캄하다. 절망적이다.

옆에 가위가 있다.

흥국은 가위를 손에 쥔다.

흥국은 가위로 목을 찔러 자살해버린다.

(O. L.)

124. 同 수술실 안 - 실내 - 밤 124

연자가 문을 열고 들어온다. 흥국이 손에 가위를 쥐고 목에 피를 낭자하게 흘리고 죽어 있다.

연자는 서류철의 백지에 글씨가 쓰여 있는 것을 본다.

연자는 서류철에서 흥국이 자필로 쓴 서류를 뽑아서 본다.

(insert)

다리 기증서

내 아들 신용기에게 아비가 다리를 기증한다.

그리고 아내 연자와 아들 신용기에게 모든 재산을 상속한다.

신흥국 사인

연자 사람은 죽을 때가 되면 정직해지는 법이구나….

125. 결혼 예식장 - 실내 - 낮 125

동진과 유진이 나란히 서서 보육원 원장의 주례사를 듣는다.

보육원장 두 사람은 부부가 된 이 시간부터 상대의 허물을 절대 지적하지 말아야 합니다. 그리고 하루에 한 번씩 꼭 서로 칭찬을 해주고, 사랑한다고 말해야 합니다. 사람은 누구나 다 자신에게 허물 있다는 것을 자신들이 너무 잘 압니다. 허물은 자신의 아픈 곳입니다. 아픈 곳을 찌르면 얼마나 더 아프겠습니까? 아픈 곳에 약을 발라주고 감싸주는 것에서부터 부부의 사랑은 시작되어야 합니다.

객석에서는 득불이 아내의 얼굴을 손으로 감싸 쥐고 키스하려 하고 있다.
걸추와 봉순이 사탕을 까서 서로의 입에 넣어준다.
연자는 용기의 휠체어를 잡고 있다.
식당 주인과 야채 배달원은 장부를 보며 돈을 계산하고 있다.

126. 병원 신장개원 - 실내 - 낮

126

현수막 - <경축> 동진외과병원 신장개원 <경축>

동진, 유진, 득불과 아내, 걸추와 봉순, 보육원 원장과 연자와 용기가 병원 개업식에서 기념 촬영을 한다.

— The End —